KU-725-721

COLLECTION FOLIO

75013 PARIS.

Avril 1989.

£2.50

21/36.

A. Foot.
81 Rue du Chevaleret,
75013 PARIS.
Avril 1989.

Elsa Morante

La Storia

II

ROMAN

Traduit de l'italien
par Michel Arnaud

Gallimard

Titre original :

LA STORIA

© *Elsa Morante and Giulio Einaudi editore s. p. a., Torino, 1974.*
© *Éditions Gallimard, 1977, pour la traduction française.*

... 1945

Janvier

En Italie, comme dans les autres pays occupés, se multiplient, de la part des Nazi-Fascistes, les actions répressives et de génocide, avec assassinats et innombrables destructions, massacres d'entières populations et déportations vers les Lager ou les industries du Reich (où le nombre des travailleurs forcés, provenant de l'Europe entière, dépasse actuellement neuf millions).

Sur le front oriental, les Soviétiques reprennent l'offensive le long de la Vistule, contraignant les Allemands à abandonner Varsovie et le reste de la Pologne, et atteignent la frontière de la Prusse. Le Führer se transfère à Berlin, dans son abri anti-aérien personnel (bunker) situé à une profondeur de vingt mètres sous les immeubles de la Chancellerie.

Février

En Allemagne, institution de tribunaux qui condamnent à la peine capitale quiconque n'est pas disposé à lutter jusqu'à la mort.

Aux environs de Yalta (résidence estivale des Tsars), nouvelle conférence des *Trois Grands* des Puissances alliées (Russie, Grande-Bretagne, États-Unis) en prévision de la prochaine victoire. Le futur ordre mondial se dessine, établi par les trois selon le schéma habituel des blocs ou *zones d'influence* des Grandes Puissances, qui est dès maintenant tracé sur la carte avec ses parties respectives.

Mars

De son bunker souterrain que surplombent les ruines de la Chancellerie bombardée, le Führer ordonne la destruction de toutes

9

les installations militaires et civiles de transport et de communication, et des installations industrielles et d'approvisionnement du Reich.

Sous la menace des Soviétiques qui ont maintenant enfoncé tout le front jusqu'à la Baltique, la population allemande, sur les routes dévastées et rendues impraticables par l'hiver, fuit vers l'Ouest d'où avancent déjà les Alliés victorieux sur le Rhin.

Avril

Le Führer ordonne la défense à outrance des villes allemandes, prescrivant la peine de mort pour les transgresseurs.

Mort de Roosevelt, président des États-Unis. Le vice-président Truman lui succède dans ses fonctions.

En Italie, les Alliés, après avoir enfoncé la Ligne gothique et occupé Bologne, avancent rapidement dans le Nord en direction de Milan, ville que les forces allemandes en retraite abandonnent aux partisans. Capitulation des Allemands sur tout le front. Benito Mussolini qui, déguisé en Allemand, a tenté de fuir vers la Suisse, est démasqué et capturé par les partisans, et emmené rapidement près de Côme, où il est exécuté avec Claretta Petacci, sa maîtresse. Les cadavres des deux condamnés ainsi que ceux d'autres chefs fascistes sont exposés, suspendus par les pieds, sur une place de Milan.

En Allemagne, se développe la grande offensive soviétique qui amène à l'encerclement de Berlin, en liaison avec l'avance des forces américaines venues du Brenner. De son bunker, Hitler (qui est toujours commandant suprême de l'armée) continue de donner des ordres fébriles qui se traduiraient, s'ils étaient encore exécutables, par l'autodestruction et l'autogénocide total du Reich allemand. Tandis que les premières avant-gardes soviétiques entrent déjà dans Berlin en ruine, Hitler se tue dans son bunker avec Eva Braun, sa maîtresse, et ses plus fidèles acolytes. Son cadavre, brûlé à la hâte par les survivants, est identifié par les Russes.

En Yougoslavie, les partisans de Tito libèrent définitivement le pays des Nazis, lesquels ont déjà évacué la Grèce.

Mai

Avec la reddition sans condition de l'Allemagne, les opérations de guerre cessent sur le front européen. Au nombre des nouveautés de l'industrie de guerre, les plus récentes, expérimentées dans ce secteur, sont des produits perfectionnés de la propulsion par fusée, tels que les engins multitubes allemands et les correspondantes

Orgues de Staline soviétiques, et, en dernier, les V 2, les fameuses armes secrètes d'Hitler.

Juin-Juillet

En Italie, constitution du Gouvernement Parri, composé des six partis de la Résistance, sur l'initiative du C.L.N. qui avait déjà pris le contrôle des pouvoirs. Il reste à résoudre — en attente d'un référendum — le problème de l'institution monarchique, dont la papauté et les mandants du fascisme invaincus — encore très vivants et opérant en coulisses — souhaiteraient le maintien, en vue de restaurations ultérieures.

A Rome, exécution du bourreau Koch, fusillé dans le dos.

Aux États-Unis, sortie d'usine de la première bombe atomique, à la fabrication de laquelle — en chantier depuis déjà 1943 — ont travaillé secrètement des milliers de savants et de techniciens spécialisés.

En Extrême-Orient, le Japon qui, malgré ses défaites, s'obstine à continuer la guerre, reçoit des États-Unis un ultimatum : ou reddition, ou destruction totale.

Août

Nulle réponse du Japon à l'ultimatum des États-Unis. Le 6 de ce mois, les Américains lâchent sur le Japon (ville d'Hiroshima) une première bombe atomique (énergie libérée égale à 20 000 tonnes de T.N.T.). Le 8 de ce même mois, l'Union soviétique déclare la guerre au Japon et envahit la Mandchourie et la Corée. Le 9, les États-Unis lâchent sur le Japon une seconde bombe atomique (ville de Nagasaki).

Avec la reddition sans condition du Japon, fin de la Seconde Guerre mondiale. Cinquante millions de morts (plus trente-cinq millions de blessés et trois millions de disparus).

Les trois « Grands » des Puissances victorieuses se retrouvent en conférence à Potsdam, où ils calculent les quotas ou *zones d'influence* revenant à chacun d'eux dans le nouveau partage du monde, les proportionnant à leurs moyens de pouvoir respectifs. Dans le nouveau tracé de la carte d'Europe, l'Italie vient à se trouver dans la zone d'influence anglo-américaine. Et pour le reste, l'Allemagne qui demeure un objet de discorde est, en attendant, découpée en deux zones (Est et Ouest) par les parties adverses, avec sa capitale Berlin (zone Est) divisée en secteurs entre les Puissances intéressées. Au cours des discussions, a déjà commencé à tomber entre les deux zones opposées d'Europe le *rideau de fer*, conçu pour protéger l'Est contre la contagion occidentale et vice versa, comme un off-limits entre deux lazarets contigus.

En Asie, les territoires des colonies, devenus butin de guerre, restent à répartir. Parmi ceux-ci, la Corée (ex-possession de l'Empire japonais) est divisée au 38e parallèle en deux zones d'occupation, russe et américaine. Quant à l'Indochine (jadis sous la domination française), elle est confiée, au sud, à l'occupation britannique ; cependant qu'au nord du 16e parallèle, elle est libérée par le chef communiste du Mouvement de Libération, Hô Chi Minh, qui proclame l'indépendance de la République du Vietnam.

En Italie, où il est procédé à la pacification nationale, le désarmement des partisans est décrété avec l'approbation des Communistes.

Septembre

Les banques américaines font savoir à l'Italie que l'aide économique des États-Unis (actuellement seule ressource pour la péninsule épuisée et ravagée par la guerre) est compromise par l'action du gouvernement Parri, dans lequel dominent les directives de la Gauche.

Début en Indochine des revendications des colonialistes français, avec l'envoi d'un corps expéditionnaire qui, protégé par les Anglais, part du sud à la reconquête par les armes du Vietnam.

Octobre-Décembre

En Chine, l'évacuation définitive des troupes japonaises a mis fin à la trêve entre les Communistes de Mao Tsé-toung et le Gouvernement nationaliste de Tchang Kaï-chek. Les tractations entre les deux parties en vue de l'établissement d'un gouvernement de coalition sont interrompues par le déclenchement d'une violente bataille entre les deux armées opposées, laquelle se termine par la victoire de l'Armée Rouge et marque la reprise inéluctable de la guerre civile.

En Italie, fin du Gouvernement Parri. De Gasperi (démocrate-chrétien modéré), élu à la présidence, forme un gouvernement dans lequel il fait aussi entrer des communistes avec Togliatti au ministère des Grâces et de la Justice. L'un des premiers actes de ce ministère est la clôture définitive des procès d'épuration contre les Fascistes, cela dans la ligne de la pacification nationale déjà en cours...

1

« C'est vraiment le destin qui veut que tu ne le rencontres jamais ! » s'exclama Filomena comme Santina, à la seconde visite de Ninnarieddu, arrivait environ une heure après qu'il était reparti. Et de fait, ils ne se rencontrèrent jamais ; mais, du reste, il est à croire que leur rencontre n'aurait pas eu de grandes conséquences ni pour l'une ni pour l'autre.

Évidemment, le temps était un phénomène relatif pour Nino. Au bout de tous ces mois d'absence, il se présenta comme si deux jours s'étaient passés. Cette fois, la petiote resta dans son petit coin, le regardant de biais, indécise comme un petit animal pourchassé. Useppe tremblait et il s'agrippa au blouson de son frère pour l'empêcher de s'échapper de nouveau.

Ils ne s'étaient pas revus depuis la fameuse journée au camp, en octobre 43. Useppe qui avait alors un peu plus de deux ans, en avait maintenant trois et demi passés ; et dans l'aspect de Nino aussi il y avait eu, pendant ce temps, quelques changements. Mais, à les voir se reconnaître immédiatement et spontanément, on eût dit que tous deux étaient toujours restés du même âge l'un pour l'autre. Ce n'est qu'au bout d'un instant que Nino dit à Useppe :

« T'es plus le même qu'avant : t'as les yeux plus tristes. »

Et il le chatouilla pour le faire rire. Et le rire d'Useppe s'égrena en cascades.

Cette fois aussi, Nino était pressé. Et au moment de prendre congé d'Useppe, il lui fourra dans la poche de sa salopette une pleine poignée de papier monnaie qui, à vue de nez, selon Useppe, constituait sûrement un million : « Je te les donne tous », lui dit-il, un pied déjà dans l'escalier, « comme ça tu pourras t'acheter un vélo ». Mais Useppe resta tout bonnement sourd à cette promesse de vélo, car, à cet instant, son seul sentiment ou sa seule pensée c'était que Nino était en train de s'en aller. Et peu après, lui-même, avec ses petits doigts, il aida Ida à extraire le « million » de la poche de sa salopette, afin qu'elle en prenne possession. Dans l'idée d'Useppe, les millions — ou même les milliards — revenaient de droit aux mères. Dans sa main, ils n'avaient pas plus de valeur qu'un papier quelconque.

Dans les derniers jours de ce mois d'avril, des divers points d'Europe où les Allemands se débattaient encore, les destinées de la guerre prirent toutes ensemble un cours précipité vers la conclusion finale. Les fameuses *armes secrètes* du Reich avaient échoué ; par ici, la Ligne gothique avait cédé, de même que, ailleurs, toutes les autres lignes, toutes les autres fortifications et tous les autres fronts. En Italie, l'armée allemande, après s'être retirée de Milan, capitulait ; et dans les ruines de Berlin, encerclé de toutes parts, entraient déjà les premiers soldats russes. A quelques heures de distance l'un de l'autre, Mussolini qui tentait de s'enfuir camouflé en Allemand était pris et fusillé près de la frontière d'Italie ; et Hitler se tuait d'un coup de pistolet (tiré par lui-même ou par autrui) dans l'ultime domicile où il vivait déjà enterré, son bunker anti-aérien sous la Chancellerie de Berlin...

Environ une semaine plus tard, la reddition totale de l'Allemagne mettait fin, au bout de six années de massacres, à la guerre éclair en Europe.

La vision du rêveur Mussolini (qui s'était lui-même couronné triomphateur suprême en croupe d'un cheval blanc) s'était évanouie en fumée ; mais celle du rêveur Hitler, par contre, s'était réalisée sur un très grand espace. Territoires, villes et pays de l'Ordre Nouveau, réduits à l'état de champs de squelettes, de ruines et de charniers. Et plus de cinquante millions de morts contre nature : au nombre desquels le Führer lui-même et le Duce italien qui s'était apparié à lui, comme, dans les cirques, le clown fait la paire avec l'auguste. Leurs misérables corps étaient mangés par la terre comme ceux des *Juifs*, des *communistes* et des *bandits* ; et comme ceux de Mosca, de Quattropunte, d'Esterina, d'Angelino et de la sage-femme Ézéchiel.

Par-delà l'Europe, en Orient, la Seconde Guerre mondiale continuait néanmoins de se déchaîner ; cependant que, de notre côté, comme cela se passe toujours après une escroquerie ou un assassinat en famille, les bilans et les procès restaient à faire. On met à nu même les intimités les plus scandaleuses que jusque-là on avait essayé de camoufler, du moins en partie.

On rouvrait les prisons et on découvrait les fosses et

les dolines. On revenait sur les lieux et on faisait justice. On récupérait les documents cachés. On compilait des listes et on notait des noms.

Depuis déjà l'été précédent, sur les affiches et dans les journaux, avaient fait leur apparition à Rome d'étranges photographies : lesquelles, naturellement, circulaient déjà avec les premiers reportages également dans notre quartier du Testaccio et Via Mastro Giorgio. Mais, à cette époque, le petit Useppe était encore « protégé par Santa Pupa » (Sainte Pouponne) comme l'on dit à Rome en parlant des petits enfants ; et en cela on pouvait peut-être voir un premier exemple de certains de ses retards qui contredisaient ses autres précocités. Presque à la ressemblance des nourrissons ou, même, des chiens et chats, il avait du mal à reconnaître dans l'unidimensionnel de la presse les formes concrètes. Et, à la vérité, du reste, au cours de ses petits tours fortuits dans le quartier du Testaccio, un adulte ou l'autre le tenant toujours par la main, il était trop occupé et trop attiré par les innombrables variétés de ce monde pour faire attention à ces images plates. A la maison, les livres de la chambrette lui étaient interdits comme intouchables, étant la propriété personnelle de Giovannino ; et, comme il était totalement analphabète, il ne s'intéressait pas aux quelques journaux qui pouvaient arriver chez les Marrocco.

Les seules figures peintes ou imprimées qu'il fréquentait, outre celles des cartes à jouer (tenues d'ailleurs sous clé), c'étaient celles de certaines bandes dessinées et d'un abécédaire qu'Ida avait mis à sa disposition. Mais, bien que de temps en temps il se soit amusé à communiquer aux personnes présentes, de l'air d'un grand devin, les signes déchiffrés par lui

16

(« maison ! » « fleurs ! » « signori ! »), de tels divertissements à base de papier l'ennuyaient vite.

Mais un jour de ce printemps 45, sa mère qui l'avait laissé attendre un moment à l'extérieur d'une boutique le retrouva en train d'observer certains magazines illustrés suspendus sur le côté d'un kiosque à journaux, à une certaine hauteur au-dessus de lui. Une double page de celui qui était le plus bas était presque entièrement occupée par deux photographies d'actualité. Sur la première on voyait une avenue bordée d'arbres, qui longeait le parapet d'un pont à moitié détruit. De chaque arbre de cette avenue pendait un corps, tous en rang et dans la même et identique position, la tête penchée sur une oreille, les pieds un peu écartés et les deux mains liées derrière le dos. Ils étaient tous jeunes, et tous mal habillés, l'air de pauvres. Sur chacun d'eux était accrochée une pancarte avec l'inscription : PARTISAN. Et à part, au début de la rangée, une femme qui ne portait pas de pancarte et qui, à la différence des autres, n'étai. pas pendue par une corde mais était accrochée par la gorge à un croc de boucherie, c'étaient tous des hommes. Sur la photo, on voyait cette femme de dos mais d'après ses formes, encore en fleur, elle semblait très jeune, moins de vingt ans. Elle était très bien faite, elle avait un pantalon de couleur foncée, et de longs cheveux noirs, dont on ne comprenait pas très bien s'ils étaient nattés ou dénoués, se répandaient sur son torse ensanglanté, blanchâtre sur la photo, au point d'avoir l'air nu. Près du parapet du pont on voyait la silhouette d'un homme, probablement une sentinelle, qui avait un pantalon militaire serré à la cheville. Et de l'autre côté de l'avenue, il y avait un petit groupe de personnes, à l'air occasionnel de passants, qui regardaient et au nombre desquelles il y avait deux gosses plus ou moins du même âge qu'Useppe.

Sur la deuxième photographie de la même page, on voyait un homme âgé, au crâne gras et chauve, pendu par les pieds et les bras grands ouverts, au-dessus d'une foule dense et imprécise.

Sur la couverture du magazine placé plus haut, s'étalait une autre photographie récente, sans pendus ni morts, mais mystérieusement atroce. Une femme jeune, le crâne rasé à zéro comme celui d'une marionnette, avec dans les bras un enfant enveloppé dans un linge, avançait au milieu d'une foule de gens de tous âges, qui la montraient du doigt en ricanant et se moquaient grossièrement d'elle. Cette femme, aux traits réguliers, semblait épouvantée et hâtait le pas, peinant dans ses gros souliers d'homme éculés, précédée et bousculée par la foule. Tous les gens autour d'elle étaient, comme elle, mal mis et pauvres. L'enfant, âgé de quelques mois, petite tête bouclée et claire, avait un doigt dans la bouche et dormait tranquillement.

Useppe, la tête levée, examinait ces scènes avec une stupeur hésitante et encore vague. On eût dit qu'il interrogeait une énigme, de nature ambiguë et monstrueuse, et pourtant obscurément familière. « Useppe ! » l'appela Ida ; et lui, après lui avoir docilement tendu sa menotte, la suivit, perplexe, mais néanmoins sans lui poser de question. Quelques instants plus tard, sa curiosité attirée par une quelconque nouveauté, il avait déjà oublié le kiosque à journaux.

Et les jours suivants, il sembla que la découverte qu'il avait faite de la photographie, découverte tardive et vaguement perçue, n'avait pas agi sur lui, sinon comme une impression fugitive, sans même laisser de trace dans sa mémoire. Dans la rue, Useppe était redevenu le même ignorant qu'avant, passant sans les voir au milieu des inscriptions et des images, car il était trop pris par les autres dimensions de l'univers, même minuscule, qui l'entourait. Et à la maison, il ne fit jamais allusion au spectacle abscons de cet édicule ; c'est seulement s'il lui arrivait d'entrevoir des photos sur une page de journal, que ses yeux se tendaient, sous l'empire d'une réminiscence indéfinie, vers celles qui, à distance, se présentaient à lui comme des taches d'ombre : si bien que sa réminiscence s'évanouissait, au même instant, sans appel.

Une fois, ensuite, le crieur de journaux (qui, à la vérité, se qualifiait, quant à lui, de *journaliste*), trouvant sur la table un quotidien, fabriqua en un tournemain, pour amuser Useppe, un chapeau du type « carabinier » et se le mit sur la tête. A la vue du « journaliste », avec son visage rond et son menton en galoche comme les nains, qui se démenait sous ce bicorne, Useppe rit bruyamment. Là-dessus, ayant sauté sur la chaise, il ne fut pas long à enlever cette coiffure de la tête du crieur de journaux pour l'essayer sur celle de la petiote ; ensuite il voulut l'essayer sur Ida et finalement sur lui-même. Or il avait la tête si petite qu'elle disparaissait entièrement sous ce chapeau ; et, au milieu de tout cela, il riait et riait, comme s'il lui était entré dans la gorge un moineau fou.

Hélas, quelques instants plus tard, Filomena intervint pour récupérer le journal qu'elle replia consciencieusement et mit de côté. Mais ce même après-midi, plus tard, voyant le maître de maison, qui feuilletait de vieilles gazettes (certaines desquelles d'une belle couleur rose), Useppe l'invita carrément à lui faire un chapeau avec l'une d'entre elles. Peut-être, sur l'exemple du *journaliste,* avait-il pensé que c'était là l'emploi logique et le plus intéressant pour lui des feuilles imprimées. Il se résigna néanmoins docilement au refus de Tommaso ; lequel, du reste, voyant son intérêt actuel pour le journalisme, en profita pour lui dire avec orgueil que c'était là une collection de chroniques sportives, où étaient racontés les matchs historiques de l'époque où la guerre n'avait pas encore interrompu les grands championnats. Et sur cette image, on voyait une passe du fameux match Italie-Espagne ; et ça, c'était Ferraris Secondo, et ça Piola...

Je me rappelle que ce jour-là était un dimanche ; et que, me semble-t-il, on était au mois de juin. Le lendemain, se produisit un incident semblable à celui, antérieur, du kiosque à journaux, et qui, sur le moment, parut aussi insignifiant et fugace.

Rentrant rapidement du marché entre une commission et l'autre, Ida avait laissé à la cuisine un cornet de fruits à demi ouvert. Et quelques instants plus tard, Useppe, tenté par ces fruits, se retrouva avec dans la main le papier qui les enveloppait : peut-être méditait-il déjà de s'en faire un chapeau de carabinier ?

C'était une page d'hebdomadaire illustré, mal imprimé et d'une teinte violacée : de ceux à bon marché qui, d'habitude, sont pleins de petites histoires sentimentales et de cancans sur les actrices et les têtes couronnées ; mais actuellement, comme c'était inévitable, la plus grande place, ici aussi, était occupée par les témoignages sur la guerre. Sur cette page étaient reproduites des scènes des Lager nazis, Lager sur lesquels, jusqu'à l'arrivée des Alliés, on n'avait eu que des renseignements furtifs et vagues. A peine maintenant commençait-on à dévoiler ces secrets du

Reich et à en publier des photos qui, en partie, avaient été prises par les Alliés lors de la libération des camps ; et qui, en partie, avaient été récupérées dans les archives que les vaincus n'avaient pas eu le temps de détruire ; et qui, en partie, avaient été trouvées sur des S.S. prisonniers ou morts, lesquels les avaient conservées comme preuve ou comme souvenir de leur action personnelle.

Par suite du caractère de vulgarisation et peu scientifique de cet hebdomadaire, les photos imprimées sur cette page n'étaient même pas parmi les plus terribles de toutes celles qu'on voyait alors. Elles représentaient : 1) un monceau de prisonniers assassinés, nus et entassés en désordre, et déjà en partie décomposés — 2) une énorme quantité de souliers en tas, ayant appartenu à ces prisonniers ou à d'autres — 3) un groupe d'internés encore vivants, photographiés derrière un grillage métallique — 4) l'« escalier de la mort » de 186 marches très hautes et irrégulières, que les forçats étaient contraints de gravir sous des charges énormes, jusqu'à son sommet, d'où, ensuite, ils étaient souvent précipités dans le gouffre situé en dessous, pour le divertissement des chefs du Lager — 5) un condamné à genoux devant la fosse qu'il a dû se creuser lui-même, gardé par de nombreux soldats allemands, l'un desquels est sur le point de lui tirer une balle dans la nuque — 6) et une petite série de photogrammes (quatre en tout), représentant les phases successives d'une expérience en chambre de décompression, exécutée sur un cobaye humain. Ce genre d'expérience (l'une des nombreuses et diverses expériences effectuées par les médecins dans les Lager) consistait à soumettre un prisonnier à de brusques variations de la pression atmosphérique, et se termi-

21

nait d'ordinaire par une syncope et par la mort par hémorragie pulmonaire.

Tout cela, à ce que je me rappelle aujourd'hui encore, était commenté par de brèves légendes placées au bas de chaque photo. Mais pour un ignorant qui ne savait même pas lire le spectacle insolite de cette page devait sembler d'une obscurité énigmatique, d'autant que l'impression défectueuse de cette petite revue rendait certaines images aussi ambiguës que floues. On y voit un tas chaotique de matières blanchâtres et desséchées, dont on ne discerne pas les formes, et, ailleurs, un énorme dépotoir de souliers amoncelés qu'à première vue on pourrait prendre pour un tas de morts. Un escalier interminable, qui se perd dans le cadre, avec, en bas, de minuscules silhouettes recroquevillées, parmi des taches brunâtres. Un jeune homme osseux, aux grands yeux, accroupi au bord d'un trou, avec, à côté de lui, une sorte de baquet et, autour de lui, des tas de militaires qui ont l'air de s'amuser (l'un d'entre eux fait avec le bras un geste vague). Et de l'autre côté de la page, des silhouettes de petits hommes squelettiques, regardant de derrière un grillage, avec, sur le dos, des casaques rayées, flasques et tombantes, qui les font ressembler à des pantins. Certains d'entre eux sont nu-tête et ont le crâne rasé, d'autres sont coiffés d'une sorte de bonnet ; et leurs visages esquissent un petit sourire d'agonisant, aussi lamentable qu'une dépravation définitive.

En dernier, au bas de la page, on voit, en quatre photos successives, le même homme au visage hébété, tout entier ligoté avec de grosses courroies, sous un plafond bas. Au centre de ce plafond, il semble qu'on distingue une sorte d'appareil ressemblant à un entonnoir ; et l'homme tourne les yeux vers cet objet indéfinissable, comme s'il priait Dieu. On dirait que ses diverses expressions, sur ces quatre photos, dépendent des actes incompréhensibles de cette espèce de dieu. D'un accablement voisin de la stupeur, son visage hébété passe à une angoisse affreuse ; puis, à une gratitude extatique ; et puis de nouveau à cet accablement voisin de la stupeur.

Il restera à jamais impossible de savoir ce que ce pauvre analphabète d'Useppe a bien pu comprendre dans ces photos dénuées de sens pour lui. Rentrant quelques secondes plus tard, Ida le trouva qui les regardait toutes à la fois, comme si elles n'avaient été qu'une seule image ; et elle crut reconnaître dans ses yeux la même horreur que celle qu'elle y avait vue à midi, à la Stazione Tiburtina, environ vingt mois plus tôt. Lorsque sa mère s'approcha de lui, il leva vers elle des yeux aussi vides et décolorés que ceux d'un petit aveugle. Et Ida, comme si une grosse main l'avait secouée, en éprouva un tremblement de tout le corps. Mais, pour ne pas l'inquiéter, elle lui dit d'une voix légère et douce, comme on le fait avec les enfants plus jeunes encore que lui :

« Jette ce vilain papier. Il est vilain ! »

« Il est v-vilain ! » répéta-t-il (il avait encore de la difficulté à prononcer certaines consonnes). Et sur-le-champ il obéit à Ida ; et, même, comme impatient, il l'aida à déchirer comme du vieux papier cette page de journal.

Une minute plus tard, on entendit sous les fenêtres la rengaine d'un marchand ambulant qui passait dans la rue avec sa petite voiture. Et cela suffit à le distraire. Il se précipita vers la fenêtre de l'entrée, curieux de voir ce marchand. « Oignons ! ail ! la belle roquette ! » criait celui-ci comme une cantilène. Et Annita, pour s'épargner les escaliers, lui fit descendre par la fenêtre un panier suspendu à une ficelle. Debout sur un petit banc, Useppe, à la fenêtre, suivait le voyage du petit panier avec le même intérêt que si ç'avait été celui d'un aéronef Terre-Lune et retour ou, tout au moins, la première expérience de Galilée du haut de la tour de Pise. Comme d'habitude, l'incident de ce jour-là paraissait aussi avoir passé sans laisser de trace dans son petit crâne.

Néanmoins, les premiers jours qui suivirent, quand il voyait certains journaux ou hebdomadaires illustrés, il s'en tenait à distance, comme les chiots après qu'on les a battus. Et dans la rue il paraissait un peu inquiet, tirant Ida par sa jupe quand il était à proximité d'une quelconque affiche murale ou du fameux kiosque à journaux. Il y eut une visite de Nino, qui, cette fois, l'emmena dehors acheter une glace. Et en rentrant, il en profita pour faire un saut jusqu'au kiosque à journaux qui était sur l'autre trottoir, disant au petit : « Toi, attends-moi là. » Mais Useppe, quand il le vit s'approcher du kiosque, se mit à lui crier du trottoir :

« Viens ! Viens ! Vieeens ! » avec un accent d'alarme désespéré, comme pour défendre son frère contre on ne sait quel accident de la circulation. « Toi », le railla Ninnuzzu en revenant près de lui, « plus tu grandis et plus tu me fais marrer ! Qu'est-ce que t'as ? J'allais tout de même pas me barrer ! » Là-dessus, la bouche rieuse, il conclut : « Tu me donnes un bécot ? »

... Durant cet été, il y eut encore deux autres visites de Ninnuzzu. Lors de la première, lorgnant sa mère, il remarqua : « T'as les cheveux tout blancs, m'man, t'as l'air d'une grand-mère !! » Comme s'il ne l'avait pas déjà vue blanche les fois précédentes et s'apercevait maintenant seulement de ce fait nouveau.

Et lors de sa seconde visite, il annonça que bientôt il allait devenir le propriétaire d'une moto de marque étrangère, quasi neuve, une occasion grandiose ! et que la prochaine fois il viendrait à Rome sur cette moto !

Ce qui fit que la petiote (qui, actuellement, en présence d'Assodicuori, se tenait toujours dignement à l'écart) rêva, la même nuit, qu'elle était poursuivie par une motocyclette qui roulait à toute vitesse, sans personne en selle. Et elle s'enfuyait à droite et à gauche, à tel point apeurée que soudain, de frayeur, elle apprenait à voler.

Sur ces entrefaites, au mois d'août, à la suite du lâcher de la bombe atomique sur les villes d'Hiroshima et de Nagasaki, le Japon avait lui aussi signé sa reddition totale.

Les nouvelles de l'explosion atomique étaient telles qu'on en parlait à contrecœur, comme d'abstractions répugnantes. On ne pouvait pas parler de temps, car la durée (si l'on peut dire) du phénomène était d'une grandeur si minime qu'elle devenait incalculable (on tentait de la calculer en vingt millièmes de seconde). Pendant cette *durée*, les deux villes en question avec leurs habitants avaient, y compris les molécules de leur matière, cessé d'exister. On ne pouvait parler ni de destruction ni de mort. On parlait d'un *champignon* de lumière, tel que des aveugles de naissance en avaient perçu, à distance, l'éclat irréel. Et de tout ce qui existait auparavant dans son périmètre, ce champignon n'avait laissé, çà et là, sur le sol, que des ombres, comme des images de spectres imprimées sur une plaque. Par-delà le périmètre du champignon, se déchaîne la *première tornade*, et puis la *seconde tornade*, et puis une pluie putride d'étranges poisons ou de braises. Impossible de compter les victimes : car les conséquences physiques du *champignon,* des *tornades* et des *pluies atomiques* ne s'évaluent pas seulement d'après le nombre des *individus anéantis* et des morts (à Hiroshima, ceux-ci, d'après un premier calcul, étaient quatre-vingt mille). Elles continuaient d'agir sur les survivants, pendant des années et des générations. Les *bombes explosives et incendiaires* avec leurs éclats, leurs incendies et leurs *nuages de poussière* semblaient encore des phénomènes terrestres ; alors qu'Hiroshima et Nagasaki ne semblaient plus des lieux de ce monde. On ne pouvait même pas éprouver de la compassion pour les Japonais.

Ainsi, la Seconde Guerre mondiale était terminée. Ce même mois d'août, les Trois Grands (MM. Churchill et Truman et le Camarade Staline) se retrouvaient à Potsdam pour définir la paix, c'est-à-dire pour fixer les frontières respectives de leurs Empires. L'Axe Rome-Berlin et le Tripartite avaient disparu. Le Rideau de Fer faisait son apparition.

2

Avec l'automne, la paix amena une série d'événements nouveaux.

Les premiers à revenir furent les Juifs. Les survivants des 1056 passagers du convoi Rome-Auschwitz, parti de la Stazione Tiburtina, étaient au nombre de 15 : tous, comme la quasi-totalité des déportés de

Rome, appartenant à la classe la plus pauvre. L'un d'eux, à son arrivée, fut hospitalisé à l'Ospedale di Santo Spirito, où travaillait comme garçon de salle Tommaso Marrocco, lequel en apporta la première nouvelle chez lui. Cet homme, de son métier mercier ambulant et âgé de moins de trente ans, ne pesait actuellement pas plus qu'un enfant. Il avait un numéro marqué sur la peau et son corps, jadis normal et robuste et, maintenant, d'aspect décrépit, était couvert de profondes cicatrices. Il était fiévreux et, toutes les nuits, ne faisait que délirer, et, bien qu'il ait été incapable d'avaler n'importe quel aliment, il vomissait des choses noirâtres. A leur arrivée en Italie, les quinze, au nombre desquels il n'y avait qu'une seule femme, avaient été accueillis par un comité d'assistance, qui les avait munis chacun d'un billet de chemin de fer de deuxième classe, d'une savonnette et (pour les hommes) d'un paquet de lames de rasoir. Le plus âgé d'entre eux (46 ans), à peine arrivé dans sa maison vide, s'y était enfermé, et il y était encore depuis plusieurs jours en train de pleurer. Quand on voyait passer l'un de ces revenants, on n'avait pas de mal à les reconnaître du premier coup d'œil, et les gens se disaient l'un à l'autre : « C'est un Juif. » A cause de leur poids dérisoire et de leur aspect étrange, les gens les regardaient comme s'ils avaient été des caprices de la nature. Même ceux qui étaient grands avaient l'air petits, et ils marchaient, courbés, d'un pas long et mécanique, comme des marionnettes. A la place des joues, ils avaient deux creux, beaucoup d'entre eux n'avaient à peu près plus de dents et sur leurs crânes rasés, un duvet plumeux, semblable à celui des bébés, s'était depuis peu remis à pousser. Leurs oreilles saillaient de leurs visages émaciés, et dans leurs yeux

enfoncés, noirs ou marron, ils ne semblaient pas
refléter les images présentes autour d'eux, mais une
sorte de ronde de figures hallucinatoires, comme une
lanterne magique de formes absurdes tournant éternellement. Il est curieux que certains yeux conservent
visiblement l'ombre de Dieu sait quelles images, jadis
imprimées, Dieu sait quand et où, sur leurs rétines,
telle une écriture indélébile que les autres gens ne
savent pas lire — et souvent ne veulent pas lire. Ce
dernier cas était celui qui se produisait en ce qui
concernait les Juifs. Et ceux-ci apprirent vite que
personne ne voulait écouter leurs récits : certains
cessaient de les écouter dès les premiers mots, d'autres
les interrompaient rapidement sous un prétexte quelconque, et d'autres encore les écartaient carrément en
ricanant, comme pour leur dire : « Frère, je te plains,
mais, en ce moment, j'ai autre chose à faire. » De fait,
les récits des Juifs ne ressemblaient pas à ceux des
capitaines de navire ou d'Ulysse, le héros, de retour
dans son palais. Ils étaient des figures aussi spectrales
que des nombres négatifs, en dessous de toute vision
naturelle et incapables de susciter même la plus banale
sympathie. Les gens voulaient les éliminer de leurs
journées, comme dans les familles normales on élimine
la présence des fous ou des morts. Et ainsi, en même
temps que les figures illisibles qui fourmillaient dans
leurs noires orbites, de nombreuses voix accompagnaient les petites promenades solitaires des Juifs, se
répercutant, énormes, dans leurs cerveaux en une fuite
en spirale, plus bas que le seuil habituel de l'audible.

. . . .

USEPPE : « ... m'man, *pourquoi* le signore il cogne sur
les murs avec sa main ? »

IDA : « ... comme ça... pour jouer... »

28

« ... il est malade ? »

« Non. Il n'est pas malade. »

« Non ? non, hein ? mais est-ce qu'il y voit ? »

« Bien sûr, il n'est pas aveugle. Bien sûr, il voit. »

« ... il est pas aveugle... »

Ce type, Ida le voyait souvent, venant de la Piazza Gioacchino Belli, de l'autre côté du fleuve. Il fréquentait un certain bar des parages, où elle avait obtenu de mettre une petite annonce personnelle, rédigée à la plume par elle-même, proposant de donner des leçons particulières. Quel âge pouvait bien avoir ce type, il était impossible de le dire. Ce pouvait être un adolescent ou, par contre, un vieillard dans les soixante ans (il en avait, en réalité, trente-cinq). La seule chose que l'on pouvait dire de lui, à première vue, c'était qu'en plus d'être juif, il devait avoir toujours été pauvre ; et de fait, son métier, ainsi qu'Ida l'apprit du barman, était jadis, transmis de père en fils, celui de ferrailleur. Malgré la chaleur, il était toujours coiffé d'une casquette, et dans ses grands yeux marron, très rapprochés de son nez long et pointu, il y avait une sorte de très douce confiance, analogue à celle qu'on voit dans l'œil de certains chiens malades. Un jour (rougissant tout entière, telle une fillette de la campagne à son premier racolage de prostituée), Ida prit son courage à deux mains et, le prenant à l'écart, lui demanda, balbutiante, si parmi ceux qui étaient revenus du Lager il y avait une certaine signora Celeste Di Segni et une vieille sage-femme... « Non non », répondit-il en souriant avec une gauche innocence de demeuré, « gosses et vieux, personne. Eux, y a longtemps qu'y sont *montés au ciel*... »

Et sur-le-champ, fouillant dans sa poche, il demanda à son tour à Ida si elle ne voulait pas acheter

29

une montre de femme d'occasion... Puis, comme Ida se dérobait, il proposa la même affaire au barman, voire en échange d'une bouteille de cognac, de grappa ou d'autre chose.

... Depuis cet après-midi du début de juin de l'année précédente, Ida n'était plus retournée au Ghetto. Et, que je sache, dans la suite, aussi longtemps que dura sa vie, elle n'y remit jamais les pieds

Vers la fin de novembre, il y eut un autre retour qui emplit d'espoir la famille Marrocco : Clemente, le frère de Consolata, revint de Russie.

Son retour, après un si long silence et tant de vaines recherches, fut salué comme un miracle. Mais, déjà moins d'une semaine plus tard, on entendait Consolata murmurer, avec un coup d'œil qui en disait long : « Ça aurait peut-être mieux valu pour lui qu'il ne revienne pas... » De fait, il était parti de Rome en bonne santé et entier, et il y revenait mutilé des doigts d'un pied et de trois doigts de la main droite, car il avait eu ces membres gelés en 43 au cours de la retraite. Or, dans le civil, son métier était celui de menuisier. Alors, comment allait-il faire maintenant, à demi estropié et invalide, pour reprendre son travail ? Il allait falloir que Consolata travaille le double, pour elle-même et pour lui.

A son arrivée, il cachait avec une petite écharpe crasseuse sa main mutilée, comme en ayant honte. Ensuite Filomena lui tricota un gant de laine noire qui lui recouvrait la main, ne laissant dehors que les deux doigts intacts ; et à dater de ce moment, dans le quartier on l'affubla du surnom de Manonera (Main noire).

En ce qui concerne Giovannino, il ne put rien dıre de précis. La dernière fois qu'il l'avait vu, ç'avait été durant la retraite de l'autre côté du Don, en janvier 1943, peut-être, d'après ses calculs, le 20 de ce mois — ou bien le 24 ou le 25 (comment s'y reconnaître dans ces nuits et ces jours ?). Ils fuyaient ensemble, Giovannino et lui, sur une route ou sur un marais glacés, dans un énorme fouillis de chenillettes, de traîneaux, de bœufs, de chevaux et d'hommes à pied. Giovannino et lui étaient à pied, séparés de leur colonne qui s'était égaillée et dispersée à la débandade. A un certain moment, Giovannino, à bout de forces, était tombé à genoux avec son barda. Et lui, Clemente, après l'avoir débarrassé dudit barda, l'avait aidé à se remettre debout et à continuer ; mais, au bout de deux kilomètres, Giovannino était de nouveau tombé et puis retombé encore deux ou trois fois. Jusqu'à ce que, ne résistant plus à sa trop grande fatigue, il s'était couché pour se reposer au bord de la piste, dans l'attente d'un traîneau ou d'une charrette qui s'arrêterait pour le recueillir. Il n'était pas blessé, mais il se plaignait d'avoir soif ; et lui, Clemente, avant de se remettre en route seul, avait ramassé pour lui par terre une poignée de neige et la lui avait fait boire dans la paume de sa main. Depuis lors, ils s'étaient perdus de vue définitivement. Dans la suite, du reste, il s'était constitué prisonnier aux Russes, mais, parmi ses compagnons de captivité en Sibérie, il n'avait jamais rencontré personne de connaissance qui ait pu lui donner des nouvelles de Giovannino.

Peut-être, déduisaient de cela les Marrocco, Giovanni lui aussi s'était-il livré aux Russes, atterrissant dans un autre camp de prisonniers Dieu sait où (la Russie est grande). Dans ce cas, rapatrié à la fin de la guerre avec un convoi suivant, il pouvait être de retour à la maison d'un moment à l'autre.

Le jour de son arrivée, Clemente s'était présenté chez lui agrippé à une béquille, avec, sur le dos, une capote allemande et en poche quelques lires. A la frontière italienne, en acompte sur son prêt non perçu, on lui avait donné mille cinq cents lires, qui pour lui, non au courant des nouveaux prix italiens, avaient semblé une fortune. Mais il les avait dépensées presque toutes pendant son voyage du Brenner à Rome, pour s'acheter quelques litres de vin et des sandwiches. « Deux cents grammes de charcuterie en tranches, deux cents lires ! » commentait-il d'un air de sarcasme. Et c'était là l'unique point de toute son immense aventure sur lequel il revenait avec insistance. De tout le reste il parlait le moins possible et à contrecœur.

Il était de la classe 1916, aussi, présentement, allait-il vers les trente ans ; mais comme tout le monde, quand il était civil, se le rappelait gros, il avait l'air maintenant plus jeune que quand il l'était vraiment. Son poids qui, lorsqu'il était parti pour le front, dépassait les 90 kilos, n'atteignait pas maintenant les 60. Et son teint, jadis sanguin, était devenu jaunâtre, conséquence du paludisme dont il avait été atteint en Asie, au camp de prisonniers. Actuellement, à ce qu'il déclarait, il se sentait guéri et en bonne santé. Il affirmait aussi que son infirmité ne l'empêchait nullement de travailler : c'est si vrai qu'au camp de prisonniers, il avait toujours joué son rôle : récolte du coton, ramassage de l'herbe à brûler, couper du bois et, à l'occasion, aussi des travaux de menuiserie. Par exemple, c'était lui-même qui, là-bas, s'était fabriqué pour son pied mutilé et couvert de plaies une sorte de support en bois, fixé à la jambe avec des lacets, si bien qu'il pouvait marcher même sans canne, normalement.

En disant tout cela, il prenait une expression sombre ; et bien qu'il ne se soit adressé particulièrement à personne, on comprenait que ses propos étaient spécialement destinés à sa sœur, afin de lui apprendre qu'il n'était pas réduit à l'état d'un pauvre estropié maladif, comme elle semblait le croire, et qu'il n'avait besoin ni d'elle ni de personne. A dire la vérité (bien qu'il n'ait pas voulu l'admettre), déjà au camp de prisonniers en Asie, les médecins-officiers russes, constatant ses fièvres intermittentes, l'avaient pendant un certain temps exempté de travail et l'avaient hospitalisé à l'hôpital de là-bas, qu'on appelait *lazaret*. Mais à la fin ils l'avaient laissé sortir comme les malades guéris ; et la fatigue continuelle qui maintenant pesait sur lui venait, selon lui, de son interminable voyage de retour, qui avait duré deux mois, et de rien d'autre.

Précédemment, quand il était jeune homme, *Manonera* avait toujours été d'un naturel plutôt lourd et paresseux ; par exemple, ça l'ennuyait de ne pas pouvoir faire la sieste après le repas de midi (sauf le dimanche) ; et à l'heure d'aller à l'atelier, tôt le matin, pour le décider à se lever, il fallait l'appeler dix fois. Mais maintenant c'était une autre histoire et la volonté ne lui suffisait plus. Le moindre petit effort le fatiguait, si bien que, certains jours, du simple fait de rester quelques minutes debout, il avait la vue qui se brouillait de faiblesse ; et ce n'était qu'en se recouchant qu'il retrouvait l'usage normal de ses yeux.

Un autre motif d'humiliation pour lui, c'était de ne plus pouvoir boire comme autrefois. Le vin n'avait jamais été pour lui un vice, mais ·· n plaisir. En plus de

33

sa saveur et du prétexte que cela constituait pour lui de se trouver en compagnie, le vin lui avait procuré de véritables satisfactions d'amour-propre, le rendant vif, bavard et, même, éloquent ; et en lui donnant en outre la fierté de la résistance, car il pouvait en boire beaucoup sans être ivre. Maintenant, par contre, alors que tout le monde, pour fêter, surtout les premiers jours, son retour de Russie, rivalisait à qui lui paierait à boire n'importe quel vin, aussi bien du Bianco Frascati, de l'Orvieto, du Rosso Chianti que de ce Nebbiolo de première qualité qu'il avait acheté à son arrivée dans le Nord, ce vin, dans sa bouche, avait toujours la même saveur amère. Et dès les premières gorgées, il se sentait encore plus déprimé qu'avant, son estomac le brûlant comme s'il avait avalé des braises. Pourtant, la nostalgie de l'habitude le poussait encore au bistro, où, avec une seule chopine de vin, il était capable de passer à la même table des journées entières. Mais personne ne reconnaissait plus dans ce muet hargneux et à la peau jaune le type jovial de jadis.

Depuis longtemps déjà, ses connaissances, comme sa sœur, ne s'attendaient plus à le voir revenir vivant ; et ils l'avaient accueilli avec des exclamations incrédules, comme s'ils avaient vu un ressuscité, se donnant réciproquement le mot pour courir le saluer. Mais, au milieu de cet étonnement général, Clemente, bien que fêté, se sentait, Dieu sait pourquoi, mis à l'écart, comme quelqu'un de trop ; et en compagnie, il se retirait tout entier en lui-même, tel un Lazare dans son suaire. Pourtant, la présence d'autrui lui était nécessaire : s'il était seul, ne fût-ce que quelques minutes, il était pris d'angoisse et de peur.

Au bistro, non seulement les amis qui étaient à sa

table, mais aussi les autres clients autour de lui, l'assiégeaient pour qu'il leur raconte ses aventures. Mais il se dérobait, disant avec un rictus et sur un ton revêche : « A quoi bon parler de ça ! » « ... d'autant que ceux qui n'y ont pas été, ne peuvent pas comprendre... » « d'autant que ce que j'ai vu, moi, personne ne le croira... ». Certaines fois, l'amertume de son vin le rendant furieux, en guise de réponse il proférait des injures : « Vous autres, les embusqués », criait-il, « qu'est-ce que vous voulez savoir à présent ?! C'est vous autres qui auriez dû vous y trouver, là-bas ! » Ou bien, si l'on insistait, il lançait en ricanant quelques bribes de renseignements : « Vous voulez le savoir ce que j'ai vu ? J'ai vu des morts par centaines, entassés comme des poutres d'ici au plafond, durcis et sans yeux !... » « Où ça ? » « Où ça ! en Sibérie ! Là-bas, y a des corbeaux... et des loups... » « Les loups, je les ai vus poursuivre en courant les convois, à cause de l'odeur... » « J'ai vu les CANNIBALES BLANCS ! »

« ... et ça, c'est encore rien ! » ajoutait-il chaque fois avec un plaisir haineux et un regard triste et allusif à tout le reste qu'il ne disait pas.

Un jour, sans que personne lui ait rien demandé, il tendit soudain sa main noire sous les yeux de son voisin : « Tu le vois ce chef-d'œuvre de chirurgie ? » lui dit-il avec dans les yeux une étrange hilarité, comme quelqu'un qui est sur le point de faire une confidence obscène : « exécuté par un ami alpin, sous un hangar à demi incendié, avec une paire de cisailles ! » « Et pour ça », continua-t-il (en exhibant son pied mutilé enveloppé dans des chiffons et dont une des plaies était encore ouverte), « il n'y a eu besoin d'aucune opération ! En fuyant au hasard sur la glace alors qu'on était encerclés, je me suis assis pour enlever mon soulier qui était devenu aussi dur qu'un étau de fer. Et à force de tirer, mon pied gangrené est venu avec le soulier : il me restait juste le talon et des bouts d'os. »

Alors, l'un des assistants, vexé parce qu'il l'avait traité d'*embusqué*, lui dit : « Eh bien, est-ce que t'as au moins pensé à envoyer une carte postale de salutations et de remerciements à ton Duce ? » Et Clemente le regarda de travers, mais sans trouver de réponse. De fait, il ne pouvait nier avoir été, quand il était jeune, favorable au Fascio. Il avait confiance en le Duce et aussi en les généraux, même après son expérience de la campagne gréco-albanaise, pour laquelle il disculpait le commandement italien, l'expliquant, Dieu sait pourquoi, par une « trahison des Grecs ». Et en été 42, prêt à partir pour le front russe, il avait proclamé, en trinquant, dans ce même bistro : « Eux autres, les chefs, ils connaissent leur métier ! S'ils nous expédient là-bas comme ça, mal équipés et sans défense contre le froid, c'est parce qu'ils savent qu'à l'heure qu'il est, le sort des Soviétiques est plus que décidé ! D'ici un ou deux mois, avant qu'arrive l'hiver, la Russie sera kaputt ! Et nous autres Italiens, faut qu'on soit présents pour la victoire ! »

Aux questions incessantes des Marrocco, concernant surtout les circonstances de la retraite, il s'efforçait de répondre tout de même, mais tellement à contrecœur qu'il avait le visage comme tuméfié par la répugnance. « Mais il y avait des maisons dans les environs ? » « Des villages, oui, des villages... » « Avec des habitations, je veux dire avec des familles... » « ... oui... des paysans... des gens de la campagne... » « Comment est-ce qu'ils sont ? des braves gens ?... » « Oui, les Russes sont en général de braves gens. »

« ... mais pourquoi lui avoir donné de la neige à boire ?! il n'y avait donc pas d'eau ?!... » Manonera détourne le regard avec un sourire ambigu : « Oh », répond-il d'une voix étranglée et assombrie, « on avait encore de la veine, là-bas, quand on avait de la neige à boire. Dans le convoi de Sibérie, on a bu notre urine... LA SOIF ! LA FAIM ! » dit-il en se retournant brusquement, énumérant sur les doigts de sa main valide avec l'un des doigts de sa main mutilée, « le froid ! les épidémies ! la faim ! LA FAIM ! » et arrivé là, il s'arrête, car il se rend compte qu'il est en train de s'acharner contre l'espoir de ces pauvres idiots. Mais dans ses yeux creux, marqués par la maladie, plus que de la pitié il y a un certain mépris : est-il possible que ces gens ne se décident pas à comprendre que ceux qui, n'en pouvant plus, se laissaient tomber par terre sur la route de la fuite, étaient tous foutus ; que personne ne pouvait les prendre sur son dos, qu'il fallait les planter là ; et que déjà ils étaient tous morts ?

A présent, nous allons tenter de rapporter, comme cela, à distance et par le souvenir, les dernières heures de vie de Giovannino.

Cependant que son camarade Clemente (plus connu là-bas, au front, sous son patronyme de Domizi) continuait de fuir sans lui, Giovannino est à genoux au bord de la piste, dans l'attente d'un quelconque moyen de transport qui le recueille. Sa pensée confuse est hantée par le souvenir de corps tombés et déjà à demi recouverts par la neige, qui parsemaient le sol quand il marchait avec Clemente, si nombreux que, parfois, il a buté contre eux. Aussi résiste-t-il à l'envie de s'allonger de tout son long ; mais il n'est plus capable de se remettre debout. Pour que la foule des fuyards le voie, il se met à gesticuler avec ses bras, criant vainement : « Pays ! pays ! » Sa voix se perd dans les clameurs : des hurlements retentissent, des appels de bataillons, des numéros de compagnies ou des noms de chrétiens, des encouragements à des mulets ; mais ce sont toutes des voix inconnues. On n'entend nulle part le nom de son bataillon et celui de Marrocco.

Voici que passe un traîneau tiré par des bœufs, dans lequel il y a une sorte de ballot qui gémit et qu'un fantassin suit à pied : Giovannino s'avance à sa rencontre sur les genoux, et il gesticule et implore. Mais le fantassin, après lui avoir jeté un coup d'œil indécis, se détourne et s'éloigne avec le traîneau. Quelques instants plus tard, apparaît à quelque distance une charrette chargée de matériel, où bougent des silhouettes emmitouflées : peut-être pourrait-on y trouver une place pour lui ? « Pays ! pays ! », mais la charrette elle aussi s'est éloignée dans la confusion générale sans faire attention à lui. Se déplaçant sur les genoux, Giovannino recule pour ne pas être écrasé ; et il gesticule en direction d'un gradé qui vient de descendre d'un petit cheval si maigre qu'il a les vertèbres aussi saillantes que des dents. Le petit cheval qui s'est empêtré les jambes dans un objet quelconque, tourne vers Giovannino pendant que son maître les lui dégage, ses gros yeux qui s'excusent comme ceux d'un chrétien. Et l'homme, du coin de l'œil, regarde à son tour dans la direction de Giovannino, fait un geste désolé de refus, et puis, l'air honteux, repart sur le petit cheval. La tourmente commence, le ciel est d'un gris sombre, à deux heures de l'après-midi il fait déjà nuit. Un alpin, les yeux écarquillés, passe devant lui, marchant pieds nus, et ceux-ci enflés et d'un noir de plomb. « Alpin ! alpin ! au secours ! Prends-moi sur ton dos ! » croit lui hurler Giovannino. Mais l'alpin pendant ce temps est déjà loin, avançant péniblement dans la neige avec ses gros pieds noirs.

Giovannino se recule. Sa fièvre a monté. A présent, au milieu des explosions et des cris qui se brisent, il commence à entendre une sorte de carillonnement et il ne sait plus où il est. Finalement, voyant passer une charrette très haute, avec des cierges aussi grands que des colonnes, il commence à comprendre qu'il se trouve au passage de la procession de son village de Ceprano, et celui qui est là-haut, porté en procession sur ce char, c'est le Général qui donne des ordres, les bras croisés. Mais pourquoi de toutes les fenêtres lui jette-t-on des brassées de fleurs de neige ? Giovannino le reconnaît et, même, il se rappelle aussi que c'est précisément ce Général qui a dit aux troupes : « Brûlez les autos, jetez le chargement, jetez tout, et sauve qui peut. L'Italie se trouve à l'occident. Marchez toujours vers l'occident, c'est là que se trouve l'Italie. »

« L'occident », raisonne Giovannino, « ça veut dire là où le soleil se couche ». Là-bas, au fond, quelque part dans la tourmente, un incendie fait rage, et il pense que c'est le soleil. Alors, laissant derrière lui la foule dont le bruit se raréfie pour ses oreilles, avançant toujours sur les genoux et s'aidant avec les mains, il entreprend son voyage vers l'occident.

Ses pieds, enflés et sans souliers, enveloppés imparfaitement dans des bouts de couverture, ont beau lui peser, ils ne lui font pas du tout mal. A la place de ses pieds et de ses jambes, à partir des genoux, il a l'impression de porter deux sacs de sable. Le drap de son uniforme est devenu aussi dur que de la tôle, craquant à chacun de ses mouvements, et son corps, transpercé par des milliers d'aiguilles, n'est plus qu'un élancement et un fourmillement. Les rafales le frappent et le giflent en sifflant, et il marmonne contre elles : « Va te faire foutre, la vieille ! » « foutu con ! » et autres phrases du même genre, qui lui sont familières depuis son enfance... En réalité, comme si on lui avait coupé la langue, c'est à peine si lui sort d'entre les lèvres un gargouillement de syllabes confuses.

Il avance encore de quelques mètres, s'arrêtant de temps à autre pour ramasser une croûte de neige glacée qu'il suce avec avidité ; mais, ensuite, la peur de tomber le convainc de résister à sa soif ardente. Arrivé au bord ébouleux d'une crevasse, il se heurte à quelqu'un qui, tout emmitouflé, se repose, assis par terre, le dos contre une pierre. C'est un tout petit soldat, à peine plus grand qu'un enfant, et il est mort ; mais Giovannino ne s'aperçoit pas qu'il est mort, et il insiste auprès de lui pour avoir des indications sur la route à suivre. Le petit soldat le regarde avec un léger sourire moqueur et ne lui répond pas.

Mais, du reste, le chemin à parcourir ne doit plus être tellement long : ce sont là les *macere*[1] de Sant' Agata in Ciociaria, avec le lin en herbe, et là-bas au fond, à ce petit feu allumé, on reconnaît maintenant la cabane familiale.

Quand voici que vient de sortir de la cabane son grand-père qui le menace avec sa ceinture, parce qu'il a laissé derrière lui la nouvelle chevrette, qui s'appelle Musilla, ce qui est un nom nouveau, qu'il entend pour la première fois. « Musilla ! Musillaaa ! » et de nombreux bêlements répondent, mais ils viennent de l'orient, et lui, il n'a vraiment pas envie de revenir sur ses pas. Pour ne pas affronter les coups de ceinture de son grand-père qui le regarde fixement avec deux orbites sans yeux, il décide de se cacher derrière le mur de pierres sèches d'une *macera*. Et de fait, il vient de glisser doucement le long de l'éboulis presque jusqu'au fond de la crevasse, et là au moins il est un peu abrité de ce tumulte incompréhensible qu'il y a là-haut.

Va-t'en au diable, grand-père ! du reste, sous peu, je vais partir pour Rome pour être carabinier. A présent, Giovannino ne sait plus si cette hantise qui le brûle est de la glace ou du feu. Il a la sensation que son cerveau bout et que des frissons lui pressent le cœur comme un citron. Continuellement lui glisse entre les jambes une tiédeur visqueuse qui aussitôt se congèle et s'incruste dans sa peau. A cause de sa soif incessante il voudrait lécher la manche gelée de sa capote, mais son bras et sa tête retombent, exténués. « Meh ! Meeh ! Meeh ! » Ça, c'est le bêlement éperdu de Musilla ; et ce hurlement de douleur déchirant signifie qu'aujourd'hui, là-haut, dans le pré devant la maison, on tue le cochon. Un cochon, quand on l'empoigne pour le tuer, a la même voix qu'un chrétien. Et sous peu, là-haut dans la cabane, on mangera du boudin, son cœur et son foie... Mais la faim qui, ces jours derniers, était ce qui torturait le plus le troufion Giovannino, ne se fait plus sentir pour lui ; et, même, la seule image de la nourriture produit en lui une régurgitation nauséeuse.

Il lève les yeux et s'aperçoit qu'au-dessus de lui s'étend un grand arbre d'un vert transparent et lumineux, accroché à une branche duquel pend Toma, son chien. Il est de notoriété publique que Toma, tout à l'heure, s'est laissé tenter par la vessie du porc qu'on venait tout juste de dépecer, et il l'a avalée et il est mort ; après quoi l'oncle Nazzareno, qui n'est pas allé à la guerre parce qu'il est borgne, a suspendu son

cadavre à l'arbre comme appât pour les renards.
« Toma ! Toma ! » gémit Giovannino, petit et en
culotte courte ; mais Toma, bien que mort, gronde et
lui montre les dents. Alors, au comble de la peur,
Giovannino appelle sa mère ; et la syllabe « m'man,
m'man, m'man » prononcée par la voix de Giovannino
petit, se multiplie à travers toutes les *macere*.

Voici sa mère qui sort de la maison là-haut, sa
quenouille sous le bras et son fuseau à la main, et,
même en marchant, elle continue de filer, effilochant le
lin de la quenouillée et le travaillant entre ses doigts.
Elle est en colère et engueule Giovannino à pleine voix,
parce qu'il pue la merde : « T'as pas honte de faire
sous toi à ton âge ! Va-t'en, tu empestes ma maison ! »
A l'extérieur de la crevasse, là où l'on voit sa mère, il y
a un magnifique soleil d'été ; et sur le foin illuminé par
le soleil de midi passe Annita, sa fiancée. La mère de
Giovannino, là, à la maison de Sant'Agata, porte
encore la jupe ample et longue des femmes de la
Ciociaria, ainsi que le corsage noir et la chemisette ;
mais Annita, par contre, a une petite robe courte et
non cintrée, guère plus qu'une chemise, les pieds nus
et propres. Sur la tête, elle a un grand mouchoir blanc,
retenu par deux nœuds derrière la nuque, ce qui fait
qu'on ne voit pas ses cheveux. Et elle revient du puits,
porteuse du seau rempli et où il y a déjà la louche avec
laquelle boire ; et à chacun de ses petits pas rapides, du
seau plein à ras bords, de l'eau fraîche pleut sur le foin
chaud.

« Annita ! Annita ! » appelle Giovannino qui voudrait boire l'eau du seau ; mais Annita elle aussi fait
une grimace de dégoût et le repousse. « Tu es plein de
poux ! » crie-t-elle d'une voix suraiguë. Et à ce
moment, de l'intérieur de la cabane où se trouve le

grand-père de Giovannino, une retentissante voix de basse prononce avec netteté : « Bon signe. Les poux fuient les morts. »

Giovannino ne sait pas ce qui lui prend. Maintenant, il n'a plus envie que de dormir. La lumière franche et ensoleillée dure encore un instant et, immédiatement après, ici aussi, à Sant'Agata la nuit s'est faite. Il y a un petit vent du soir, frais et reposant, qui va et vient au rythme léger d'un éventail. Et pour dormir Giovannino voudrait se pelotonner comme il aime le faire depuis toujours : mais son corps, à cause de tout ce froid passé, est devenu si raide qu'il ne réussit plus à se courber. Mais simultanément Giovannino s'aperçoit, comme d'un fait naturel, qu'il a aussi un second corps : lequel, à la différence du premier, est souple, propre et nu. Et satisfait, il se courbe dans la position qu'il préfère quand il est au lit : ses genoux lui touchant presque le menton, et pelotonné de telle façon que sous lui se creuse dans le matelas une couche très confortable ; et tandis qu'il se pelotonne ainsi, les feuilles qui garnissent le matelas froufroutent, comme si elles bruissaient en été et en hiver. C'est là la position qu'il a toujours prise pour dormir, aussi bien quand il était petit qu'adolescent et adulte ; mais chaque nuit, au moment où il se pelotonne ainsi, il lui semble qu'il redevient petit. Et à la vérité, petits, grandis ou adultes, jeunes, âgés ou vieux, dans le noir on est tous égaux.

Bonne nuit, blondinet.

... 1946

Janvier-Mars

Premiers mouvements de révolte des peuples des Colonies. Accrochages avec la police anglaise à Calcutta et au Caire, et nombre élevé de victimes parmi les manifestants.

En Europe, aux conséquences des bombardements et des exodes en masse (millions de sans-abri et de réfugiés) s'ajoutent les expulsions et les transferts par la force d'entières populations (trente millions d'Européens, en majorité allemands) à la suite de la fixation d'après-guerre des frontières, décidée à Potsdam.

En Italie, aux mesures radicales exigées par une situation désastreuse (ruines de la guerre, inflation, chômage, etc.) s'opposent les pouvoirs prédominants de la restauration, lesquels pour leurs fins répressives fomentent continuellement des désordres dans le pays et en particulier dans le Sud. Des heurts sanglants avec la police font suite aux révoltes des journaliers et des paysans contre des conditions de vie désespérantes. Nombreuses victimes parmi les manifestants en Sicile.

En U.R.S.S., nouveau régime de terreur de Staline (nommé, après la victoire, Généralissime et Héros de l'Union soviétique), qui, dans un pays saigné à blanc et bouleversé par la guerre, a concentré en lui, grâce à des modifications de la Constitution, tous les pouvoirs politiques et militaires. Le Chef dispose à sa guise de la liberté et de la vie de tous les citoyens. Le nombre des condamnés s'élève à des chiffres incalculables. Le moindre manquement des ouvriers (contraints à un travail massacrant et pratiquement enchaînés aux machines) est puni de la déportation. Les camps de concentration de Sibérie sont actuellement bondés, entre autres, de combattants et de civils de retour des Lager ou des travaux forcés en Allemagne, et accusés en conséquence de trahison pour s'être livrés vivants aux Nazis. Le *rideau de fer* cache au monde cette réalité de la scène russe, et même le peu qui en transpire est repoussé comme *propagande réactionnaire* par les innombrables « condamnés à l'espérance » qui peuplent l'Europe, les Colonies et le reste du monde, et qui continuent de regarder vers l'Union soviétique comme vers la patrie idéale du socialisme.

En Chine les combats entre l'Armée Rouge et le Kuomintang continuent.

Juin-Septembre

En Italie, premières élections au suffrage universel pour l'Assemblée constituante et le choix entre la république et la monarchie. La république l'emporte. La famille de Savoie part pour l'exil. L'Assemblée constituante se réunit.

Nouvelles victimes en Sicile au cours d'un accrochage entre paysans et police.

En Palestine, impossible vie en commun des Arabes et des Juifs immigrés. Terrorisme juif et contre-terrorisme arabe.

Guerre civile en Grèce — zone d'influence britannique — où les partisans ont repris les armes contre la réaction monarchique soutenue par les Anglais. Rapide et violente répression des pouvoirs constitués. L'Union soviétique — en conformité avec les accords de Potsdam — garde un silence diplomatique sur la question.

Le synchrocyclotron de 340 mégavolts est installé à Berkeley (U.S.A.).

Octobre-Décembre

A Rome, au cours d'un accrochage entre police et ouvriers, deux ouvriers sont tués et nombreux sont les blessés.

A Nuremberg, le procès des chefs nazis se termine par 12 condamnations à mort. Au cours des diverses phases de ce procès s'est déroulée en public une sorte d'autopsie de l'organisme d'État du Reich, c'est-à-dire d'un mécanisme bureaucratico-industriel de perversion et de dégradation promues au rang de fonction essentielle de l'État (« une page de gloire de notre Histoire[2] »).

Au Vietnam du Nord, la flotte française bombarde Haiphong (six mille morts) et occupe le ministère des Finances d'Hanoi. Hô Chi Minh appelle le peuple vietnamien à la guerre de libération contre les Français...

1

Les premiers jours de janvier 46, les Marrocco apprirent qu'un de leurs parents de Vallecorsa (village proche de Sant'Agata) venait de rentrer lui aussi de Russie ; et leur espoir de revoir Giovannino, qu'avait déjà ranimé le retour de Clemente, grandit plus que jamais. Tous les matins, en même temps que la lumière du jour, l'espoir pointait chez les Marrocco (« peut-être qu'aujourd'hui... »), espoir qui, ensuite, vers le soir se fanait pour renaître pareillement le lendemain.

Le parent de Vallecorsa qui avait lui aussi perdu la santé au cours de sa campagne de Russie et qui était atteint de tuberculose, se trouvait actuellement au Sanatorium Forlanini de Rome, où les femmes Marrocco revenaient assidûment lui rendre visite. Mais il avait beau répondre avec bonne volonté à leurs infatigables questions concernant Giovannino, il en savait, à la vérité, encore moins long que Clemente. Et de fait, Giovannino et lui s'étaient perdus de vue avant même la débandade définitive, lorsque commençait à

49

peine le repli. Giovannino, alors, se portait bien, etc., etc. Mais depuis lors, ordres et contrordres s'étaient succédé, on n'avait ni moyens de défense ni de survie, ce n'était plus une guerre ni une retraite, mais un vrai carnage. Des Italiens encerclés dans la *poche,* c'était déjà beaucoup s'il en était sorti dix pour cent de vivants. Quant à lui, dès le début, il s'était réfugié chez une famille russe de paysans (de pauvres crève-la-faim, des gens comme nous autres de Vallecorsa), lesquels l'avaient accueilli et nourri tant bien que mal dans leur isba d'un village qui ensuite fut incendié.

Filomena et Annita se faisaient répéter ces récits on ne sait combien de fois, en passant au crible tous les détails. Tout fait quel qu'il fût, rapporté par les rescapés, même négatif ou pessimiste, leur offrait de nouveaux prétextes pour espérer et attendre Giovannino. Le père de celui-ci, par contre, ne partageait pas leur espoir, et il semblait même les regarder comme des utopistes.

A chaque pas qui montait l'escalier, elles levaient ensemble les yeux de leur travail, s'interrompant momentanément et tressaillant un peu chaque fois. Puis sans échanger un seul mot, elles baissaient de nouveau les yeux.

Un jour, les cartes de Santina avaient répondu que Giovannino était *en route,* sans autres indications plus precises. Un autre jour, la petiote arriva hors d'haleine et dit avoir vu Giovannino immobile dans un coin du palier du deuxième étage. Tout le monde se précipita en bas : sur le palier il n'y avait personne. Pourtant, la petiote affirmait hystériquement qu'elle ne s'était pas trompée : c'était un type habillé en militaire, avec des souliers à clous de montagnard et une cape. Il était tapi dans l'angle entre deux portes et, d'après elle, il l'avait regardée fixement, en fronçant les sourcils et en lui faisant signe de ne rien dire. Mais comment l'avait-elle reconnu, elle qui ne l'avait jamais rencontré auparavant ? « C'était un petit blond, de taille moyenne », répondait la petiote, « comme lui ! c'était vraiment lui ! ! »

« Et pourquoi tu lui as pas parlé ? »

« J'ai eu peur... »

Le père de Giovannino, qui était présent, haussa les épaules, mais, pendant toute la journée, Filomena et Annita continuèrent de descendre et de remonter l'escalier, et de se poster à la porte de la rue pour guetter si elles ne voyaient pas ce soldat. Elles craignaient que pour une raison quelconque Giovannino ne fût fâché avec sa famille : peut-être parce que sa petite chambre n'était pas prête... qu'elle était occupée par des étrangers... ? ... Depuis novembre déjà Ida avait compris qu'il était temps qu'elle se trouve un autre logement, quand le hasard vint à son secours. Une petite vieille, cliente de Filomena (celle-là même qui, dès qu'elle avait vu Nino, avait dit : « Je le mangerais de baisers... ») avait l'intention de quitter en février ou mars son petit logement de ce même quartier du Testaccio pour aller vivre chez une de ses filles qui habitait Rieti. Pour quelques milliers de lires elle était disposée à céder son bail. Et Ida, qui avait encore une partie des am-lires que lui avait données Nino, réussit à les lui faire accepter comme acompte, lui promettant le reste à brève échéance (elle comptait toucher une certaine indemnité en tant que *sinistrée* ou, au pis-aller, obtenir du Ministère un prêt sur ses futurs traitements...). Et ainsi, sous peu, Ida et Useppe allaient finalement avoir de nouveau un logis. A cette idée Ida était impatiente et heureuse, cela aussi parce qu'elle espérait, entre autres choses, qu'une installation plus confortable serait tout de suite bonne pour l'humeur et pour la santé d'Useppe.

Useppe était pâlot, il avait du mal à retrouver ses bonnes couleurs et il n'était plus capable de rester tranquille, comme il le faisait les hivers précédents, « pensant » ou regardant le lapin ou le grand-père. En particulier vers le soir, une turbulente inquiétude s'emparait de lui et il se mettait à parcourir de long en large les pièces de l'appartement, grommelant, tête baissée, comme s'il avait voulu défoncer les murs. Les femmes Marrocco, que cela dérangeait, protestaient avec leurs habituels gros mots, mais en dernier, heureusement, en vue de son prochain déménagement, elles étaient devenues plus tolérantes à l'égard de ce locataire trop remuant.

Le soir, bien que tombant de sommeil, Useppe n'aurait jamais voulu se coucher ; et Ida croyait reconnaître dans ce caprice une appréhension épouvantée, car depuis quelque temps il ne jouissait plus que rarement d'un sommeil normal et ininterrompu. La série de ces nuits anormales avait commencé dès l'été précédent, et l'une de ces nuits en particulier était restée gravée dans la mémoire d'Ida comme un point douloureux. Ç'avait été à la suite de l'épisode de la cuisine, où il s'était mis en devoir de déchirer la revue illustrée d'étranges images en répétant ce que venait de dire sa mère : « C'est vvvilain ! » Il semblait que, comme déjà tant d'autres précédemment, cet épisode lui aussi se fût vite effacé de son esprit follet. Mais au lieu de cela, peut-être une semaine plus tard, Ida fut réveillée, la nuit, par un étrange sanglot prolongé. Et ayant allumé la lumière, elle vit Useppe qui, assis à côté d'elle et à demi en dehors du drap, agitait frénétiquement ses menottes, dans le geste qu'on note chez certains malades que les médecins appellent *clastomanes,* quand ils lacèrent dans leur délire leur chemise d'hôpital. Mais lui, vu la chaleur estivale, était tout nu, et par ce mouvement de déchirer il donnait l'impression qu'il voulait s'arracher la peau. « ...v-vilain... v-vilain !... » gémit-il, avec les accents menaçants d'un petit animal qui croit pouvoir chasser par ses propres moyens un chasseur armé. Et il ne voyait même pas sa mère, aliéné par Dieu sait quelles images appartenant, en réalité, à son sommeil, alors qu'il fixait avec des yeux grands ouverts le mur de la pièce, comme s'il les avait vues là. Il restait sourd aux appels de sa mère. Et les habituelles et futiles cajoleries avec lesquelles Ida le distrayait en de telles occasions demeurèrent sans résultat. Pendant quelques secondes, il resta figé, en alerte ; puis, écrasé par cette chose d'une épouvante indéfinie, qu'il devait affronter tout seul, il se rejeta brusquement en arrière et se blottissant, se cacha la tête. Et presque immédiatement il se rendormit profondément.

Cet incident eut lieu au début d'une longue série de nuits où ses propres rêves et les angoisses d'Useppe se chevauchaient brumeusement, tels des nuages, à chaque réveil dans l'esprit d'Ida. De fait, elle-même s'était remise à rêver démesurément ; mais ses aventures oniriques compliquées ne laissaient dans sa mémoire qu'une trace douloureuse, sans le moindre souvenir. Elle avait seulement la sensation que leur trame courait déjà préordonnée vers une rupture violente qui se traduisait, extérieurement, par un trouble quelconque, voire minime, de son enfant. Ce que, dans son rêve, elle avait cru être l'éclatement d'une tempête ou une secousse tellurique n'avait été dans la réalité qu'un soubresaut ou une plainte d'Useppe, et cela suffisait à la réveiller en sursaut. Parfois il s'agissait de petits troubles banals, comme il en arrive à tout le monde, enfants ou adultes : elle le trouvait qui, dans son sommeil, articulait quelque chose, les lèvres tremblantes, le visage contracté et les dents qui claquaient. Ou bien elle l'entendait crier : « M'man ! m'maaan ! », comme appelant au secours. Il lui arriva aussi de le trouver déjà réveillé, qui sanglotait comme à cause d'un malheur énorme parce qu'il avait fait pipi au lit. Mais, le plus souvent, il se réveillait sans raison apparente ou, encore endormi, il se cramponnait à elle, comme pour échapper à une menace terrible. Et tout en sueur, il rouvrait ses petits yeux bleus, encore envahis par cette peur indicible. Si elle l'interrogeait, il n'était capable de donner que des explications décousues et confuses : répétant toujours qu'il faisait trop de rêves : « Je veux pas faire tous ces rêves », disait-il d'une petite voix apeurée. « Mais *quels* rêves ? quels rêves fais-tu ? » « Trop de rêves. Trop », répétait-il. Et il semblait que l'effort même de raconter ces rêves trop nombreux l'agitât. A ce qu'on pouvait en reconstituer, on semblait comprendre que, surtout, il rêvait d'édifices très hauts ou bien de cavités profondes sous les maisons, ou encore de gouffres. Mais le rêve dont il se plaignait le plus souvent, c'était celui du feu. « Le feu !... le feu ! » disait-il en pleurant à certains de ses brusques réveils. Une fois, il fit allusion à une « dame laide et grosse, grosse » et à « des tas de gens qui couraient » et à « du feu, beaucoup de feu » et « les bébés et les animaux qui fuyaient ce feu ».

Une seule fois, le sourcil froncé par l'effort de le raconter exactement, il narra un rêve entier et précis. Il avait rêvé de sa mère « pas toi tout entière, juste ton

visage ». Ce visage d'Ida avait les yeux fermés : « ...
mais t'étais réveillée et t'étais pas malade ! » Et sur sa
bouche se posait d'abord la main de Ninnuzzu et,
après, sur celle-ci celle d'Useppe. Tout à coup, les
deux mains s'arrachaient de là et, quelque part, on
entendait un grand hurlement « grand grand grand
grand grand ! ». Mais le visage d'Ida, toujours les yeux
fermés et la bouche elle aussi fermée, s'était sur ces
entrefaites mis à sourire.

Comme il fallait s'y attendre, les angoisses nocturnes d'Useppe projetaient leur ombre aussi sur ses
journées. Au fur et à mesure que passaient les heures
diurnes, l'enfant semblait s'avancer alarmé et reculer
comme quelqu'un qui tenterait d'échapper à un être
qui l'attend déjà, posté, et qui le menace sans que, lui,
il sache pourquoi. Ida se décida un jour à le conduire
chez une doctoresse dont elle avait entendu parler à
son école et qui était spécialiste des enfants. Dans
l'antichambre où ils attendaient, entra tout de suite
après eux une femme qui avait dans les bras un bébé
âgé peut-être de trois mois, lequel sourit à Useppe. Et
quand, le tour d'Useppe étant venu, ce bébé dut rester
à attendre le sien, Useppe se retourna pour lui dire :
« Et toi, tu viens pas ?... » La doctoresse était une
femme encore jeune, négligée et de manières presque
bourrues, mais au fond consciencieuse et débonnaire.
Useppe se laissa examiner, très grave, comme s'il avait
assisté à une cérémonie extraordinaire ; et sa curiosité
éveillée par le stéthoscope, il s'informa : « ...est-ce
qu'il joue de la musique ? » croyant que c'était une
trompette. Puis quelques instants plus tard, pensant
toujours à l'autre client resté dans l'antichambre, il
demanda à la doctoresse :

« Et pourquoi il vient pas, lui ?... »

« Qui ça, lui ? »

« Celui-là ! L'autre ! »

« Son tour est après toi ! » répondit la doctoresse. Et Useppe parut déçu, mais il n'insista pas.

La doctoresse dit qu'elle ne trouvait chez Useppe aucune maladie organique. « Évidemment, il est très petit », observa-t-elle à Ida, « vous me dites qu'il a eu quatre ans au mois d'août dernier, mais d'après sa taille il pourrait n'avoir que deux ans et demi... il est maigrichon... bien sûr, c'est un produit de guerre... mais très vivant ! » Là-dessus, le prenant par sa menotte, elle l'observa à la pleine lumière de la fenêtre. « Il a des yeux étranges », remarqua-t-elle à demi pour elle-même, « ...trop beaux », précisa-t-elle, comme charmée mais à la fois inquiète. Et elle demanda à Ida, sur le ton de quelqu'un qui prévoit déjà la réponse, si par hasard l'enfant ne s'était pas montré plus précoce que la normale.

« Si si ! » répondit Ida. Et elle ajouta, hésitante : « ...comme je vous l'ai dit, il est même né avant terme... »

«.Cela, nous le savons déjà ! mais ça ne devrait pas avoir des effets déterminants sur le développement de l'enfant ! » lui répliqua presque avec colère la doctoresse.

Et les sourcils froncés et perplexe, de sa manière bourrue, elle demanda encore à Ida si parfois elle ne l'entendait pas parler tout seul, se livrant à de longs bavardages un peu confus... « Si, parfois », répondit Ida de plus en plus intimidée. Et allant à l'écart avec la doctoresse, elle lui murmura avec hésitation, comme quelqu'un qui va divulguer l'un des secrets d'autrui : « ...je crois... qu'il se raconte tout seul des histoires...

ou peut-être des poésies... des fables... Mais il ne veut les raconter à personne. »

La doctoresse prescrivit un reconstituant et un calmant léger pour la nuit. Et finalement Useppe s'ébroua avec soulagement, car l'abstruse cérémonie était terminée. En sortant, il salua de la main le bébé de l'antichambre et lui fit un petit sourire de connivence comme entre vieilles connaissances.

Les prescriptions de la doctoresse s'avérèrent utiles. Grâce au calmant les nuits d'Useppe s'écoulaient plus tranquilles. Et le reconstituant, à la saveur d'œuf et de sirop, était si sucré que, chaque fois, Useppe léchait même la petite cuiller. Bientôt, Ida se hâta d'en mettre la bouteille sous clé, de peur qu'il ne la vide tout entière en une seule fois.

2

Bien qu'avec retard, Ninnuzzu tint parole et se présenta avec sa motocyclette. Pour éviter qu'on la lui vole, s'il la laissait seule dans la rue, il ne monta pas mais d'en bas il commença par siffler en direction de la fenêtre des Marrocco, avant d'appeler : « Useppe ! Useppe ! », tout en actionnant à plein volume son klaxon. Quand il l'aperçut d'en haut qui, à côté de sa splendide machine, regardait vers la fenêtre, Useppe se mit à frémir d'impatience de la tête aux pieds ; et immédiatement, sans mot dire, il se précipita vers l'escalier (comme craignant qu'entre-temps le motocycliste ne s'éloigne), et Ida dut lui courir après pour lui donner son petit manteau et sa petite casquette. Elle lui mit aussi une petite écharpe multicolore que pour quelques sous Filomena avait tricotée pour lui.

Cependant, la petiote qui, dès les premiers signaux de cet événement, s'était bloquée sur la machine à coudre, aussi hébétée que si on lui avait donné un coup de poing, se remit en hâte à travailler, affectant de n'avoir rien entendu ni rien vu.

C'était l'hiver, mais la journée, en plein mois de janvier, semblait être d'avril. L'air tiède, particulièrement au soleil, sentait le pain. A peine dehors, sans même attendre l'invitation de Nino, Useppe frémissant tout entier s'agrippa à la machine pour sauter en selle comme sur un petit cheval. Nino avait une veste de cuir, de gros gants et un casque. Déjà quelques gosses, comme autant d'amoureux, s'étaient rassemblés autour de la moto, et Nino expliquait sur un ton supérieur et satisfait : « C'est une Triumph ! », daignant même accorder à ces pauvres amants quelques renseignements particuliers sur la cylindrée, la boîte de vitesses, le tambour de frein, le carter, etc.

Le départ fut sensationnel ; et pour Useppe un véritable raid de science-fiction ! Ils parcoururent tout le Centre Historique, de la Piazza Venezia à la Piazza del Popolo, puis à la Via Veneto et à la Villa Borghese, et puis de nouveau, dans l'autre sens, Piazza Navona, le Gianicolo et San Pietro ! Ils se ruaient dans toutes les rues avec un bruit gigantesque, car Ninnarieddu, pour faire savoir qui il était, avait supprimé le pot d'échappement. Et à leur passage les gens s'enfuyaient de toutes parts sur les trottoirs en protestant et les agents sifflaient. Useppe n'avait jamais encore vu ces quartiers que, tel un cyclone resplendissant, ils parcouraient sur la moto de Nino comme une sonde spatiale lancée à travers les planètes. Quand on tournait les yeux vers le haut, on voyait des statues s'envoler, les ailes déployées, entre les coupoles et les terrasses, et entraîner les ponts dans leur course, leurs tuniques blanches flottant au vent. Et arbres et drapeaux jouter. Et des personnages jamais vus encore, toujours en marbre blanc et sous la forme d'homme, de femme ou d'animal, emporter les palais, jouer avec l'eau, sonner des trompettes d'eau, courir et chevaucher dans les fontaines et près des colonnades. Useppe, vraiment enivré par le plaisir de cette aventure, accompagnait le tonnerre du moteur par un crépitement continuel de rires. Et quand Nino fit mine de le poser à terre, il fronça les sourcils et, se cramponnant à la machine, le sollicita : « *Enco !* »... « *Enco ! enco !* » répéta Ninnuzzu, l'imitant pour se moquer de lui, cependant que, pour le contenter, il repartait sur-le-champ, « dis donc, petit, il serait temps que t'apprennes à dire les *r !* » et puis, après la troisième randonnée, il déclara : « Maintenant, ça suffit !... Tu me donnes un bécot ? » ajouta-t-il pour prendre congé, quand il le laissa à la porte de l'immeuble. « *Enco !* » murmura de nouveau Useppe, bien que sans espoir, en levant les yeux vers lui. Mais, cette fois, Nino, déterminé, ne lui répondit même pas, se contentant de se baisser pour lui donner le petit baiser d'adieu.

Et sur-le-champ, en le lui donnant, la remarque qu'il avait déjà faite une autre fois lui traversa de nouveau l'esprit : celle que, dans les yeux d'Useppe, il y avait quelque chose de différent de jadis. Dans son petit rire familier aussi, à la vérité, il y avait eu aujourd'hui quelque chose de différent de jadis (un tremblement fébrile, presque imperceptible, dû non pas à la vitesse : plutôt à une fêlure intérieure, semblable à la déchirure continuelle d'un nerf). Mais de ceci Nino ne s'était pas aperçu ; à demi à califourchon sur sa moto, il resta à regarder de dos son frère qui montait l'escalier à contrecœur, mettant en avant sur chaque marche toujours le même pied, comme le font les débutants (signe chez lui de mauvaise humeur), et peut-être en poussant quelques grognements... Entre sa petite casquette et sa petite écharpe, on voyait ses cheveux lisses et plumeux. Et de son petit manteau coupé « en prévision de la croissance », dépassait son pantalon trop long lui aussi, à la mode américaine. « Ciao ! » lui cria Nino, riant à la vue de ce spectacle comique, « on se reverra bientôt ! » Et Useppe se tourna pour lui dire de nouveau au revoir, en ouvrant et en fermant son poing. « Écartez-vous, les mômes ! Fichez le camp de là ! » dit Nino en repartant, fendant dans un énorme vrombissement la foule de ses adorateurs.

Depuis sa réapparition à Rome libérée, on n'avait plus entendu dans la bouche de Nino la moindre allusion à la révolution communiste, non plus qu'au camarade Staline. Ce sujet se représenta un jour où Nino, qui véhiculait le patron Remo sur sa puissante moto, fit étape avec lui chez les Marrocco. Ce jour-là, dans l'atelier de Filomena, la place de la petiote, retenue à la maison par la grippe, était vide ; mais ce distrait de Ninnarieddu ne s'aperçut même pas de ce vide : c'est dire combien il remarquait peu la petiote, même quand elle était là, sous ses yeux !

Cette fois-là, la moto avait été laissée en garde au concierge qui, fanatique des moteurs et des champions coureurs, veillait sur elle comme sur une princesse de harem. Remo apportait en cadeau à Ida une petite bouteille d'huile et Nino un paquet de café américain ; et à quelques allusions on put comprendre qu'actuellement les relations des deux camarades étaient plutôt des relations d'affaires que politiques. Pourtant, déjà dans l'escalier, une discussion politique s'était engagée entre eux, car leurs voix en désaccord les avaient annoncés dès le palier de l'étage en dessous. Et arrivés chez les Marrocco, ils reprirent presque aussitôt leur discussion.

Remo avait l'air attristé par l'actuelle indifférence de Nino pour le Parti communiste ; récemment, en ce mois de janvier, s'était tenu à Rome le Congrès du Parti, suivi avec une foi enthousiaste par Remo et par tous les camarades ; mais Ninnarieddu, quant à lui, ne s'y était nullement intéressé et, même, c'est tout au plus s'il en avait appris la nouvelle par la presse. Quand on lui proposait de prendre sa carte, il allait même jusqu'à ricaner, comme si on lui avait proposé de se faire moine... Et à présent, tandis que Remo exprimait ces regrets et d'autres du même genre, il se mit à chantonner *Bandiera Rossa* (Drapeau rouge) sur le ton de quelqu'un qui chanterait un air d'opérette, genre *La Veuve joyeuse* !

« Autrefois », disait aux assistants Remo attristé, « il parlait en vrai camarade... Tandis qu'à présent où il faudrait être unis pour la lutte... »

« Autrefois, j'étais un môme ! » lança vivement Nino. « ... Mais quelle lutte ! » renchérit Consolata qui était présente, avec un regard triste, « ici on lutte, on lutte, et on en est toujours au *Très cher ami*[3]. On est toujours avec un soulier et une savate ! ».

« Moi, la lutte, je la livre pour MOI et pour qui me chante ! » proclama de son côté rageusement Nino,

61

« mais pas pour les Patrons, ça NON ! Tu le sais, toi, ce que ça veut dire RÉVOLUTION ? Ça veut dire d'abord : plus de Patrons ! Quand j'étais tout môme, moi, je luttais pour cet autre ; et maintenant tu l'as vu le Magnifique qui ne recule jamais ?! De frousse, il se débinait déguisé en fritz !! Pour un peu il se serait déguisé en nonne !! Moi, quand j'étais môme, les divers chefs me le disaient pas que chemise noire, ça voulait dire chemise sale ! mais quand j'ai plaqué les chemises sales, les éternels chefs qui là-haut, dans le Nord, jouaient les officiers comme il faut, ils ont pas voulu de moi avec leurs partisans, parce qu'ils se méfiaient de moi ! Et à présent, c'est moi qui me fie pas à eux !! » Et Ninnarieddu se frappa le bras droit avec le côté de sa main gauche, ce qui équivaut notoirement à un geste obscène.

« Mais le Camarade Staline, c'est un vrai Chef ! toi aussi, tu croyais en lui ! »

« Je croyais en lui autrefois !... mais pas tellement ! » rectifia Ninnuzzu, « ... oui, quoi, je croyais en lui... mais maintenant, si tu veux le savoir, même en lui j'y crois plus ! Lui, c'est un Chef comme les autres ! et les Chefs, partout où ils passent, ça sent toujours aussi mauvais ! demande-le à ceux qui ont été là-bas, dans les royaumes sibériens ! Le peuple trime et lui, il se lèche les moustaches ! »

« Autrefois, tu parlais pas comme ça... » répéta amèrement Remo.

« Autrefois ! Autrefois ! AUTREFOIS ! » lui cria Nino assez fort pour l'assourdir, « mais tu sais ce que je te dis, Remo ? je te dis que le temps presse ! » et d'une grande voix de ténor il se mit à chanter :

« sur sa balalaïka Ivana joue, attendant encore !... »

« ... tu comprends, Remo ! ça, c'est ma vie et c'est
pas la leur ! ma vie est à moi et pas à eux ! moi, les
Chefs, ils m'auront plus... moi, Remo ! je veux vivre ! »
proféra Ninnuzzu avec une telle violence qu'on eût dit
une sirène d'incendie.

Cette idée, il la développa encore une seconde fois
dans le nouveau logement d'Ida, Via Bodoni, où il
était arrivé avec sa Triumph après une nouvelle
discussion avec le camarade Remo. Comme continuant la discussion avec celui-ci, il pérorait bruyamment tout en arpentant à grands pas la cuisine ; mais, à
la vérité, il ne parlait que pour lui-même, car il n'avait
pas d'autres interlocuteurs qu'Ida et Useppe, lesquels
restaient cois. Il répéta, furibond, que Staline était un
chef comme les autres et que, du reste, l'Histoire le
disait : est-ce que le camarade Staline n'avait pas fait
de l'œil aux nazis pour se taper la Pologne ? et,
récemment, est-ce qu'il n'avait pas profité de ce que le
Japon était déjà K.O. pour lui tomber sur le râble ?
Staline et les autres chefs, c'est du pareil au même : ils
se mettent d'accord pour couillonner les autres et se
couillonner mutuellement. Et lui, Nino, les Chefs, il
leur crache dessus. Lui, Nino, il veut vivre, il veut
dévorer la vie tout entière, et le monde entier, et
l'univers entier ! avec ses soleils, ses lunes et ses
planètes !!! A présent, en 1946, c'est le moment de
l'Amérique : quant à la Révolution, c'est sûr qu'elle
est pas pour demain... « Peut-être qu'elle arrivera
dans cent ans. Mais en attendant, mon époque, à moi
qui ai vingt ans, c'est aujourd'hui. Dans cent ans,
quand j'aurai cent vingt ans, on en reparlera peut-
être ! »... Lui, Nino, il veut entre-temps devenir riche,
archi-milliardaire, et s'en aller en Amérique en avion

spécial super-luxe. Il emmènera aussi Useppe. « Dis, Useppe, tu veux venir en avion en Amérique ? » « Oui oui oui. » « Alors, on part ! »... Pour le moment pas question de révolution ici, parce que les maîtres, ici, c'est les Américains « qui en veulent pas ». Et Staline en veut pas lui non plus, parce que lui aussi, c'est un impérialiste comme les autres. La Russie est aussi impérialiste que l'Amérique, mais l'empire russe est de l'autre côté, et par contre, de ce côté-ci, c'est l'empire d'Amérique. Leurs différends ne sont que des simagrées. En attendant, tous les deux, ils se font des clins d'œil et ils se partagent le butin ! toi par là et moi par ici ; et puis si toi, tu n'es pas régulier, ça sera à celui qui lancera le mieux l'atomique, et comme ça nous autres, du balcon, on se tapera les atomes avec nos jumelles. Les chefs s'entendent entre eux et sont tous comme larrons en foire.

« Et moi, ils me font rigoler ! Moi, je suis le roi de l'anarchie ! Moi, je suis le bandit hors-la-loi ! Moi, je fais sauter leurs banques ! et les Chefs, y en a marre ! moi, leur empire, je leur démolis dans la gueule... »

...« Alors, Usè ! ça te dirait de faire un tour sur ma moto maintenant ? »

« Vi ! Vi ! Viii ! »

« Vi vi vi ! maintenant tu peux même plus dire oui ! Allez, Useppe, amène-toi, allez ! »

Et ils s'enfuient ensemble, ces deux jeunes fous ! L'énorme vrombissement de la moto qui démarre amène aux fenêtres tous les gens de la cour. Tous les locataires de l'immeuble de la Via Bodoni se sont mis aux fenêtres pour voir partir la Triumph.

64

Le nouveau logement de la Via Bodoni où Ida et Useppe s'étaient transférés au printemps se composait de deux pièces, dont l'une, très petite, n'était guère plus grande qu'un placard. En plus, il y avait l'entrée, une pièce sombre et sans fenêtre, à gauche de laquelle s'ouvraient les waters, qui étaient plutôt minuscules et dépourvus de lavabo. La cuisine, elle, était sur la droite, au bout d'un bref couloir, et sa fenêtre, comme celle de la petite chambre, donnait sur la cour, alors que de celle de la pièce plus grande on voyait la place de Santa Maria Liberatrice. Sur cette place se dressait une église ornée de certaines mosaïques qu'Ida trouvait belles parce qu'à la lumière elles avaient des reflets dorés.

A très peu de distance de la maison, il y avait la fameuse école d'Ida, dont la réouverture, après son occupation du temps de guerre, était annoncée pour la rentrée scolaire; et cela signifiait pour Ida un grand avantage et un grand réconfort. Le petit appartement se trouvait à l'angle de l'immeuble, au dernier étage, à côté de la citerne et de la terrasse commune pour étendre la lessive; et ce fait, comme aussi sa topographie, rappelait à Ida son ancien logement de San Lorenzo.

Ici aussi, l'immeuble était vaste, plus vaste encore qu'à San Lorenzo, avec deux cours et de nombreux escaliers. Celui d'Ida était l'Escalier 6; et dans sa cour poussait un palmier : cela aussi plaisait à Ida. Elle acheta en partie à tempérament et en partie à un brocanteur le mobilier nécessaire : lequel, pour le moment, se réduisait à une table et à un buffet pour la cuisine, à deux chaises, à une armoire d'occasion et à deux cadres métalliques pourvus de pieds, qualifiés pompeusement de « sommiers » par les revendeurs.

65

Elle mit le sommier le plus large dans la grande chambre pour Useppe et elle-même ; et l'autre, qui était à une seule place, elle le mit dans la petite pièce, dans l'espoir que tôt ou tard Nino viendrait l'occuper. Mais, à la vérité, celui-ci ne manifestait pas la moindre intention de revenir dans sa famille ; et même, durant ses séjours à Rome, il gardait le silence sur ses adresses. De toute manière, on comprenait qu'il n'avait pas de domicile fixe ; et que, à l'occasion, il se faisait héberger par une femme. Mais celle-ci n'était pas toujours la même, car les liaisons de Nino, comme déjà dans le passé, étaient toujours passagères et irrégulières.

Deux fois de suite, à ce propos, lors de ses raids avec Useppe sur la moto, une fille se joignit à eux, assise sur le cadre. Elle se prénommait Patrizia (« patricienne »), mais, de fait, c'était une plébéienne et elle travaillait à la Manufacture des Tabacs. Elle était belle, plus belle encore que la rouquine des guérilleros ; et elle manifestait une peur terrible de la moto, suppliant Nino, chaque fois qu'il démarrait, de ne pas rouler aussi vite. Il le promettait, mais cela seulement pour s'amuser davantage à se livrer à des excès de vitesse. Et alors elle se cramponnait à sa taille, folle de terreur, ses vêtements et ses cheveux au vent, en criant : « Assassin ! Assassin ! » Une fois même, sur une route de campagne, ses cris alarmèrent des policiers motorisés, qui, croyant à un enlèvement, ordonnèrent à la Triumph de faire halte ; mais Patrizia elle-même, se rajustant vivement et avec force petits rires, justifia Nino et dissipa le malentendu. Et ils rirent tous, et, même, les policiers s'excusèrent et, saluant, ajoutèrent quelques galants commentaires.

Il est à croire qu'en réalité Patrizia elle-même

faisait exprès de dire « Va pas si vite », pour avoir ensuite le plaisir d'avoir peur et de crier : « Assassin ! » De fait, dans le pré derrière les arbres, où, les deux fois, ils s'étendirent par terre, enlacés, au début aussi elle se débattait et lui criait : *lâche-moi ! au secours, au secours !* et elle tentait de le repousser, le giflant, le bourrant de coups de poing et le mordant. Mais ensuite elle fermait les yeux, avec un petit sourire de sainte au visage, et se mettait à dire : « Oui oui oui... Ninuzzo... comme c'est bon... comme tu es beau... » Lors de la première excursion, chuchotant à l'oreille de Nino, elle dit que la présence du petit, qui déambulait autour d'eux dans le pré, la gênait ; mais Useppe, quant à lui, ne s'occupait guère des amants, ayant déjà vu, Dieu sait combien de fois, les gens s'accoupler dans la grande salle de Pietralata, cela surtout au cours des dernières journées d'énervement des Mille. La sora Mercedes, à ses *pourquoi*, lui avait expliqué qu'il s'agissait d'une sorte de compétition sportive et que c'étaient des finales de championnat. Et Useppe, satisfait, ne s'était plus occupé d'eux, ne leur témoignant plus que de l'indifférence. Par contre, au cours de la première promenade à la campagne avec Patrizia, il s'inquiéta quand il vit celle-ci tabasser ainsi son frère, et accourant, il s'élança, prêt à le défendre ; mais Nino lui dit en riant : « Tu vois pas qu'on joue ? Tu vois pas comme elle est petite à côté de moi ? Quoi, moi, si je voulais, je la démolirais d'une seule taloche. » Et cela suffit à le rassurer. Nino, du reste, connaissant l'ingénuité de son petit frère, ne se sentait nullement gêné quand il le voyait déboucher de derrière les arbres à un moment quelconque de son jeu avec Patrizia. Même, lors de la seconde excursion, le surprenant en train de faire un petit pipi à proximité d'eux, il lui dit : « Viens, Useppe, fais voir à Patrizia le beau petit oiseau que t'as toi aussi ! » Et Useppe, spontanément et comme si de rien n'était, s'avança et le fit voir : « Quand tu seras plus grand », lui dit gaiement Nino, « toi aussi, tu baiseras avec ça et tu feras naître des *useppolini* ». Et de penser à ces « petits Useppe », cela mit Useppe en joie, mais il ne s'y attarda pas : pas plus que si Nino venait de lui raconter que ces futurs *useppolini* lui naîtraient un jour par les yeux. Useppe, à la vérité, était un vivant démenti à la science du Professeur Freud (ou peut-être une exception ?). De fait, pour ce qui est d'être un petit mâle, il l'était sans conteste, et il ne lui manquait rien ; mais pour le moment (et l'on peut ajouter foi à mon témoignage irréfutable) il ne s'intéressait nullement à son organe viril, ou ne s'y intéressait ni plus ni moins qu'à ses oreilles ou à son nez. Comme les aventures du pauvre Blitz avec les petites chiennes d'autrui et les compliments mutuels des Peppinielli, les étreintes des Mille et, à présent, celles de Nino et de Patrizia avaient lieu devant lui sans le troubler. Elles ne le choquaient nullement ; mais cependant un sentiment mystérieux l'avertissait qu'elles se déroulaient par-delà son petit espace présent, à une distance encore interdite, comme les jeux des nuages. Et les acceptant, sans même en être curieux, il ne s'y attardait pas. Surtout, à la campagne, dans ces prairies printanières, il avait à présent personnellement bien autre chose à faire.

Pourtant, les filles lui plaisaient, et même, chacune d'elles, quand il la regardait, lui paraissait une beauté suprême : ainsi la laide Carulina des Mille, la belle rouquine Maria et cette autre belle Patrizia. Il aimait leurs couleurs, leur douceur, leur voix claire et le léger tintement qui les accompagnait quand elles portaient un petit bracelet ou un collier de métal et de verroterie. Patrizia portait aussi, entre autres choses, deux longues boucles d'oreilles en verre, en forme de petites grappes, dont les grains minuscules s'entrechoquaient tout le temps et qu'elle enlevait avec soin, les rangeant dans son sac avant de faire l'amour.

Lors de la seconde promenade, Useppe, en courant dans les prés, arriva dans la clairière entre les arbres, où, à ce moment-là, Nino et Patrizia qui venaient tout juste de faire l'amour, se reposaient étendus par terre. Nino, encore couché pesamment sur Patrizia, avait le visage enfoui dans l'herbe, une joue contre celle de Patrizia. Et celle-ci, allongée sur le dos et les bras ouverts comme en croix, semblable à une martyre béate, avait la tête renversée en arrière, entourée de ses cheveux décoiffés et si noirs qu'ils avaient des reflets d'un bleu turquin. Ses yeux, entre ses cils retouchés au rimmel, ressemblaient à deux étoiles brunes aux durs petits rayons. Sa bouche entrouverte, dans le halo du rouge plutôt foncé et maintenant fondu, rappelait une petite prune que l'on a mordillée et qui répand son suc. Useppe la trouva si belle que s'accroupissant un instant près d'elle, il lui déposa un petit baiser sur le coude. Puis, satisfait, il repartit.

Les amants, à ce moment-là, ne firent pas attention à lui. Mais Patrizia devait s'être rappelé cet hommage d'Useppe, car, ensuite, comme ils se préparaient tous les trois au retour, elle dit à Nino : « Il me plaît bien, ton frère » (en réalité, ainsi qu'on l'a appris dans la suite, elle était jalouse de lui). Et elle ajouta en plaisantant : « Tu me le donnes ? D'autant que, toi, qu'est-ce que t'en fais ? vous avez même pas l'air de deux frères. Vous vous ressemblez pas du tout. »

« Effectivement », lui répondit Nino, « on est les fils

de deux pères : mon père était un cheik et le sien un mandarin chinois ».

Cette fois-là aussi, Useppe rit bruyamment de cette nouvelle blague de son frère. Il savait très bien que les mandarines étaient des fruits ; et logiquement, comme enfants elles ne pouvaient avoir que des petits fruits... Ce fut là l'unique point curieux des propos de Nino qui le frappa. Et, du reste, actuellement, il attendait en frémissant tout entier de remonter sur la moto. Pour lui tout le reste était d'un intérêt secondaire.

Cette plaisanterie dite par hasard à Patrizia reste la seule et unique allusion faite par Nino à la naissance énigmatique d'Useppe : cela du moins en la présence d'Useppe ou avec Ida. Depuis le jour fameux de sa première rencontre avec le bébé à San Lorenzo, Nino ne s'est jamais soucié d'enquêter sur l'aventure secrète de sa mère. Peut-être lui plaisait-il de compter au nombre de ses autres charmes clandestins ce frère mystérieux : arrivé à l'improviste on ne sait d'où, comme si vraiment on l'avait ramassé par terre enveloppé dans un paquet.

3

A cette époque, David Segré se trouvait depuis quelques mois à Mantoue, dans l'appartement de son père, d'où de temps en temps il écrivait à Nino. Maintenant, on savait sans le moindre doute que de toute sa famille déportée en 1943 personne n'avait survécu. Sa grand-mère maternelle, très âgée et déjà malade, était morte pendant le voyage. Son grand-père et ses parents avaient été supprimés dans la chambre à gaz la nuit même de leur arrivée au Lager d'Ausch-witz-Birkenau. Et sa sœur qui avait alors dix-sept ans s'était éteinte dans ce même Lager à quelques mois de là (en mars 1944, semble-t-il).

Toutefois, entre-temps, l'appartement avait dû être occupé par des étrangers, car David y avait trouvé, entre autres choses, accrochées aux murs, des gravures qui n'y étaient pas auparavant. Actuellement les pièces étaient inoccupées, poussiéreuses et à moitié vides, mais pas trop en désordre. Une grande partie des meubles et des objets de la famille en avaient été emportés on ne savait ni où ni par qui ; mais certains autres, par contre, bizarrement, se trouvaient toujours, intacts, à la place habituelle où David les avait toujours vus. Une poupée minaudière que sa sœur n'enlevait jamais d'une étagère était encore là, dans la même pose que toujours, ses cheveux pleins de poussière et ses yeux de verre ouverts.

Certains de ces objets étaient familiers à David depuis sa première enfance ; et, adolescent, il les avait pris en antipathie, en voulant à leur présence médiocre et continuelle qui ressemblait à une sorte de mesquine éternité. A présent, il éprouvait presque un sentiment de répugnance en les retrouvant devant lui, qui avaient survécu indemnes à tous ses morts. Mais il n'avait le courage ni de les déplacer ni de les toucher. Et il les laissait là où ils étaient.

Présentement, dans cet appartement (de cinq pièces) il n'y avait que lui. Un oncle (père de ce jeune cousin que les moines cachaient jadis à Rome), qui avait réussi à se sauver à temps avec sa famille, était revenu récemment à Mantoue. Mais David n'avait

71

jamais fréquenté ses autres parents ; et cet oncle n'était pour lui qu'un étranger, auquel il n'avait rien à dire, et il évitait de se trouver en sa compagnie.

Depuis déjà leurs jours communs de guérilla, Nino avait compris, à certaines phrases de Carlo-Piotr, que celui-ci, dès sa jeunesse, s'était détaché non seulement de sa famille mais en partie aussi de ses parents directs et de sa sœur, parce que c'étaient des bourgeois. Dans toutes leurs manières d'être, qui, lorsqu'il était petit, lui plaisaient, il avait, en grandissant, appris à reconnaître de plus en plus leur commun vice social, déformant et mystificateur. Jusqu'aux plus petits détails : que son père ait fait imprimer sur son papier à lettres *Ing. Comm.* (Ingénieur commercial) ; que sa mère toute fière ait accompagné sa petite sœur à une certaine fête enfantine donnée par des gens importants et que pour l'occasion elles se soient faites belles ; et leurs bavardages à table ; et leurs connaissances ; et le ton plein de componction de sa sœur quand elle citait certains patronymes de gens riches ; et l'air de son père quand il vantait les succès scolaires de Daviduccio ; et les manières de sa mère quand, le caressant, même grand, elle lui disait *il mio putlet, il mio angilin, il mio signorin* (« mon petit enfant, mon petit ange, mon petit signore », en dialecte) : tout cela était pour lui les motifs d'un malaise qui était même physique et semblable à une ankylose. Et cette gêne quotidienne, avec les années, se développa peu à peu pour lui plus clairement et finit par devenir son grand refus fondamental, lequel, d'autre part, s'avérait pour lui incommunicable aux siens, tel un code de l'autre monde. De fait, ils vivaient, eux, nourris, dans chacun de leurs actes, de la conviction d'être honnêtes et normaux ; alors que, dans chacun de leurs gestes ou de leurs paroles, il découvrait toujours un nouveau symptôme dégradant de cette plus grande perversion qui infectait le monde ; et qui s'appelait bourgeoisie. Cette nouvelle attention toujours en révolte qui était la sienne, était pour lui une sorte d'épreuve négative qui, nécessairement, condamnait les siens à son mépris. Et du racisme lui-même ou du fascisme il les considérait responsables aussi pour leur part, en tant que bourgeois.

Aussi, alors qu'il était encore étudiant de première année, David commença-t-il à fuir la contagion de la famille, en attendant d'y échapper tout à fait. Quand il était à la maison, il s'enfermait dans sa chambre ; et, d'ailleurs, il ne restait à la maison que le temps nécessaire. Il passait ses vacances seul, à parcourir l'Italie, comme un bohémien sans le sou ; mais des endroits où il s'arrêtait, il écrivait aux siens de longues lettres passionnées, qui étaient lues et relues en famille comme si elles avaient été des romans d'un bon auteur. De fait, seul fils et l'aîné, il était le préféré de ses parents qui se pliaient à ses volontés (tout le monde, du reste, le jugeait très sérieux, et ni capricieux ni extravagant). Lorsque les lois raciales exclurent les Juifs des écoles d'État, il déclara que, de toute manière, il n'avait plus besoin de l'école et qu'il allait terminer ses études tout seul. Et quand ses parents envisagèrent au prix de n'importe quels sacrifices de l'envoyer en sécurité par-delà l'océan, comme les autres garçons juifs de sa classe sociale, il refusa avec violence, disant qu'il était né en Italie et que sa place, présentement, était là ! Il n'y eut pas moyen de l'ébranler, et même, on eût dit à son ton que son refus représentait pour lui une revanche suprême, encore que plutôt puérile : comme si lui, David Segré, avait eu Dieu sait quelle grande tâche à accomplir dans son infortuné territoire natal; et comme si l'exil, à l'heure actuelle, lui avait semblé une désertion ou une trahison.

C'est à cette époque que, au cours de ses pèlerinages estivaux, il avait rencontré en Toscane certains militants anarchistes et commencé à se livrer avec eux à la propagande clandestine; et c'est là qu'en septembre 1943, il avait été arrêté sous un faux nom par les Allemands, à la suite de la dénonciation d'un quelconque délateur.

A présent, à ce qu'il semblait, il avait cessé toute activité politique et ne fréquentait personne. De ses connaissances passées de Mantoue, la seule qu'il avait cherché à retrouver, c'était une fille, sa maîtresse quand il était adolescent, que dans ses lettres à Nino il désignait par sa seule initiale : G. Cette fille, baptisée et non juive, de deux ans plus âgée que lui, avait été jusque-là son seul véritable amour; et à l'époque où elle aimait David, c'était une jolie fille et elle travaillait dans une usine. Mais, dès 1942, elle avait trompé David avec un Fasciste; et puis, sous l'occupation, elle s'était mise à faire l'amour avec les Allemands et, plaquant l'usine, avait quitté Mantoue. On disait qu'à Milan, après le départ des Allemands, elle avait eu le crâne rasé à zéro comme collabo; mais, en réalité, on ne savait rien de précis à son sujet. On n'avait plus de nouvelles de ses parents qui, depuis de nombreuses années déjà, avaient émigré en Allemagne pour y travailler; quant à elle, David avait eu beau interroger tout le monde, personne ne pouvait dire comment elle avait fini.

Il n'avait pas d'autres relations; et son seul correspondant était Ninnuzzu, à qui il écrivait sans régularité : il pouvait se faire qu'il lui écrive deux lettres par jour, et pas une seule pendant plusieurs semaines. De son côté, Nino lui répondait au maximum par quelques cartes postales illustrées (se mettre à écrire lui semblait une punition : le simple fait de voir devant lui une feuille de papier et une plume lui rappelait l'école, et sur-le-champ il avait la crampe des écrivains et des fourmillements aux doigts). Ses cartes postales, il les choisissait en couleurs, rutilantes et humoristiques ; mais il y écrivait seulement des formules de salutations et sa signature, et, en plus, si Useppe était avec lui, il guidait sa menotte pour ajouter : *Useppe*.

Que David ait prolongé tellement son séjour dans le Nord (il était parti avec l'idée d'y rester quelques semaines), Nino ne parvenait pas à le comprendre ; et il se demandait comment il passait son temps, tout seul dans cet appartement provincial : « Peut-être », supposait-il, le connaissant, « qu'il le passe à se saouler ». Parfois il proclamait : « Maintenant, je vais aller le chercher », mais, pour le moment, ses courses et ses raids mystérieux au nord et au sud de Rome, ne le menaient pas à Mantoue. Et, du reste, dans chacune de ses lettres, David insistait sur son intention de revenir au plus tôt, dès qu'il disposerait d'une certaine somme : une fois cette somme épuisée (ajouta-t-il un jour à ce sujet), il se mettrait à travailler comme journalier ou comme ouvrier : n'importe quel travail physique interdisant de penser. Il voulait s'adonner à la fatigue la plus matérielle et la plus épuisante : comme ça au moins, en rentrant chez lui, de fatigue il aurait seulement envie de se coucher, sans possibilité de penser... Mais, en lisant cela, Ninnuzzu hocha la tête, incrédule : de fait, David, le soir même de leur arrivée aventureuse à Naples, aussitôt qu'il avait été saoul, lui avait confié certains de ses projets d'avenir, des projets dont il rêvait depuis son enfance. Et le premier de ceux-ci et peut-être le plus urgent, c'était d'écrire un livre : en écrivant un livre, lui avait-il déclaré, on peut transformer la vie de l'humanité tout entière. (Puis, tout de suite après, il avait eu comme honte de lui avoir fait une telle confidence ; et, s'assombrissant, il lui avait affirmé qu'il s'agissait d'une blague ; et que lui, si jamais il s'y mettait, il ne voulait écrire que de la pornographie.)

En outre, du reste, Ninnuzzu savait (pour l'avoir appris, en son temps, de la bouche du camarade Piotr) qu'une fois déjà, dans le passé, celui-ci avait essayé de travailler comme ouvrier ; mais cet essai avait été un ratage total. Cela s'était passé environ six ans auparavant, quand David sortait tout juste de l'adolescence. Sa profession officielle était d'étudiant en chômage — exclu, pour des motifs raciaux, des écoles publiques du Royaume —, mais, en réalité, c'est précisément à partir de cet instant qu'avait commencé pour lui l'époque de sa plus grande activité, car, hors de l'école, s'ouvrait pour lui une liberté neuve et fraîche, encore que pleine de risques. Depuis longtemps déjà, en effet, David s'était engagé à fond dans son choix révolutionnaire, un choix réfléchi, maintenant, et définitif (si définitif que, plutôt que de le trahir, il se serait coupé les mains !). Et à présent, enfin, s'annonçait pour lui le moment de tenir son engagement.

Maintenant, il était adulte. Et maintenant, il lui sembla que, pour son initiation réelle, son premier devoir était de se soumettre directement et physiquement — lui qui était né de classe bourgeoise — à l'épreuve du travail salarié dans une usine. De fait, comme on le sait déjà, son IDÉE excluait de façon

absolue — pour la véritable révolution anarchiste —
toute forme de pouvoir et de violence. Et ce n'était
qu'à la condition d'une expérience personnelle qu'il
pourrait — pensait-il — se sentir *proche* de cette partie
de l'humanité, dont, dans la société industrielle d'aujourd'hui, le destin est de naître déjà soumise au
pouvoir et à la violence organisée : c'est-à-dire la
classe ouvrière !

Ainsi, précisément cette année-là, il avait réussi,
grâce à certaines de ses connaissances, à se faire
embaucher comme simple ouvrier dans une industrie
du Nord (on ne sait plus si c'était à Gênes, à Brescia, à
Turin ou ailleurs). C'était la période des victoires
nazies ; et l'on peut croire que, même dans les usines,
ce n'était pas le moment le plus favorable pour
l'Anarchie. Mais David Segré se moquait des victoires
de l'Axe : convaincu, même, qu'elles étaient des pièges
tendus par le destin pour conduire les Nazi-Fascistes
(ou la bourgeoisie) à la ruine définitive et inéluctable :
une ruine par-delà laquelle le chant des révolutions
pourrait retentir ouvertement par toute la terre !

Le fait est que l'adolescent (ce qu'il était en réalité)
David Segré voyait l'humanité tout entière comme un
seul corps vivant ; et de même qu'il sentait toutes les
cellules de son propre corps tendre vers le bonheur, de
même il croyait que c'était vers celui-ci que se tendait
l'humanité tout entière, et que c'était là son destin. Et
qu'en conséquence, tôt ou tard, cet heureux destin
devait s'accomplir !

De quelle manière, du reste, ce petit étudiant juif
contumace a bien pu se tirer, pour se faire embaucher,
des formalités nécessaires, je ne saurais le dire. Mais
on m'a même affirmé que (grâce à je ne sais quelle
combine clandestine) à l'usine, sa véritable identité ne

fut pas connue ; et que personne, d'autre part (même sa famille), n'apprit jamais son expérience ouvrière, qu'il garda secrète pour tous, à l'exception de très rares complices et confidents. Quant à moi, les quelques renseignements fragmentaires que j'ai pu rassembler là-dessus, je les tiens en grande partie de Ninnuzzu ; et celui-ci, entre autres choses, donnait de cet essai une interprétation comique (même si pour David cela avait été une véritable tragédie). Et de la sorte, ma présente évocation de ces faits sera plutôt incomplète et approximative.

Le lieu où on l'affecta dès le premier jour, était un grand hangar au toit de tôle, aussi vaste qu'une place publique et encombré aux trois quarts de son volume, en bas et en haut, par de monstrueux mécanismes en mouvement. David en franchit le seuil avec le respect dû à une enceinte sacrée, car ce qui pour lui était un choix, était pour les autres humains enfermés là un châtiment imposé. Et même, il y avait en lui, outre un sentiment de révolte, une sorte d'exaltation émue, car finalement il pénétrait — non comme simple visiteur mais vraiment comme participant — dans *l'œil du cyclone,* c'est-à-dire vraiment dans le cœur déchiré de l'existence.

Comme on le mit aussitôt à une machine, il n'eut d'abord de ce lieu qu'une vision confuse et tourbillonnante. Avant tout, le grand hangar retentissait sans trêve d'un tel fracas qu'au bout de quelques instants déjà on avait mal aux tympans et qu'une voix humaine, même si elle criait, s'y perdait. En outre, ce hangar semblait ne pas rester immobile, mais tanguer, comme sous l'effet d'un séisme chronique et ininterrompu : provoquant un léger mal de mer, qui empirait sous l'effet de la poussière et de certaines odeurs caustiques et pénétrantes provenant d'on ne sait où, mais dont David, dans son coin, sentait continuellement le goût dans sa salive, dans ses narines et mélangé chaque fois à l'air qu'il respirait. La lumière du jour, dans cet énorme espace aux rares ouvertures, ne pénétrait que parcimonieusement et elle était trouble ; et, en certains points, l'éclairage électrique était si aveuglant que, comme dans les interrogatoires du troisième degré, il vous transperçait. Celles des quelques et étroites fenêtres — toutes situées en haut, un peu en dessous du toit — qui étaient fermées, avaient leurs vitres recouvertes d'une croûte noirâtre ; et par celles qui étaient ouvertes, entraient des courants d'air humides et glacés (on était en hiver), lesquels se heurtaient aux vapeurs chauffées au rouge qui rendaient brûlante l'atmosphère intérieure, et vous mettaient dans le corps un épuisement analogue à celui d'une fièvre de quarante degrés. Quelque part, au fond, à travers la fumée poussiéreuse, on entrevoyait des langues de flammes et des coulées incandescentes ; et autour de celles-ci les présences humaines ne paraissaient pas réelles, mais les effets d'un délire nocturne. Dans ce hangar, le monde extérieur, d'où parvenaient de temps en temps des échos à demi étouffés (voix, carillons de tram), devenait une région aussi invraisemblable qu'un extrême Thulé par-delà une route transpolaire.

Mais David avait le sentiment d'être préparé à tout cela, et, même, il l'affrontait avec intrépidité, tel un soldat de la dernière classe impatient de connaître le *baptême du feu*. Un fait, par contre, qui était nouveau pour lui (encore que, à la vérité, ç'ait été une conséquence nécessaire de tout le reste), c'était l'absence de toute communication possible entre les sujets humains de ce vaste hangar.

Là, les hommes (il y en avait des centaines) ne pouvaient même pas être comptés par *âmes*, comme cela se faisait encore à l'époque féodale. Au service des machines, qui, avec leurs corps excessifs, séquestraient et comme engloutissaient leurs petits corps, ils étaient réduits à des fragments d'un matériau à bon marché, ne se distinguant de la ferraille des machines que par leur pauvre fragilité et leur capacité de souffrir. Le frénétique organisme d'acier qui ne les asservissait pas moins que la fin directe elle-même de leur propre fonction, restait pour eux une énigme dépourvue de sens. A eux, en effet, on ne donnait pas d'explications, et eux-mêmes, d'ailleurs, n'en demandaient pas, les sachant inutiles. Et plutôt, pour le maximum de rendement matériel (qui était tout ce qu'on leur demandait et qui leur était imposé comme un pacte de vie ou de mort), leur unique défense était une expression obtuse allant jusqu'à l'hébétude. Leur loi quotidienne était la nécessité suprême de survivre. Et ils portaient dans le monde leur corps comme un stigmate de cette loi inexorable, qui nie la possibilité de se manifester même aux instincts animaux du plaisir et plus encore aux plus simples exigences humaines. L'existence de tels États dans l'État était, bien entendu, déjà archiconnue de David Segré ; mais, jusqu'à maintenant, il ne l'avait perçue qu'à travers une vapeur brumeuse, comme enveloppée dans un nuage...

Ce que fut sa tâche particulière à l'usine, les renseignements que j'ai recueillis ne me l'ont pas appris avec précision : mais je peux du moins en déduire que, petit ouvrier novice et sans qualification, on le mit d'abord à une presse, avec, ensuite, l'alternative éventuelle d'une fraiseuse ou d'une autre machine. Mais, pour lui, le fait de passer d'une machine à une autre ne changeait pas grand-chose : et, même, certaines variations insignifiantes dans le même ordre d'une monotonie éternelle, le bouleversaient à vide au lieu de le soulager.

En tout cas, il s'agissait pour lui de répéter à un rythme vertigineux l'une quelconque des habituelles opérations élémentaires (par exemple, pousser une barre dans un assemblage, en donnant simultanément quelques coups de pédale...), précise et identique, à la moyenne minimale de cinq ou six mille pièces par jour — à un rythme chronométrique de secondes — et sans jamais s'arrêter (sauf pour aller aux waters, mais cette parenthèse étant elle aussi chronométrée). Et pendant tout ce temps, en dehors de celle qu'il avait avec sa presse ou sa fraiseuse, nulle autre relation ne lui était permise.

Et ainsi, dès le premier jour, David, enchaîné à son automate-démiurge, se trouva plongé dans une solitude totale, qui l'isolait non seulement de tous les vivants de l'extérieur, mais aussi de ses camarades du vaste hangar, lesquels — absents comme lui, tels des somnambules, tout à leur effort violent et à leur incessante gesticulation forcée — subissaient tous le même sort indifférencié que lui. C'était comme se trouver dans un pénitencier où la règle immuable serait le régime cellulaire : et où, en outre, le minimum nécessaire pour survivre serait accordé à chacun des prisonniers à la condition de tourner sans repos et à un nombre extrême de tours, autour d'un point de supplice incompréhensible. Sous la hantise de cette ventouse qui vous vide de l'intérieur, toute chose présentant un intérêt est écartée comme un piège hostile ; ou comme un luxe coupable et désastreux, qu'il faudra ensuite payer de la faim.

Cette solitude inattendue était une expérience nouvelle pour David : trop différente de cette autre solitude — bien connue de lui — de la contemplation et de la méditation, qui, elle, au contraire, donne le sentiment de communiquer à l'unisson avec toutes les créatures de l'univers. Maintenant, incarcéré dans un mécanisme le contraignant à une obéissance passive — et toujours tendu vers une même poursuite ininterrompue, aussi stupide que stérile —, David se sentait accablé par la double horreur d'une masse écrasante et d'une abstraction absurde. Et cet accablement ne l'abandonnait même pas à la sortie de l'usine, où sa *liberté* momentanée ressemblait à celle d'un bagnard qui, les fers aux pieds, fait pendant une heure sa promenade au grand air. Durant un certain temps, une fois qu'il avait franchi les grilles de l'usine, il lui restait l'impression que tout, autour de lui, et le sol sous ses pieds vibraient de façon écœurante, comme cela se produit après une traversée où l'on a eu le mal de mer. Et jusqu'au moment où il se laissait tomber sur son lit, l'assaut quotidien des machines continuait de le cerner, se concentrant en une sorte de tenaille invisible qui lui serrait la tête entre ses mâchoires ; avec de lancinants élancements et un affreux grésillement. Il avait le sentiment que sa substance cérébrale en était déformée, et toute idée ou pensée qui se présentait alors à lui l'ennuyait à tel point qu'il lui venait l'envie de l'écraser aussitôt comme un parasite. Dès le premier soir, au moment de se coucher, l'effet sur David de sa première journée de travail avait été de lui faire vomir — aussitôt qu'il avait mis le pied dans sa petite chambre — tout le peu de nourriture qu'il avait absorbée et la très grande quantité d'eau qu'il avait bue (à cette époque, il ne buvait encore que de l'eau ou, à l'occasion et si ses finances le lui permettaient, des orangeades et des boissons non alcoolisées).

Et depuis lors, tous les soirs, ponctuellement, quand il rentrait, se reproduisait toujours ce phénomène du vomissement, auquel, malgré tous ses efforts, il était incapable de résister (entre autres choses, cela le mettait en rage de gaspiller ainsi le repas qu'il avait gagné avec tant de peine...). Et, chaque matin, quand sonnait le réveil qui l'appelait à l'usine, une certaine lutte avec lui-même ne lui était pas épargnée. De fait, avec l'annonce de cette nouvelle journée, les milliers et milliers d' « opérations » de sa norme se présentaient soudain à lui comme une immense armée de fourmis noires avançant sur son corps ; et comme il en éprouvait partout un prurit, sa première gymnastique pour se réveiller, était de se gratter furieusement. Il avait l'étrange et double sentiment de s'acheminer vers un devoir sacré qui, néanmoins, constituait pour lui une sorte de méfait contre nature, démentiel et pervers. Et une loi aussi anormale heurtait sa conscience, au moment même où, telle une voix d'en haut, elle le contraignait d'obéir avec une force irrésistible ! En réalité, se disait David, c'était justement dans le fait de se livrer lui-même à un forfait aussi aberrant, que résidait le sens de sa situation actuelle. En effet, son devoir était précisément le suivant : celui d'écrire l'infamie de l'expérience ouvrière, non pas sur le papier, mais sur son propre corps, comme un texte sanglant ! un texte dans lequel son IDÉE prendrait vie, pour clamer la Révolution et libérer le monde !! Maintenant, une telle conviction suffisait au jeune

David pour le faire courir au galop vers le vaste hangar de l'usine, tel un combattant de première ligne amoureux de son drapeau !

Les premiers jours, à certains moments de son habituel travail, il reprenait des forces en orientant son imagination — ou plutôt le dernier fil de celle-ci resté intact — vers une quelconque vision rafraîchissante : celle de filles de sa connaissance, de sentiers de montagne, de vagues marines... Mais ce genre de vacances momentanées se traduisaient, hélas ! régulièrement pour lui par de menus désastres et accidents professionnels, qui lui valaient les engueulades (et les menaces de licenciement) de son chef d'équipe, lequel n'usait nullement de manières cérémonieuses (les compliments les plus communs qu'il utilisait étaient : *pirla* (con) et *vincenso,* un terme pouvant signifier bougre d'idiot). En ces occasions David était immédiatement pris de l'envie de se bagarrer ou, tout au moins, plantant là tout, de donner un coup de pied dans la caisse de pièces et d'aller se promener. Et naturellement, par un effort de volonté, il réussissait à dominer son envie : mais cela provoquait en lui un soulèvement de l'estomac, une nausée, et toujours le retour de cet habituel prurit matinal, comme s'il avait eu sous ses vêtements des nids de fourmis ou une invasion de poux.

De toute manière, ses filiformes réserves imaginaires furent elles aussi bientôt épuisées. Une brève semaine s'était à peine écoulée, que, déjà, n'existaient plus pour lui ni la terre avec ses bois, ses plages et ses prairies, ni le ciel avec ses étoiles : parce que ces choses ne lui faisaient plus ni envie ni plaisir et qu'en réalité il ne les voyait même plus. Jusqu'aux filles qui, quand le soir il sortait de l'usine, ne l'attiraient plus. Pour lui, l'univers se limitait maintenant à ce vaste hangar ; et il avait même peur de s'évader de ses spires carcérales, craignant, s'il revoyait en face le bonheur de vivre, qu'il lui soit peut-être impossible ensuite d'y rentrer. Jusqu'à son goût pour l'art (il aimait surtout la peinture et la musique, et particulièrement Bach) — et jusqu'à la poésie — et jusqu'à ses études et à ses lectures (y compris les textes de ses maîtres politiques) — qui, actuellement, s'estompaient pour lui dans le lointain comme des figures bizarres, retournées à un Éden situé au-delà du temps. Parfois, il lui arrivait de ricaner en pensant à Socrate d'Athènes, qui discutait avec ses aristocratiques amis dans une salle pleine de lumière ou assis à la table d'un banquet... et à Aristote qui enseignait la logique en se promenant sur les rives de l'Ilissos... Là, avec ses camarades du vaste hangar, communiquer son IDÉE (en plus de l'impossibilité objective de le faire) eût été comme parler de mères dans un sinistre asile d'orphelins. Un sentiment obscur de pudeur fraternelle et, aussi, d'éthique amère lui en refusait le droit, comme un luxe interdit. Et ainsi, certaines de ses intentions de propagande (motif non secondaire de sa présente entreprise) se traduisaient elles aussi pour lui, qui les remettait toujours à plus tard, par une autre et continuelle frustration. Ce n'est que l'un des derniers soirs — à ce que j'ai appris — qu'il se décida à refiler en catimini à trois ou quatre de ses camarades, aussitôt qu'ils furent hors des grilles, certaine petite brochure clandestine, à laquelle, néanmoins, ils ne lui firent jamais la moindre allusion. Peut-être, dans cette atmosphère (quand la terreur nazie-fasciste était triomphante), ce silence de leur part équivalait-il à l'unique signe possible de complicité avec lui ; mais pour lui (qui dans son imprudence n'évaluait même pas les risques qu'il courait), cela signifia que ses propos d'apostolat anarchiste à l'usine tombaient dans le vide.

D'ailleurs, ses rapports avec ses camarades du hangar se bornèrent, que je sache, à de rares échanges fortuits et éphémères. J'ai connaissance d'un samedi soir où il eut l'occasion de dîner avec quelques-uns des plus jeunes d'entre eux. Ils étaient dans un local bondé, à proximité de l'usine (portraits du Duce, inscriptions belliqueuses, présence — dans les parages — de flics en civil, de mouchards et de chemises noires), et à table, il était exclusivement question de sport, de cinéma et de femmes. Leur langage ou, plutôt, leur argot plein d'allusions, se réduisait à un vocabulaire minimal ; et en particulier, au sujet des femmes, il se bornait à des plaisanteries plus ou moins obscènes. David se rendait compte que pour ces forçats de la machine ces pauvres évasions hors de la réalité étaient l'unique repos permis ; et mû par un sentiment qui lui semblait être de *charité* (mais beaucoup plus, à la vérité, par un besoin de sympathie), il se mit lui aussi à raconter une historiette cochonne ; laquelle, du reste, n'obtint pas même un grand succès. C'était une anecdote compliquée concernant un type qui pour un bal costumé a décidé de se déguiser en bitte, mais qui, finalement, ne trouvant pas de couvre-chef convenable, se résigne à se déguiser en cul, etc. etc. Or, les assistants (sans que lui, vu son ingénuité, l'ait soupçonné) jetaient autour d'eux des regards inquiets, s'imaginant, étant donné le climat de peur régnant à cette époque, que sous les traits du protagoniste de cette anecdote, on voulait faire allusion au Duce, au Führer ou au maréchal Goering... Ce soir-là, David avait un doigt bandé (à l'usine il s'était fraisé le bout d'un doigt), qui suppurait et lui faisait mal. En outre, contre ses habitudes à cette époque, il avait, par sympathie pour ses commensaux, bu du vin. Et durant la nuit — peut-être parce qu'il avait un peu de fièvre — il eut un cauchemar. Il rêvait qu'il avait à la place des doigts de gros boulons vissés trop serrés sur l'écrou ; et qu'autour de lui, dans le hangar, il n'y avait plus ni hommes ni machines ; mais seulement des amphibies, moitié hommes et moitié machines : avec, à la place des jambes, de la taille en bas, des chariots, des vilebrequins ou des poulies comme bras, et ainsi de suite. Ces amphibies, et lui parmi eux, devaient courir et courir encore sans arrêt dans une brume à la fois glacée et bouillante. Et en courant ils devaient pousser des hurlements et des rires assourdissants, car cela aussi faisait partie de la norme. Tous portaient d'énormes et épaisses lunettes vertes, ayant tous été à peu près rendus aveugles par certains acides des fonderies, et ils crachaient une salive aussi foncée et aussi dense qu'un sang noir... Du reste, depuis quelque temps, David avait toujours, sinon vraiment des cauchemars, des rêves du même genre. Il s'y rencontrait toujours des perceuses, des poulies, des étaux, des chaudières et des vis... Ou bien il s'agissait de calculs compliqués de cadences et de pièces, qu'il devait faire et refaire continuellement, discutant avec quelqu'un qui affirmait que sa paie se montait, en tout, à deux lires quarante... et ainsi de suite. Actuellement, on le voit, même dans ses rêves, il voulait éviter toute tentation de bonheur.

Ce fameux dîner du samedi soir fut, à ma connaissance, l'unique occasion de rencontre entre David et ses camarades à l'extérieur de l'usine. Et là, il faut dire que David — déjà sauvage de nature — devenait encore plus timide et encore moins sociable avec les ouvriers. Et plus encore dans la mesure où, à la vérité, son cœur aspirait au contraire. Il eût voulu les apostropher dans les vestiaires, leur courir après à l'extérieur des grilles, leur dire Dieu sait combien de choses et quelles choses leur étaient destinées ; mais tout ce qu'il parvenait à dire, c'était *bonjour* et *bonsoir*.

Bien que personne, à l'usine, n'ait connu sa véritable classe et sa véritable identité, au milieu des autres ouvriers, il se sentait pourtant traité en étranger. Et quant à lui, plus encore qu'étranger, il se sentait en face d'eux dégoûtant, car il savait que, pour lui, ce travail en usine n'était qu'une expérience momentanée : au fond, une aventure d'intellectuel, alors que, pour eux, c'était toute la vie. Demain, après-demain et dans dix ans : toujours le hangar et son fracas, les cadences et les pièces, les réprimandes des chefs et la terreur du licenciement... sans jamais de fin, autre qu'au moment de la maladie définitive ou de la vieillesse, quand on est jeté comme quelque chose d'inutilisable. C'est pour cette fin que leurs mères les avaient enfantés : des hommes complets d'esprit et de corps, ni plus ni moins que lui ! des hommes, c'est-à-dire « des sièges élus de la conscience » en tout et pour tout semblables à lui ! Pour se soustraire au poids d'une telle injustice, le seul remède lui semblait alors de se faire ouvrier comme eux pour toute la vie. Ainsi, du moins, il pourrait les appeler frères sans remords. Et parfois, en pensée, il s'y décidait pour de bon. Mais un moment plus tard, il entrevoyait le bonheur qui lui faisait signe de cent mille petites fenêtres ouvertes, lui disant : mais comment ! tu veux donc me trahir ?! De fait, David, comme on l'a déjà indiqué, était un fidèle du bonheur, en quoi, selon lui, résidait le destin même des hommes. Et même si, à cette époque, son destin personnel s'annonçait pour lui contraire et menaçant, ou a vu que certaines menaces n'avaient pas de poids pour lui. A la vérité et malgré tout, le bonheur de David Segré aurait pu se chanter en ces quelques mots : IL AVAIT DIX-HUIT ANS.

En attendant, il faisait son métier d'ouvrier jusqu'au-delà des limites du possible. Selon lui, de fait, la chose principale qui lui manquait était la pratique et l'entraînement ; aussi, pour s'entraîner, non seulement se présentait-il à l'heure à son tour, mais il cherchait aussi à faire des heures supplémentaires, et cela même le dimanche : tant il se défiait des parenthèses. Et bien que tous les soirs se soient répétés ces maudits vomissements et que chaque jour son corps ait perdu du poids et ait été de plus en plus à bout de nerfs, il était convaincu d'y arriver physiquement (le moral dépendant de la volonté). Est-ce qu'il était par hasard moins fort que les autres travailleurs du hangar ?! A l'usine, il y avait même des hommes de cinquante ans, des femmes et des gamins à l'air de phtisiques... Lui, il était sain de corps et vigoureux, dans le passé il avait même remporté des championnats d'athlétisme et peu nombreux étaient ceux qui au bras de fer l'emportaient sur lui. Pour lui, résister *physiquement* à cette épreuve, du moins jusqu'au terme fixé par lui (c'est-à-dire jusqu'à l'été et on était en février) constituait non seulement un devoir mais un point d'honneur. Et au lieu de cela, ce fut justement le physique qui le trahit. Cela se produisit le lundi de la troisième semaine. Le samedi avait mal marché pour lui : il avait bousillé je ne sais combien de centaines de pièces (il avait été distrait par un retour inopiné de jalousie à l'égard de sa Mantouane), et son chef d'équipe, un nouveau,

l'avait traité entre autres choses de : *balosso,* de *maroc* et
de *romanso gialo* (termes, à la vérité, pour moi, tous
incompréhensibles ; mais, à ce qu'il semble, il s'agissait de graves insultes). Le soir, il sauta le dîner ; et
pourtant, quand il rentra chez lui, il vomit le double
des autres soirs : une vomissure grise, où nageaient de
la suie, de la poussière et, même, de la sciure et des
copeaux ! Ensuite, une fois couché, il ne parvenait pas
à dormir. Toujours ce prurit par tout le corps, et cette
odieuse tenaille autour du crâne, et dans son cerveau,
au lieu de pensées, rien que des boulons et des vis,
des pièces, des boulons et des vis... Soudain, aussi
cinglante qu'un coup de fouet, cette unique et affreuse
pensée lui traversa l'esprit :

Aussi longtemps que des hommes ou même un seul
homme sur la terre, seront contraints à une telle
existence, parler de liberté, de beauté et de révolution
sera une imposture.

Or, une telle pensée le faisait reculer bien plus
qu'une tentation spectrale et démoniaque ; car s'y
arrêter eût signifié pour lui la fin de son IDÉE et, donc,
de tout espoir vital.

Le lendemain, dimanche, il resta au lit, fiévreux, et
dormit presque toute la journée. Il eut aussi des rêves,
dont ensuite il ne se rappelait rien de précis ; mais
certainement, ç'avaient été des rêves de bonheur, car
ils lui laissaient un sentiment de guérison en même
temps que d'extrême faiblesse (comme dans les conva-
lescences). Jusqu'à cette pensée de la veille, qui lui
avait paru tellement terrifiante, jusqu'à cette pensée,
donc, qui maintenant, par contre, se présentait à lui
sous l'aspect d'une promesse et d'un stimulant :
« C'est précisément devant *l'inacceptabilité* criante de
certaines condamnations humaines », se disait-il en

90

effet, « qu'il faut plus que jamais avoir foi en l'IDÉE, qui, elle seule, agissant mystérieusement, tel un miracle, pourra libérer la terre des monstres de l'absurde... ». Le soir, comme d'habitude, il remonta son réveil ; et le lendemain matin, il se leva avec une précipitation frénétique pour retourner au travail. Mais voici qu'au moment de se mettre en route, s'imaginant en train de se diriger vers l'usine, placé devant sa machine, etc. etc., il sentit cette fatale tenaille s'abattre avec un bruit sourd sur son crâne et serrer celui-ci avec une telle violence qu'il dut s'arrêter en haut de l'escalier, les jambes paralysées ! Il était pris de mal de mer, il voyait des éclairs, il entendait des sifflements — et, ce qui était pire que tout, il était parcouru, le long de tous les canaux de sa volonté, par de fermes intentions, mais qui, d'autre part, étaient nettement à repousser : non seulement parce que contraires à son devoir présent et — jusqu'à un certain point — aussi à son IDÉE elle-même ; mais parce que vélléitaires dans la pratique et négatives dans la tactique ; et telles, en réalité, que dans l'actuelle situation politique et sociale, même un Bakounine (qui pourtant fut tout autre qu'un non-violent) les aurait repoussées avec mépris ! Et pourtant, ce matin-là, elles étaient les seules images capables, du moins *physiquement*, de lui redonner un certain élan dans les jambes et un petit frémissement, sinon vraiment de bonheur, mais certainement de gaieté... A la vérité, il s'agissait d'une série de variations sur le même thème, comme, par exemple : frapper le chef d'équipe qui l'avait traité de *balosso* (?) et du reste ; bondir sur une machine en agitant un quelconque chiffon noir et rouge et en chantant *L'Internationale* ; crier à tous les assistants : ARRÊTEZ ! d'une voix sans réplique et si haute que seraient réduits au silence tous les vacarmes du hangar ; crier encore et d'une voix de plus en plus forte : « Enfuyons-nous d'ici ! Déménageons tout ! incendions les usines ! détruisons les machines ! dansons une ronde universelle autour des patrons !! », etc., etc. On comprend qu'au fond de lui-même il était, bien sûr, décidé à résister par la force *morale* de la volonté à ces impulsions pleines d'aléas ; mais une CERTITUDE physique, qui était comme un cri de ses entrailles, l'avertissait que peut-être nulle volonté ne lui servirait en revanche contre une autre impulsion : celle de VOMIR ! Il sentait, en somme, que dès qu'il se retrouverait à son poste, occupé à compter les pièces et à remâcher ses autres impulsions, cette fameuse et infernale envie de vomir, qui, d'ordinaire, lui venait le soir, s'abattrait sur lui là, en plein jour et au plus fort de son activité ! le faisant rougir de honte, comme un enfant, en présence de tous !

De toute manière, il ne s'avoua pas vaincu pour autant ; décidé à aller tout de même, comme d'habitude, à l'usine. Mais, hélas ! il ne réussit même pas à descendre les premières marches du long escalier de son immeuble (cinq étages). A la simple et imminente perspective du hangar succédait aussitôt pour lui cet effet de paralysie. En somme, sa volonté morale était d'aller à l'usine ; mais ses jambes NE voulaient PLUS y aller.

(C'était — comme il l'expliquait lui-même ensuite à Ninnuzzu — la *paralysie du malheur*. Pour n'importe quel acte réel, qu'il soit fatigant ou dangereux importe peu, le mouvement est un phénomène naturel ; mais devant l'irréalité contre nature d'un malheur total, monotone, épuisant, hébétant et sans recours, les

constellations elles-mêmes — selon lui — s'immobili-
seraient...)

Et ainsi, l'expérience ouvrière de David Segré, qui,
d'après lui, aurait dû durer, dans l'hypothèse minimale, cinq ou six mois (et dans l'hypothèse maximale
carrément toute sa vie!) s'était achevée lamentable-
ment au bout de dix-neuf jours! Heureusement, son
IDÉE n'en était pas sortie détruite; mais plutôt illumi-
née et renforcée (comme il se l'était promis naguère).
Néanmoins, on ne peut nier que, *physiquement* du
moins, sa tentative se soit terminée par une défaite; à
tel point que, dans la suite, David, lorsqu'il rencontrait
des ouvriers, éprouvait un sentiment de honte et de
culpabilité qui le rendait sauvage au point de le
frapper de mutité.

Bien sûr — reconnaissait Ninnuzzu — David maintenant n'était plus le même qu'autrefois : peut-être à
cette époque était-il encore un peu un enfant gâté...
Mais néanmoins son actuelle prétention de tenter de
nouveau cette entreprise condamnée à la faillite faisait
rire son ami tout autant que si ç'avait été le caprice
d'un gosse. Pourtant bien que riant, Ninnuzzu parlait
toujours avec le plus grand respect de son camarade
David : car, depuis les premiers temps de leur vie en
commun aux Castelli, il le considérait non seulement
comme étant de nature un héros, mais comme un
penseur, destiné sûrement à une œuvre glorieuse :
bref, comme un grand homme à tous points de vue.
Certaines de ses lettres datées de Mantoue étaient
longues et bien écrites (dans un vrai style d'auteur!) et
parlaient de sujets savants : art, philosophie, histoire,
aussi Ninnuzzu en faisait-il montre avec une certaine

fierté, bien que fatalement quand il les lisait il en sautât au moins la moitié. Et d'autres, par contre, étaient convulsives et confusionnelles, griffonnées d'une grande écriture tourmentée et quasi illisible. Il disait que là, dans le Nord, il ne pouvait plus y tenir et qu'il avait l'impression d'être tombé dans un piège.

Vers la fin d'août, il annonça qu'il allait revenir dans deux semaines au plus et qu'il avait l'intention de se fixer à Rome.

4

Le jour du 15 août, alors que David se trouvait encore dans le Nord, ici, à Rome, un crime fut commis au Portuense. Santina, la vieille prostituée, fut assassinée par son maquereau. Lequel, quelques heures plus tard, se livra lui-même à la police.

David n'en sut rien, car personne ne pensa à le lui apprendre (ses relations occasionnelles avec elle avaient été quasi clandestines) et à cette époque, il ne regardait même pas les journaux. Il est probable, du reste, que les journaux du Nord ne mentionnaient même pas ce fait divers. Par contre, il eut sa place dans ceux de Rome, et il y avait aussi sa photo à elle et celle de son assassin. La photo de Santina n'était pas récente ; mais, encore qu'elle y fût plus fraîche et plus potelée et moins laide qu'à présent, on voyait déjà sur son visage cette sombre résignation d'animal de boucherie, qui, quand on la regardait maintenant, semblait le signe d'une prédestination. La photo de l'assassin, par contre, avait été prise au commissariat au moment même de son arrestation ; mais lui aussi y paraissait plus jeune que son âge. De fait, il avait trente-deux ans, mais sur cette photo il en paraissait dix de moins. Basané, pas rasé bien que ç'ait été un jour férié, le front bas et des yeux de chien hargneux, il avait vraiment ce qu'on appelle « une tête de bagnard ». Il ne manifestait aucune émotion particulière, encore que, peut-être dans son langage inexprimé et lent, il ait semblé déclarer : « Me voici. Je suis venu là de moi-même. Regardez-moi. Regardez-moi bien. De toute manière, moi, je ne vous vois pas. »

A cette occasion, on apprit aussi par les journaux son nom que Santina n'avait jamais dit à personne. Il s'appelait Nello D'Angeli.

Le crime, non prémédité à ce qu'il semblait, avait été commis dans le logement de la femme. Et les armes, car il n'en avait pas utilisé qu'une seule, étaient celles que l'on pouvait trouver sur place : une paire de gros ciseaux, le fer à repasser et même le seau de toilette. La mort, toutefois, fut due à un coup de ciseaux initial, qui avait tranché la carotide de la femme ; mais l'assassin s'était encore acharné sur ce corps insensible, avec tous les objets qui lui tombaient sous la main. A ce propos les journaux parlaient d'un « raptus homicide ».

Le 15 août à cette heure-là (entre trois et quatre heures de l'après-midi), les alentours étaient déserts ; et, d'ailleurs, certains voisins, qui étaient à la maison en train de faire la sieste, n'avaient entendu ni hurlements ni altercation. Néanmoins, on n'avait guère tardé à découvrir le crime, car le coupable n'avait nullement pris soin d'en effacer les traces. Il avait même laissé la porte entrouverte, si bien qu'une traînée de sang coulait de l'intérieur du logement, imbibant le sol poussiéreux. Dans le local, le sang formait une grande mare près du lit, le petit tapis et le matelas en étaient imprégnés, il en avait même giclé sur les murs, et, de plus, l'assassin avait laissé partout des traces de pieds et de doigts sanglantes. Le corps de Santina était sur le lit, nu (à la différence d'avec ses amants de passage, elle consentait sans doute à se déshabiller pour son seul « ami »). Et bien qu'on ait su dans le voisinage que la femme, grâce à la présence des militaires occupants, jouissait encore d'une fortune inhabituelle, on ne trouva de l'argent ni dans ses affaires ni dans son logement. Après la levée du corps, on découvrit son sac sous le matelas, c'est-à-dire là où elle avait l'habitude de le mettre ; mais, à part sa carte d'identité, sa clé et des tickets de tram périmés, il ne contenait que quelques sous.

Sur lui, par contre, quand on l'arrêta, on trouva plusieurs billets de banque de moyenne et de petite tailles. Ils étaient dans la poche revolver de son pantalon, soigneusement rangés dans son portefeuille imitation crocodile, et bien qu'usagés et sales, ils ne portaient aucune trace de sang. Quand on lui demanda s'il les avait pris à la femme, il répondit, de sa manière sournoise et agressive : « C'est ça », alors que, en réalité, il les avait reçus d'elle, quelques instants avant de la tuer. Mais peu lui importait d'expliquer certains détails secondaires.

A l'exclusion du portefeuille enfermé dans la petite poche boutonnée, tous ses vêtements et aussi ses mains, y compris le dessous des ongles, étaient maculés de sang, en partie noirci et mêlé à de la poussière et à de la sueur. De fait, il ne s'était pas soucié de se laver, et il se présenta à la police, vêtu des mêmes habits que ceux qu'il portait depuis le matin : une chemise de lin rose à col ouvert plutôt fine, avec, au cou, un trèfle à quatre feuilles en émail vert, suspendu à une chaînette, un pantalon de toile avachi et sans ceinture, et les pieds nus dans des souliers d'été. Il dit qu'après le crime il n'était pas rentré chez lui, mais qu'il s'en était allé tout seul derrière la Via Portuense, dans ces prés qui sont dans la direction de Fiumicino, et que là il avait même dormi peut-être pendant une heure. De fait, il avait dans les cheveux des fragments d'épi sec. Il était sept heures et demie du soir.

A la préfecture, on connaissait déjà son présent métier de souteneur. Et pour ces fonctionnaires, l'explication de son crime, qu'à cause de son caractère typique ils qualifiaient de classique, ne présentait pas de difficultés : la vieille putain qu'il exploitait lui avait sans doute refusé et peut-être caché (ou, du moins, lui le soupçonnait-il) une partie de ses gains, lesquels, de par sa propre loi, lui revenaient tous à lui. Et lui, qualifié à l'instruc⁺ n d'*amoral, incapable, d'intelligence en dessous de la normale et dénué de freins inhibiteurs,* l'avait punie ainsi... De son côté, il facilita lui-même le travail des enquêteurs désignés. A leurs questions maintenant prévues et évidentes, il ne répondait, comme déjà dès les premiers instants, à propos des billets de banque, pas autre chose que : « C'est ça », « eh, oui », « c'est comme ça que ça s'est passé », « ça s'est passé comme vous le dites »... ou, même, il ne répondait que par un de ces muets haussements de sourcils qui, selon la manière méridionale, signifient simplement une confirmation. Il manifestait plutôt, quand il répondait, une lassitude indifférente et farouche, tel quelqu'un qui, soumis à une fatigue superflue, trouve commode d'en être déchargé, du moins en partie, par la logique

97

inductive des enquêteurs... Et ce fut avec une sorte de soulagement à la fois cynique et idiot que, sans discuter, il signa au bas du procès-verbal : *D'Angeli Nello.* Sa signature, ornée de paraphes, était d'une telle démesure qu'elle occupait la feuille dans toute sa largeur, telles les signatures de Benito Mussolini et de Gabriele D'Annunzio.

« Homicide aggravé de mobile abject. » *Mobile abject,* dans son cas, signifiait selon les autorités *proxénétisme et intérêt pécuniaire;* mais Nello D'Angeli aurait eu beaucoup plus honte de son mobile véritable, si toutefois il en avait été conscient.

De la part d'un jeune homme, exploiter une vieille putain, lui, il trouvait cela normal; mais l'aimer, non. Et au lieu de cela, l'inadmissible réalité était la suivante : à sa manière, il était amoureux de Santina.

Au cours de toute sa vie précédente, il n'avait jamais rien possédé de personnel. Il avait grandi dans les institutions publiques pour enfants abandonnés. Dans son enfance, les religieuses de l'institution, une fois par an, c'est-à-dire à Noël, lui donnaient un ours en peluche qui, après Noël, lui était repris et rangé dans un placard jusqu'à l'année suivante. Une fois, au cours de l'année, une sorte de nostalgie de son ours le prenant, il s'en était emparé en cachette après avoir fracturé la serrure du placard. Découvert au bout de quelques minutes, il avait, comme punition, été battu avec une brosse et privé, le Noël suivant, de son ours qui était resté sous clé.

Depuis cette époque, il avait pris l'habitude de chaparder. Les punitions qu'on lui infligeait étaient variées et même bizarres : en plus des coups, on le faisait rester à genoux pendant des heures, aux repas, on lui servait tous les aliments mélangés ensemble dans une écuelle, on lui courait après en agitant derrière lui des pages de journal en flammes, le menaçant de lui mettre le feu au cul, et, même, un jour, on lui fit lécher ses excréments. Comme son vice de voler était notoire, il lui arrivait d'être puni même pour des vols qu'il n'avait pas commis. Ce n'était pas un enfant sympathique, pas plus qu'il n'était dégourdi : personne ne prenait sa défense ; et il ne venait jamais à personne l'envie de le dorloter. Quand il était petit, il arriva parfois que l'un de ses camarades de l'institution, enfant abandonné comme lui, se fourra près de lui dans son lit, le caressant et lui donnant aussi des petits baisers, ou tenta de s'isoler avec lui. Mais il avait appris que ce n'était pas normal ; et comme il tenait à être un garçon normal, furibond, il repoussa ces caresses à coups de poing. Ses poings étaient déjà durs comme le fer, et les autres en avaient peur. Dans la suite, il se méfiait toujours des amis présumés, les soupçonnant d'être anormaux.

Relâché des institutions vers sa vingtième année, il était allé de sa propre initiative trouver sa mère. Celle-ci, qui était la fille de bergers (elle venait de l'intérieur de la Sicile — et ses grands-parents étaient d'Albano), avait exercé, quand elle était jeune, le même métier que Santina ; mais, à présent, elle vivait avec un type et avec trois enfants encore petits qu'elle avait eus de lui : « Tu peux rester ici pour dormir et pour manger », lui dit-elle, « à la condition que tu travailles pour aider la famille ». Il se mit à travailler comme terrassier, mais sa mère ne lui laissait même pas de quoi s'acheter des cigarettes et, de plus, lui reprochait toute la journée de gagner trop peu pour ce qu'il mangeait. Un jour, bien que ç'ait été sa mère, il la roua de coups de poing et disparut. Quelques mois plus tard, il avait atterri à Rome.

Ce fut à cette époque qu'il entra en possession d'un petit chien, qui était peut-être de couleur blanche tachetée, mais qui, à cause de la saleté de son poil pelé, était noirâtre et vert pâle. Il l'avait découvert dans un trou, où il s'était réfugié après avoir été criblé de cailloux et de coups de bâton, et, on ne sait comment, en le soignant personnellement, il l'avait rendu à la vie : aussi le possédait-il doublement. Il l'avait appelé Fido ; et il l'emmenait toujours avec lui. Mais il ne payait pas pour lui la taxe légale. Et en conséquence, un jour, un fonctionnaire de la Municipalité survint, qui, avec une sorte de harpon, entraîna directement Fido dans une camionnette où étaient déjà chargés plusieurs autres chiens : qui tous, y compris Fido, partirent de là pour l'abattoir.

Dans la suite, chaque fois qu'il se trouvait seul avec un chien ou un chat errant, Nello D'Angeli prenait plaisir à le torturer, jusqu'au moment où il le voyait crever.

Travailler, il n'en avait pas envie. Il vivait au jour le jour de vols occasionnels, sans jamais se lier avec d'autres voleurs. Il végétait ainsi, en marge aussi de cette société ; et comme, de nature, il n'était pas très malin, il était très souvent expédié à la prison de Regina Cœli, où il passait, y entrant et en sortant, plusieurs mois de l'année. Ensuite, depuis sa rencontre avec Santina, il vivait en partie aux crochets de celle-ci ses intervalles de liberté.

Il n'était pas vraiment laid, mais il n'était pas beau non plus. Il était du type cambrousard, de petite taille, sombre, distant et, en général, il ne plaisait pas aux filles. Néanmoins, s'il avait voulu, il aurait pu trouver une femme correspondant davantage à son âge et moins laide que Santina ; mais d'instinct, tel un hydrophobe qui a peur de mordre, il s'écartait de lui-même de la jeunesse et de la beauté. Sa seule femme, c'était Santina.

Ce qui les liait, c'était l'argent. Mais comme, en réalité, il l'aimait, l'intérêt, à son propre insu, lui servait plutôt de prétexte pour se trouver près d'elle. Il n'avait qu'elle sur la terre ; de même que Santina n'avait rien d'autre en dehors de lui. La seule différence, c'était qu'elle, malgré son peu d'intelligence, était capable de reconnaître qu'elle aimait ; alors que lui ne le reconnaissait pas.

Chaque fois qu'il se présentait à elle, la première chose qu'il lui disait, farouche et menaçant, c'était : « Où est le fric ? » Et elle lui remettait aussitôt tout l'argent qu'elle avait, regrettant seulement de ne pas en avoir davantage à lui donner. Si elle le lui avait refusé ou, même, si elle l'avait insulté, la chose lui eût paru plus normale. Mais comment aurait-elle pu, dans sa simplicité, lui refuser quelque chose ? Si elle exerçait encore son métier de putain, c'était pour lui ; et de même, c'était pour lui qu'aux périodes de vaches maigres, elle courait çà et là, faisant un peu de tout, blanchisseuse, infirmière ou ouvrière. Si ç'avait été pour elle seule, elle se serait laissée mourir, comme certains animaux sans maître, quand ils atteignent la vieillesse.

Quant à lui, avec le prétexte de l'argent, il était vraiment attaché à elle : vraiment attaché à ce corps vieux et disgracié, qui se donnait à lui de cette manière fruste, paisible et — bizarrement — inexpérimentée, comme si en tant d'années de métier elle n'avait pas encore appris la pratique ; et vraiment attaché aussi à son sourire mélancolique et à son odeur de misère. Quand elle était à l'hôpital, il allait lui porter des oranges ; et quand on l'arrêta et qu'on la garda aux Mantellate, il s'enferma dans sa propre baraque de location, restant dans le noir, car même les couleurs du jour lui donnaient la nausée. Lorsque, ensuite, il la revit libre, son premier sentiment fut de rage ; et il l'accueillit par des injures.

Certaines fois, la quittant brusquement après lui avoir pris son argent, il continuait de rôder dans les parages de son logement, tel un pauvre chien errant qui ne sait où aller. Sa vraie maison, c'était ce logement. Il avait toujours son propre domicile de location, dans une baraque du Trionfale ; mais, les derniers temps, quand Santina gagnait un peu plus, de plus en plus souvent, le soir, il allait dormir chez elle. Si elle avait des clients, il restait dehors, allongé de tout son long sur un tas d'ordures, attendant qu'ils aient fini. Il n'éprouvait aucune jalousie, sachant bien que pour elle les autres hommes ne comptaient pas. Elle était à lui, son seul maître. Les seules dépenses qu'elle faisait étaient pour lui. Pour elle-même, elle ne dépensait rien en dehors de ce qui était nécessaire pour son métier, comme, par exemple, un bain dans un établissement public ou une séance chez le coiffeur pour sa permanente. Et en ces temps où les affaires étaient fructueuses, le seul luxe qu'elle se permettait, c'était de lui faire des cadeaux : par exemple, le portefeuille en crocodile, une chemise en lin premier choix ou d'autres belles choses du même genre. Le trèfle à quatre feuilles en émail avec sa chaînette aussi, c'est elle qui lui en avait fait cadeau.

Et elle lui lavait et lui repassait son linge, donnait un coup de fer à son pantalon, lui faisait cuire des pâtes et de la viande sur son petit réchaud et lui faisait la surprise de trouver des cigarettes américaines.

... Voici qu'une ombre d'homme inconnu sort du rez-de-chaussée. On entend, provenant de l'intérieur, un petit bruit d'eau... Il s'étire, se lève et se dirige vers la porte :

« Où est le fric?! »

Et après avoir empoché l'argent, il pourrait, s'il le veut, aussi s'en aller : elle ne lui demande rien en échange. Mais au lieu de cela, comme les bébés après que leur mère leur a donné le sein, le voici qui se met à bâiller et qui se laisse tomber sur le petit lit, comme s'il attendait la berceuse.

Cependant, elle bouge, affairée, toute à ses préparatifs, et elle tire du petit buffet les macaronis, les oignons, les pommes de terre... Lui, vautré sur le lit, s'appuie sur un coude et la toise avec des coups d'œil de travers :

« Bon Dieu de merde, ce que tu peux être moche ! T'as deux jambes et deux bras qu'ont l'air de quatre perches et un cul qu'a l'air de deux quartiers de bœuf faisandé ! »

Elle ne répond pas un mot et s'écarte un peu, avec son sourire passif et hésitant de coupable...

« Qu'est-ce que tu fous? qu'est-ce que tu fricotes?! Tu m'as déjà donné envie de dégobiller, bon Dieu de merde, avec cette odeur d'oignon. Allonge-toi là, sur la couverture, comme ça au moins je te verrai pas... »

Il recommence ainsi tous les soirs. Il ne parvient pas à comprendre la nostalgie poignante qui le ramène à elle. Et cependant, où qu'il se trouve, il éprouve le besoin de son corps. Certains soirs, par haine, il ne vient pas la voir ; mais elle, le jour suivant, ne lui fait aucun reproche. Parfois, l'été, au crépuscule, elle l'attend assise sur le degré du seuil ; et quand elle le voit arriver, une gratitude spontanée et quasi extatique envahit ses yeux lents et ingénus. Elle fait son timide petit sourire et lui dit :

« Nello ! »

C'est tout ce qu'elle lui dit. Elle se lève et avec ses gros pieds elle le précède dans la petite pièce sombre et fraîche.

« Où est le fric ? ! »

Si, une fois ou l'autre, elle le chassait, il la haïrait moins. La présence de Santina dans sa vie est comme une tache rougeâtre de maladie qui va en s'élargissant.

L'humanité, de par sa nature, tend à se donner une explication du monde dans lequel elle est née. Et c'est là ce qui la distingue des autres espèces. Chaque individu, même le moins intelligent et le dernier des parias, se donne dès son enfance une quelconque explication du monde. Et il s'arrange à vivre dans celle-ci. Et sans elle il sombrerait dans la folie. Avant de rencontrer Santina, Nello D'Angeli s'était proposé sa propre explication : l'univers est un lieu où tout le monde est l'ennemi de Nello D'Angeli. Son seul recours contre tous, sa normalité pour s'adapter, c'est la haine. A présent l'existence de Santina est un fragment de matériau étranger qui bouleverse pour lui son univers et fait tourner à vide son esprit obtus.

Certaines fois, dans son sommeil, il était envahi par des cauchemars, au cours desquels Santina lui était toujours enlevée. Il rêvait qu'une escouade d'Allemands, après avoir cerné le rez-de-chaussée, la traînait vers un camion en lui braquant dans le dos leurs mitraillettes ; ou bien que des infirmiers vêtus de blouses, précédés par un commissaire, arrivaient avec un cercueil, retroussaient la jupe de Santina, disaient :

« Elle est pestiférée » et l'emportaient dans le cercueil. Alors, il criait et s'agitait dans son sommeil, et il se réveillait, plein de haine contre Santina, comme si elle avait été coupable. Une nuit, comme il se réveillait ainsi, la trouvant qui dormait à côté de lui dans le lit, il se jeta sur elle, les yeux injectés de sang, lui criant : « Lève-toi, maudite ! » Et pendant qu'il lui flanquait une raclée, il avait l'impression d'être au milieu d'une énorme rixe, où lui-même était lynché à coups de poing.

Il n'y avait pas de fois où il ait dormi, même peu de temps, sans rêver : et ses rêves, que Santina y soit apparue ou non, étaient immanquablement troubles et inquiets. Le jour du 15 août, quand il s'assoupit dans le pré après son crime, il rêva qu'il se dirigeait, dans ce même pré, vers une sorte de tranchée. Ce n'était ni le jour ni la nuit, et il faisait une clarté opaque, comme on n'en a jamais vu ; et au fond de cette tranchée, il y avait Santina qui était tombée et ne bougeait plus, les yeux grands ouverts. Il descendait vers elle et la prenant dans ses bras, il la ramenait en haut de la tranchée, et pour la faire revenir à elle, il la mettait nue. Et elle était là, étendue dans le pré sous lui, avec son corps qui n'était qu'os, blanc et efflanqué, et ses petits seins de vieille femme maigres et croulants. Peu à peu, dans son visage qui reprenait ses couleurs, ses yeux se fermaient, et entre-temps elle levait une main, remuant un doigt comme quand on plaisante. Et elle lui répétait avec son habituel petit sourire, tâchant de masquer le trou de la dent absente de sa gencive :

« Ça fait rien... Ça fait rien... »

Et lui, pour la première fois de sa vie, se sentait heureux et confiant. Quand il se réveilla, dans le soleil à son déclin, il revit les taches de sang sur sa chemise rose et immédiatement se rappela tout. Désormais, il n'y avait plus de maison où il pût aller.

L'une des nombreuses choses que, depuis longtemps maintenant, il s'était mis à haïr, c'était la liberté. Il n'avait jamais été libre. D'abord, les institutions, et puis le bref séjour chez sa mère avec ces travaux forcés de tous les jours, et enfin ces allers et retours à Regina Cœli. Comme déjà quand il était petit, à l'orphelinat des sœurs, dans la suite aussi, les délits qu'on lui imputait n'étaient pas toujours les siens. Connu comme voleur habituel, il était souvent arrêté sans avoir rien fait, parce que suspect. Et de la sorte, même quand il circulait librement, il avait l'impression d'être comme ces rats d'égout, qui, dès qu'ils se montrent dans la rue, s'attendent à être pourchassés par le premier qui les voit. La liberté provisoire est pire que tout. Et sans plus y réfléchir, il alla tout droit se dénoncer. Maintenant qu'il avait trente-deux ans, grâce à son crime d'homicide, il était sûr de vieillir en prison. C'était là sa seule maison.

En avance sur les dates qu'il avait indiquées dans ses lettres à Nino, David revint à Rome les premiers jours de septembre. Il arriva comme d'habitude sans préavis et erra vainement de l'une à l'autre des adresses possibles de Nino, sans le trouver. En dernier, il poussa jusqu'à la Via Bodoni ; mais avant même de s'être présenté pour avoir des renseignements à la loge de la concierge, il entendit une petite voix appeler : « Carlo ! Carloo ! » Il s'était déjà déshabitué de ce prénom ; mais il ne fut pas long à reconnaître Useppe qui s'avançait vers lui, venant de la première cour en compagnie d'un gros chien blanc. Useppe attendait sa mère qui devait descendre dans quelques instants. Et c'est avec un certain regret de devoir le décevoir, qu'il lui annonça vivement : « Carlo ! Nino est parti hier ! Il est parti en *vavion*, et il a dit qu'il reviendrait bientôt avec un autre *vavion !* » Useppe avait beau avoir cinq ans accomplis, maintenant encore et plus particulièrement quand un excès de vivacité ou d'émotion le dominait, Useppe estropiait encore les mots et les consonnes, comme les petits enfants.

En apprenant le départ de Nino, David poussa un bâillement ou un soupir, mais il ne commenta pas cette nouvelle. Au lieu de cela, il fit remarquer du bout des lèvres : « Je ne m'appelle pas Carlo. Je m'appelle David... » « Vàvid... oui ! » répéta Useppe, se reprenant, un peu vexé de son erreur précédente. Et il recommença comme il se doit : « Vàvid ! Nino est parti hier. Il est parti en vavion... », etc., etc.

Cependant, le chien gambadait et faisait fête avec sympathie et familiarité à ce visiteur de passage inconnu. Et il s'avança encore en aboyant pour lui dire au revoir, quand David n'ayant plus de raison de s'attarder faisait demi-tour pour regagner la porte de la rue. « Ciao, Vàvid ! » lui criait simultanément Useppe, se trémoussant gaiement avec les mains et les pieds. Et David, en se retournant pour lui faire un geste d'adieu, vit l'enfant qui attirait vers soi le gros animal par son collier, comme s'il avait retenu un petit cheval par la bride ; et le chien qui, à chaque instant, au milieu de ses mouvements désordonnés, se tournait pour lui lécher les joues et le nez, et l'enfant qui, en gambadant, embrassait sa grosse tête blanche. Il était évident qu'entre ces deux êtres régnait un accord parfait et merveilleux. David tourna à l'angle de la Via Bodoni.

Il avait voyagé toute la nuit dans un vieux wagon de troisième classe aux banquettes en bois ; et, de plus, comme à cause de la foule il n'avait pas pu s'allonger, il avait somnolé tant bien que mal dans sa place de coin, le visage à demi enfoui dans un oreiller de location. Il entendit sonner midi ; mais, bien qu'à jeun depuis la veille, il n'avait pas faim. Et après avoir traversé le Ponte Sublicio, il se dirigea presque en courant de l'autre côté de la Porta Portese, pour aller chez Santina. A Rome, en l'absence de Nino, il ne connaissait personne d'autre.

La porte du rez-de-chaussée était entrebâillée ; et, à l'extérieur, près de la marche, il y avait une paire de savates. Une femme en sueur et jambes nues, aux pieds déformés, trafiquait à l'intérieur avec un seau ; et se retournant à peine, elle lui dit d'un air réticent et peu sociable que Santina n'habitait plus là. Il faisait un temps de sirocco, lourd et couvert. David eut soudain une grande soif et une envie folle de se terrer quelque part à l'ombre ; mais, dans les parages, le seul local de sa connaissance était un petit bistro d'où sortait un vacarme de radio. Celle-ci diffusait un disque de samba, avec refrain chanté et rythme fracassant de batterie. A l'une des deux tables deux clients étaient assis, et l'autre était libre ; et le jeune type qui servait aux tables devait être nouveau dans le local, car David ne se rappelait pas l'y avoir jamais vu, les rares fois où il était venu là. Pourtant, il essaya de lui demander des nouvelles de la Signora Santina. Le jeune homme prit un air perplexe, d'autant plus que Santina, dans le voisinage, était, plus que sous son vrai nom, connue sous un surnom légèrement moqueur, dû à la grosseur de ses pieds. « Mais oui, *la Fettona* » (c'est-à-dire « Panards »), intervint effectivement l'un des clients de l'autre table; « celle du 15 août... », « On a parlé d'elle sur le journal », observa l'autre client, en regardant David du coin de l'œil. « Ah, celle-là ! », dit le garçon. Et paresseusement, en peu de mots, mais des mots expressifs, il apprit à David l'affreuse fin de Santina. Et finalement, il se passa le revers de la main sur la gorge pour faire mieux comprendre par le geste qu'elle était morte égorgée.

A cette nouvelle, David n'éprouva aucune émotion particulière. Il lui sembla même qu'il venait d'entendre annoncer une chose naturelle et archi-connue, comme s'il s'était agi d'un événement déjà écoulé d'une sienne existence précédente ou d'un livre, dont, avant d'en lire les autres chapitres, on a déjà parcouru les dernières pages. Il avait maintenant bu plus de la moitié de son litre ; et machinalement il mordit dans le petit pain qu'il avait demandé en même temps que le vin. Il avait sombré dans une impassibilité totale ; mais la fatigue rendait ses sens confus, aussi, bien qu'il n'y ait pas eu d'arbres aux alentours, entendait-il une énorme stridulation de cigales ou d'insectes. Le fracas de la radio l'agaçait et il avait hâte de sortir de là. Il demanda aux personnes présentes si elles savaient s'il y avait une chambre à louer dans le voisinage, et cela au plus tôt... Et celles-ci haussaient les épaules, quand le garçon dit, après avoir réfléchi : « Y en a de nouveau une à louer... là-bas... Chez la *boiteuse*... là où habitait celle qui... », précisa-t-il après un temps, se faisant scrupule de désigner nommément le rez-de-chaussée de Santina. Mais la manière dont il faisait cette proposition était sceptique, oblique et hésitante. Et de fait, bien qu'à Rome les possibilités de logement, spécialement à bon marché, aient été rares, il n'était pas facile de trouver quelqu'un prêt à se contenter d'une chambre marquée de la sorte et cela depuis la veille à peine.

David sortit du petit bistro. Dehors, il retrouva le même ciel couvert, le même vent de sirocco et la même touffeur que précédemment, et aussi cette stridulation absurde... Et il se mit à courir vers le rez-de-chaussée, comme pris de panique à l'idée qu'entre-temps cet ultime refuge possible ait lui aussi disparu. Cette fois-ci, la porte était fermée, mais des gosses qui flânaient dans les alentours et qui suivaient ses mouvements avec une indifférence légèrement intriguée, vinrent à son secours et appelèrent d'en bas la propriétaire. Celle-ci était la femme aux pieds estropiés qu'il avait vue précédemment dans la chambre, armée d'un seau. Et David la paya avec une hâte rageuse, prit la clé et se terra dans son nouveau logis, se laissant tomber comme une masse sur le lit. Cette petite chambre connue, qui conservait encore la pauvre odeur de Santina, l'accueillait, en cette journée, comme un nid familier et quasi affectueux. Il y régnait fraîcheur et ombre. Et David n'avait pas peur des fantômes. Quant à lui, il avait aussi appris que les morts, même si on les appelle, ne répondent pas. Tout est inutile, fût-ce même de les supplier de se montrer au moins sous de feintes et vides apparences, voire sous la seule forme d'hallucination.

Les biens personnels de Santina, que personne n'avait réclamés, étaient restés en héritage à la propriétaire ; aussi l'ameublement du local était-il plus ou moins le même. Le lit, repeint d'une couleur plus foncée, était le même, mais le matelas avait été changé, ainsi que la couverture, laquelle, à présent, était une de celles en fils retors, rigides et ornées d'arabesques de genre turc, qu'on achète aux marchands ambu-

110

lants. A la place de l'ancienne descente de lit, il y en
avait une autre, encore plus usée et élimée. Le
guéridon, le buffet et les images saintes étaient toujours les mêmes, et aussi les rideaux qui, frais lavés,
étaient encore plus déteints. Sur les murs, les traces de
sang étaient masquées par des taches blanches de
chaux ; tandis que sur le fauteuil, rincées tant bien que
mal, elles se confondaient avec la saleté.

Le soir, quand l'atmosphère fraîchit un peu,
David sortit pour aller chercher sa valise qu'il avait
laissée à la consigne de la Stazione Termini. Et il
envoya une lettre à Nino (l'adressant comme d'habitude : Poste restante, Rome) pour lui apprendre son
adresse romaine et lui dire qu'il n'en bougerait pas,
espérant le revoir aussitôt la prochaine fois qu'il
reviendrait à Rome.

5

Durant tout ce dernier été 1946, Ninnuzzu, malgré
ses nombreux voyages et départs et malgré ses mystérieux trafics, avait été insolitement assidu Via Bodoni.

A présent, il n'avait plus besoin d'appeler ou de
siffler un petit air pour annoncer sa venue à Useppe : il
suffisait de la trompette de son klaxon ou du fracas de
son moteur pour la lui annoncer ! Useppe aurait
reconnu le son particulier de ce moteur et de cette
trompette même au milieu d'un immense rassemble-
ment de motocyclistes en marche !

Mais un jour, vers la mi-juillet, au lieu de ces sons

habituels, on entendit en bas dans la cour la voix de Nino qui appelait : « Useppee ! Useppee ! » et qu'accompagnait un grand aboiement expansif. Envahi par le pressentiment d'une surprise inégalable, Useppe jeta un coup d'œil par la fenêtre de la cuisine ; et écarquillant les yeux, sans même attacher ses sandales, il s'élança dans l'escalier, le descendant fébrilement. Dès les premières marches, il perdit l'une de ses sandales ; et au lieu de gaspiller du temps à la ramasser, il enleva aussi l'autre et les laissa là toutes les deux. Pour aller plus vite, il fit même une partie de la descente en glissant sur la rampe ; mais à la hauteur du palier du troisième, il rencontra un géant blanc, qui, comme s'il le connaissait déjà depuis des siècles, l'entraînait dans une fête énorme. A ce moment-là, Nino accourait d'en bas, riant tout entier, cependant qu'Useppe sentait qu'on léchait ses pieds nus. « Alors, et tes godasses, tu les as oubliées ? » remarqua, quant à lui, Nino en arrivant. Et aux explications désordonnées d'Useppe, il dit sur-le-champ au chien : « Allons, allons, va les chercher ! »

Immédiatement, le chien monta en volant l'escalier et il revint, rapportant une sandale ; puis, volant de nouveau, il rapporta l'autre, de l'air content de quelqu'un qui comprend tout. Telle fut la première rencontre d'Useppe avec Bella.

De fait, ce chien était, en réalité, une chienne ; et elle s'appelait déjà Bella, avant même de rencontrer Nino : qui l'avait baptisée ainsi, on l'ignore. Ninnuzzu l'avait vue pour la première fois, alors qu'elle n'était qu'un chiot, à Naples, en 44, dans les bras de l'un de ses associés avec qui il avait rendez-vous pour affaires sur le port. Cet associé, qui faisait la contrebande des cigarettes américaines, l'avait achetée par hasard peu de temps auparavant à un gosse qui passait, en échange de quelques paquets au détail de *Camel* et de *Chesterfield* que le gosse en question, dans son langage, appelait *Camelle* et *Cesso o fieto* (c'est-à-dire en napolitain « Chiottes qui puent ») ; et il assurait avoir fait une affaire, car il s'agissait d'un petit clebs de race, qui valait au moins cinq ou six mille lires ! Mais Nino, qui lui enviait cette acquisition, eut beau lui en offrir aussitôt personnellement beaucoup plus, l'autre n'avait voulu la céder à aucun prix, déclarant que, dans les dix minutes qui s'étaient écoulées depuis qu'il la tenait dans ses bras, il s'était déjà pris pour elle d'autant d'affection que pour une parente. Or, au moment de son achat, elle s'appelait déjà Bella : c'est sous ce nom, en effet, que son vendeur l'avait présentée à son acquéreur, et déjà elle répondait aussitôt à ce nom.

A dater de ce jour-là, Ninnarieddu ne l'avait plus enlevée de son cœur ; et quand il lui arrivait de rencontrer ce type (qui se prénommait Antonio), il lui renouvelait sa proposition de la lui revendre ; mais Nino avait beau augmenter ses offres, Antonio refusait invariablement. Et Nino avait même médité de la voler ; mais il y avait renoncé par un sentiment d'honneur, étant donné qu'Antonio avait été son associé et qu'à l'occasion ils travaillaient encore ensemble maintenant.

Jusqu'au moment où, durant ce mois de juillet 1946, Antonio surpris en train de commettre un vol à main armée, fut emprisonné. Et immédiatement, la pensée de Bella le tourmentant, il trouva le moyen de faire savoir à Ninnuzzu qu'à dater de maintenant Bella était à lui : à la condition qu'il se hâte de la récupérer là où elle pouvait bien être, afin de lui éviter une probable et horrible fin au Chenil des chiens perdus.

Nino accourut; mais ne trouvant pas Bella chez Antonio, il devina que le prochain endroit où aller la chercher, c'était aux alentours des bâtiments des prisons. Et effectivement, quand il arriva à Poggioreale, à vingt mètres de distance il vit déjà, dans le soir qui descendait, une espèce d'ours blanc qui rôdait autour des murs extérieurs de la prison et qui de temps en temps se couchait et, attendant on ne sait quoi, geignait sans interruption. Il eut beau l'appeler, insister, essayer de l'entraîner, elle refusait de bouger de là. Et elle ne répondait même pas, continuant de pousser son gémissement désolé et toujours semblable, dans lequel une oreille plus sensible que l'oreille humaine commune aurait pu distinguer ce nom : « Antonio... Antonio... Antonio... »

Finalement Nino parvint à la persuader en lui tenant un raisonnement du genre suivant :

« Moi aussi, je m'appelle Antonio (dit Antonino et Antonuzzo, ou encore Nino, Ninnuzzu et Ninnarieddu), et maintenant, dans ta vie, le seul Antonio, c'est moi, car cet autre Antonio, il est à prévoir qu'il ne sortira pas de derrière ces murs avant que tu sois vieille. Et toi, en attendant, si tu restes à errer par ici, les gars de la Fourrière viendront pour te tuer avec leurs saloperies de gaz. Moi, tu le sais, je t'ai aimée dès que je t'ai vue. Après le seul chien que j'aie eu à moi, je n'en voulais plus d'autre; mais au moment même où je t'ai vue, je me suis dit : ou elle, ou personne. Ce qui fait que si maintenant tu ne viens pas avec moi, c'est deux Antonio que tu laisseras tout seuls sans chien. Et je t'apprends également que mon grand-père de Mes-

114

sine s'appelait lui aussi Antonio. Allez, amène-toi. C'est le destin qui nous a réunis. »

Voici donc expliqué qui était le chien inconnu que David avait vu en compagnie d'Useppe. Aussitôt, dès sa première rencontre avec elle sur le palier, Useppe lui reconnut une extraordinaire parenté avec Blitz, bien que, à la vérité, quand on les regardait bien, ils aient semblé deux contraires. Et pourtant, elle aussi, comme Blitz, quand elle disait bonjour, gambadait ; et pour vous embrasser, elle vous léchait avec sa langue râpeuse ; et de la même manière que Blitz, elle riait avec son visage et avec sa queue. Il y avait, par contre, une différence que l'on remarquait dès le premier instant dans leurs regards. De fait, Bella avait parfois dans ses yeux de couleur noisette une douceur et une mélancolie particulières, peut-être parce que c'était une chienne.

Sa race, dite des chiens de berger maremmatiques ou abruzzais, est venue d'Asie, où les ancêtres de Bella, dès la préhistoire, suivirent les troupeaux des premiers bergers terrestres. Bella était donc, en tant que chienne de berger, presque une sœur des brebis qu'elle devait en conséquence défendre avec bravoure contre les loups. Et de fait, en certaines occasions, elle qui, de nature, était toujours patiente et soumise, devenait d'une férocité de fauve.

Elle avait un aspect campagnard plein de majesté ; le poil tout entier blanc, touffu et, parfois, un peu ébouriffé ; et un visage bon et gai, au nez brun.

Actuellement, comme elle était âgée de deux ans, elle correspondait dans l'espèce humaine à une fillette de quinze ans environ. Mais, par moments, on eût dit une chienne de quelques mois, si bien qu'il suffisait d'une petite balle de la taille d'une pomme, pour la

115

rendre folle de fantastique amusement ; et par moments, on eût dit une vieille de milliers d'années, riche de souvenirs antiques et de sagesse supérieure.

Au cours de sa vie en commun avec le précédent Antonio, bien qu'ayant un maître, elle avait vécu dans la rue et s'était accouplée deux fois avec des chiens inconnus. La première fois, évidemment, elle s'était liée avec un chien noir ou à moitié noir, car des sept chiots qu'elle avait mis au monde, certains étaient noirs tachetés de blanc, certains blancs tachetés de noir et l'un d'eux était tout noir avec une petite oreille blanche. Un autre, enfin, tout noir lui aussi avait une touffe de poils blancs au bout de la queue et un petit collier blanc. Elle les avait soignés et allaités avec passion dans une soupente ; mais au bout de quelques jours, Antonio, ne sachant que faire de ces sept malheureux bâtards, les lui avait, bien qu'avec remords, enlevés et envoyés secrètement à la mort.

Néanmoins, quelques mois plus tard, elle s'était retrouvée enceinte, Dieu sait de quel chien. Mais, cette fois, l'accouchement avait mal tourné, elle avait été à deux doigts de mourir et avait dû subir une opération qui lui interdisait dorénavant d'être mère.

C'est peut-être à ce genre de souvenirs qu'était due cette tristesse que l'on voyait parfois dans son regard.

Depuis qu'il était le propriétaire de Bella, Nino, pour ne pas la quitter, renonçait aux cinémas, aux spectacles, aux bistros, aux dancings et à tous les endroits où les chiens ne pouvaient pas entrer. Quand, d'ailleurs, il lui arrivait, dans un cas douteux, de se voir repoussé avec Bella par la phrase : « Désolés, mille excuses, les chiens ne sont pas admis... », il se retournait vivement, l'air mauvais et méprisant, et répondait et discutait à grand renfort de gros mots plus ou moins orduriers. Un jour, dans un bar où ils étaient entrés, Bella non seulement lécha des gâteaux qui étaient exposés sur le comptoir, mais, ne faisant qu'une seule bouchée de l'un d'eux, elle l'avala, et ayant trouvé dedans de la pistache ou un autre ingrédient qu'elle n'aimait pas, dégoûtée, elle vomit sur le sol tout ce qu'elle avait dans l'estomac. Le barman protesta alors contre la souillure de son local, etc., et ses protestations portèrent sur les nerfs de Nino : « Le vomi de mon chien », déclara-t-il, furieux, « est bien meilleur que tes gâteaux et ton café ! » « Pouah ! quelle saloperie ! » ajouta-t-il avec ostentation, après avoir à peine trempé ses lèvres dans la tasse (il était en train de boire un espresso). Et il repoussa ce café avec une grimace de nausée, comme si lui aussi avait eu envie de vomir. Là-dessus, jetant grandiosement sur le comptoir cinq cents lires pour payer les dégâts, il dit : « Viens, Bella ! » et sortit pour toujours de ce bar, de l'air de quelqu'un qui secoue de ses semelles la poussière d'un lieu maudit. Bella, quant à elle, ne manifestait ni honte ni remords : au contraire, elle suivait Nino à un petit trot allègre et joyeux, brandissant comme un étendard sa queue poilue (digne, à la vérité, d'un destrier par sa magnificence).

Mais le plus grand sacrifice de Ninnuzzu en l'honneur de Bella, ce fut de devoir renoncer à l'usage de sa moto. Au bout de quelque temps, il se décida même à vendre la Triumph, méditant d'acheter à la place, à la première occasion, une auto, afin de pouvoir voyager avec elle. Mais, comme le prix de la moto lui fut payé en trois fois et qu'au lieu de mettre de côté chacune des sommes il la dépensait, le nouveau véhicule pour cet été resta une utopie. Et entre-temps on pouvait souvent voir Nino se planter, fasciné et attentif, devant

117

une quelconque auto, en compagnie de Bella et, parfois aussi, d'Useppe, tous se consultant en prévision du prochain achat et discutant de reprises, de kilomètres et de cylindrées...

Nino était à tel point fanatique de la compagnie de Bella que, dans certains cas, il allait jusqu'à la faire passer avant les filles! Et Bella, de son côté, le lui rendait au maximum, bien que n'oubliant jamais, néanmoins, cet autre Antonio de Poggioreale. A peine lui arrivait-il d'entendre, fût-ce même par hasard, dans une conversation entre étrangers, ce prénom si commun d' « Antonio », qu'aussitôt elle dressait ses blanches oreilles pendantes, avec un regard conscient et anxieux. Personnellement, elle avait compris que cet Antonio, bien que vivant à Naples, était désormais, hélas! devenu inaccessible. Et Nino, qui se montrait plein d'égards pour elle, évitait de nommer Antonio en sa présence, afin de ne pas rouvrir la blessure de son cœur.

Sur Bella, comme en général sur les êtres primitifs, les noms avaient une action rapide et concrète. Par exemple, si l'on prononçait devant elle le mot *chat,* elle remuait un peu la queue, ses oreilles à demi dressées et avec dans les yeux la lueur d'une intention provocatrice mais quasi joyeuse (de fait, à la ressemblance de Nino lui-même, elle ne paraissait pas prendre très au sérieux la gent féline en général). Quand il arrivait qu'un chat, la rencontrant, la menaçait d'un œil malveillant, elle commençait par accepter le défi, sans doute pour ne pas l'offenser. Mais après un ou deux bonds fougueux dans sa direction, elle s'en allait en riant, avec l'idée sous-entendue : *qu'est-ce que tu veux, toi! tu te crois peut-être un loup?!*

Et à présent, depuis qu'elle avait fait la connaissance d'Useppe, aussitôt qu'on lui disait le nom de celui-ci, elle se déchaînait en bonds joyeux et délirants : si bien que Nino, amusé par ce jeu, ne résistait pas, quand ils arrivaient tous les deux à Rome, au plaisir de la tenter en lui proposant : « On va voir Useppe ? » et ensuite, pour ne pas la décevoir, il finissait souvent par l'y mener vraiment. De la sorte, Bella était intervenue au nombre des autres et possibles motifs, même inconscients, qui expliquent les retours de Nino dans sa famille, pendant ces deux mois de juillet et d'août.

Et pourtant, les tentations de l'été le sollicitaient plus que jamais. Et, chaque fois que l'occasion s'en présentait, il ne faisait que courir d'une plage à l'autre, en revenant de plus en plus bronzé, les yeux radieux et légèrement rougis par le soleil et par l'eau, et les cheveux imprégnés de sel. Bella elle aussi sentait la saumure, et elle se grattait souvent à cause du sable qui restait dans sa fourrure. Mais Nino avait soin de la mener, de temps à autre, prendre un bain dans un établissement de toilette pour chiens, d'où elle sortait quelque peu hagarde, mais blanche, coiffée et remise à neuf, comme une dame sortant de l'institut de beauté.

De temps en temps, Nino promettait à Useppe de l'emmener promener lui aussi, un de ces jours, à la mer et de lui apprendre à nager. Mais ses journées romaines se succédaient si fébriles qu'elles ne laissaient pas la moindre place pour cette fameuse balade. Et bien qu'assez fréquentes, même leurs promenades à trois (Nino, Useppe et Bella) se réduisaient fatalement à de brèves escapades. Ils ne parvinrent jamais plus loin que la Pyramide ou l'Aventin.

Ninnuzzu, cet été-là, portait des chemises ornées de dessins floraux et multicolores, venues d'Amérique et achetées à Livourne. Et il apporta en cadeau à Useppe trois petites chemises du même genre. Il n'oublia pas non plus Ida, à qui il fit don d'essuie-mains, sur lesquels il y avait imprimé R.A.F., et de pantoufles africaines en paille. En outre, il lui fit cadeau d'un cendrier réclame, de métal ordinaire mais qui avait l'air d'être en or, qu'il avait volé dans un hôtel.

Ce fut vers la fin d'août que Nino, revenu à Rome pour y rester quelques jours, eut à cause de Bella une grave altercation avec les personnes anonymes qui l'hébergeaient. Et sur-le-champ, furieux et sans plus réfléchir, il arriva avec ses valises et son chien Via Bodoni, où Ida eut vite fait de l'installer de son mieux dans la chambrette au petit sommier.

Bella n'était pas un petit chien des villes comme Blitz ; et à son entrée dans le minuscule appartement, celui-ci, comme à une immense invasion, sembla se rapetisser davantage encore. Mais présentement Ida eût accueilli volontiers un véritable ours polaire, tant elle était heureuse que Ninnuzzu soit de nouveau à la maison, voire seulement de passage. Bella dormait avec lui dans la petite chambre, au pied de son lit, attendant calme et patiente, le matin, qu'il se réveille. Mais elle n'était pas longue à surprendre le premier signe, même infime, de son réveil : si bien qu'à peine il commençait à s'étirer ou à bâiller ou que, simplement, il entrouvrait ses paupières, elle bondissait immédiatement avec un fracas plein d'enthousiasme, à la manière de certaines tribus quand le soleil se lève. Et la maison était ainsi avertie du réveil de Nino.

Cela se produisait en général vers midi. Jusqu'à cette heure, Ida, en s'affairant comme d'habitude à la cuisine, prenait soin de ne pas faire de bruit pour ne pas déranger son aîné dont elle pouvait entendre le frais ronflement derrière la porte. Ce son lui procurait un sentiment d'orgueil. Et si Useppe, qui se réveillait le premier, faisait un peu de bruit, elle lui recommandait de mettre une sourdine, exactement comme si le chef de famille, de plus grand travailleur, avait été endormi derrière cette porte. De fait, que Nino ait travaillé, c'était une chose certaine, car il gagnait de l'argent (pas beaucoup, à la vérité) ; mais ce que pouvait être exactement son travail, cela restait un point vague (on savait plus ou moins qu'il s'agissait de contrebande ou de marché noir ; mais un tel genre de travail ne représentait pour Ida qu'une alarmante énigme supplémentaire).

Deux minutes après le déchaînement de Bella, Nino lui-même sortait en coup de vent de sa chambrette, vêtu seulement d'un slip, et il se lavait à la cuisine avec une éponge, inondant tout le pavement. Un peu après midi, quelqu'un l'appelait à grande voix de la cour (la plupart du temps, c'était un jeune gars en salopette de mécano) et il se précipitait en bas avec Bella, ne reparaissant qu'occasionnellement, par intervalles, au cours de la journée. Le plus grand sacrifice pour Ida, ç'avait été de consentir à lui donner les clés de la maison, clés auxquelles elle tenait aussi jalousement que si elles avaient été celles de saint Pierre. La nuit, il rentrait très tard : et non seulement Ida se réveillait à son retour, mais aussi Useppe, lequel murmurait aussitôt, rêvant à moitié : « Nino... Nino... » Deux fois au moins, Bella, qui était rentrée avec lui dans l'après-midi, était restée à la maison le soir à l'attendre ; et ces deux fois, on l'entendit qui lui faisait fête à son retour et lui qui grommelait : « Chut... chut... »

Tout cela dura à peine cinq jours ; mais cela suffit à

faire travailler l'imagination d'Ida. Plus particulièrement le matin, quand elle était à la cuisine en train
d'éplucher des légumes et que Ninnarieddu dormait
d'un côté et Useppe de l'autre, elle avait l'impression
d'avoir reconstitué une vraie famille : comme s'il n'y
avait jamais eu la guerre et que le monde ait été de
nouveau une habitation normale. Le troisième jour,
comme Nino, réveillé plus tôt que d'habitude, s'attardait dans la chambrette, elle alla l'y trouver. Et
finalement, bien qu'avec hésitation, elle se décida à lui
proposer carrément de reprendre ses études, afin de
« s'assurer un avenir ». Elle-même pouvait s'arranger
à les entretenir tous les trois encore le temps qu'il
faudrait : si nécessaire, elle tâcherait de trouver d'autres leçons particulières... De fait, les actuelles occupa-
tions de Nino lui paraissaient on ne peut plus provisoi-
res et certainement pas de nature à lui offrir une
carrière sûre et sans aléas !
  Depuis pas mal de temps, à la vérité, naïve comme
elle l'était, elle couvait sa proposition d'aujourd'hui.
Mais Nino, au lieu de s'insurger, ainsi qu'il l'eût fait
dans le passé, l'écoutait aujourd'hui avec une sorte de
tolérance pleine d'humour, comme ayant pitié d'elle.
Comme, à son entrée, il était tout nu, il se hâta, pour
ne pas la scandaliser, de se masquer le bas-ventre avec
sa chemise parsemée tout entière de fleurs de couleur.
A cette heure qui pour lui précédait l'aube (il n'était
pas encore dix heures), il l'écoutait en s'étirant paresseusement et en bâillant ; mais de temps à autre, il
répondait aux exubérances joyeuses de Bella par une
semblable exubérance, si bien qu'il lui arrivait, en
dépit de sa bonne volonté pleine d'égards, d'exposer de
nouveau allégrement les nudités qu'il avait masquées,
tantôt par-devant, tantôt par-derrière. Et au milieu de

tout ce chahut, il prêtait néanmoins l'oreille à ce que disait sa mère, de l'air de quelqu'un qui entend pour la millième fois une histoire drôle mais, aussi, idiote, que lui raconterait aujourd'hui encore un gars de la cambrousse. « Oh, quoi, m'man, tu te rends compte ?! » finit-il par dire. « ... Assez, Bella... Oh, quoi m'man ! oh, quoi, m'man !! qu'est-ce que tu me racontes ?! nous v'là revenus à ces histoires de diplômes !!! Moi... » (il bâilla) « moi, m'man, j'ai tous les diplômes qu'il me faut !! »

« Je ne veux pas dire une licence, mais au moins un diplôme... Un diplôme, cela compte toujours dans la vie... je voulais dire... le baccalauréat... le diplôme de fin d'études... cela... comme base... »

« Je suis mûr, m'man ! Archimûr [4] »

« Mais cela te coûterait si peu... Tu étais déjà presque arrivé au but... au lycée, quand tu as cessé... Il te suffirait d'un petit effort... ce n'est pas l'intelligence qui te manque... et après tant de sacrifices... voyons ! maintenant que la guerre est finie ! »

Soudain Nino se rembrunit : « Bella, dehors ! fous le camp de là ! » cria-t-il, en colère même contre Bella. Et s'asseyant sur le matelas et se moquant d'exhiber maintenant largement toutes ses nudités, il s'exclama :

« La guerre, ç'a été une comédie, m'man ! » Et il se mit debout. Tout nu ainsi et bronzé, dans cette petite chambre chaude et misérable, il avait l'air d'un héros ! « Mais la comédie n'est pas finie ! » ajouta-t-il sur un ton menaçant.

Il semblait avoir de nouveau son visage d'enfant, avec l'expression têtue et quasi tragique qu'il avait quand il faisait un caprice. Et entre-temps, il enfilait son slip, ce qui fait que, tel un danseur, il sautait d'un pied sur l'autre.

« ... Eux autres, tu le vois pas ? ils se figurent qu'ils vont tout recommencer comme avant. Eh ben, ils se gourent, m'man ! Ils nous ont collé de vraies armes dans les mains quand on était des gosses ! Et maintenant, nous, on va s'amuser à leur faire la paix ! Nous, m'man, ON VA TOUT LEUR DÉMOLIR ! »

Soudain, son visage prit une expression joyeuse. Cette idée de démolir semblait lui procurer une allégresse extraordinaire : « Et vous vous figurez que vous allez nous faire retourner à l'école ! » reprit-il dans un italien correct exprès pour se moquer de sa mère, « le latin écrit, le latin oral, l'histoire et les mathématiques... la géographie... La géographie, moi, je vais l'étudier sur place. L'Histoire, c'est une comédie à eux, qui doit finir ! NOUS, on la fera finir ! Et les mathématiques... Tu sais, m'man, quel est le chiffre qui me plaît le plus ? C'est le ZÉRO !...

... « Sage, Bella, sage là dehors... j'arrive...

« Nous autres, on est la génération de la violence ! Quand on a appris à faire joujou avec des armes, on remet ça ! *Eux autres*, ils se figurent qu'ils vont nous couillonner une autre fois... Les trucs habituels, le travail, les traités... les directives... les plans centenaires... les écoles... les prisons... l'armée royale... Et tout recommence comme avant ! Ah oui... ! Poum ! poum ! poum ! » A ce moment-là, Ida vit de nouveau dans les yeux de Nino ce regard fulgurant de flash photographique qu'elle lui avait vu pour la première fois la nuit fameuse de sa visite avec Quattro à la grande salle. Et quand il dit « poum poum poum », il semblait viser avec son corps tout entier une cible qui en substance était la planète Terre au complet, avec ses royaumes, ses empires et ses républiques nationales. « Nous autres, on est la première génération des temps

124

nouveaux ! » reprit-il au comble de l'emphase, « nous autres, on est la révolution atomique ! Nous autres, les armes, on les déposera pas, m'man ! EUX... eux... eux...

« EUX, ils le savent pas, m'man, comme la vie est belle ! »

Il avait levé un bras, pour essuyer avec sa chemise à fleurs la sueur qui coulait entre les bouclettes noires de ses aisselles. Tout à coup, il se mit à rire, heureux, et il se précipita à la cuisine. Et un instant plus tard, la cuisine, dans un joyeux bruit d'averse, est déjà tout entière inondée.

« Béouh ! béouh ! bééééouh ! » De la chambre, on entend Bella qui fait la folle en courant autour du sommier à deux places.

« Nino ! eh ! Nino ! Ninoo ! » Réveillé de bonne heure par l'impatiente Bella qui le suit, au comble de l'allégresse, voici qu'Useppe vient d'arriver de la chambre.

Dans toute la grande invective de Nino, un point avait épouvanté Ida : c'est quand il avait été question d'armes. Depuis longtemps, à la vérité, devant Ninnuzzu, Ida, telle une pauvre provinciale devant une super-star, se considérait comme une subalterne ou une inférieure. Et résignée à une abdication totale, comme devant une machine de science-fiction, elle se rangeait presque avec confiance aux raisons qu'il lui donnait. Au nombre de toutes les hypothèses possibles, il se pouvait aussi que l'actuelle profession de Ninnarieddu fût celle de brigand ! Mais nulle hypothèse ne peut modifier les mouvements des constellations ! et Iduzza ne se permettait même pas de tenter certaines hypothèses. Celui qu'elle avait sous les yeux Via Bodoni était un fils plein de santé, qui n'avait besoin de personne et encore moins d'elle.

Quand voici que dans les propos qu'avait tenus aujourd'hui Ninnuzzu s'était proposé à elle un motif de préoccupation très précis. De fait, après la libération de Rome, l'ordre de remettre les armes aux autorités avait été promulgué ; et Ida avait connaissance de cet ordre depuis les jours où elle donnait des leçons au Sud-Africain. La crainte d'une illégalité flagrante l'assaillit et l'envahit, si bien que, plus tard dans la journée, pendant que Nino n'était pas là, tremblante à cause de son acte inouï et fermant la porte de la petite chambre, elle se mit à fouiller les bagages de l'absent pour voir si des armes n'y étaient pas cachées... Mais, heureusement, il n'y avait que les fameuses chemises, les unes sales et les autres propres, des slips, les uns sales et les autres propres, une paire de sandales et un pantalon de rechange, et çà et là du sable. Il y avait aussi deux ou trois cartes postales illustrées et une lettre sur papier mauve, dont Ida aperçut seulement la signature (Lydia) et le début (Oh, mon inoubliable rêve d'amour) et qu'elle remit hâtivement à sa place pour éviter l'indiscrétion de la lire. En outre, il y avait un livre : *Comment élever mon chien.*

La seule arme (si on peut l'appeler ainsi) était, au fond de la valise, un petit couteau à cran d'arrêt un peu rouillé (Nino s'en était servi pour la chasse aux oursins). Ida respira.

Le cinquième jour, Nino annonça qu'il devait partir le lendemain ; et comme il allait voyager en avion, où les chiens n'étaient pas admis, il allait laisser Bella en pension Via Bodoni durant son absence. Pour sa

126

nourriture, il remit à Ida une grosse somme, et lui donna à ce sujet des consignes totalitaires, sur un ton important et avec une précision scientifique : il était obligatoire que Bella mange tous les jours telle quantité de lait, telle quantité de riz, une pomme râpée et pas moins d'un demi-kilo de viande de première qualité ! Ida était ahurie par les goûts de luxe de cette pensionnaire carnivore qui dépensait à elle seule chez le boucher beaucoup plus qu'elle-même et Useppe réunis. Elle se rappelait les fétides lavasses dont se contentait le pauvre Blitz et cette injustice lui faisait éprouver une sorte de ressentiment contre cette géante des prairies. Mais, en compensation, Useppe, prenant exemple sur la chienne, se décidait à présent à manger lui aussi un peu de viande, sans manifester son habituelle répugnance maladive, et cela suffisait pour qu'Ida pardonne à Bella ses banquets de millionnaire.

Au bout de presque deux semaines, Nino revint la chercher. Il annonça qu'il disposait, encore que provisoirement, d'un logement en banlieue quasi champêtre où Bella pouvait habiter avec lui ; mais, selon son habitude, il garda secrète l'adresse dudit logement. A la nouvelle que, le lendemain de son départ, David était passé le voir, il dit qu'il le savait : David lui avait écrit et ils s'étaient déjà rencontrés. Là-dessus, il informa Useppe qu'il était en tractations pour l'achat d'une jeep d'occasion, dont il lui montra la photo, en soulignant les qualités et les défauts. Comme vitesse, hélas ! cette jeep ne valait pas grand-chose ; mais en compensation, comme il s'agissait d'une auto militaire, elle n'avait pas son pareil pour traverser les creux, les terrains inaccessibles, les cours d'eau et les sables marins et du désert. De plus, on pouvait aussi, si besoin était, y installer à l'occasion des couchettes pour la nuit.

Cette visite de Ninnuzzu fut l'une des plus brèves, et, même, à la vérité, on ne pourrait même pas la qualifier de visite. Effectivement, quelqu'un (sans doute Remo) l'attendait dans la rue avec une camionnette pour le conduire ainsi que Bella à son nouveau logement, et lui, dans sa hâte, ne voulut même pas s'asseoir. Pourtant, dès les premiers pas qu'il fit en courant pour descendre l'escalier, il dut se retourner. Vêtu de la petite chemise à fleurs dont il lui avait lui-même fait cadeau, les mains agrippées à la rampe, sur le palier du dernier étage, il y avait Useppe, l'air impavide mais tremblant tout entier, tel un lapin :

« Nino ! Ninoo ! Ninooo ! »

Sur-le-champ, Bella se précipita en haut à la rencontre d'Useppe, mais sans même s'arrêter, comme ne sachant plus de quel côté aller, elle bondit de nouveau en bas vers Nino.

Ninnuzzu, bien que sans faire halte, avait levé la tête et ralenti. Sur les lèvres d'Useppe, il y avait déjà la tension d'une question, et entre-temps on le voyait pâlir à l'extrême, comme si toute l'énergie de son corps se concentrait dans cette question :

« *Pouquoi* » (mais gravement il rectifia) « pourquoi vous vous en allez ? »

« On se reverra bientôt », assura son frère, s'arrêtant un instant sur une marche et retenant fermement par son collier son chien impatient. « Et cette fois-là », promit-il, « je viendrai te chercher avec la *Dgip*. » Là-dessus, il lui fit de la main un signe d'adieu, mais Useppe resta les doigts agrippés à la rampe, se refusant manifestement à lui dire au revoir à son tour.

Alors, Ninnuzzu remonta en courant deux ou trois marches, pour lui dire au revoir de plus près :

« Tu me donnes un bécot ? »

C'était le 22, ou le 23, septembre.

6

Au mois d'octobre, en même temps que débutait la nouvelle année scolaire, l'ancienne école d'Ida, à quelques pas de la Via Bodoni, fit sa réouverture. Et cette année-là, la classe enfantine échut à Ida, et comme elle ne savait à qui confier Useppe, elle décida de l'emmener avec elle tous les jours. A la vérité, Useppe, pour être inscrit officiellement à l'école, n'avait pas encore l'âge requis (il lui manquait un an) : mais Ida, l'estimant, avec une orgueilleuse certitude, plus mûr que la normale, comptait sur l'exemple et la compagnie des autres enfants pour lui donner l'envie, pour le moment, d'apprendre au moins l'alphabet.

Au lieu de cela, dès les premiers jours, elle dut revenir sur son opinion. Dans les exercices de lecture ou de calcul, Useppe, qui avait maintenant cinq ans accomplis, se montrait encore plus immature qu'il ne l'avait été quand il était tout petit. Il était visible que livre et cahier restaient pour lui des objets étrangers ; et le forcer semblait un acte contre nature, comme prétendre qu'un petit oiseau apprenne les notes sur la portée. Tout au plus, si on lui donnait des crayons de couleur, pouvait-il se mettre à tracer sur une feuille de

129

papier des figures bizarres, semblables à des flammes, à des fleurs et à des arabesques combinées ensemble ; mais de ce jeu aussi il se fatiguait très vite. Et alors, il plantait là la feuille de papier et jetait par terre les crayons avec une impatience capricieuse, teintée d'angoisse. Ou bien il s'interrompait, comme exténué par son effort, tombant dans une rêveuse inattention qui l'aliénait de la classe.

Mais de tels moments de calme étaient rares. La plupart du temps, pour le grand embarras de sa mère, Useppe avait une très mauvaise conduite, et, même là, à l'école, sa sociabilité de toujours avait disparu. Toutes les règles de l'école : la claustration, le banc, la discipline semblaient pour lui des épreuves insoutenables ; et le spectacle des écoliers assis en rang devait lui paraître un phénomène incroyable, car il ne faisait que déranger ses camarades, bavardant avec eux à haute voix, leur sautant au cou ou les frappant à petits coups de poing comme pour les réveiller d'une léthargie. Il était capable de bondir sur les bancs, les confondant peut-être avec les fameux bancs de Pietralata ; et il parcourait la classe en poussant des cris sauvages, comme s'il avait encore été au milieu des Mille, en train de jouer au football ou aux Indiens. Mais à chaque instant aussi il se cramponnait à sa mère, lui répétant : « On s'en va, m'man ? hein ? c'est pas l'heure ? *quand* ça va être l'heure ? » Finalement, lorsque sonnait l'heure de la sortie, il se précipitait impatiemment vers la porte et, pendant le bref parcours vers la maison, il ne faisait que presser sa mère de façon urgente, comme si, là-bas, à la maison, il y avait eu quelqu'un qui attendait.

Ida crut deviner chez lui l'appréhension inavouée que, durant leur absence, Nino ne soit passé à la maison

130

sans y trouver personne. Elle s'apercevait, en effet, que chaque fois, avant de franchir le seuil de l'immeuble, il parcourait avec des yeux anxieux les deux côtés de la rue, sans doute en quête de la fameuse *Dgip* naguère admirée en photo ; et puis il se précipitait, anxieux, au-delà de la première cour, espérant peut-être trouver, attendant sous les fenêtres, le joyeux couple de Nino et de Bella. Depuis qu'ils lui avaient dit au revoir en septembre, ils n'avaient plus donné de leurs nouvelles. Et certainement, après ces derniers temps heureux de vie commune, Useppe souffrait plus que jamais de leur absence.

Voyant que pour lui l'âge d'étudier n'était pas arrivé, Ida renonça à l'amener en classe et décida de le confier, au lieu de cela, à une crèche située dans le même bâtiment que son école. Chaque jour, quand sonnait l'heure de la sortie, elle courait le reprendre, le recevant, on peut le dire, des bras mêmes de la jardinière. Mais cette nouvelle tentative s'avéra encore plus désastreuse que l'autre ; et, même, en entendant les rapports quotidiens que lui donnait à son sujet la jardinière, sa mère ne reconnaissait plus dans ce nouvel Useppe son enfant de naguère. C'était une mutation progressive et rapide, qui, depuis ses premières manifestations, accélérait de jour en jour son rythme.

Inopinément, maintenant, Useppe fuyait la compagnie des autres enfants. Quand ceux-ci chantaient en chœur il se taisait et, invité à chanter comme les autres, il perdait vite le fil de la chanson, se laissant continuellement distraire par n'importe quelle futilité, même imperceptible. Durant les jeux en commun, il se tenait à l'écart, avec au visage une expression de solitude inquiète et éperdue, comme en punition. On

131

eût dit que quelqu'un, pour le punir, avait interposé entre lui et les autres une cloison semi-opaque, derrière laquelle il prétendait, comme ultime défense, rester caché. Et si ses camarades l'invitaient alors à jouer, il se reculait avec une soudaine violence. Mais, quelques instants plus tard, on pouvait le trouver couché par terre dans un coin, en train de pleurnicher, tel un petit chat des rues abandonné.

Il n'y avait pas moyen de le suivre dans ses humeurs contradictoires et imprévisibles. Il semblait se refuser obstinément à la société et à la compagnie; mais à l'heure du goûter, si un autre enfant lorgnait son biscuit, il lui en faisait cadeau avec élan, lui adressant un petit sourire amical et heureux. Parfois, alors qu'il était silencieux, on le surprenait le visage en larmes, sans le moindre motif. Et puis, tout à coup, il se déchaînait dans une gaieté turbulente et désespérée : au point de sembler un petit Africain arraché à sa forêt et entraîné dans la cale d'un navire négrier.

Souvent d'ennui il somnolait; et si la jardinière essayait de le réveiller (fût-ce même tout doucement, de sa voix la plus caressante), il se réveillait avec un sursaut exagéré et brutal, comme tombant, foudroyé, d'un lit très haut. Un jour, réveillé ainsi, se levant perdu dans ses rêves, il déboutonna sa petite culotte et fit pipi au milieu de la classe : lui, un petit garçon de plus de cinq ans et l'un des plus âgés des enfants de la crèche.

Quand on lui donnait à faire des jeux éducatifs, tels que des constructions ou des jeux analogues, il s'y mettait d'abord avec un certain intérêt; mais, bien avant d'arriver à la conclusion, il jetait brusquement tout en l'air. Un jour, au milieu de l'un de ces jeux, il éclata en sanglots, mais des sanglots muets, silencieux et pénibles, qui tentaient vainement de s'épancher bruyamment et semblaient l'étouffer; jusqu'au moment où, se libérant, ils se traduisirent par un hurlement de révolte douloureuse et intolérable.

Pendant que la jardinière parlait ainsi de lui avec Ida, Useppe était là, tout près, ouvrant de grands yeux étonnés, comme ne reconnaissant pas lui-même cet enfant bizarre; et pourtant il avait l'air de dire : « Je ne sais pas pourquoi ça m'arrive, ce n'est pas ma faute, et personne ne peut rien pour moi... » Cependant, il se mettait à tirer sur la robe d'Ida, pour la presser de rentrer à la maison. Et aussitôt la conversation finie, il bondissait, comme d'habitude, courant impatiemment vers la Via Bodoni et retenu à grand-peine par la main par sa mère, comme si en leur absence, là-bas, Via Bodoni, avait pu se concrétiser la menace d'un événement mystérieux et inconcevable.

Au début, la jardinière assurait à Ida qu'avec le temps son enfant allait mieux s'habituer à l'école; mais, au lieu de cela, son état d'anxiété empirait. Le matin, en réalité, il sortait, avec Ida, insouciant, ne se rappelant peut-être pas son épreuve quotidienne et convaincu qu'il allait se promener ! Mais quand apparaissait l'école, Ida sentait sa menotte se crisper pour une résistance encore confuse, cependant que ses yeux cherchaient en elle une défense quelconque contre l'oppression vague qui le chassait de ce lieu. Le laisser seul dans ces conditions était pour elle un déchirement. Et il restait là, assombri, sans se rebeller, et lui faisait même avec sa menotte son habituel signe d'adieu. Mais il ne s'était même pas écoulé une semaine depuis son entrée à la crèche, quand commença la série de ses fugues.

Pendant l'heure de la récréation dans la cour, il

suffisait de la moindre distraction de la jardinière pour qu'il tente de prendre la fuite. Cette jardinière était une jeune femme dans les trente ans, qui portait des lunettes et avait de longs cheveux nattés. Dans ses fonctions, elle était très sérieuse et très consciencieuse, ne perdant jamais de vue ses dix-huit élèves, et pendant qu'ils étaient dans la cour, elle les comptait et recomptait, tenant à les garder autour d'elle comme une mère poule. A cette surveillance il fallait ajouter la présence du concierge, lequel était toujours de garde dans le vestibule qui de la cour menait à la grille de la rue. La jardinière ne parvenait pas à comprendre comment, malgré tout cela, Useppe pouvait réussir à s'esquiver, profitant, comme s'il n'attendait que cela, de la première occasion. Elle se détournait un instant et il avait disparu.

La plupart des fois, du moins au début, il n'était pas arrivé loin : on le retrouvait juste de l'autre côté de l'entrée vers l'intérieur, caché dans une soupente ou derrière une colonne. Et quand on le questionnait, il ne mentait pas et n'essayait pas non plus de s'excuser, mais il disait simplement avec une amère expression de panique : « J'veux m'en aller ! » Mais un matin, on ne réussissait pas à le dénicher ; et après une longue chasse, il fut ramené à la jardinière par l'une des concierges qui l'avait trouvé en train d'errer dans les couloirs d'un autre étage, à la recherche d'un passage non surveillé vers la sortie. Pour lui, le bâtiment de l'école, avec toutes ces portes fermées, tous ces escaliers et tous ces étages, devait être un interminable labyrinthe ; mais il vint un jour où il en trouva le fil. Et Ida le vit arriver dans sa classe ; avec son petit tablier bleu et sa petite lavallière, il se précipitait vers elle en pleurant et, tremblant tout entier, s'agrippait à elle. Et le reste de la matinée, il voulut rester là près d'elle (bouleversée, elle fit sur-le-champ prévenir la jardinière), continuant de trembler comme une hirondelle migrante surprise par l'hiver.

Mais son plus dangereux exploit eut lieu le lendemain. Cette fois, malgré la vigilance du gardien de l'entrée, il avait réussi on ne sait comment à gagner la rue (c'était sans doute la première fois de sa vie qu'il vagabondait tout seul par les rues de la ville) et il fut ramené par la concierge de la Via Bodoni. Cette concierge était une veuve âgée de plus de soixante-dix ans, grand-mère de nombreux petits-enfants maintenant grands, qui actuellement vivait seule dans sa loge-habitation (laquelle se composait en tout et pour tout de la loge proprement dite et d'un cagibi attenant, dépourvu de fenêtres et où il y avait son lit). Elle avait vu Useppe passer devant la loge, seul et sans son manteau et avec le tablier qu'il portait à la crèche ; et ses soupçons étant éveillés, elle était sortie dans le vestibule pour l'appeler. D'habitude, Useppe s'arrêtait toujours avec intérêt devant la vitre de la loge, car, là-bas, dans son cagibi, la vieille femme avait une radio, un petit réchaud « comme Eppetondo » et un œuf en verre dans lequel il y avait la Madone de Lourdes au-dessus d'une prairie de neige (quand on secouait cet œuf, la neige s'élevait en des tas de flocons blancs). Mais, aujourd'hui, il était passé sans s'arrêter. Il était essoufflé, éperdu, et aux questions insistantes de la vieille femme, il marmotta qu'il « montait à la maison » (il n'en avait pourtant pas les clés), ajoutant des propos décousus et confusionnels concernant « quelque chose » « qui l'attrapait » « et pas les autres enfants »... Tout en disant cela, il portait, inquiet, les mains à sa tête, comme si cette « chose » innommée

avait été dans son crâne... « T'as mal à la tête ? »
« Non, j'ai pas mal... » « Alors, si t'as pas mal, qu'est-
ce que t'as ? des pensées ? ! » « Non, pas des pensées... » Useppe continuait de faire non fébrilement et
sans s'expliquer : mais, peu à peu, après sa grande
angoisse, il reprenait ses couleurs naturellles : « Tu
sais ce que t'as, toi, dans la tête ? » avait conclu alors la
concierge ; « moi je vais te le dire ! T'as un grillon [5] !
voilà ce que t'as ! » Et lui, tout d'un coup, oubliant sa
grande angoisse, s'était mis à rire, amusé par cette
drôle d'idée de la petite vieille : l'idée d'un grillon dans
une tête. Puis, docilement, il s'était laissé ramener à la
crèche.

Sa fugue n'avait pas duré plus d'un quart d'heure ;
mais, entre-temps, deux appariteurs avaient déjà été
lancés à sa recherche, cependant que la jardinière
veillait sur ses autres élèves, toujours en récréation
dans la cour. A chaque instant, à bout de nerfs, elle
allait regarder vers l'intérieur du bâtiment, ou, par-
delà le vestibule d'entrée, vers la grille de la rue. Et ce
fut de ce côté qu'elle vit réapparaître le fugitif, que
tenait par la main la petite vieille, qui cependant
s'employait à le distraire en lui donnant des renseignements sur les grillons chanteurs.

Bien qu'exaspérée, la jardinière n'avait certainement pas envie de le maltraiter (personne, du reste, à
la vérité, depuis qu'il était né, ne l'avait jamais
maltraité). Elle l'accueillit même assez calmement, et
c'est d'un air à peine irrité que, fronçant les sourcils,
elle lui dit :

« Nous y revoilà ! qu'est-ce que tu as fait ? ! tu
devrais avoir honte de donner aux autres ces mauvais
exemples. Mais, maintenant, ça suffit. A partir d'aujourd'hui, l'école est fermée pour toi. »

La réaction d'Useppe à ces mots fut inattendue et presque tragique. Sans répondre il pâlit, cependant qu'il tournait vers elle des yeux interrogateurs, tout entier agité par une étrange peur : non point peur d'elle, mais plutôt (semblait-il) de lui-même. « Non ! allez-vous-en ! allez-vous-en ! » cria-t-il ensuite d'une petite voix méconnaissable, comme s'il chassait des ombres. Et brusquement, il se déchaîna dans une scène qui ne différait guère, en apparence, d'un *caprice* banal : se jetant par terre congestionné de colère, invectivant et se roulant comme un lutteur, à grand renfort de coups de poing et de pied dans l'air. Mais, d'ordinaire, certains caprices enfantins tendent, au fond, à se donner en spectacle ; alors que maintenant il y avait dans celui-ci l'expression d'un isolement total. On avait le sentiment que cet enfant, malgré sa petite taille, livrait, en réalité, un combat immense contre des ennemis présents pour lui seul et pour personne d'autre.

« Useppe ! Useppe ! mais pourquoi fais-tu ça ? Tu es si gentil et si beau ! et nous tous, ici, on t'aime bien... » Peu à peu, grâce aux cajoleries de la jardinière, Useppe s'apaisait, et finalement, il lui fit un petit sourire consolé ; et à partir de cet instant jusqu'à l'heure de la sortie, il resta obstinément dans ses jupes. Mais à la sortie, la jardinière, prenant Ida à part, l'informa que l'enfant était *trop nerveux* et, pour le moment du moins, inadapté à la vie scolaire : aussi ne pouvait-elle plus assumer la responsabilité de le garder. Elle conseillait de le laisser à la maison, aux soins d'une personne de confiance, jusqu'à ce qu'il ait atteint, dans un an, l'âge scolaire.

Et Useppe, le matin suivant, n'alla pas à l'école. En contradiction avec lui-même, jusqu'au dernier moment il suivait Ida dans le logement, l'interrogeant avec des yeux parlants, dans l'espoir incertain de sortir avec elle comme les autres matins. Mais il ne posa pas de questions et ne dit rien.

A en croire la concierge, le cas d'Useppe était simplement celui d'un petit garçon trop remuant et qui avait tout le temps envie de *faire des siennes* et de ne pas aller à l'école. Mais Ida n'était pas d'accord : qu'U-seppe ait gardé secrètes certaines choses le concernant (comme, par exemple, il l'avait fait après sa fameuse matinée avec les partisans), elle le savait ; mais c'étaient, selon elle, des secrets d'un autre ordre, Dieu sait lesquels. De toute manière, il lui semblait inutile de l'interroger (et encore plus de l'accuser).

Dépourvue comme elle l'était de toute autre res-source, elle ne trouva pas d'autre solution que de le laisser seul à la maison, fermant à double tour la porte d'entrée. Et confiant un double des clés à la concierge, elle pria celle-ci de monter le voir une fois au moins vers la fin de la matinée. En échange de ce service, elle allait donner des leçons particulières à l'une de ses petites filles qui rendait visite à sa grand-mère presque tous les jours.

Ainsi, comme jadis à San Lorenzo, quand il était un nouveau-né, Useppe allait avoir à passer ses matinées en prison. De peur qu'en se penchant il ne tombe dans le vide, sa mère alla même jusqu'à condamner les fenêtres en les fixant avec des crochets à une hauteur où, à la vérité, il n'arrivait pas, même en montant debout sur un guéridon. Heureusement, maintenant c'était bientôt l'hiver, saison où les tentations de sortir ou de se mettre à la fenêtre sont moins fortes.

A cette occasion, Ida affronta aussi diverses dépen-ses extraordinaires. Tout d'abord, elle fit la demande du téléphone, mais celui-ci, par suite de « difficultés techniques », ne lui fut promis que pour février-mars 47 et pas avant. Et en outre, se rappelant combien Useppe appréciait la musique à Pietralata, pour le distraire de sa solitude, elle lui acheta au marché un phonographe à manivelle quasi neuf. Elle avait d'abord pensé à une radio, mais, prise de la crainte qu'en écoutant les programmes pour adultes il n'apprenne de vilaines choses, elle renonça à cette idée.

A ce phonographe elle joignit un disque choisi par elle-même dans une série pour enfants. C'était un de ceux alors en usage : un 78 tours. Et il reproduisait deux comptines en musique, du genre familial : *La belle petite lavandière* et *Comme elle est belle ma poupée.* Cette dernière, une sorte de madrigal en l'honneur d'une poupée, terminait les louanges de celle-ci par les vers suivants :

> Elle a vraiment l'air de notre reine
> quand elle passe en carrosse avec le roi.

Monter au dernier étage fatiguait trop la vieille concierge pourtant encore alerte, aussi envoyait-elle là-haut de préférence sa petite-fille, qui venait souvent Via Bodoni pour l'aider. Cette petite-fille se nommait Maddalena, mais Useppe l'appelait Lena-Lena. Souvent, le matin de bonne heure, on la trouvait dans l'escalier, en train de laver hâtivement les marches avec un chiffon humide ; ou bien on la voyait assise dans la loge, remplaçant momentanément sa grand-mère. Mais rester là sans bouger était un supplice pour elle qui préférait le mouvement ; et cela ne lui déplaisait nullement, le matin, de monter en courant voir Useppe. C'était une fillette dans les quatorze ans, qui, dans sa famille, était d'ordinaire tenue très serré ; et, originaire de l'intérieur de la Sardaigne, elle habitait non loin, à San Saba. Elle était de formes rondelettes, avec des jambes très courtes, rondes elles aussi ; et elle avait une chevelure noire crépue et démesurée, qui poussait tout entière en hauteur, compensant sa très petite taille en la faisant ressembler à un hérisson (ou à un porc-épic). Elle s'exprimait dans une langue incompréhensible, tout entière en *ou,* qui avait l'air d'une langue étrangère ; néanmoins, Useppe et elle réussissaient à se comprendre tant bien que mal. Il lui faisait écouter son disque et, en échange, elle lui chantait d'une voix aigre et suraiguë des cantilènes sardes, toutes en *ou,* dont il ne comprenait pas un mot ; mais dès qu'elles étaient finies, il lui disait tout de même « encore ! » comme pour les chansons calabraises d'Ida.

Certains jours, Lena-Lena, réclamée par d'autres tâches, ne pouvait pas venir ; et à sa place, c'était la vieille concierge qui venait, laquelle, après avoir grimpé péniblement tous ces escaliers, devait se hâter de retourner en bas, pour ne pas laisser sa loge sans gardienne. Elle arrivait de préférence plutôt de bonne heure, quand Useppe dormait encore et, après avoir jeté un coup d'œil sur lui, elle s'en allait sans le réveiller. Ce qui faisait alors qu'Useppe, quand il se levait, attendait en vain une visite ; et dans ce cas-là, durant la matinée, d'en bas, on pouvait apercevoir là-haut derrière les vitres sa silhouette occupée à guetter si Lena-Lena allait finalement apparaître dans la cour. Si, d'ailleurs, il continuait d'espérer aussi l'arrivée de quelqu'un d'autre, on ne le sait pas. D'habitude, ensuite, quand midi avait sonné, on l'apercevait de nouveau à son poste, attendant Ida.

En général, les jours où elle le pouvait, Lena-Lena montait le voir entre dix et onze heures, quand il venait de se lever depuis peu. Depuis quelque temps, il se réveillait plus tard, car Ida, après une interruption de plusieurs mois, avait recommencé à lui donner, le soir, le calmant naguère prescrit par la doctoresse. De fait, après la parenthèse de la belle saison, ses nuits étaient de nouveau agitées ; et même, actuellement, au nombre de ses troubles nocturnes, il y en avait un en particulier qui résistait même à l'effet du médicament. C'était une sorte de convulsion de peu de durée, mais d'une certaine violence, qui s'emparait brusquement de lui, d'habitude quand il venait à peine de s'endormir : comme si l'objet indéfini de son angoisse l'avait attendu immédiatement de l'autre côté de la barrière du sommeil. Ses traits eux aussi manifestaient la stupeur et le refus de quelqu'un qui se retrouve à une rencontre dangereuse : durant laquelle, néanmoins, il continuait de dormir, et sans, ensuite, en conserver le souvenir. Et tous les soirs, Ida, sur le qui-vive à côté de lui, veillait sur lui à cette sorte de rendez-vous qui l'attendait à l'insu de lui-même, avec une ponctualité aussi rigoureuse que mécanique.

La doctoresse, consultée de nouveau, prescrivit pour lui une cure de calcium, une alimentation à base d'œufs et de lait, et des promenades au grand air. « Cet enfant », observa-t-elle, « ne se développe pas beaucoup ». Et de fait, si, au cours de l'été, Useppe avait grandi de quelques centimètres, il n'avait pas augmenté de poids. Pour l'examiner, la doctoresse lui avait dit de se déshabiller, et une fois nu, son petit corps laissait voir l'ossature du sternum et de ses frêles omoplates, au-dessus desquelles sa petite tête se dressait néanmoins avec cette crânerie spéciale de petit mâle, qui de nature lui était propre. Entre autres choses, la doctoresse l'invita à lui montrer ses dents, car elle pensait que ses troubles nerveux présents préludaient peut-être à sa seconde dentition, laquelle, dans certains cas, provoque une véritable crise de croissance. Et aussitôt, il ouvrit grand sa bouche, aussi propre et rose que celle des chatons d'un mois, avec sa denture menue dans laquelle on reconnaissait la blancheur bleuâtre qui est propre aux dents de lait. Ida, en les regardant, pensa de nouveau combien il avait été brave de se les faire pousser toutes bien régulières, en pleine guerre, et sans ennuyer personne.

« La première de tes dents qui tombera », lui dit gravement la doctoresse, « n'oublie pas de la cacher dans un coin quelconque de ta maison, pour que, quand passera la Sora Pasquetta, qui est une parente de la Befana[6], elle te laisse un cadeau à la place de ta dent ». Pour lui, depuis qu'il était né, il n'y avait jamais eu ni Befana, ni Pères Noël, ni mages ou fées, ni personnages du même genre ; mais il avait pourtant eu vent de leur existence : « Et comment elle va faire pour entrer ? » s'informa-t-il, intéressé. « Pour entrer où ça ? » « Où ça ? mais chez nous ! » « Ne t'inquiète pas, elle fait comme la Befana, elle entre par la cheminée ! » « Ah... mais notre cheminée est étroite... mais elle y passera tout de même, dites ? elle se fait toute petite ? » « Bien sûr ! » confirma la doctoresse, « elle se rétrécit, elle s'élargit, elle passe où elle veut ! » « Même par un tuyau comme ça ? » (Useppe, avec ses doigts en cercle, montra plus ou moins la taille de la cheminée de la Via Bodoni.) « C'est garanti ! Tu peux y compter ! » Et Useppe sourit, triomphant et rassuré par une garantie aussi autorisée.

Le jour où elle toucha son traitement de novembre, Ida alla lui acheter un autre disque pour son phonographe. Se rappelant son goût pour les airs de danse à Pietralata, elle prit timidement conseil du vendeur, lequel lui fournit une production swing ultra-moderne. Et cette nouveauté eut sur-le-champ un grand succès Via Bodoni où la *Petite lavandière* et *Ma poupée* furent aussitôt reléguées au nombre des vieilleries. A dater de ce jour, le phonographe ne servait plus que pour la nouvelle musique ; et comme il fallait s'y attendre, Useppe, dès les premières notes, se mit à danser.

Mais cette danse elle aussi devait se signaler comme un symptôme dans le processus de ces jours-là. Ce n'étaient plus les bonds, les cabrioles et les improvisations diverses avec lesquelles notre danseur s'exhibait au milieu de ses amis à Pietralata. A présent, son corps exécutait un unique mouvement de rotation autour de lui-même, dans lequel il s'engageait les bras ouverts, atteignant finalement un rythme dément et quasi spasmodique qui semblait l'anéantir. Dans certains cas, il n'interrompait cette ronde qu'au moment où il était comme aveuglé et pris de vertige ; et alors, il retombait, pour se reposer, contre sa mère, répétant, épuisé mais béat : « tout tourne, tout tourne, m'man... » Ou bien, dans d'autres cas, à un certain moment, sans interrompre la rotation de sa danse, il en ralentissait le rythme ; et alors, son corps, en tournant, se penchait d'un côté, ses deux bras projetés mollement du même côté, et avec, sur son petit visage, une drôle d'expression, à la fois d'amusement et de rêve.

Ces musiques et ces danses se déroulaient à la cuisine — laquelle était l'unique *séjour* de l'appartement — et plus volontiers pendant l'heure où Ida

faisait la cuisine (« pour lui tenir compagnie »). Mais
le succès de ce nouveau passe-temps fut, à la vérité,
éphémère. Le troisième jour (c'était un dimanche
matin), Useppe, après avoir remonté énergiquement le
phonographe, au moment de mettre en mouvement le
disque y renonça. Il était resté là, figé, l'air absorbé ou
perplexe, et il faisait des petits mouvements avec sa
mâchoire, comme mastiquant quelque chose d'amer.
Comme en quête d'une échappatoire, il se retira dans
l'angle près de l'évier, et là, à l'écart, il se lança dans
un balbutiement confus, au milieu duquel Ida, non
sans étonnement, distingua néanmoins clairement un
nom : CARULINA. Depuis l'époque de leur séparation,
quand il l'appelait encore *Ulí*, Useppe n'avait plus
jamais parlé de celle-ci, et sans doute, c'était là la
première fois depuis toujours où il prononçait son nom
avec précision et en entier (et même en en faisant
rouler l'*r* avec force, dans l'effort de le prononcer
comme il faut). Mais, à peine après lui avoir traversé
l'esprit, cette réminiscence sembla s'évanouir. Et
d'une voix différente et claironnante, il dit à sa mère :

« M'man ? M'maaan ?... »

C'était une interrogation stupéfaite, mais aussi une
exigence d'aide contre une agression abstruse. Alors,
une brusque impulsion l'agita ; et inopinément il alla
arracher du phonographe son précieux disque swing et
le jeta par terre. Il avait le visage congestionné et il
frémissait ; et après que le disque se fut brisé sur le sol,
il se mit même à le piétiner. Mais rapidement, ce
faisant, il se déchargea de sa rage informe : et il
regarda par terre avec l'effroi de quelqu'un qui
découvre un crime commis par autrui. Il s'accroupit
devant les débris de son disque, et poussant de tendres

lamentations qui ressemblaient à un vagissement, il tentait de les recoller!

Ida proposa aussitôt de lui acheter un nouveau disque le lendemain même (si elle avait été millionnaire, elle eût été prête à lui payer un orchestre entier); mais il la repoussa, la frappant presque : « Non! non! je veux pas! » cria-t-il. Puis, se relevant, avec le même amer geste de refus, il éloigna avec son pied les débris du disque; et pendant qu'elle les ramassait et les versait dans les balayures, pour ne plus regarder il se mit les poings sur les yeux.

Sa mère était étreinte par le sentiment douloureux qu'au fond de ce désordre extravagant, qui le ballottait sans objet d'un côté à l'autre, s'entortillait un quelconque nœud crucial, que personne ne pouvait dénouer, non plus qu'en trouver les bouts, personne et lui moins que tous. Inquiet, il était maintenant allé à la fenêtre, afin de scruter la cour de son habituel poste de vigie ; et même, en regardant de derrière la fossette de sa nuque maigre au milieu de ses petites mèches en désordre, il semblait qu'on vît l'expression préoccupée de son visage. Qu'ait couvé en lui l'éternelle attente de son frère, cela était indubitable pour Ida (et à la vérité, ce n'était pas là un fait nouveau). Mais comme dans son nouvel état morbide, il taisait ce point de déception, Ida évitait de le lui rappeler, comme s'il avait été tabou.

« ... Elle vient pas aujourd'hui, Lena-Lena ? »

« Mais non, aujourd'hui c'est dimanche. Et moi, je suis là, à la maison. Tu n'es pas content ? »

« Si. »

Dans un de ses changements d'humeur imprévus, il se précipita vers elle et embrassa sa robe. Mais dans ses yeux joyeux levés vers elle, pointait déjà la suivante question inquiète :

« Tu... tu vas pas partir, dis, m'man ? »

« Moi ! Partir ! JAMAIS! JAMAIS, JAMAIS je ne quitterai mon Useppe ! » Le petit homme poussa un soupir à la fois de satisfaction et de crainte non apaisée. Et entre-temps, ses yeux se détournaient, suivant la vapeur de la marmite qui montait vers la cheminée :

« Et quand elle va arriver, *elle ?* » s'informa-t-il, rembruni.

« Qui ça, elle ? » (elle imagina qu'il voulait encore parler de Lena-Lena ou, peut-être, de Carulina).

« La dame qui descend par la cheminée, m'man ! la parente de la Befana ! t'as pas entendu ce que disait la doctoresse ? »

« ... ah oui... Mais tu ne te rappelles pas ce qu'elle a dit ? Il faut attendre que pousse ta première nouvelle dent. Quand tu t'apercevras que l'une de ces deux-là commence à branler, ce sera le signe que sous peu elle va tomber, et elle viendra la chercher. »

Useppe se touchait les incisives avec le doigt, voulant voir si, par hasard, elles ne branlaient pas. « Oh, il est encore trop tôt », se hâta de lui expliquer sa mère, « tu n'as pas encore l'âge. Peut-être dans un an. »

« ... »

Un carillon annonçant midi retentit dans le ciel. Ce matin dominical était nuageux mais tiède. A travers la fenêtre fermée arrivait le brouhaha des gosses de l'immeuble qui faisaient les fous, en attendant que leurs mères les appellent pour le déjeuner. Ida eût été heureuse de reconnaître au milieu de ces autres voix celle de son Useppe, comme cela lui arrivait à l'époque

146

où elle était derrière son rideau de la grande salle. Et plus d'une fois, elle avait réitéré la tentative de l'envoyer jouer avec les autres dans la cour. Mais chaque fois, quand, un peu plus tard, elle l'épiait de la fenêtre, elle l'avait vu qui se tenait dans un coin, seul, à l'écart des autres, et ainsi, vu d'en haut, il lui donnait l'impression d'être vraiment un pauvre enfant trouvé, exclu de la société. « Useppe ! » l'avait-elle alors appelé impulsivement, ouvrant grand la fenêtre. Et lui, levant son visage dans sa direction, s'était enfui au vol de la cour pour remonter en courant vers elle. A la vérité, comme déjà avec ses camarades d'école, c'était lui-même qui s'isolait des autres (et à son geste de mettre les mains en avant comme pour les écarter ou à celui de se reculer avec de grands yeux amers, il suggérait carrément l'image d'un être élémentaire qui, sentant dans son sang un germe virulent quelconque, veut préserver les autres de la contagion).

Suivant le conseil de la doctoresse de lui faire prendre l'air, Ida, les jours de beau temps, l'emmenait régulièrement promener soit du côté du Monte Testaccio, soit du côté de l'Aventin, ou bien, pour éviter de le fatiguer trop, dans un petit jardin public proche de la maison. Et alors aussi, partout où il se trouvait, Useppe se tenait loin des autres enfants et de leurs jeux. Si l'un d'eux lui disait : « Tu veux jouer ? », il s'enfuyait sans la moindre explication, allant se réfugier près de sa mère, tel un sauvage dans sa cabane.

Et pourtant, à en juger par certains coups d'œil qu'il donnait, il n'avait pas l'air d'un misanthrope. Et tandis qu'il se tenait à l'écart des autres, il adressait de temps en temps dans leur direction un petit sourire instinctif qui, involontairement, proposait et demandait de l'amitié. Dépassant de sa culotte courte, ses

147

genoux saillaient plus gros que la normale en comparaison avec la maigreur de ses jambes ; mais avec ces
petites jambes il faisait, quant à lui, de grands sauts
sportifs, qui montraient combien il était agile. Il y
avait en lui quelque chose de comique qui faisait
sourire les gens et le rendait assez populaire dans le
petit public de ces jardins. Les femmes jeunes et âgées
le complimentaient pour le contraste que faisaient ses
yeux bleu ciel avec sa peau brune et ses cheveux noirs,
contraste qui à Rome est considéré comme une beauté
de première qualité ; mais, lui attribuant un âge
maximum de trois ou quatre ans, quand elles appre-
naient qu'il en avait cinq accomplis, elles commen-
taient en chœur sa petite taille, jusqu'au moment où
Ida, angoissée et tremblante, s'avançait pour le protéger de leurs jugements indiscrets.

Mais, à la vérité, de même qu'aux éloges, Useppe
restait tout à fait indifférent à ces jugements et aussi
inconscient qu'un petit chien enfermé dans une cage à
la foire. Peut-être ne les écoutait-il même pas ; et de
fait, même quand il ne disait rien, ses deux oreilles
décollées, saillant de part et d'autre de sa petite
casquette, étaient toujours tendues vers les bruits
variés du monde, qui par moments l'entraînaient dans
un unique hymne fébrile. Le moindre événement
attirait ses regards ; ou autrement il restait tranquille,
l'air absorbé, comme si sa pensée s'éloignait. Mais
souvent une allégresse particulière faisait frémir tous
ses muscles, allumant dans ses pupilles la flamme
d'une gaieté inconsidérée, mêlée de nostalgie... C'était
quand il voyait un chien : appartenant à n'importe
quelle classe, chien de maître ou chien de personne,
fût-il même affreusement laid, difforme ou galeux.

A la vérité, encore que peu disposée à l'idée

148

d'augmenter sa famille, Ida ne put pas résister à ce spectacle; et un beau jour, au retour d'une promenade, elle finit par lui demander s'il ne voudrait pas un petit chien tout entier à lui. Mais Useppe, tournant vers elle un visage bouleversé de tristesse, fit non et non de la tête avec un furieux acharnement. Son refus se manifestait inéluctable mais pénible; comme si le lui avait imposé ce mystérieux nœud crucial qui depuis plusieurs semaines le travaillait sans se dénouer. Finalement, dans une sorte de cri étouffé qui ressemblait à un sanglot, il parvint à articuler ces mots : « Bella aussi... comme *Biz!* »

Et cela fit comprendre à Ida que son petit garçon se refusait même à un bonheur promis par terreur de le perdre ! Elle en éprouva un choc excessif, avec la sensation étrange, éprouvée ce jour-là pour la première fois, d'une présence physique : comme si là, dans leur chambre, s'était installé un Ogre, qui menaçait Useppe avec d'innombrables bouches et d'innombrables mains. Mais, pour elle, ce qui fut encore plus étrange, ce fut d'entendre de nouveau dans sa bouche, après des années de silence, ce nom de Blitz qu'elle croyait effacé de sa mémoire, comme cela se passe pour les divers héros des préhistoires enfantines lesquels restent hors du temps. On eût vraiment dit que, cet automne 46, tous les souvenirs de sa toute petite vie poursuivaient l'oublieux Useppe, flairant le point caché de son mal. « Qu'est-ce que tu racontes, Bella comme Blitz ! » le railla Ida. Et cette fois, sans hésiter, pour rompre le tabou, elle l'assura que Bella était saine et sauve avec Nino, et qu'ils ne tarderaient pas l'un et l'autre à faire leur réapparition à la maison, selon leur habitude ! A cette nouvelle, dont Iduzza se portait garante, Useppe se mit à rire, rasséréné. Et tous les

deux, riant ensemble comme des amoureux, ils chassè-
rent pour le moment l'Ogre de la chambre.

Mais cela ne suffisait pas. Afin de compenser pour
Useppe le petit chien qu'il avait refusé, le lendemain
matin (un dimanche), Ida l'emmena au nouveau
marché de la Porta Portese, où elle lui acheta un
« mongomeri » : c'est-à-dire un manteau spécial (pour
qui l'ignorerait) mis alors à la mode par le général
Montgomery qui le portait au front. Celui d'Useppe en
était une imitation italienne et, même, romaine ; et bien
que de toute petite taille, pour lui il était plutôt large
d'épaules et long de manches. Mais il fut aussitôt
impatient de l'endosser, et sur-le-champ il se mit à
marcher d'un pas hardi, comme si, avec ce « mongomeri », il s'était senti un apollon, pour ne pas dire un
Général.

7

Cependant, ses nuits étaient troublées et agitées.
Depuis sa dernière visite à la doctoresse, il prenait
docilement tous les médicaments prescrits ; même, au
moment de les recevoir de sa mère, il avançait la
bouche vers le haut à la manière des petits oiseaux,
comme avide de guérir. Mais leur efficacité sur lui
demeurait faible. Presque tous les soirs, malgré les
sédatifs, cette habituelle embuscade l'attendait ponctuellement, le menaçant dans son premier sommeil
Dieu sait sous quelles formes gigantesques. La
deuxième semaine de novembre, au cours de deux

nuits consécutives, il se dressa brusquement dans son lit en plein sommeil, sa respiration accélérée et ses yeux grands ouverts mais ensommeillés au point de ne même pas réagir quand Ida alluma la lampe centrale. En le couchant et en le recouvrant, on sentait ses membres raidis (comme encore tendus vers une rencontre inégale) et tout en sueur ; et en lui prenant la main, on sentait battre précipitamment son pouls qui, ensuite, en même temps que ses paupières se refermaient, retombait à son rythme normal. L'épisode avait duré moins d'une minute et, comme toujours, se dérobait à sa conscience. Mais, par contre, la nuit du 15 au 16 novembre fut marquée par un épisode lucide. Au cœur de la nuit, Ida, à demi réveillée, avait allumé la lampe qui était au-dessus de la tête du lit, car elle venait de percevoir dans la chambre un tout petit bruit de pas, guère plus que celui des petites pattes d'un animal errant. Et effectivement, Useppe était là, debout et réveillé, et à ce moment-là il s'appuyait au mur. Par-dessus son pyjama de coton il avait mis son « mongomeri », car dans la chambre il faisait froid ; mais il ne s'était pas chaussé, probablement par souci de ne pas faire de bruit pendant que sa mère dormait. Cette même inquiétude qui, dernièrement, troublait toujours son sommeil, devait, cette nuit-là, l'avoir tiré de son lit, le poursuivant dans sa petite excursion insomniaque à travers la chambre murée par l'obscurité. Il regarda farouchement Ida et lui dit : « Dors, m'man ! » C'était un ordre : mais ce ton péremptoire qui était le sien était en réalité pour lui comme une arme braquée contre la peur indistincte qui peuplait d'angoisses son corps, sans jamais se formuler pour lui en une pensée. Soudain, il poussa un faible gémissement déchirant :

« Dis, m'man, où il est allé Nino ? »

Et puis, comme cédant soudain à l'appel d'une affreuse sirène qui, depuis Dieu sait quand, le tentait en lui disant des choses effrayantes, il reprit :

« ... il est tout de même pas parti en Amérique sans moi ? !... »

Ida n'eut pas de mal à rapprocher cette question de la promesse qu'effectivement, en sa présence, Ninnuzzu avait répétée plus d'une fois à Useppe : celle de l'emmener avec lui en Amérique. (Même, la dernière fois, il avait ajouté : « Et on emmènera aussi David. Comme ça, peut-être, lui, là-bas, il se trouvera une jolie petite Juive américaine... ») Et elle n'eut pas de mal non plus à trouver, à ce sujet, des arguments indiscutables pour rassurer Useppe. Lequel, quelques instants plus tard, se rendormit, consolé, à côté d'elle.

Comme d'habitude, depuis sa brève apparition en septembre, Nino n'avait plus donné de ses nouvelles chez lui. Il était arrivé, par contre, deux cartes postales à lui adressées, ce qui signifiait qu'il donnait comme adresse à ses connaissances celle de la Via Bodoni. L'une, sur carton brillant, représentant un bouquet de pensées et de roses rouges, était d'Antonio, l'ex-propriétaire de Bella, et portait le cachet de la censure de Poggioreale. Le texte était le suivant : « *Un affectueux Souvenir, Salutations distinguées et Souhaits sincères.* » Et l'autre, postée à Rome, représentant en noir et blanc le monument au roi Victor-Emmanuel, disait avec une grande écriture d'élève de neuvième, mais sans fautes d'orthographe : « *Est-ce qu'on pourrait au moins savoir où tu te la coules ? J'en dis pas plus long —. P.* » L'une et l'autre attendaient leur destinataire depuis octobre.

Vers la fin de ce même mois d'octobre, un matin,

Ida avait rencontré dans la rue Annita Marrocco, qui, actuellement, pour aider sa famille, faisait des ménages chez des personnes de la Via Ostiense. De fait, le travail de couturière de Filomena rapportait de moins en moins (ses clientes, en majorité des femmes âgées, étaient les unes à l'hôpital et les autres au cimetière) et la petite chambre de Giovannino était toujours sans locataire, toujours dans l'espoir de voir revenir son légitime occupant. De celui-ci, encore pas la moindre nouvelle, ni en bien ni en mal : un Aumônier s'en était occupé et aussi un officier-médecin, et actuellement, chez les Marrocco, on attendait la réponse d'un autre rescapé de l'Italie du Nord, un Alpin de la Vénétie julienne, à qui ils avaient demandé par lettre si, par hasard, lui-même ou quelqu'un de ses connaissances avait rencontré sur le front russe un nommé Marrocco, ou avait entendu parler de lui.

Entre autres choses, Annita raconta aussi que sa belle-mère avait un de ces derniers jours rencontré David Segré, qui, interpellé par elle, lui avait répondu qu'il avait vu notre Nino ici à Rome, même récemment et plus d'une fois, mais toujours de passage. Nino était en très bonne santé, mais c'était tout ce que pouvait dire Annita. De son logement de banlieue qu'il avait loué (ou qu'on lui avait prêté) aux alentours de Rome, et dont il avait lui-même dit un mot à Ida, pas plus Annita que sa belle-mère ne surent que dire à Ida. Peut-être, pensa celle-ci, ce logement était-il une blague que racontait Nino ou peut-être, à l'heure qu'il était, avait-il déjà déménagé. Du reste, dit Annita, David avait comme d'habitude répondu aux questions de Filomena avec brusquerie et en peu de mots, comme s'il lui tardait de la planter là. Naturellement il n'avait pas dit si lui-même habitait actuellement à

Rome et, dans ce cas, où. La vieille Filomena que rencontra à son tour Ida au marché de la Piazza Testaccio, confirma les nouvelles données par sa bru sans y rien ajouter. Toutes les fois qu'elles la rencontraient, les Marrocco invitaient Ida à venir les voir Via Mastro Giorgio avec le petit. Mais Ida, après leur avoir rendu deux fois visite, tant par négligence que par timidité, ne remit plus les pieds chez elles.

En réalité, en dehors de ses élèves et d'Useppe, Ida ne fréquentait personne au monde. Parfois, elle envisageait d'aller voir Remo pour avoir peut-être d'autres nouvelles de Ninnuzzu ; mais l'idée de retourner dans le quartier de San Lorenzo provoquait en elle une répugnance si forte qu'elle y renonçait.

Du reste, il ne s'était même pas encore écoulé deux mois depuis la dernière apparition de Nino. Et, durant toutes ces années, il nous avait habitués à de bien plus longues absences et à des silences totaux. Qu'Useppe, cette fois-ci, ait souffert plus que d'habitude du retard de son frère, c'était, aux yeux d'Ida, un signe manifeste de son état de santé anormal : de même que ses *caprices,* sa sauvagerie et ses colères inconsidérées où l'on ne reconnaissait presque plus notre vrai Useppe.

Et d'autre part, il ne venait même pas à l'esprit d'Ida de chercher à joindre Ninnarieddu dans le but de l'inviter à des visites plus fréquentes pour faire plaisir à son petit frère. Espérer un effort pareil de la part de Ninnuzzu eût été comme prétendre que le vent souffle un peu plus par ici ou un peu plus par là pour faire plaisir à un petit drapeau. Comprendre cela, Ida elle-même, bien que naïve et malgré son peu d'expérience, y parvenait très bien.

Le matin du 16 novembre, Useppe eut le premier accès de la maladie qui le minait. Après son petit dialogue rassurant avec sa mère (il était environ une heure et demie du matin), l'enfant, retrouvant le sommeil, avait dormi tranquillement le reste de la nuit. Et il dormait encore quand, le matin de bonne heure, Ida se leva et alla à la cuisine pour préparer le café. Ce fut là, alors qu'elle allumait le gaz, qu'elle le vit soudain apparaître devant elle, vêtu de son pyjama de coton, pieds nus, et avec au visage une expression hagarde ; il lui jeta à peine un coup d'œil interrogateur (ou du moins, c'est ce qu'il lui sembla) mais aussitôt il repartit en courant. Et elle était sur le point de le rappeler, quand lui arriva, venant de la chambre à coucher, un hurlement de terreur et de désolation inouïes, qui ne ressemblait à aucune voix humaine : un hurlement tel que pendant quelques instants elle fut comme paralysée, se demandant d'où pouvait bien venir cette voix.

Dans les manuels de médecine, ces crises typiques, connues sous la dénomination de *haut mal*, sont approximativement décrites comme suit :

Violente crise convulsive avec totale perte de connaissance. Au début de la première phase (tonico-clonique), l'arrêt de la respiration provoque un cri, cependant que le corps tombe en arrière sans faire le moindre geste pour se protéger et que la peau prend une teinte cyanotique. On constate une forte augmentation de la tension artérielle et une accélération du rythme cardiaque atteignant des points paroxystiques. La langue peut être blessée en conséquence des contractions maxillaires.

A la phase convulsive, caractérisée par des secousses spasmodiques, succède un coma qui peut durer de une à trois minutes, avec arrêt de l'activité corticale et totale inertie motrice. Au

*cours de cette phase se produit en général une émission d'urine,
due au relâchement des sphincters. Au cours de la crise, la
reprise de l'activité respiratoire, laborieuse et stertoreuse, est
accompagnée d'une intense salivation.*

*Syndrome connu depuis la plus lointaine antiquité. Ses causes
et sa physiopathologie en sont encore inconnues.*

Quand Ida, accourant, entra dans la chambre,
Useppe gisait par terre sur le dos, les yeux ouverts et
les bras en croix, comme une hirondelle foudroyée en
plein ciel. Mais la phase initiale de sa crise, n'ayant
duré que quelques secondes, était déjà terminée, et
lorsque Ida s'agenouilla près de lui, en même temps
qu'il recommençait à respirer, l'affreuse couleur de la
mort était maintenant en train de disparaître de son
visage. Heureuse que cet étranger de passage, qu'elle
avait entendu hurler tout à l'heure, ne le lui ait pas
volé et fait disparaître de la maison, elle l'appela à mi-
voix. Et Useppe, comme calmé par le murmure de son
nom, poussa un grand soupir et se détendit tout entier.
Les traits de son petit visage indemne se reposèrent
eux aussi, esquissant, cependant que ses yeux restaient
fermés, un petit sourire ravi de guérison ; et alors,
calmement, tel un miracle, ses deux yeux se rouvrirent
plus beaux que la veille, comme lavés dans un bain de
ciel. « Useppe ! » « ... M'man... »

Après l'avoir remis au lit, Ida lui essuyait au coin
des lèvres une petite écume sanglante ; et lui, la
laissant faire, toucha d'un air rêveur ses petits cheveux
moites : « Dis, m'man, qu'est-ce que j'ai eu ? » Mais
déjà cette question se mêlait à un bâillement et
presque immédiatement ses paupières se refermèrent.
Sa première et grande envie était de dormir.

Il dormit presque toute la journée, mais, vers midi,

pendant un bref intervalle, il se réveilla. Il ne se rappelait et ne savait rien de sa crise (ces crises — expliquèrent les docteurs à Ida — *ne sont pas vécues par le sujet*) mais d'une manière quelconque il devait avoir le sentiment d'avoir subi un outrage dont il avait honte. Il s'était pelotonné tout de travers sur le sommier. Et, se cachant le visage dans l'oreiller, il recommanda comme première chose : « M'man, quand il reviendra, le dis pas à Nino... »

Ida le rassura, secouant la tête, avec la promesse de garder le secret : ignorant encore tout à fait que la recommandation d'Useppe était déjà inutile. Désormais il n'y aurait plus l'occasion de parler à son frère. De fait, à quelques heures de là (tout juste une autre journée et une brève nuit) devait se produire une chose incroyable : telle qu'aujourd'hui encore, de cette distance qui égalise les vivants et les morts, je continue d'en douter comme d'une imposture. Mais pourtant cette chose arriva. Comme tant d'autres de ses camarades de la « génération de la violence » Ninnuzzu Mancuso-Assodicuori fut lui aussi expulsé de la vie. Au mois de mai de l'année suivante, il aurait dû avoir 21 ans.

Bien que depuis sa naissance elle ait été encline aux pressentiments, Ida, cette fois-ci, n'en avait eu aucun. C'est si vrai que lorsque, le matin de bonne heure, un agent se présenta chez elle pour lui dire : « Vous êtes une parente de Mancuso Antonio ? », la première question qui lui vint aux lèvres, ce fut : « Pourquoi ? il a fait quelque chose de mal ? » Elle s'aperçut aussitôt de l'embarras de l'agent. « Je suis sa mère... » balbutia-t-elle. Mais déjà les informations circonspectes de

157

l'agent lui parvenaient de par-delà un fracas anormal et vain. Il s'agissait d'un accident de la circulation (ou, plutôt, dit l'agent, d'une *catastrophe*) sur la Via Appia. Un camion qui avait quitté la route. « Votre fils a été blessé... grièvement. » On l'avait transporté au poste de secours de San Giovanni.

Pour aller de la Via Bodoni à l'hôpital San Giovanni, il faut traverser la moitié de la ville. Iduzza a sans doute dû gagner l'arrêt du tram, monter dans le tram, prendre son billet, descendre à l'autre arrêt, se renseigner ; et quelqu'un a sans doute dû la guider jusqu'à l'hôpital. Mais sa conscience n'a rien enregistré de tout ce parcours, lui signalant seulement le point d'arrivée, comme une image de film isolée. C'est un local blanchi à la chaux : cela, Ida le sait, car, quand elle y est entrée pour la première fois, elle a même, curieusement, senti la saveur poussiéreuse de cette chaux, comme si elle l'avait eue dans la bouche. Si c'est une pièce isolée ou un lieu de passage, s'il y a des fenêtres ou s'il n'y en a pas, elle serait incapable de le dire : de même est confuse pour elle la présence auprès d'elle de gens de l'hôpital. Devant elle il y a deux civières, sur lesquelles les formes de deux corps entièrement recouverts par des draps. Une main a soulevé le premier drap. Ce n'est pas lui : une tête ensanglantée de jeune homme aux cheveux blondasses, réduite à une moitié de visage ; l'autre moitié est défigurée. Ils ont soulevé le second drap, et cette fois, c'est Nino, visible jusqu'à l'attache du cou. On ne lui voit aucune blessure, seulement un filet de sang sous le nez. Et peut-être par un effet de l'éclairage, il n'est même pas tellement pâle. De la boue souille çà et là ses joues intactes et ses boucles. Sa lèvre supérieure s'avance entrouverte, ses paupières aux longs cils retroussés ne semblent pas baissées naturellement, mais comme écrasées sur les yeux par une sorte de violence amère. L'ultime expression restée sur son visage est celle d'une ingénuité animale et indécise, qui semble se demander, pleine de stupeur : « Qu'est-ce qui m'arrive ? ! Je sens quelque chose que je n'avais jamais éprouvé auparavant. Quelque chose d'étrange, que je ne comprends vraiment pas. »

Au moment de le reconnaître, la sensation qu'éprouva Ida fut une féroce lacération du vagin, comme si de nouveau on le lui arrachait de là. A la différence de celui d'Useppe, l'accouchement de Nino avait été terrible pour elle, à la suite d'un travail long et difficile, et l'avait presque saignée à blanc. Le bébé, à sa naissance, pesant environ quatre kilos, était trop gros pour une mère toute petite et primipare, et on avait dû le lui arracher du corps avec un forceps. Aussi, alors, la petite parturiente avait-elle poussé des hurlements si sauvages qu'on eût cru, à ce que lui disait ensuite, se moquant d'elle, Alfio son mari, ceux d'une bête fauve grande et puissante; tandis qu'aujourd'hui, par contre, de la gorge d'Ida, comme si on y avait coulé du ciment, aucun son ne put sortir.

Voici, après la scène de la morgue, la seconde sensation semi-consciente qui lui restera de cette matinée : elle ne pouvait pas hurler, elle était devenue muette et passait par certaines rues méconnaissables, où la lumière était un zénith aveuglant, qui donnait à tous les objets un relief monstrueux. Les photos exposées dans les kiosques à journaux riaient obscènement, la foule se contorsionnait et les nombreuses statues au sommet de la basilique s'élançaient vers le bas dans des attitudes indécentes. Ces statues étaient les mêmes que celles qu'elle avait vues les jours où

était né Useppe, par la fenêtre de la sage-femme
Ézéchiel ; mais, aujourd'hui, la basilique était devenue
comme difforme et de même aussi toutes les autres
maisons et les bâtiments à l'entour, comme déformés
par des miroirs convexes. Les rues se déformaient et
s'élargissaient de toutes parts, au point d'atteindre une
dimension démesurée et contre nature. Et de la même
manière sa maison elle aussi s'éloignait : pourtant elle
devait y courir d'urgence car elle y avait laissé Useppe
seul et qui ne s'était pas encore réveillé.

Où se trouvait-elle maintenant ? *Porta Metronia,* tel
devait être le nom de ce lieu. Ida, Ida, où vas-tu ? tu
t'es trompée de direction. Le fait est que ces pays sont
faits de chaux, rien que de la chaux qui d'un instant à
l'autre peut se fendiller et s'effriter. Elle-même est un
morceau de chaux et risque de voler en miettes et
d'être balayée avant d'arriver à la maison. Personne
pour l'accompagner et la soutenir, personne à qui
demander de l'aide. De toute manière, Dieu sait
comment, elle y est parvenue. Elle est arrivée Via
Bodoni, elle est montée jusqu'à sa porte, elle est chez
elle. Là, finalement, du moins pendant quelques
instants, elle peut s'étendre, se laisser tomber en
poussière.

Useppe s'était levé et même habillé tout seul. Ida
entendit peut-être sa voix qui lui demandait :
« Qu'est-ce que tu fais, m'man ? tu dors ? » et sa
propre voix lui répondre : « Oui, j'ai un peu sommeil.
Je vais me lever tout à l'heure », cependant que son
corps se brisait en poussière et en gravats, comme un
mur. Venus de son enfance et peut-être entendus de la
bouche de sa mère, les mots *mur des lamentations* se
représentaient à elle. En réalité, elle ne savait pas ce
qu'était exactement ce fameux *mur des lamentations,*

mais les murs de sa chambre lui renvoyaient ce nom, le faisant retentir en elle, même si elle ne pouvait ni pleurer ni hurler. Non seulement son propre corps, mais les murs eux-mêmes bruissaient et sifflaient, se réduisant en poussière. Mais, pourtant, elle n'avait pas perdu l'usage de ses sens, car, au milieu de cette énorme avalanche de poussière, elle entendait un continuel « tic tic tic ». C'étaient les petits souliers d'Useppe, lequel pendant tout ce temps ne fit que marcher sans arrêt, de long en large dans les pièces de l'appartement. Tic tic tic tic. Il faisait la navette, parcourant des kilomètres, sur ses petits souliers.

Plus tard, après la sortie des journaux, les coups de sonnette commencèrent à la porte. Outre la concierge et sa petite-fille, vinrent Filomena et Annita Marrocco, la petite institutrice du jardin d'enfants, la vieille collègue d'Ida qui avait eu Giovannino comme élève, et Consolata, la sœur de Clemente. Ida les reçut toutes à la porte, le visage figé et aussi blanc qu'un moulage en plâtre, pour leur chuchoter : « Il ne faut pas en parler devant le petit. Il ne doit rien savoir. » De sorte que les visiteuses réduites au silence restaient debout dans la cuisine, autour d'Ida recroquevillée sur une chaise près des réchauds. De temps à autre, tel un petit nain domestique, Useppe se montrait, avec son « mongomeri » sur le dos car il faisait froid dans l'appartement. Il jetait un coup d'œil et puis se retirait. Les Marrocco proposèrent de l'emmener pour le distraire un peu, mais Ida refusa. En réalité, depuis sa crise de l'avant-veille, elle craignait secrètement qu'il en ait peut-être une autre en présence d'étrangers ; et que les gens, en conséquence, commencent à le traiter en infirme et en diminué physique.

Vers le soir, arriva un télégramme de condoléances

161

de la directrice de l'école d'Ida. Il n'y avait pas de parents à avertir. Depuis la mort des grands-parents de Calabre, Ida n'avait plus eu la moindre relation avec ses oncles, ses tantes et ses cousins restés là-bas. Pratiquement, elle n'avait en ce monde ni parents ni amis.

Annita et Consolata s'occupèrent pour elle des formalités nécessaires, secondées par Remo, le patron de bistro, qui prêta de quoi payer l'enterrement et se chargea aussi d'une couronne d'œillets rouges avec l'inscription *Ses camarades*. Ida n'avait pas la force de faire la moindre démarche. Elle fut convoquée au commissariat pour donner certains renseignements, mais le commissaire, quand il la vit, eut pitié d'elle et la laissa repartir sans insister. D'ailleurs, il était clair qu'elle en savait encore moins sur son fils que le commissaire lui-même.

Elle ne voulait pas avoir trop de détails sur l'accident. A ceux qui voulaient lui en parler, elle balbutiait : « Non, pas encore. Ne me dites rien pour le moment. » Il apparut qu'ils étaient trois à circuler dans ce camion. L'un d'eux, le conducteur, était déjà mort à l'arrivée des secours. Nino avait expiré sur le seuil de l'hôpital. Le troisième, blessé à l'abdomen et les jambes brisées, gisait dans une salle de San Giovanni, sous la surveillance de la police.

A ce que put comprendre Ida durant son abrutissant colloque au commissariat, il y avait en effet des éléments louches dans cette affaire. Il semble que le camion ait été suspect, à cause d'une plaque minéralogique volée, et que sous un chargement de bois, il ait transporté en réalité des marchandises illégales et, de plus, bien cachées, des armes non autorisées, du type jadis en dotation de l'armée allemande. De fait, il se présentait encore (dut sans doute expliquer le commissaire à Ida) des cas d'ex-partisans qui tramaient de connivence on ne sait quelles futures actions subversives ou pseudo-révolutionnaires, lesquelles, à la vérité, se réduisaient pour le moment à des délits mineurs du genre contrebande ou à des tentatives de brigandage banal... Tout cela était actuellement l'objet d'une enquête. Le seul survivant du trio avait eu le temps, avant de perdre connaissance, de griffonner sur un bout de papier le nom et l'adresse des deux autres. Déjà à demi délirant, il avait aussi demandé avec insistance des nouvelles d'un chien qui, à ce qu'il semblait, était avec eux dans le camion ; mais on ignorait le sort de ce fameux chien.

L'accident était arrivé un peu avant l'aube. Il semble que la police de la route ait d'abord intimé au conducteur l'ordre de faire halte, mais celui-ci, au lieu de s'arrêter, avait appuyé sur l'accélérateur et, on ne sait avec quelle intention précise, s'était engagé sur une route latérale. Alors, sur-le-champ, la poursuite avait commencé : ce à quoi (attestaient les agents) les occupants du camion avaient réagi en tirant des coups de feu de la cabine du conducteur. De leur côté les agents avaient répondu à ces coups de feu, mais seulement dans un but d'intimidation ou en visant les pneus (sur place, dans la suite, on avait retrouvé des douilles dont la provenance exacte était encore en discussion). Et au cours de cette très brève fusillade, peut-être à la suite d'une fausse manœuvre du conducteur ou peut-être parce que la route était glissante (il avait plu pendant la nuit), au premier virage le camion, dérapant, était tombé en bas du remblai latéral. Il faisait encore nuit.

Trois jours plus tard, après être resté longtemps

dans le coma, le dernier survivant du trio, de profession mécanicien, s'éteignit. Vu son état, on n'avait pu obtenir de lui aucun renseignement sur sa propre activité et celle de ses camarades, non plus que sur leurs complices éventuels, et les enquêtes ultérieures (qui confirmèrent la version des faits donnée par les agents) n'aboutirent à rien elles non plus. Entre autres furent interrogés aussi Proietti Remo, propriétaire d'un bistro du Tiburtino et inscrit au Parti Communiste depuis l'époque de la clandestinité; et Segré David, étudiant israélite : l'un et l'autre ayant appartenu naguère à la même formation de partisans que Mancuso. Mais l'un et l'autre se révélèrent tout à fait étrangers aux événements. Finalement, l'affaire fut classée.

8

La mère de Nino n'avait pas assisté à l'enterrement; et même, dans la suite, elle ne trouva jamais la force d'aller au Verano, où Ninnuzzu avait été inhumé, à peu de distance de leur ancien domicile de San Lorenzo où il avait grandi. A la seule idée d'aller lui rendre visite de l'autre côté de cette affreuse muraille que, tant de fois, quand il était enfant, il avait longée en faisant le fou, comme une frontière extravagante qui ne le concernait pas, à cette seule idée, elle avait ses jambes qui se dérobaient sous elle. Maintenant, la couronne d'œillets rouges des *Camarades* s'était desséchée au-dessus de cette petite fosse à laquelle Ida ne rendait pas visite. Et les humbles petits bouquets de fleurs fraîches qui, de temps en temps, ornaient de nouveau cette fosse, ce n'était pas elle qui les y apportait.

Elle n'avait même pas pleuré. De fait, devant Useppe elle devait s'efforcer de dissimuler; et avec les étrangers, une sorte de crainte la retenait. C'est-à-dire qu'elle avait la sensation que si seulement elle émettait une plainte, à la suite de celle-ci, comme à la rupture d'une digue, elle allait pousser des hurlements impossibles à contenir et que, hurlant ainsi, elle deviendrait folle. Alors, les gens la feraient interner et le pauvre petit bâtard Useppe resterait sans personne.

Elle hurlait seulement en rêve. Lorsqu'elle parvenait à s'assoupir, elle entendait des cris affreux, qui étaient les siens propres. Mais ces cris retentissaient seulement dans son cerveau. Dans l'appartement tout était silence.

Ses sommeils étaient plutôt des torpeurs, fragiles et souvent interrompues. Et il lui arrivait fréquemment, la nuit, quand elle sortait de cette torpeur, de trouver Useppe qui, réveillé, les yeux grands ouverts, avait l'air de l'interroger. Pourtant il ne lui posa jamais la moindre question; et il ne lui demanda plus des nouvelles de Nino.

Durant ces dernières années, Ida s'était laissé bercer par la magique certitude que son fils Ninnuzzu était invulnérable. Et à présent, il lui était difficile de se convaincre soudain que la terre continuait d'exister sans Ninnuzzu. Sa mort qui, pour lui, fut si rapide, fut, par contre, très longue pour Ida, laquelle commença à la sentir grandir dès l'heure de cette inhumation à laquelle elle n'avait pas assisté. A partir de cet instant, ce fut comme si pour elle Nino s'était divisé en plusieurs sosies de lui-même, chacun desquels la torturait de diverses manières.

Le premier de ces sosies était encore ce Ninnarieddu joyeux et canaille qu'on avait vu la dernière fois Via Bodoni, alors qu'il s'enfuyait de la cour avec Bella. Ce Ninnuzzu-là, pour Ida, vagabondait encore sur la terre. Et même, elle se disait qu'à force de marcher tout le long de la circonférence terrestre et de franchir toutes les frontières, elle finirait peut-être par le rencontrer. Pour cela, à certaines heures, tel un pèlerin qui s'élance à corps perdu, elle partait à sa recherche. Et chaque fois, elle retrouvait toujours dehors cette terrible lumière de midi bouleversante et fixe, ces dimensions irréelles et ces formes distordues et indécentes qui pour elle constituaient la ville, depuis le matin de la « reconnaissance » à San Giovanni. Depuis plusieurs mois déjà, sa vue s'étant affaiblie, elle avait dû porter des lunettes et à présent, quand elle sortait, elle mettait par-dessus ses verres une seconde paire de lunettes noires, afin de se protéger, du moins en partie, contre cet aveuglant spectacle. Et ainsi, dans une autre lumière, une lumière fausse d'éclipse, elle poursuivait sans espoir son fugitif. Par moments, il lui semblait le reconnaître dans un petit gars insolent qui faisait des signes en riant sur le seuil d'une porte, dans un autre à cheval sur une moto avec un pied à terre, ou dans un autre qui tournait rapidement le coin d'une rue, bouclé et vêtu d'un blouson... Et elle s'élançait précipitamment à sa poursuite, sachant déjà qu'elle poursuivait un mirage.

Elle continuait ainsi jusqu'à être ahurie de fatigue et à oublier le sens des choses et des noms, et, même, à oublier sa propre identité. Elle ne se rappelait plus qu'elle était Ida et ne se rappelait même pas son

adresse; et pendant quelques instants, elle se déplaçait
en titubant d'un mur à l'autre, à travers la foule des
passants et des véhicules, sans demander le moindre
renseignement, comme si elle était arrivée dans un
monde de masques. Le premier signe de réminiscence
lui était donné par deux petits yeux bleus, qui se
rallumaient pour elle du fond de sa brume maladive
comme une paire de petites lampes, la rappelant
vivement à la maison où elle avait laissé Useppe seul.

Bien que la saison automnale ait été tempérée, ces
jours-là Useppe vivait en reclus, car Ida ne retrouvait
pas encore le courage de l'emmener promener aux
jardins ou vers la campagne. Plus encore que pour la
ville, elle éprouvait de la répugnance pour la nature,
parce que dans les arbres et dans les plantes elle voyait
une croissance anormale de monstres tropicaux qui se
nourrissaient du corps de Nino. Là, ce n'était plus le
même Nino qui fuyait encore à travers le monde, se
faisant suivre par elle sans laisser de trace ; c'était le
Nino qui, venant à peine d'être enseveli, était incarcéré
sous la terre, à l'étroit et dans le noir. Cet autre Nino se
présentait à elle comme s'il était redevenu un petit
enfant qui pleurait et se collait à elle, lui demandant de
le nourrir et de rester près de lui ; et des divers sosies de
Ninnuzzu, c'était le seul qui lui appartenait comme
étant sa chair, mais qui était en même temps intouchable, perdu dans une impossibilité vertigineuse. Sa
misérable tanière de San Lorenzo s'était réduite à un
point plus lointain que les Pôles et les Indes, et
inaccessible par les voies habituelles. Parfois, Ida
rêvait de le rejoindre par des cheminements et des
canaux souterrains ; parfois elle se jetait à plat ventre
par terre, écoutant inlassablement si elle entendait
battre son cœur.

Mais il y avait un autre Nino pire que tous les autres : car de celui-ci Ida avait peur. Elle se le représentait tel que le jour où elle l'avait vu sur la civière, pour la reconnaissance à San Giovanni : avec ses boucles et son visage maculés de boue et un filet de sang qui lui sortait du nez, comme revenant de s'être battu à coups de poing, après une de ses vilaines soirées habituelles passées dehors. Ses paupières étaient baissées comme s'il ne s'apercevait même pas qu'elle était là ; mais, en réalité, d'entre ses longs cils, ses yeux la regardaient furtivement avec haine. Et sa bouche s'entrouvrant dans une grimace de haine, il lui disait :

« Va-t'en loin de moi. C'est ta faute. Pourquoi m'as-tu fait naître ?! »

Ida savait que ce Nino, comme les autres, existait maintenant seulement dans son esprit dérangé. Et pourtant, elle redoutait la persécution de ce Nino, au point que, en particulier la nuit, elle tremblait à la pensée de le voir prendre corps et de le trouver posté derrière une porte ou dans un coin quelconque de l'appartement, pour lui reprocher : « Pourquoi m'as-tu mis au monde ? La coupable, c'est toi. » Alors, telle une meurtrière, elle avait peur de traverser le couloir obscur ; ou même d'être couchée dans son lit avec la lumière éteinte. Elle avait couvert la lampe qui était à la tête du lit avec un chiffon pour ne pas troubler le sommeil d'Useppe, et elle la tenait tournée de façon à s'en projeter la lumière en plein visage, passant souvent ainsi toute la nuit. A la vérité, c'était là une sorte d'interrogatoire du troisième degré qu'elle s'imposait inconsciemment à elle-même, pour se faire pardonner par Nino ; et dans lequel ensuite, telle une délatrice d'elle-même, elle ne faisait que s'accuser, au lieu de tenter de se disculper. C'était elle qui avait tué Ninnuzzu ; et à présent elle exhumait l'une après l'autre les innombrables preuves de son crime : depuis les premiers instants où il avait respiré, depuis le lait qu'elle lui avait donné, jusqu'à son ultime infamie : ne pas l'avoir empêché par n'importe quel moyen (voire en faisant intervenir la force publique) d'aller mourir... Soudain, d'accusée Ida se faisait accusatrice ; et elle s'en prenait à Ninnuzzu, le traitant de chenapan et de vaurien, comme lorsqu'ils habitaient ensemble. Cela la réconfortait pendant un instant, comme s'il avait vraiment été là pour l'entendre ; mais aussitôt, avec un frisson, la conscience qu'il n'habitait plus nulle part lui revenait.

Durant la journée, à cause de la fatigue de ces veilles nocturnes, il lui arrivait de temps en temps de s'assoupir. Et au milieu de son assoupissement elle percevait néanmoins le bruit des petits pas d'Useppe chaussé de ses bottillons d'hiver :

tic tic tic tic.

« C'est ta faute, m'man. C'est ta faute. C'est ta faute. »

Mais les conflits quotidiens d'Ida avec les divers sosies de Ninnuzzu cessèrent au bout des premières semaines ; et, finalement, peu à peu, ces divers sosies se fondirent pour elle en une unique et pauvre créature solitaire. Cet ultime Ninnuzzù n'était plus vivant, mais il n'était pas encore mort ; et il parcourait avec angoisse la terre, où il n'y avait plus pour lui un seul endroit où s'arrêter. Il voulait respirer l'air et l'oxygène des plantes, mais il n'avait pas de poumons pour respirer. Il voulait courir après les filles, appeler ses amis, les chiens, les chats, mais il ne parvenait ni à se faire voir ni à se faire entendre par personne. Il voulait endosser cette belle chemise à la mode américaine exposée dans la vitrine, s'emparer de cette auto et faire un tour, mordre dans ce petit pain, mais il n'avait ni corps, ni mains, ni pieds. Il n'était plus vivant, mais il survivait réduit à la misère carcérale la plus atroce : l'envie de vivre. Ida le sentait qui tournait continuellement dans l'air sous cette forme irréelle et qui tentait désespérément de s'accrocher à un objet quelconque, fût-ce même le seau à ordures, afin de se rattacher à la terre des vivants. Alors, Ida désirait ardemment le revoir, même la durée d'un instant, juste le temps de lui dire : « Ninnuzzu ! » et de s'entendre répondre : « m'man », et cela peut-être seulement par un effet d'hallucination. Elle se mettait à arpenter la cuisine, appelant (à voix basse pour qu'Useppe n'entende pas) : « Où es-tu, Ninnarieddu ? » et elle se cognait aux murs. Elle sentait avec une certitude physique définitive qu'il était là, non seulement là mais partout alentour, toujours en train de se tordre, cloué à son désir de vivre, plus douloureusement que sur une croix, et enviant jusqu'au moindre insecte ou jusqu'à l'existence d'un fil qui réussit à entrer dans le chas d'une aiguille. Maintenant, n'ayant plus envie de l'accuser : « C'est ta faute ! », ce Nino se bornait à cette unique phrase : « Au secours, m'man. »

Iduzza n'avait jamais cru à l'existence supraterrestre d'un dieu quelconque, et même il ne lui arrivait jamais de penser à Dieu et encore moins de le prier. Et cette prière fut la première et, je crois, unique prière qui lui sortit de la bouche durant toute sa vie, l'un de ces après-midi sur le tard, dans la cuisine de la Via Bodoni :

« Dieu ! sinon autre chose, donne-lui à présent le repos. Fais au moins qu'il meure tout à fait. »

Le temps de saison persistait incertain et toujours variable, ressemblant plutôt à un temps de mars qu'à un temps de novembre. Et Ida, chaque matin, redoutait les réapparitions du soleil, lequel soulignait dans l'air l'affreuse effronterie des objets et des vivants, sans se soucier de l'absence insupportable de Ninnarieddu. Elle se sentait un peu soulagée, comme par un médicament, si, quand elle se levait après ces nuits, elle voyait au-dessus de la ville un ciel de plomb, couvert jusqu'à l'horizon, et sans même une bande de bleu.

Ce fut au cours de l'une de ces matinées de véritable automne (il s'était peut-être écoulé quatre ou cinq jours depuis l'enterrement, et Ida n'avait pas encore repris son activité scolaire) que vers les onze heures on entendit quelqu'un gratter à la porte d'entrée. Useppe bondit, tout entier tendu vers ce petit signal encore hésitant, comme si, inconsciemment, il l'avait attendu, et sans mot dire, les lèvres tremblantes et pâlies, il se précipita vers l'entrée. Au bruit de ses petits pas répondit, de derrière la porte, un jappement. Le battant avait à peine commencé de tourner sur ses gonds qu'une poussée de l'extérieur l'ouvrit tout grand. Et sur-le-champ Useppe fut assailli en plein par une étreinte de pattes de chien, qui exécutaient autour de lui un ballet fou, cependant qu'une langue râpeuse lui lavait tout le visage.

Bella se fût-elle même transformée, par hypothèse, en ours d'Amérique ou carrément en un animal préhistorique ou chimérique, il l'aurait tout de même reconnue. Mais, en dehors de lui, personne d'autre sans doute n'aurait pu aujourd'hui reconnaître dans ce crasseux cabot la luxueuse chienne de berger de naguère. En quelques jours, de dame bien nourrie et bien lavée, elle avait rejoint d'aspect l'infime classe sociale des gueux. Amaigrie, les os saillants, son beau poil devenu tout entier une croûte de boue et de crasse (à tel point que sa somptueuse queue n'était plus maintenant qu'une cordelette noirâtre), elle faisait presque plus peur qu'une sorcière. Et c'est seulement dans ses yeux, bien que voilés par le deuil, la fatigue et la faim, que l'on reconnaissait toujours immédiatement son âme propre et très pure. On voyait qu'exténuée, elle retrouvait à ce moment ses forces de jeune personne pour saluer ses retrouvailles avec Useppe ; et jamais il ne sera donné de savoir par quelles vicissitudes et par combien de vicissitudes elle passa avant de revenir à son unique et suprême famille. Sans doute avait-elle assisté au désastre du camion ? et échappant grâce à son intuition aux mains perfides des agents et des brancardiers avait-elle, invisible, suivi au galop l'auto-ambulance jusqu'à San Giovanni, et avait-elle erré ensuite autour de ces murs, aussi intouchable qu'un paria, pour accompagner finalement le char funèbre de son Ninnuzzu ? Sans doute depuis lors était-elle restée à veiller sur sa tombe, telle une statue ? ou peut-être comme Ida, était-elle allée à sa recherche par les rues de Rome ou peut-être aussi de Naples et de Dieu sait où, suivant à la trace les odeurs laissées jadis par lui en passant, des odeurs encore vivantes et fraîches à la surface de la terre ? Nul ne pourra jamais le dire. L'histoire de cette errance resta toujours son secret, un secret sur lequel, même dans la suite, Useppe lui-même ne lui posa jamais de questions. Toujours est-il que là, dans l'entrée, d'une petite voix qui sentait la panique, il ne faisait que répéter : « Bella... Bella... » et rien d'autre, cependant qu'elle lui tenait un discours d'amour, qui, pour l'oreille des rustres, se serait réduit tout juste à : « Ggroui grrrouii houpp hoump hoump », mais dont la traduction (superflue pour Useppe) serait : « A présent, en ce monde, je n'ai plus que toi. Et personne ne pourra jamais nous séparer. »

Ainsi, à partir de ce jour, ils furent trois dans l'appartement de la Via Bodoni; et à partir de ce même jour, Useppe eut deux mères. De fait, Bella — à la différence de Blitz — s'était dès le premier jour éprise pour Useppe d'un amour différent de celui qu'elle avait pour Nino. Envers le grand Nino, elle se comportait comme une compagne esclave; et, par contre, envers le petit Useppe, comme une protectrice et une surveillante. Or, l'arrivée de Bella, sa nouvelle mère, fut une chance pour Useppe : car actuellement sa mère Iduzza était non seulement âgée (à tel point que des étrangers, la voyant avec lui, la prenaient pour sa grand-mère), mais aussi, par son comportement, bizarre et comme retombée en enfance.

Après une brève absence, Ida avait repris ses cours quotidiens. Et ses petits élèves, qui avaient appris que la pauvre dame venait de perdre un fils, lui témoignèrent au début, à leur façon, une certaine sympathie pleine d'égards. Certains d'entre eux venaient déposer en hommage sur sa chaire des petits bouquets de fleurs (qu'elle évitait même de toucher et regardait avec de grands yeux épouvantés, comme si elle avait vu des sangsues). Et sinon tous, du moins la majeure partie d'entre eux s'efforcèrent d'avoir en classe une conduite convenable et tranquille. Mais on ne peut pas exiger l'impossible d'environ quarante recrues de la classe enfantine, qui, entre autres choses, connaissaient leur institutrice depuis moins de deux mois. L'hiver 46 fut marqué par une décadence irrésistible de la qualité professionnelle d'Ida.

Jusque-là, malgré les diverses vicissitudes de cette époque, elle était toujours restée une bonne institutrice. Il est évident que son enseignement n'avait jamais été un modèle d'avant-garde! Au contraire, le mieux qu'elle pouvait faire, c'était de transmettre à ses petits élèves du primaire ces notions élémentaires que lui avaient jadis, quand elle était une petite élève du primaire, transmises ses maîtresses, lesquelles les avaient à leur tour reçues de leurs maîtresses, etc. A l'occasion, se conformant aux ordres des Autorités, elle introduisait dans les rédactions et les dictées les rois, les *duci*, les patries, les gloires et les batailles que l'Histoire imposait; mais elle le faisait en toute pureté mentale et sans le moindre soupçon, car, pas plus que Dieu, l'Histoire n'avait jamais été le sujet de ses pensées. Si l'on dit qu'elle était une bonne maîtresse d'école, c'est seulement pour dire que l'enfance était son unique vocation prédestinée (de fait, ainsi qu'on l'a déjà rapporté, elle n'avait elle-même jamais réussi à grandir tout à fait). Son respect de l'Autorité correspondait lui aussi à celui qu'on trouve chez les enfants, et non à celui que conçoivent, en corps constitué, ces Autorités supérieures elles-mêmes. De cela naissait mystérieusement pour elle, dans le minuscule territoire de sa classe et seulement là, une certaine autorité naturelle : peut-être aussi parce que les enfants avaient le sentiment de la protéger de ces énormes Peurs extérieures qu'eux-mêmes partageaient avec elle. Et ils la respectaient comme les enfants respectent ceux qui se confient à leur protection : fût-ce même un petit âne. Cette relation spontanée, ni voulue ni raisonnée, s'était maintenue intacte pendant un peu moins d'un quart de siècle dans l'existence d'Iduzza : survivant à la perte d'Alfio, son mari, et à celle de son père et de sa mère, et aux racismes, aux ruines de la guerre, à la faim et aux massacres. C'était une sorte de petit calice miraculeux qui se rouvrait tous les matins au sommet de sa tige corporelle, même si celle-ci vacillait, malmenée par les vents austral ou arctique. Mais cet hiver 1946, sa floraison, qui semblait perpétuelle, se tarit.

Cette détérioration, en réalité, avait commencé dès les premiers jours de l'automne, avec l'exil d'Useppe de l'école. Bien que ç'ait été Useppe lui-même qui s'était exilé (par cet instinct qui chasse de leurs cachettes les animaux blessés), Ida, à ce coup, voire sans s'en rendre compte, s'était sentie offensée dans sa chair par le monde entier des autres : comme si ceux-ci avaient rejeté Useppe dans l'ultime zone des parias. Et elle-même choisit de rester définitivement avec lui dans cette zone : sa vraie place était là. Peut-être ne se rendit-elle même pas compte de ce choix qu'elle faisait : mais désormais pour elle l'ultime enfance de la terre signifiait Useppe. Et alors, les seuls autres êtres auprès desquels elle s'était jadis sentie en confiance (les enfants) commencèrent eux aussi, comme le monde adulte tout entier, à lui faire peur. La dénommée Iduzza Mancuso qui fut rendue à ses petits élèves analphabètes après sa période de deuil n'avait plus rien d'une institutrice. Elle ressemblait à un pauvre forçat novice qui, aveuglé par sa longue marche en Sibérie, aborde l'usine des forçats vétérans.

Maintenant, après ses premières nuits d'insomnie, elle était prise, le soir, d'une somnolence qui la faisait presque dormir debout. Et tel était son désir de retrouver Ninnuzzu qu'elle espérait au moins le rencontrer en rêve. Mais, au lieu de cela, Ninnuzzu n'apparaissait jamais dans ses rêves; et même, la plupart des fois, toute forme vivante en était exclue. Par exemple, s'ouvre devant elle une immense plaine de sable, peut-être un ancien royaume enterré d'Égypte ou des Indes, une plaine tout entière plantée, jusqu'à l'infini et sans ligne d'horizon, de dalles de pierre perpendiculaires, portant des inscriptions exotiques indéchiffrables. Il semble que ces inscriptions expliquent quelque chose d'important (ou de fondamental) pour quelqu'un qui saurait lire. Mais la seule personne présente c'est elle-même qui ne sait pas lire.

Puis se présente à elle, autre infini, un océan sale et qui remue à peine, où flottent en quantité innombrable des choses informes, qui pourraient avoir été des vêtements, des sacs, des ustensiles ou d'autres objets usuels, mais qui sont toutes à présent flasques, incolores et méconnaissables. On ne voit pas trace de formes organiques, même mortes; mais bizarrement, ces matières inanimées depuis toujours expriment bien plus la mort que s'il y avait à leur place de quelconques dépouilles corporelles. Là aussi on ne découvre aucune ligne d'horizon. Et au-dessus de l'eau, au lieu de ciel, s'étend une sorte de terne miroir concave qui réfléchit la vision de ce même océan, aussi chaotique et floue qu'un souvenir sur le point de s'effacer.

Ailleurs, la dormeuse solitaire erre à l'intérieur d'une enceinte, au milieu d'un amas de ferrailles rouillées qui se dressent comme des dinosaures autour d'elle toute petite. Elle se tend anxieusement dans l'espoir d'entendre une quelconque voix humaine, fût-ce même une plainte d'agonisant. Mais le seul son dans l'espace, c'est le sifflement d'une sirène, qui, du reste, est lui-même un écho, renvoyé de Dieu sait quel infini millénaire...

L'appel du réveil la tirant en sursaut de ces rêves, Iduzza se retrouvait si désorientée et si gauche qu'elle n'était même plus capable de s'habiller. Un matin, en classe, comme, après avoir enlevé son manteau, elle écrivait quelque chose au tableau noir, elle entendit de nombreux petits rires parcourir les bancs derrière elle. De fait, un pan de sa robe était accroché à son corset, ce qui fait qu'elle exhibait une petite bande nue de cuisse au-dessus du lien tout tortillé et usé de son bas. S'apercevant de cela, elle devint plus rouge de honte qu'une âme voyant tous ses péchés exposés au Jugement dernier.

Fréquemment, au cours de cette saison, il lui arrivait de produire des effets comiques sur ses élèves. Un matin, peu de temps après qu'elle se fut installée dans sa chaire, elle s'assoupit de nouveau (sans doute à cause des somnifères qu'elle prenait le soir) et, le chahut la réveillant, elle se figura, Dieu sait pourquoi, qu'elle était en tram, et en conséquence elle dit, tournée vers l'un des bancs : « Vite, vite, nous descendons au prochain arrêt ! » De temps en temps, elle butait contre l'estrade ; ou bien, croyant aller au tableau noir, elle se dirigeait du côté de la porte ; ou bien elle disait un mot pour un autre (par exemple, un jour, au lieu de dire à un élève : « Prends ton cahier », elle lui dit : « Prends ton café. »). Sa voix, quand elle inculquait les habituelles notions à son jeune auditoire, faisait penser à un petit orgue de Barbarie quelque peu détonnant ; et parfois elle s'interrompait soudain, cependant que son visage prenait une expression effarée et obtuse, car elle ne se rappelait plus le sujet qu'elle traitait un instant auparavant. Pourtant, elle s'efforçait encore, comme elle l'avait toujours fait, de guider sur la feuille de papier les doigts des enfants les

plus en retard; mais ses propres mains tremblaient à
tel point que les lettres tracées étaient finalement d'un
biscornu allant jusqu'au ridicule. Certains jours, sa
classe était pour les enfants comme un spectacle de
Pulcinella.

La relative discipline, maintenue par elle familièrement et sans effort, se relâchait de jour en jour et se
désagrégeait. Même un nouveau venu aurait pu reconnaître sur-le-champ entre toutes les autres la porte de
sa classe à l'incessant brouhaha, au désordre et aux
piaffements qu'on entendait derrière elle. Certaines
fois, éclataient dans la salle des clameurs si assourdis-
santes que l'appariteur passait la tête par la porte,
inquiet. Et deux fois même, la Directrice fit son
apparition, mais elle se retira discrètement sans rien
dire. Hélas, Iduzza croyait lire sur leurs visages
d'impitoyables menaces : rapports de *rendement insuffisant* au Ministère, et peut-être perte de son poste...
Mais, en réalité, on usait avec elle d'une indulgence
particulière, bien que momentanée, en considération
de ses mérites passés et de ses épreuves récentes :
sinistrée de guerre, la disparition de son fils naguère
héroïque partisan, et, à présent, sa solitude avec son
autre jeune fils sans père... (A l'école, saura-t-on
jamais pourquoi, le bruit courait qu'après son veu-
vage, elle avait forniqué fortuitement avec l'un de ses
proches parents, et on expliquait ainsi la nature
névropathe de l'enfant.)

Les parents de ses petits élèves, avertis par une voie
quelconque de la mauvaise conduite de ceux-ci,
avaient pitié d'elle et lui suggéraient même de les
battre. Mais jamais de toute sa vie elle n'avait battu
personne, et cela même à l'époque de son endiablé
premier-né, et, même, à celle de Blitz, lequel, surtout

au début, ayant grandi dans la rue, rustre et sans la moindre éducation, faisait pipi à la maison ! La seule idée de punir ou même de faire peur commençait par lui faire peur à elle-même. Et en conséquence, dans le tumulte puéril de sa classe, elle en arrivait à se débattre, stupéfaite et sans défense, comme dans un lynchage. Tout ce dont elle était capable, c'était de dire : « Chut... chut... silence, silence... », trottinant et titubant, les mains jointes comme en prière, au milieu des bancs en révolte. Elle avait l'impression que ces quarante pauvres petiots n'étaient plus des enfants, mais des sortes de nains malicieux, et elle ne distinguait plus leurs visages les uns des autres, les confondant dans une unique masse hostile aux traits adultes et vexatoires. « Chut... chut... » Sa seule consolation, durant ces heures de purgatoire, c'était la pensée que tôt ou tard le son de la sonnerie de sortie allait venir la libérer. Et alors, aussi impatiente que le pire des cancres, elle se précipitait retrouver Useppe Via Bodoni.

Comme d'habitude, néanmoins, elle était obligée avant de rentrer à la maison de faire un crochet pour son marché quotidien et ses autres courses. Et souvent, ces jours-là, il lui arrivait de se tromper de rue, aussi, plusieurs fois, devait-elle revenir sur ses pas, pourchassée dans ce périple familier de son quartier comme une étrangère dans un pays hostile. Ce fut à l'une de ces occasions qu'un matin, de l'autre côté d'une rue encombrée de rails en réparation, elle vit venir à sa rencontre une femme âgée, difforme et hilare, qui avançait à grands pas inégaux, en agitant les bras et en la saluant par des cris gutturaux à la fois d'exultation et de surexcitation. Ida recula comme à la vue d'un fantôme, car elle venait de reconnaître dans cette femme (bien que très changée) Vilma, la « prophé-tesse » du Ghetto, qu'elle n'avait jamais revue et que depuis longtemps elle croyait déportée et morte dans un Lager, avec les autres Juifs du quartier. Au lieu de cela, Vilma avait échappé à la capture (trouvant refuge au couvent de sa fameuse Nonne), et à son sujet, on raconte même un épisode, dont, à la vérité, j'ai entendu plusieurs variantes et qui remonte au samedi 16 octobre 1943, date de la grande « razzia » alle-mande. On dit que la veille de ce jour, le vendredi 15 octobre vers le soir, Vilma serait accourue, en pleurs et hors d'haleine, dans le petit quartier juif, appelant à haute voix de la rue les familles qui, à cette heure-là, étaient réunies chez elles pour les prières du Sabbat. Tel un héraut féminin en guenilles, elle conjurait tout le monde de fuir, en emmenant aussi les vieillards et les petits enfants et en sauvant ce qu'ils avaient de plus précieux, car l'heure du massacre (qu'elle avait déjà annoncée tant de fois) avait sonné et à l'aube les Allemands allaient arriver avec leurs camions : et sa *Signora* avait même vu les listes... Nombreux furent ceux qui, entendant ses cris, se mirent aux fenêtres, et quelques-uns descendirent dans la rue ; mais personne ne la crut. Quelques jours auparavant, les Allemands (jugés par eux féroces peut-être mais « gens d'hon-neur ») avaient signé un pacte de non-agression avec la population juive de Rome, obtenant aussi d'elle la rançon demandée : cinquante kilos d'or ! rançon mira-culeusement rassemblée avec l'aide de la ville tout entière. Comme d'habitude, Vilma fut traitée de pauvre visionnaire à l'esprit dérangé, et les habitants du Ghetto, remontant chez eux pour terminer leurs prières, la laissèrent seule. Ce soir-là, il pleuvait à verse, et Vilma, qui rentra au couvent toute en sueur et

trempée, avait été prise d'une fièvre violente, de celles
qui d'ordinaire attaquent les animaux plutôt que les
humains : fièvre dont elle s'était relevée ensuite,
guérie, dans son état actuel de chaos sans doute
oublieux et heureux. Son langage n'était plus intelligi-
ble ; mais elle ne faisait de mal à personne et travaillait
toujours comme une mule, si bien qu'elle méritait
toujours sa double protection : celle de la Signora et
celle de la Nonne. Et cette dernière l'avait même fait
baptiser un dimanche à l'église de Santa Cecilia ; mais,
dans la suite, on avait découvert que déjà, quand elle
était enfant, sur l'intervention d'une certaine mar-
raine, elle avait été baptisée. Et ainsi Vilma, au cours
de son existence, avait reçu deux fois le baptême.

Présentement, bien qu'à de nombreux signes sa
vieillesse ait été apparente, elle avait l'aspect d'une
créature sans sexe et aussi sans âge. Ses cheveux
étaient blancs et étaient tombés par plaques, lui
laissant çà et là sur le crâne des zones nues, de couleur
rose. Ils étaient retenus par un ruban bleuâtre noué
au-dessus du front. Et bien qu'on ait été maintenant en
hiver, elle portait seulement une petite robe d'été
(propre et décente) de coton et elle avait les jambes
nues ; mais pourtant elle semblait avoir trop chaud.
Elle riait bruyamment, avec enthousiasme, comme si
elle avait attendu depuis longtemps cette rencontre
avec Ida ; et elle lui faisait de grands gestes fébriles et
désordonnés qui, de temps en temps, prenaient des
airs de danse hiératique ou bachique. Elle semblait
anxieuse de lui communiquer une nouvelle ou une
annonce joyeuse ; mais de sa bouche ne sortaient que
des sons rauques et inarticulés, dont elle s'excusait
elle-même en riant et en se touchant la gorge comme
pour accuser un mal qu'elle avait là. Sa bouche était

édentée, mais l'éclat de ses yeux, jadis toujours anormal, était devenu presque insoutenable.

Toujours avec sa première impression de se trouver en présence d'un fantôme, Ida essayait de s'écarter d'elle; mais quelques instants plus tard Vilma, comme elle était venue, traversa de nouveau les rails avec la même hâte, comme si elle avait couru à un rendez-vous urgent de l'autre côté de la rue.

Ida ne la revit jamais; mais j'ai des raisons de supposer qu'elle a survécu longtemps. Il me semble en effet l'avoir reconnue, assez récemment, au milieu de ce petit peuple de vieilles qui viennent tous les jours nourrir les chats errants du Teatro di Marcello et des autres ruines romaines. Bien que ses cheveux se soient réduits à quelques mèches laineuses, elle avait toujours son ruban autour de la tête; et elle portait cette fois aussi une petite robe légère, pauvre mais décente, d'où sortaient ses jambes nues, lesquelles à présent — à cause sans doute d'une quelconque maladie du sang — étaient parsemées de petites taches brunes. Elle était assise par terre, au milieu des chats, et elle leur parlait toujours dans ce langage saccadé et inarticulé, qui, ce jour-là, pourtant, ressemblait, par son timbre, à une voix d'enfant. A voir comme ils s'approchaient d'elle et lui répondaient, il était évident, en tout cas, qu'eux comprenaient parfaitement son langage; et au milieu d'eux, elle était oublieuse et aussi béate que quelqu'un qui serait plongé dans une conversation céleste.

Cependant, au cours de cette année d'après-guerre, les « Grands de la terre », avec leurs diverses « rencontres au sommet », les procès aux criminels les plus voyants, les interventions et les non-interventions, se concertaient pour rétablir un quelconque ordre opportun. Mais la grande métamorphose sociale, naguère attendue avec impatience par certains de nos amis (tels qu'Eppetondo et Quattropunte) partout, à l'Est et à l'Ouest, avortait au moment d'être atteinte, ou bien, tel un mirage, s'éloignait par-delà toute piste. En Italie, après l'instauration de la république, les partis ouvriers participaient eux aussi au gouvernement. Et certes c'était là, après tant d'années de malheur, une nouveauté de luxe, mais qui habillait encore un vieux squelette inusable. Le Duce et ses acolytes avaient été enterrés, et la Famille Royale avait fait ses valises ; mais, même pendant que les décors changeaient, ceux qui tenaient les fils étaient toujours en coulisses. Aux propriétaires fonciers revenait toujours la propriété de la terre, aux industriels celle des outillages et des usines, aux officiers les grades et aux évêques les diocèses. Et les riches se nourrissaient aux dépens des pauvres, lesquels, du reste, selon la règle générale, tendaient à leur tour à prendre la place des riches. Mais Iduzza Ramundo n'avait sa place ni parmi ces riches ni parmi ces pauvres, car, à la vérité, elle appartenait à une troisième catégorie. C'est une catégorie qui existe (peut-être en voie d'extinction ?) et meurt, et dont on ne parle pas, si ce n'est parfois et éventuellement, dans les faits divers. Et au cours de cet automne-hiver, du reste, notre Ida vivait entourée d'un halo qui lui interdisait même son habituelle — et courte — vision de la planète terrestre.

Des événements de cette année — luttes politiques, changements de gouvernements — elle ne savait que peu de chose ou rien. Et son seul problème social (outre l'insuffisance de son traitement vu la cherté de la vie) était à présent la terreur d'être chassée de son

183

poste pour *rendement insuffisant.* On sait déjà que, d'habitude, elle ne lisait pas les journaux. Et depuis que la guerre mondiale avait pris fin et que les Allemands étaient partis, le monde des adultes s'était de nouveau éloigné d'elle, la rejetant sur les sables, vers son destin, comme une épave infinitésimale après une tempête océanique.

Au mois de juin, pour la première fois de sa vie, elle avait été appelée à voter pour les élections. Et comme couraient les bruits que l'abstention serait enregistrée comme une faute par les Autorités, elle s'était présentée aux urnes avec les électeurs matinaux les plus zélés : votant *république* et *communisme,* car c'est ce que lui avait conseillé Remo, le patron de bistro. A la vérité, si elle avait obéi à son choix personnel, elle eût voulu voter *anarchie,* en souvenir de son père ; mais Remo, contrarié, l'avait gravement désapprouvée, l'informant — d'ailleurs — en même temps qu'un tel parti ne figurait pas sur les listes.

Avant que finisse l'année, Remo se présenta deux fois encore Via Bodoni : estimant de son devoir de ne pas laisser toujours seule la mère du camarade Assodicuori. Au cours de ces visites, elle restait assise, pleine d'embarras, ne sachant ni comment s'acquitter envers son hôte ni que lui dire ; et s'efforçant continuellement de recommander à Useppe et à Bella d'être sages et de ne pas faire de bruit. Remo, quant à lui, comprenait qu'il valait peut-être mieux ne pas parler du tout de Ninnuzzu avec cette pauvre femme, et alors il lui parlait de ces sujets politiques qui étaient toujours sa principale passion. A ce propos, à la différence de Ninnuzzu, il se montrait optimiste et confiant en l'avenir : citant tel ou tel événement en cours sur la terre (révoltes dans les Colonies, guerre civile en Chine et en Grèce, lutte de Hô Chi Minh en Indochine, et en Italie, grèves et affrontements entre police, paysans et ouvriers, etc.) comme des signes favorables indiquant que le monde était en mouvement. Et cette fois-ci, personne ne pourrait arrêter le mouvement des peuples. On n'était plus en 1918. Cette fois-ci, le Communisme avait gagné la guerre ! Est-ce que ce n'était pas l'Armée Rouge qui avait anéanti les armées hitlériennes ? Et ici, en Italie, est-ce que ce n'étaient pas les brigades Garibaldi (Faucille et Marteau) qui avaient organisé la Résistance ? Et une fois démarrée la marche en avant, qui pourrait l'arrêter ? A en croire Remo, les replis apparents, les trahisons et les retards (qui avaient naguère écœuré Ninnarieddu) n'étaient qu'une tactique, laquelle en politique doit toujours être prise en considération ; et le secret de cette tactique, comme tout autre secret de victoire, était rangé en un unique point de certitude absolue : c'est-à-dire dans la pensée du Camarade Togliatti. Il n'y avait pas de maux ou de problèmes sociaux — semblait-il découler des propos de Remo — pour lesquels le Camarade Togliatti, instruit par son génie intérieur, ne connaisse pas déjà le remède et la solution, prochaine ou future. Dans son esprit tout était prévu ; et le Camarade Staline lui-même — à en croire Remo — ne prenait aucune décision importante sans consulter auparavant le Camarade Togliatti. L'un et l'autre, du reste, savaient à eux deux, mieux que personne, quelle était la ligne : toujours celle indiquée par le Camarade Lénine et fixée par la science de « Carlo » Marx. Il s'agissait de vérités scientifiques, désormais éprouvées et mûres : c'est si vrai que, maintenant, les peuples s'étaient mis en mouvement, suivant les directives des grands Camarades du présent et du passé. D'après tous ces signes, on était aujourd'hui à la veille du Monde Nouveau : « Nous deux, signora, qui sommes assis là aujourd'hui en train de causer, demain, on verra le Monde Nouveau ! »

C'est là ce que garantissait le Camarade Remo, ses yeux graves et enfoncés et son visage maigre et brun de bûcheron ou de tailleur de pierre, rayonnants de confiance. Et Ida, assise en face de lui dans la froide petite cuisine de la Via Bodoni, se demandait si dans ce grandiose Monde Nouveau il y aurait, au moins, place pour les petits comme Useppe.

La nuit du 31 décembre 1946, à Rome, la fin de l'année fut saluée dans les rues par un fracas général de pétards et de bombes en papier.

... 1947

Janvier-Juin

En Sicile, les propriétaires terriens répondent aux paysans et aux ouvriers agricoles (en lutte pour leur droit de survivre) par l'organisation d'une série d'assassinats de dirigeants syndicaux.

A Rome, l'Assemblée constituante confirme (avec vote favorable des Communistes) le Concordat entre l'État et l'Église signé jadis par le régime fasciste avec le Vatican.

La guerre civile continuant en Grèce, l'Angleterre demande l'intervention des États-Unis pour soutenir la réaction monarchique contre la résistance des partisans. A cette occasion, le président Truman, faisant un discours au Congrès, donne lecture d'un sien message dans lequel il engage les États-Unis à intervenir non seulement en Grèce mais dans tout pays menacé par le communisme et invite toutes les nations à se défendre contre le péril rouge (doctrine Truman). Cette nouvelle orientation des États-Unis détermine le renversement des alliances de la Seconde Guerre mondiale et le début de la *guerre froide* entre les deux blocs, de part et d'autre du *rideau de fer*.

Pour les exigences immédiates et futures de la guerre froide, qui nécessite en premier lieu le contrôle sur les nations mineures, les deux Super-puissances (U.S.A. et U.R.S.S.) recourent sans retard aux moyens de pouvoir le plus propres à chacune : financiers en ce qui concerne les États-Unis et coercitifs en ce qui concerne la Russie stalinienne. A travers le *Plan Marshall* les États-Unis interviennent par des aides économiques massives dans les crises intérieures des pays de leur bloc ruinés par la guerre (y compris l'Italie et l'Allemagne de l'Ouest) ; cependant que commence, de la part de l'U.R.S.S., la soviétisation imposée d'en haut aux pays satellites et l'utilisation de leurs ressources matérielles — déjà considérablement diminuées — qui sont transférées en Union soviétique.

Hâtive reprise de la *course aux armements* et, en particulier, efforts pour s'emparer du secret atomique, resté jusque-là monopole des États-Unis.

Dans les pays du bloc occidental, les tensions entre les partis de droite et du centre et ceux de gauche s'enveniment.

En Grèce, la guerre civile continue.

En Chine, contre-offensive victorieuse de l'Armée Rouge. Au Vietnam, Hô Chi Minh repousse les conditions d'armistice proposées par les Français.

En Sicile, une pacifique manifestation paysanne se solde par un massacre exécuté traîtreusement par un bandit local pour le compte des propriétaires terriens.

Formation en Italie d'un nouveau gouvernement présidé par De Gasperi (parti du centre) et dont les Communistes sont exclus.

Juillet-Septembre

Au bout de trente années de lutte contre les Anglais, lutte menée par le Mahatma Gandhi avec les moyens non violents de la résistance passive, l'Inde obtient son indépendance. Son territoire est divisé en deux États : Inde (avec prédominance religieuse des Hindous) et Pakistan (avec prédominance des Mahométans). Des milliers de réfugiés des minorités religieuses cherchent un refuge par-delà les frontières de l'un ou l'autre côté. Il s'ensuit entre Hindous et Mahométans un conflit sanglant qui coûtera un million de morts.

Le processus d'autolibération des peuples colonisés (déjà en cours depuis les premières décennies du siècle et accéléré par les bouleversements politiques dans le monde actuel) se trouve maintenant dans sa phase décisive. La désagrégation de leurs empires coloniaux est déjà constatée par les Puissances intéressées, certaines desquelles (et non pas toutes) se résolvent à céder. Au colonialisme va succéder alors le *néo-colonialisme*, c'est-à-dire l'assujettissement économique des anciennes colonies, maintenu par les Puissances grâce à l'acquisition de leurs sources de matières premières, à la propriété de leurs industries et à la transformation de leurs territoires (nécessairement sous-développés) en immenses marchés pour leurs propres produits industriels (y compris les armes).

Octobre-Décembre

Du côté du bloc oriental, fondation du *Kominform* (Centre d'information des partis communistes européens).

190

Rupture des négociations de paix entre les Puissances des blocs en ce qui concerne le problème non résolu de l'Allemagne.

Les tentatives pour s'emparer du secret atomique américain se multiplient et se traduisent par une intense activité d'espionnage entre les deux blocs, la chasse aux espions, des condamnations à mort, etc.

En Italie, grèves, affrontements et tueries dans les diverses provinces.

Aux États-Unis, fabrication des premières fusées naguère utilisées par l'Allemagne au cours de la Seconde Guerre mondiale...

... impondérable dans un monde de poids...
. . . .
... démesure dans un monde de mesures...

Marina Tsvetaïeva

1

« Allô ! Qui est à l'appareil ? Ici, c'est Useppe. Qui est à l'appareil ? »

« Oui, c'est moi ! Ici, c'est maman qui te parle, oui. Que veux-tu me dire, Useppe ? »

« Allô ! Qui est à l'appareil ? Ici, c'est Useppe ! Qui est à l'appareil ? Allô ! »

« Excusez, excusez, *segnora* » (c'est la voix de Lena-Lena qui vient d'intervenir) « il m'a fait appeler votre numéro et maintenant il est incapable de rien dire !! »

On entend le rire mal réprimé de Lena-Lena, accompagné par un joyeux aboiement de Bella. Puis, après un très bref murmure de discussions à l'autre bout du fil, le combiné est hâtivement remis en place.

Vers la fin de l'hiver, le téléphone avait été installé chez Ida, et c'était là le premier appel qu'elle en recevait (elle avait donné le numéro de téléphone de son école à la concierge et à Lena-Lena, mais en leur recommandant de n'appeler que pour des communications urgentes...). Useppe, surtout les premiers temps, ne résistait pas à la tentation de cet objet parlant accroché au mur, même si, ensuite, pour s'en servir il était aussi emprunté qu'un sauvage. A sa sonnerie quotidienne (Ida téléphonait tous les jours à dix heures et demie, pendant la pause entre les classes) il se précipitait, suivi au galop par Bella ; mais, à la vérité, à ce que lui disait Ida il n'était d'habitude capable de répondre que : « Allô ! Qui est à l'appareil ! Ici, c'est Useppe ! Qui est à l'appareil ?... » etc., etc. La seule qui ait appelé ce numéro, c'était Ida, et Useppe, de son côté, n'avait personne d'autre à appeler à Rome. Un jour, il forma par hasard un numéro de deux chiffres seulement, et l'horloge parlante lui répondit. C'était la voix d'une femme, et lui, il continuait de demander avec insistance : « Qui est à l'appareil ? », cependant que cette femme s'acharnait, têtue, à lui répéter : « Onze heures quarante et une ! » Une autre fois, il y eut un appel en dehors de l'horaire habituel, le matin de bonne heure, mais c'était quelqu'un qui s'était trompé de numéro : et ce quelqu'un, à l'autre bout du fil, après s'être trompé, s'en prit, Dieu sait pourquoi, à Useppe ! Finalement, au bout de quelques jours, Useppe cessa de s'intéresser à cet objet malgracieux et décevant. A son habituel appel quotidien, Ida s'entendait répondre par une petite voix timide, impatiente et presque distraite : « Ouiii... » (« Tu as mangé ? » « *vi*... ouiii ! » « Tu vas bien ? » « Ouiii... ») pour ensuite terminer rapidement : « Au revoir ! au revoir ! »

Au cours de l'hiver, le haut mal n'avait pas cessé d'épargner Useppe. Le lendemain de sa première crise en novembre, Ida, seule cette fois-ci, avait couru se confier à la doctoresse ; et à cette occasion, elle avait aussi révélé à celle-ci le secret de ses propres malaises quand elle était enfant, secret que jusque-là elle n'avait jamais révélé à personne et même pas à son mari : revoyant et réentendant, tandis qu'elle en parlait, dans tous ses détails, la promenade qu'elle avait faite, enfant, sur le petit âne, en compagnie de son père, à Montalto, et l'examen de l'ami médecin de celui-ci, qui l'avait fait rire en la chatouillant... Mais la doctoresse, avec son habituelle brusquerie, coupa court à ces aveux compliqués, lui déclarant avec autorité : « Non, signora ! Non, signora ! Il est prouvé que certaines maladies ne sont pas héréditaires ! tout au plus PEUT-ÊTRE hérite-t-on d'une prédisposition ; mais cela n'est pas prouvé. Et il me paraît plus qu'évident, à ce que je peux comprendre, que votre cas personnel était différent. Là, il s'agissait d'hystérie banale ; alors qu'ici nous sommes en présence de phénomènes d'une autre nature » (« moi, je l'avais tout de suite vu », murmura-t-elle à moitié pour elle-même à ce moment-là, « oui, j'avais tout de suite vu un élément bizarre dans les yeux de cet enfant »). En conclusion, la doctoresse écrivit pour Ida sur un feuillet détaché de son bloc d'ordonnances l'adresse d'un Professeur spécialiste, lequel pourrait éventuellement soumettre le petit malade à l'*électro-encéphalogramme*. Et sur-le-champ ce mot abscons épouvanta Iduzza. On sait déjà que tout ce qui appartenait aux invisibles domaines de l'électricité lui inspirait une méfiance de barbare. Quand elle était toute petite, à la vue des éclairs et au bruit du tonnerre elle se cachait, apeurée (si possible, elle courait se réfugier sous la houppelande de son père) ; et encore, maintenant qu'elle était vieille, elle hésitait, tremblante, à toucher les fils électriques et, même, à fixer une ampoule dans la douille. A ce long mot menaçant qu'elle entendait pour la première fois, elle ouvrit de grands yeux qu'elle leva timidement vers la doctoresse, comme si celle-ci venait de lui nommer la chaise électrique. Mais intimidée par les manières péremptoires de la doctoresse, elle n'osa pas lui faire part de son ignorance.

Tout de suite après, ce qui était arrivé à Ninnuzzu chassa pour elle tout autre souci ; et dans la suite, la visite projetée au spécialiste se retira du champ de son esprit. En réalité, elle redoutait le diagnostic de ce Professeur inconnu comme une sentence de condamnation sans appel.

Le reflux trompeur de la maladie d'Useppe l'encouragea dans cette inertie défensive. De fait, la violence sans nom qui usurpait les forces du petiot depuis l'automne sembla se retirer à l'écart, comme épuisée, après l'avoir terrassé une fois : l'accompagnant tout juste en catimini et, par moments, se faisant oublier, comme si elle avait décidé que cela suffisait. Quand, le soir, l'heure de se coucher étant venue, Ida tendait à Useppe pour qu'il le boive l'habituel calmant, il avançait goulûment les lèvres, comme un nourrisson vers le sein de sa mère ; et bientôt il tombait dans un sommeil pesant et non troublé, auquel il s'abandonnait, étendu sur le dos, les poings serrés et les bras en croix sur l'oreiller, restant immobile pendant dix heures et plus. Sa petite morsure à la langue guérie, il ne conservait plus la moindre trace visible de la *crise* du 16 novembre. Seul quelqu'un l'ayant connu avant celle-ci, aurait peut-être pu noter dans ses yeux (déjà *trop beaux* selon le dire de la doctoresse) une nouvelle différence extraordinaire, telle que celle qui restait peut-être dans l'œil des premiers marins, après la traversée de mers incommensurables et encore sans nom sur les cartes. Useppe, à la différence de ceux-ci, ne savait rien, ni avant ni après, de son voyage. Mais, peut-être, à son propre insu, lui en restait-il sur la rétine une image renversée, comme on le raconte de certains petits oiseaux migrateurs qui, de jour, verraient encore, dans leur simplicité, en même temps que la lumière solaire, le firmament étoilé invisible.

Pour Ida, ce témoignage des yeux d'Useppe se manifestait seulement dans leur couleur. Leur mélange de bleu foncé et de bleu clair était devenu, si possible, encore plus innocent et comme impossible à explorer dans sa double profondeur. Un jour, comme elle entrait à l'improviste dans la cuisine, elle l'y trouva debout sans rien dire sur le degré du fourneau, et leurs deux regards se rencontrèrent. Elle vit alors dans les yeux d'Useppe une sorte de conscience inéluctable, puérile et indiciblement déchirante qui lui disait : « Toi, tu le sais ! » et rien d'autre, et qui rendait vain tout échange de questions et de réponses logiques.

Au mois de février, Lena-Lena fut mise à travailler chez une remailleuse de bas et, en conséquence, elle dut renoncer à ses visites et à ses escapades Via Bodoni. Mais maintenant, pour garder Useppe, il y avait Bella, laquelle suffisait à cette tâche.

Il était bien fini pour Bella le temps des biftecks quotidiens, des bains à l'institut de beauté et de tous les traitements de choix dont elle avait joui naguère à l'époque de Ninnarieddu : lequel avait même coutume de la brosser et de la peigner, et aussi de la masser avec ses propres mains, de lui laver délicatement les yeux et les oreilles avec du coton humide, etc. A présent, pour manger elle devait en général se contenter de pâtes et de légumes, avec la seule adjonction de quelques morceaux qu'Useppe prenait pour elle dans son assiette (sans trop se faire voir par Ida). Et quant à sa toilette, celle-ci consistait exclusivement en des sortes de bains secs qu'elle prenait durant les promenades selon une méthode bien à elle et qui était la suivante : en se roulant dans la poussière et puis en se secouant vigoureusement, ce qui produisait un nuage cyclonique. Du reste, à la vérité, elle préférait sa méthode personnelle à ces autres bains de luxe, à grand renfort de savon de Marseille et d'eau chaude, qui lui avaient toujours été antipathiques.

Elle avait, par contre, du mal à s'adapter à l'espace plus que restreint d'une ou deux petites pièces, elle qui avait été habituée aux voyages, aux randonnées et à la vie dans la rue, et auparavant aussi (dans son expérience atavique) aux pâturages immenses de l'Asie ! Au cours de cet hiver carcéral Via Bodoni, elle devait même, certains jours, s'arranger à faire ses besoins sur des vieux papiers et des pages de journal. Néanmoins, à la condition de rester nuit et jour près d'Useppe, elle se résignait à n'importe quel sacrifice.

Malgré son nouveau régime de soupes, elle avait très vite, grâce à sa bonne volonté, repris ses formes robustes et sa saine musculature. Maintenant, son blanc pelage était plutôt noirâtre, broussailleux et plein de nœuds. Et bien qu'elle ait toujours porté son collier argenté sur lequel était gravé son nom : « Bella », certains gosses du voisinage l'avaient surnommée *Pelozozzo* (Poil cracra). On la voyait souvent en train de se gratter, affairée, les puces, et elle sentait très fort le chien. Et même, cette odeur qui était la sienne s'était collée aussi à Useppe : si bien que, parfois, divers chiens lui tournaient autour en le flairant, se demandant peut-être si lui aussi n'était pas une espèce de petit toutou.

Ceux-ci (les chiens) étaient, peut-on dire, les seules fréquentations d'Useppe. Des amis ou des camarades de son espèce, il n'en avait plus aucun. Grâce au retour de la belle saison, Bella et Useppe étaient dehors une grande partie de la journée ; et au début, pendant ses heures de liberté, Ida s'était efforcée de les accompagner. Mais elle n'avait pas été longue à s'apercevoir de l'impossibilité qu'il y avait pour elle à suivre ce couple avec ses courtes jambes desséchées et affaiblies. Dès la première minute, elle les avait déjà perdus de vue et se retrouvait avec un handicap d'au moins un demi-kilomètre. A peine avaient-ils débouché de la porte de l'immeuble à l'air libre, elle les voyait aussitôt partir à fond de train, gambadant, bondissant et cabriolant vers l'inconnu ; et en réponse à ses appels retentissants, Bella, de loin, s'empressait de lui aboyer : « Tout va bien. Ne t'inquiète pas et rentre à la maison. Moi, je me charge d'Useppe ! Je suis capable de veiller sur des troupeaux de cent, deux cents, trois cents quadrupèdes ! Et tu ne me crois pas capable de veiller sur un tout petit homme ? »

Forcément, Ida finit par confier tout à fait Useppe à Bella. Et elle avait la certitude que sa confiance n'était pas mal placée : et, du reste, qu'aurait-elle pu faire d'autre ? Ces sorties avec Bella étaient la seule distraction de son petit garçon. Après le fameux massacre du disque swing, le phonographe lui aussi avait été mis pour toujours au rancart à vieillir dans la poussière. Maintenant, comme Bella, dans l'enceinte des petites pièces du logement, Useppe lui aussi errait comme une âme en peine, si bien que, même le matin, Ida n'osait plus l'incarcérer à la maison comme elle l'avait fait en hiver. D'ordinaire, après le coup de téléphone maternel quotidien, Useppe et Bella sortaient aussitôt : si bien que Bella n'avait pas été longue à reconnaître la sonnerie du téléphone comme un signal avant-coureur de quartier libre : et quand elle l'entendait, elle se mettait à faire des bonds immenses, accompagnés de bruyants vivats et de petits éternuements de satisfaction.

Mais, ponctuellement (comme si elle avait eu un chronomètre dans sa grosse tête d'ours) à l'heure des repas, elle ramenait Useppe à la maison.

Les premiers temps, tous deux ne s'éloignaient pas trop de la Via Bodoni. Leurs Colonnes d'Hercule étaient d'un côté le quai du Tibre, puis les pentes de l'Aventin, et plus loin la Porta San Paolo (et ici on ne doit pas manquer de mentionner qu'en tout cas Bella détournait les pas d'Useppe du sinistre édifice de l'Abattoir, situé dans ces parages...). Aujourd'hui encore peut-être y a-t-il des habitants du quartier Testaccio qui se rappellent avoir vu passer ce couple : un gros chien et un tout petit garçon, toujours seuls et inséparables. A certains endroits d'une importance spéciale, par exemple Piazza dell' Emporio quand y était installé un manège ou bien Monte Testaccio où campait parfois une famille de bohémiens, ils s'arrêtaient, l'un et l'autre en proie à un frémissement irrésistible, à cause duquel on voyait le garçonnet se dandiner sur ses courtes jambes et le chien remuer fébrilement la queue. Mais il suffisait que, de l'autre côté, quelqu'un ait eu l'air de les regarder, pour que l'enfant s'éloigne en hâte, suivi docilement par le chien. Le printemps déversait déjà dans l'air une foule de bruits, de voix et de mouvements. Dans les rues et des fenêtres des noms étaient criés : « Ettoree! Marisa! Umbè!... » et parfois aussi : « Nino!... » A ce nom, Useppe accourait, transfiguré et les yeux tremblants, se détachant de quelques pas de Bella, vers une direction imprécise. Et Bella à son tour dressait un peu ses oreilles, comme pour partager au moins pendant un instant cet espoir fabuleux, et cela bien qu'à la vérité elle en ait su l'absurdité. De fait, elle renonçait à suivre l'enfant, l'accompagnant, immobile, d'un regard d'indulgence et d'expérience supérieure. Puis, comme Useppe revenait presque immédiatement sur ses pas, honteux, elle l'accueillait avec ce même regard. Ils n'étaient pas peu nombreux les Nino et les Ninetto vivant dans le quartier; et, à la vérité, Useppe lui aussi ne l'ignorait pas.

Ce beau temps printanier, très précoce cette année-là, fut gâté pendant trois jours par le sirocco, qui amena avec lui des amas de nuages et d'ondées poussiéreuses dans un air sale et chaud qui sentait le désert. L'un de ces trois jours, Useppe eut une seconde crise. Ils venaient à peine de finir de déjeuner, et Useppe, qui avait mangé peu et à contrecœur, était resté à la cuisine en compagnie de Bella, cependant qu'Ida était allée s'étendre sur son lit. Quelques instants plus tard, Bella commença à manifester une humeur agitée et incohérente, comme cela se produit chez certains animaux quand ils sentent à l'avance l'approche d'un séisme ou d'une autre catastrophe terrestre. Elle courait incessamment de la cuisine à la chambre à coucher, si bien qu'Ida, énervée, la chassa en criant. Il était trois heures de l'après-midi. De la cour montaient peu de bruits (une radio et des voix du côté du garage à vélos), puis, sans que tombe de pluie du ciel gonflé et sale, il y eut un coup de tonnerre et, venu de la rue, le hululement d'une sirène de passage.

Mais ces sons venaient à peine de se taire que de la cuisine parvint à Ida un petit dialogue étouffé, dans lequel Useppe, d'une petite voix apeurée et balbutiante, semblait chantonner des phrases décousues, cependant que Bella émettait de légers jappements, à la fois de sollicitude et de panique. Il arrivait souvent que les deux bavardent ensemble, mais ce jour-là, en les entendant, une vague inquiétude s'empara d'Ida et la fit se précipiter à la cuisine. Useppe, encore debout, marchait, faisant des pas hésitants, comme s'il s'était déplacé dans une pénombre à demi aveugle, et Bella évoluait autour de lui, de l'air d'une pauvre nourrice ignorante en quête d'un remède. A l'entrée d'Ida, elle alla à sa rencontre, comme l'appelant au secours. Et cette fois-ci, Ida assista de ses propres yeux au déroulement tout entier de la crise, depuis le moment où le *Haut Mal* poussa son cri, s'abattant comme un prédateur homicide sur le petit Useppe.

La succession des diverses phases fut, néanmoins, si rapide qu'Ida n'eut presque pas le temps de se rendre compte de ses propres mouvements, se retrouvant, comme la première fois, agenouillée près d'Useppe qui, répondant à ses appels, semblait déjà revenir à lui. Et quand bien même, à ce moment précis, une nouvelle définitive, venue d'un ultime point de son propre intérieur, lui eut appris que son petit enfant était marqué, elle ne la perçut pas. L'unique certitude sensible, qui présentement lui suffisait, était que l'affreux envahisseur de sa maison, revenu pour la seconde fois lui voler son enfant, ne tarderait pas, obéissant à ses propres lois obscures, à le lui rendre.

Cette fois-ci, au moment où, après avoir poussé un grand soupir, Useppe rouvrit les yeux avec un petit sourire ravi, elles étaient deux pour l'accueillir : d'un

côté sa mère et de l'autre Bella Pelozozzo. Celle-ci lui
donna un petit coup de langue sur la main et un autre
sur le nez, mais des coups de langue très délicats pour
ne pas le déranger. Et pendant tout le temps, ensuite,
où il resta plongé dans un profond sommeil, elle resta
allongée au pied de son lit.

A son réveil aussi, le soir tard, Useppe les retrouva
près de lui : Bella et sa mère, une de chaque côté.
« Useppe ! » dit Ida et Bella le salua par un aboiement
si discret et si tremblant qu'on aurait pu le prendre
pour un bêlement. Quant à lui, il leva un peu la tête et
dit : « La lune ! » De fait, le sirocco s'était éloigné,
cédant la place à une tramontane printanière qui avait
déjà nettoyé presque entièrement le ciel, où l'on voyait
passer la lune, aussi fraîche et nue qu'après un bain.
C'était la même lune que celle que l'on voyait passer,
de la maison de San Lorenzo, à l'époque où Useppe
l'appelait encore la *ttoile* ou la *dondelle,* comme il
appelait *ttoiles* ou *dondelles* (suivant les cas) les lampes
allumées, les petits ballons de couleur ou même les
boîtes en fer-blanc ou les crachats par terre, aussitôt
que la lumière les faisait briller. (A cette époque il
marchait encore à quatre pattes et il lui arrivait de
confondre la terre avec le ciel.)

Ida ne pouvait pas se permettre de nouvelles
absences de son école; aussi, le lendemain matin,
quand elle sortit, prit-elle soin de fermer la porte à
double tour, comme elle le faisait naguère en hiver. Ce
geste, quand elle le fit, lui fut pénible, car cela lui
semblait comme une marque d'humiliation pour
Useppe. Elle l'avait laissé dormant encore, pelotonné
autour de l'oreiller, avec Bella sommeillant au pied du
sommier. Quand elle l'entendit sortir, la chienne avait
légèrement levé la tête et remué un peu la queue de

'açon rassurante (« Mais oui, mais oui, tu peux t'en aller. Moi, je veille sur Useppe. »). Avant onze heures, comme d'habitude, elle lui téléphona.

Trois ou quatre sonneries, et puis la petite voix bien connue de tous les jours :

« Allô, qui est à l'appareil ! Ici, c'est Useppe ! Qui est à l'appareil ? »

« C'est moi : maman ! Tu vas bien ? »

« Oui » (en arrière-plan l'habituel aboiement de Bella)

« Tu as pris ton café au lait ? »

« Oui... »

Le dialogue est le même que toujours, mais aujourd'hui, Ida croit percevoir dans la voix d'Useppe un tremblement. Elle doit sur-le-champ se disculper, rassurante :

« J'ai fermé la porte », se hâte-t-elle de lui expliquer, « parce que, hier, tu avais un peu de fièvre. Mais dès que tu seras guéri, tu pourras de nouveau sortir avec Bella ! »

« Oui... oui... »

« Alors, tu vas bien ? Surtout... Je serai à la maison dans une heure !... »

« Oui... Au revoir. Au revoir. »

Tout semblait normal, comme si cette chose n'était arrivée ni hier ni jamais. Mais il restait à Ida l'impression pénible d'avoir entendu ce tremblement dans la voix de son fils... Sur le chemin du retour à la maison, elle acheta aussi un dessert pour le déjeuner : deux gâteaux à la crème, un pour lui et un pour Bella. Et elle vit une expression de contentement illuminer le visage d'Useppe parce qu'elle avait aussi pensé à Bella.

De sa *fièvre* de la veille il ne lui restait aucune trace

apparente, sinon un visage encore pâlot et fatigué : avec un reste de lassitude et de besoin de repos qui, heureusement, suffisait à le distraire aussi de la trahison d'Ida lui fermant la porte. Au cours de la matinée, il s'était manifestement amusé à dessiner : sur la table de la cuisine étaient épars tous ses crayons de couleur et une feuille de papier couverte entièrement de dessins... Mais un malheur était arrivé pendant l'absence d'Ida, et il le lui annonça courageusement avec un drôle de petit sourire hésitant :

« ... m'man, Bella a chié sur le torchon pour essuyer les assiettes. »

Le matin, à la vérité, Ida avait laissé tomber par terre ledit torchon, et Bella, raisonnablement, s'en était servie, supposant sans doute qu'il avait été mis là pour son usage... Une puanteur notable montait encore de l'évier, où Useppe avait pris soin de plonger le torchon après en avoir dûment versé le trop-plein dans les cabinets. Et Bella, pendant cette scène, se tenait un peu à l'écart, avec l'air attristé d'une pécheresse, bien que ne comprenant pas quel pouvait être son péché... Mais Ida n'osa même pas faire à Useppe l'habituelle observation, à savoir qu'on dit : *faire ses besoins ! chier* est un vilain mot ! (vilain mot qu'il avait hérité, ainsi que d'autres, de son frère Nino). Elle crut plutôt reconnaître dans ce qu'il disait une sorte d'accusation pour l'avoir enfermé prisonnier avec Bella. « Ça ne fait rien ! », se hâta-t-elle de lui dire, « ce torchon était déjà sale ». Et Useppe qui craignait des réprimandes pour Bella, fut tout de suite rassuré.

Le dessin resté sur la table était tout entier une arabesque d'anneaux, de rayons et de spirales rouges, verts, bleus et jaunes ; et Useppe lui-même expliqua fièrement à Ida : « C'est des hirondelles ! » tout en indiquant de la main, de l'autre côté de la fenêtre, ses modèles qui s'ébattaient dans le ciel. Ida admira ce dessin qui, effectivement, bien qu'incompréhensible pour elle, lui semblait très beau. Mais Useppe, après lui avoir dit ce qu'il représentait, froissa la feuille dans son poing et la jeta dans la poubelle. C'était là la fin à laquelle il destinait toujours ses dessins. Et si Ida protestait, il haussait les épaules et boudait, prenant un air méprisant et triste (parfois, quand elle le pouvait, elle récupérait en cachette ces dessins dans les ordures et les mettait en sécurité dans l'un de ses tiroirs personnels).

Tout se passait normalement. Mais, à une certaine heure du début de l'après-midi, alors que Bella faisait la sieste, Ida trouva Useppe blotti par terre un peu plus loin, adossé au mur du couloir. Le regardant discrètement, elle eut d'abord l'impression que seulement il boudait; mais quand elle s'approcha de lui, elle s'aperçut qu'il pleurait, son petit visage fermé comme un poing, les traits crispés et tout ridés. Levant les yeux vers elle, il éclata soudain en sanglots arides. Et avec la stupeur d'un petit animal, il demanda d'une voix désespérée :

« M'man... *pouquoi ?* »

En réalité, cette question ne paraissait pas s'adresser vraiment à Ida présente devant lui : plutôt à une quelconque volonté absente, horrible et inexplicable. Pourtant, de nouveau, Ida s'imagina qu'il l'accusait parce qu'elle l'avait traîtreusement enfermé à la maison; mais bientôt, les jours suivants, elle dut se convaincre que cette explication ne suffisait pas. Cette question : *pouquoi ?* était devenue chez Useppe une sorte de refrain qui lui revenait aux lèvres à tout instant et hors de propos, sans doute obéissant à un mouvement involontaire (sinon, il se serait efforcé de la prononcer correctement avec un *r*). On l'entendait parfois la répéter pour lui-même en une kyrielle monotone : « Pouquoi ? pouquoi pouquoi pouquoi pouquoi ?? » Mais bien qu'elle ait eu quelque chose d'automatique, cette petite question avait un son têtu et déchirant, plutôt animal qu'humain. De fait, elle rappelait la plainte des petits chats jetés dehors, des ânes enchaînés à la meule et des chevreaux chargés sur la charrette pour la fête de Pâques. On n'a jamais su si tous ces « pourquoi » mystérieux et sans réponse parviennent à une quelconque destination, peut-être à une oreille invulnérable et hors de portée.

2

Après la seconde crise d'Useppe, Ida était retournée anxieusement chez la doctoresse, laquelle, deux jours plus tard, obtint pour elle un rendez-vous avec le Professeur neurologue dont elle avait naguère parlé à Ida. A cette occasion et non sans impatience, elle assura Ida que ce terrible E.E.G. (électro-encéphalo-gramme) n'était pas autre chose qu'un enregistrement, inoffensif et sans douleur, des tensions électriques cérébrales, tracé sur un papier par une machine. Quant à Useppe, Ida, de son côté, lui donna à entendre que la loi avait décrété certaines analyses obligatoires pour tous les petits garçons, cela pour lutter contre le danger des fièvres. Il ne fit aucun commentaire, se contentant de pousser un soupir d'impatience, mais si léger qu'on eût dit un simple halètement.

Pour l'occasion, Ida lui fit prendre un bain complet dans le baquet de la lessive et lui mit son costume le plus élégant, c'est-à-dire un pantalon long genre américain et un pull neuf à rayures blanches et rouges. Ils prirent le tram jusqu'à la Stazione Termini, mais pour aller de là jusqu'à destination, Ida se permit le luxe d'un taxi. Cela non seulement pour ne pas fatiguer Useppe, mais parce que le Professeur avait donné une adresse du quartier Nomentano, lequel est assez proche du Tiburtino. Et Ida n'avait plus ni le courage ni la force de s'aventurer dans ces parages.

Dans le passé, Ida était déjà montée dans un taxi deux fois au moins (à l'époque d'Alfio), mais Useppe y montait aujourd'hui pour la première fois de sa vie, et cette nouveauté le mit dans tous ses états. Sans hésitation il s'installa aussitôt à côté du chauffeur ; et du siège arrière, Ida l'entendit qui demandait à cet homme, sur un ton plein de compétence : « Quelle est la cylindrée de cette voiture ? » « C'est une mille cent Fiat ! » lui répondit avec complaisance le chauffeur ; et Ida vit encore celui-ci satisfaire, après avoir démarré, à une autre question imprécisée de son client, en indiquant du doigt le compteur de vitesse : évidemment, Useppe lui avait demandé des renseignements sur la vitesse... Ce très bref dialogue se termina là. Useppe se tut, et Ida s'aperçut qu'il dodelinait de la tête, comme il le faisait pour accompagner sa bizarre cantilène : pouquoi pouquoi pouquoi pouquoi ? Quelques instants plus tard, ne voulant plus voir les rues, elle ferma les yeux et ne les rouvrit que lorsqu'ils furent arrivés à destination.

Ils furent introduits dans l'aile latérale d'un bâtiment hospitalier, où se trouvait aussi un dispensaire ; mais, grâce à la recommandation de la doctoresse, le Professeur leur avait fixé rendez-vous un peu plus tôt que l'heure habituelle. Il les reçut tout au fond d'un couloir, dans une petite salle sur la porte de laquelle il y avait son nom : Prof. Dr. G. A. Marchionni. C'était un homme entre deux âges, grand et d'aspect florissant, avec des lunettes au-dessus de ses grosses joues et des petites moustaches grises tombantes. De temps à autre, il enlevait ses lunettes pour les nettoyer, et, sans ses lunettes, son visage de myope perdait de sa gravité et de sa dignité professionnelles et devenait d'une lourdeur boursouflée et obtuse. Il parlait sur un ton toujours égal, bas et académique ; mais, contrairement à la doctoresse, il s'exprimait avec politesse et égards, et toujours, contrairement à la doctoresse, avec de bonnes manières. Ce n'était, en somme, qu'un homme distingué comme tant d'autres ; mais Iduzza, en le voyant, eut tout de suite peur de lui.

Il parcourait du regard des notes écrites sur une feuille de papier, et il dit qu'il était en partie au courant de l'anamnèse (évidemment la doctoresse devait lui en avoir parlé), mais, qu'avant d'aller plus loin, il désirait avoir encore quelques renseignements de la mère de l'enfant : « Pendant ce temps, Giuseppe va pouvoir jeter un coup d'œil dans le jardin... Tu t'appelles bien Giuseppe, n'est-ce pas ?»

« Non. Je m'appelle Useppe. »

« Très bien. Alors, Giuseppe, tu vas aller jeter un coup d'œil tout seul dans le jardin. Tu y verras un petit animal qui peut t'intéresser. » Et il poussa Useppe vers une porte-fenêtre donnant sur l'extérieur.

Le jardin était plutôt une simple plate-bande, cernée par les murs de l'hôpital, où poussaient tout juste quelques petites plantes souffreteuses. Mais dans un angle, il y avait effectivement, dans une cage, un très joli petit animal qui fixa l'attention d'Useppe au point de lui faire même retenir sa respiration. Il ressemblait, en petit, à un écureuil, mais sans queue. Il avait une fourrure marron, tachetée de jaune et d'orange, des petites pattes très courtes et de minuscules oreilles dont l'intérieur était rose. Et il ne faisait que courir vertigineusement autour d'une roue suspendue dans sa cage, sans s'occuper de rien d'autre. La cage n'était guère plus grande qu'une boîte à chaussures ; et la roue avait peut-être 15 centimètres de diamètre : mais, à force d'en faire encore et encore le tour avec cette précipitation et sans jamais s'arrêter, il avait peut-être parcouru maintenant, en kilomètres avec ses petites jambes naines, une distance égale au cercle de l'Équateur ! Il était si affairé et si pressé qu'il n'entendait même pas les petits appels d'Useppe. Et ses beaux petits yeux de couleur olive brillaient, aussi fixes que ceux des fous.

Au début, Useppe resta debout devant la cage, ruminant des idées bien à lui. Mais, peu de temps après, le Professeur, se mettant à la porte-fenêtre pour l'appeler, le surprit qui trafiquait avec une main dans la cage, en plein délit d'effraction. Il avait tout bonnement décidé d'emporter le petit animal, le cachant sous son pull ; et ensuite, d'accord avec Bella, il l'aurait emmené vagabonder dans un merveilleux endroit de leur connaissance, un endroit d'où, grâce à ses pattes rapides, il pourrait s'enfuir là où il voudrait, gagnant peut-être les Castelli Romani, l'Amérique ou tout autre lieu.

Le Professeur survint juste à temps pour prévenir ce larcin : « Non... non... voyons ! » fit-il sévèrement de sa voix lente. Mais, comme le garçonnet ne cédait pas et même le regardait avec des yeux de défi, il dut le forcer à retirer sa main de la cage, laquelle se referma immédiatement avec un bruit sec. Puis, le tenant toujours par le poignet, il l'entraîna malgré sa résistance vers l'entrée de la pièce où Ida les attendait.

A ce moment, le petit animal, qu'on eût cru muet, fit entendre sa voix, une sorte de grognement imperceptible. Et alors, Useppe, se retournant pour regarder derrière lui, donna un à-coup au Professeur et s'arcbouta avec les pieds sur la marche. Mais le Professeur, avec un effort infime, ne fut pas long à le repousser vers l'intérieur et ferma derrière eux la porte-fenêtre.

Un tremblement parcourut le visage et même les yeux d'Useppe. « Je veux pas ! je veux pas ! » s'écriat-il soudain très bruyamment, comme quelqu'un qui se refuserait à une contingence inacceptable. Et, dans un élan de colère, qui lui enflamma le visage d'un rouge foncé, il donna un coup de poing au Professeur à la hauteur du ventre. Ida s'avançait, navrée... « Ce n'est rien, ce n'est rien. Les risques du métier », lui dit le Professeur, ricanant de sa manière triste, « maintenant on va faire le nécessaire... on va faire le nécessaire... » et, calmement, il demanda par téléphone à une signorina de venir, laquelle, arrivant quelques instants plus tard, tendit à Useppe, dans une cuiller, *une bonne chose sucrée*. Elle avait pour la tendre des manières aussi insinuantes que suaves et qu'on eût pu croire irrésistibles ; mais la *bonne chose sucrée* n'en fut pas moins violemment projetée sur elle — lui salissant sa blouse blanche — par deux menottes fébriles qui écartaient tout le monde.

De fait, Useppe maintenant se roulait par terre, ruant contre le Professeur, contre la Signorina et contre sa mère, en proie à une révolte totale. Quand il se calmait un peu, il jetait des coups d'œil furtifs vers la porte-fenêtre, comme si derrière elle, dans le jardinet, s'était caché un point de ténèbre ; et Iduzza le vit qui, en même temps, faisait le geste d'arracher de sa poitrine son petit pull neuf, comme le font certains fiévreux pour arracher leurs pansements. Elle se rappela l'avoir surpris faisant ce même geste une nuit d'été, deux ans auparavant, dans la petite chambre de la Via Mastro Giorgio, quand étaient apparus les premiers symptômes de son mal. Et toute l'évolution de ce mal depuis lors jusqu'à maintenant se représenta à elle en une sorte de sanguinaire cavalcade qui traversait au galop les jours et les mois pour ravager son petit bâtard.

Sur-le-champ elle eut peur qu'une nouvelle et grande crise le menace à cet instant. Et contre tout critère logique, elle éprouva une extrême répugnance à l'idée que justement et particulièrement un docteur doive y assister ! Son cœur se renversa telle une poche vide à la vive sensation que la science des docteurs était non seulement impuissante pour le mal d'Useppe, mais était une insulte pour celui-ci.

Elle respira quand elle vit qu'heureusement Useppe se calmait ; et, même, il avait pris un air timide, comme de condamné par contumace, et il subit avec résignation tous les examens auxquels il fut soumis dans la suite. Mais, jusqu'à la fin de la visite, il opposa un silence obstiné aux questions du Professeur ; et, à la vérité, il est à croire qu'il ne les entendit même pas. Personnellement, je suppose que ses pensées se tendaient encore exclusivement vers ce petit animal sans queue (mais de sa très brève rencontre avec celui-ci il ne parla, que je sache, plus jamais à personne).

214

Quand ils quittèrent finalement la petite salle, ils passèrent au milieu d'un groupe de personnes qui attendaient, presque toutes debout : il y avait là un garçon blondasse, aux bras très longs et aux lèvres pendantes, qui sursautait continuellement ; et un petit vieux aux joues rougeâtres, très propre, qui n'arrêtait pas de se gratter fébrilement les épaules, avec une expression hagarde, comme s'il avait été assailli par des insectes répugnants et jamais rassasiés. Venu d'une pièce voisine, un infirmier parut, et par la porte entrouverte on aperçut une salle dont les fenêtres étaient grillagées et où il y avait un grand nombre de petits lits sans couvertures sur lesquels des gens tout habillés étaient étendus en désordre. Dans l'espace entre ces petits lits, un homme en manches de chemise, qui avait une longue barbe, se promenait à toute vitesse avec des rires d'ivrogne, et soudain il s'était mis à tituber. Après une brève halte, Ida et Useppe furent appelés de l'autre côté d'une porte vitrée qui donnait sur un escalier.

Le laboratoire de l'E.E.G. se trouvait en sous-sol et il était plein d'appareils mystérieux qu'éclairait une lumière artificielle ; pourtant Useppe, en y entrant, ne manifesta ni curiosité ni étonnement, et, même quand on appliqua les électrodes sur son petit crâne, il laissa faire avec une sorte d'insouciance blasée. On eût dit actuellement, à le voir, que, Dieu sait quand et où, il avait déjà parcouru ces souterrains et subi ces mêmes épreuves ; et qu'il savait déjà que, de toute manière, elles ne servaient vraiment à rien pour lui.

Néanmoins, quand il rentra à la maison, il annonça à la concierge, avec une certaine importance mais sur un ton de secret : « J'ai fait le *fafogramme.* » Mais la concierge qui, entre autres choses, était de plus en plus sourde, ne fit aucun effort pour comprendre de quoi il parlait.

Quelques jours plus tard, Ida retourna seule chez le Professeur pour connaître son diagnostic.

Les analyses et les examens cliniques n'avaient révélé rien d'alarmant. Bien que fragile et de croissance pénible, l'enfant ne présentait ni lésions, ni séquelles d'infection, ni maladies organiques d'aucun genre. Quant au rapport de l'E.E.G., il équivalait aux yeux d'Iduzza à un impénétrable oracle de géomancie. C'était un tracé compliqué de lignes oscillantes sur de grandes bandes de papier oblong. Et le Professeur lui expliqua de son mieux que ces oscillations attestaient l'activité rythmique des cellules vivantes : lorsque s'interrompait cette activité, les lignes inscrites sur le papier étaient plates.

Le dossier était accompagné d'un texte de quelques lignes, dont la conclusion était que : *Le tracé n'est pas significatif.* Et de fait, expliqua le Professeur, aucune altération spécifique du cerveau n'y était enregistrée. D'après ce rapport comme aussi d'après les examens cliniques précédents, la santé du sujet serait normale. Mais, ajouta-t-il, étant donné l'anamnèse, la valeur pratique d'un tel résultat demeurait incertaine, c'est-à-dire relative et transitoire. Des cas analogues ne permettent de formuler ni un diagnostic précis ni un pronostic sérieux. Il s'agit d'un syndrome maladif dont les causes sont généralement inexpliquées et dont le cours est imprévisible... Jusqu'à ce jour, la médecine ne peut offrir que des remèdes symptomatiques (le Professeur prescrivit du gardénal). Bien entendu, la thérapeutique doit être suivie systématiquement et régulièrement. Le malade doit être tenu sous surveillance constante...

Le Professeur avait retiré ses lunettes pour les essuyer, et à ce moment-là, Iduzza crut avoir entendu, provenant d'un pavillon assez rapproché des bâtiments de l'hôpital, un cri d'enfant. Très vite, d'une voix atone, elle demanda si au nombre des causes il ne pouvait pas y avoir une prédisposition héréditaire, la naissance avant terme... « Ce n'est pas exclu », répondit le Professeur sur un ton neutre, tout en jouant avec ses lunettes sur la table. Puis levant directement les yeux sur Ida, il l'apostropha : « Mais est-ce que cet enfant s'alimente suffisamment ?! »

« Oui ! Ouii ! Je... de mon mieux ! » répondit Ida bouleversée, comme si elle avait dû se défendre d'une accusation : « Bien sûr », se justifia-t-elle, « en temps de guerre, il a été difficile pour tout le monde... » Elle eut peur d'avoir offensé le Professeur par ce « tout le monde », en l'incluant dans la masse des malheureux. Et il lui sembla même voir dans ses yeux une sorte d'ironie... Ce n'était pas autre chose, à la vérité, que l'obliquité particulière de certains yeux myopes. Mais Iduzza en eut peur. A présent, c'était un cri de femme, venu d'un autre pavillon de l'hôpital, qu'elle entendait (un cri peut-être imaginaire). Et le visage du Professeur, sans ses lunettes, lui apparaissait nu jusqu'à l'indécence, sordide et menaçant. Et elle eut soudain le soupçon que dans cet enchevêtrement de souterrains, de couloirs, d'escaliers et d'appareils, sous le commandement de cet homme, un complot s'ourdissait contre Useppe !

En réalité, le personnage qui était devant elle était un professeur sans trop de qualités, qui lui communiquait ses connaissances scientifiques avec l'impartialité de rigueur (et cela, en outre, presque gratuitement sur la recommandation de la doctoresse). Mais à ce moment-là Ida le vit sous la forme d'une Autorité terrible, comme si toute la peur que lui inspiraient, depuis toujours, les adultes, s'était condensée aujourd'hui pour elle dans ce masque. La doctoresse, malgré ses manières bourrues (à la vérité, elle traitait Ida comme si celle-ci avait été une demi-idiote), ne lui avait jamais paru vraiment adulte ; pas plus que le docteur, ami de son père, qui l'avait chatouillée. Mais, à dater de ce jour, elle se mit à avoir peur de tous les docteurs. Le mot de *malade* utilisé par le Professeur pour qualifier Useppe, l'avait soudain frappée comme une calomnie, qu'elle refusait et qui la chassait soudain des murs de l'hôpital. Elle ne voulait pas qu'Useppe soit un malade : Useppe devait être un enfant *comme les autres.*

En tout cas, elle ne négligea pas de se rendre le jour même à la pharmacie pour faire exécuter l'ordonnance du Professeur Marchionni. Et par contre, il lui vint plus tard à l'esprit qu'elle avait négligé de lui demander si l'enfant pouvait sortir seul, quand il faisait jour, sous la surveillance d'une chienne de berger... Mais le fait est qu'à la vérité Ida avait déjà pris sa décision en ce qui concernait cette question. Ce n'était que cette unique matinée suivant la crise que sa main avait osé fermer à double tour la porte d'entrée ; puis aussitôt, dès le jour suivant, Useppe s'était retrouvé libre avec Bella.

On était en avril. Et ensuite mai, juin, juillet, août, tout un grand été de soleil s'ouvrirait tout grand pour les bébés, les enfants, les garçonnets, les chiens et les chats. Il fallait qu'Useppe vagabonde et fasse le fou au grand jour comme les autres : elle ne pouvait pas l'incarcérer entre quatre murs. (Peut-être, cette voix non perçue, mais qui pourtant résonnait en elle, venue d'un point quelconque, de par-delà les seuils du sommeil, la prévenait-elle déjà qu'il n'allait pas rester tant d'autres étés pour son cher petit fou ?)

3

Il reste donc à raconter pour finir ce printemps-été de 47, avec les vagabondages d'Useppe et de sa camarade Bella, en permission dans le quartier Testaccio et ses alentours. S'il n'y avait pas eu Bella pour le garder, une telle liberté aurait certainement été refusée à Useppe. Il était souvent repris par des envies irréfléchies de fugue, c'est-à-dire par des envies de marcher droit devant lui sans destination précise ; et il n'y a pas de doute que, si Bella n'avait pas été là pour le freiner et le ramener à la maison à l'heure habituelle, il se serait perdu. En outre, de temps en temps, des peurs le secouaient inopinément : le mouvement d'une ombre ou d'une feuille suffisait pour l'alarmer ou le faire sursauter. Mais, heureusement, dès qu'il tournait ses yeux inquiets, la première chose qu'il voyait, c'était le visage de Bella, avec ses yeux marron contents de cette belle journée et sa façon de respirer bouche ouverte, qui semblaient applaudir l'air.

Au cours de la saison, les rencontres et les aventures ne firent pas défaut à ce couple solitaire. La première aventure fut la découverte d'un lieu merveilleux. C'était là précisément le lieu « de sa connaissance » où Useppe avait projeté d'amener le petit animal sans queue. Et de fait, cette découverte avait précédé de peu

la visite au Professeur Marchionni. Ce fut un dimanche matin ; après le bref intervalle de leur claustration,
Useppe et Bella avaient de nouveau la permission de
sortir. Et ils étaient tellement impatients qu'à neuf
heures, après avoir dit au revoir à Ida, ils étaient déjà
dehors.

La tramontane, pendant son passage rapide succédant à la pluie, avait laissé l'atmosphère si limpide que
même les vieux murs rajeunissaient pour la respirer.
Le soleil était sec et brûlant, et l'ombre était fraîche.
Poussé par le petit souffle de l'air, on marchait
dépourvu de poids, comme porté par une barque à
voile. Et ce jour-là, pour la première fois, Useppe et
Bella franchirent leurs frontières habituelles. Sans
même s'en rendre compte, après avoir longtemps
marché, dépassant la Via Marmorata, ils parcoururent sur toute sa longueur le Viale Ostiense ; et étant
parvenus à la basilique de San Paolo, ils prirent à
droite, où Bella, sollicitée par une odeur enivrante, se
mit à courir, suivie par Useppe.

Bella courait au cri de : « Ouhrrr ! ouhrrr ! » qui
signifie : « La mer ! la mer ! », alors qu'en réalité, bien
sûr, ce qu'il y avait là-bas n'était autre que le fleuve
Tibre. Mais non plus, à la vérité, le même Tibre que
celui de Rome : ici, il courait entre des prairies, sans
murailles ni parapets, et il réfléchissait les couleurs
naturelles de la campagne.

(Bella possédait une sorte de mémoire folle, errante
et millénaire, qui lui faisait flairer soudain dans un
fleuve l'océan Indien et la maremme dans une mare
d'eau de pluie. Elle était capable de flairer aussi un
char tartare dans une bicyclette et un navire phénicien
dans un tramway. Et c'est ainsi que s'explique pourquoi elle faisait hors de propos des bonds gigantes-

ques; ou pourquoi à chaque instant elle s'arrêtait pour
fouiller avec un tel intérêt dans les ordures ou pour
saluer avec mille cérémonies certaines odeurs d'importance minime.)

La ville finissait ici. Là-bas, sur l'autre rive, on
apercevait encore dans la verdure quelques baraques
et quelques masures, qui peu à peu allaient en se
raréfiant; mais, de ce côté-ci, il n'y avait que prairies et
cannaies, sans la moindre construction humaine. Et
bien qu'on ait été dimanche, l'endroit était désert. De
fait, le printemps commençant à peine, personne
encore, surtout le matin, ne fréquentait ces rives. Il n'y
avait là qu'Useppe et Bella : lesquels avançaient en
courant pendant quelques mètres, et puis se mettaient
à faire des cabrioles dans l'herbe, et puis bondissaient
et repartaient en courant pendant quelques mètres.

Au bout des prés, le terrain s'abaissait et une petite
zone boisée commençait. Ce fut là qu'à un certain
moment Useppe et Bella ralentirent le pas et cessèrent
de bavarder.

Ils étaient arrivés dans une clairière circulaire, close
par une rangée d'arbres que leurs branches, se mêlant
à la cime, transformaient en une sorte de chambre au
toit de feuilles. Le sol était un cercle d'herbe qui venait
tout juste de naître avec les pluies, que personne
n'avait sans doute encore foulée aux pieds et où
fleurissait une seule espèce de minuscules marguerites,
qui avaient l'air de s'être ouvertes toutes ensemble à ce
moment-là. Par-delà les arbres, du côté du fleuve, une
palissade naturelle de roseaux laissait entrevoir l'eau;
et le passage du courant, en même temps que le vent
léger qui faisait bouger les feuilles et les rubans des
roseaux, variaient les ombres colorées de l'intérieur,
dans un continuel frémissement. En pénétrant dans

cette clairière, Bella, croyant peut-être se retrouver dans une tente persane, flaira vers le haut, puis au son d'un bêlement venu de la campagne, elle dressa à peine ses oreilles, mais pour les rabaisser aussitôt. Comme Useppe, elle aussi s'était faite attentive au grand silence qui suivit le son isolé de ce bêlement. Elle se coucha près d'Useppe, et dans ses yeux marron la mélancolie fit son apparition. Peut-être se rappelait-elle ses chiots, et son premier Antonio à Poggioreale et son second Antonio qui maintenant était sous terre. Il semblait vraiment qu'on fût dans une tente exotique, très loin de Rome et de toute autre ville : Dieu sait où, arrivés là après un grand voyage ; et qu'alentour, à l'extérieur, s'étendît un énorme espace, où il n'y avait pas d'autre bruit que celui du calme mouvement de l'eau et de l'air.

Un battement d'ailes dans le haut du feuillage, et puis, d'une branche à demi cachée, on entendit gazouiller une chansonnette qu'Useppe reconnut sur-le-champ, car il l'avait apprise par cœur un certain matin, quand il était petit. Il revit même le décor où il lui avait été donné de l'écouter : derrière la cabane des guérilleros, sur la colline des Castelli, pendant qu'Eppetondo faisait cuire des pommes de terre et qu'on attendait Ninnuzzu-Assodicuori... Ce souvenir se présenta à lui un peu imprécis, dans un tremblement lumineux, semblable à l'ombre de cette tente d'arbres ; et il ne lui apporta pas de tristesse, mais plutôt le contraire, tel un petit salut complice. Bella elle aussi parut goûter cette chansonnette, car elle leva la tête, aux aguets mais restant couchée au lieu de s'élancer en bondissant comme elle l'aurait fait en une autre occasion. « Tu la connais ? » lui chuchota tout bas Useppe. Et en réponse elle remua la langue et dressa à

demi une oreille, pour dire : « Bien sûr ! et comment ?! » Cette fois-ci les chanteurs n'étaient pas
deux, mais un seul; et à ce qu'on pouvait distinguer
d'en bas, ce n'était ni un canari ni un chardonneret,
mais sans doute un étourneau ou, plutôt, un vulgaire
moineau. C'était en tout cas un petit oiseau insignifiant, de couleur châtain-gris. En regardant attentivement et en prenant soin de ne faire ni geste ni bruit, on
pouvait mieux distinguer sa petite tête pleine de
vivacité et même sa minuscule gorge rose que ses
roulades faisaient palpiter. A ce qu'il semble, vu que
maintenant les moineaux la connaissaient eux aussi, la
chansonnette s'était répandue chez les oiseaux, devenant un air à la mode. Et peut-être ce moineau-ci n'en
connaissait-il pas d'autre, car il continuait de répéter
cette seule chansonnette, toujours, à part des variations imperceptibles, avec les mêmes notes et avec les
mêmes paroles :

> « C'est un jeu
> un jeu
> rien qu'un jeu ! »

ou bien :

> « Un jeu un jeu
> ce n'est qu'un jeu ! »

ou bien :

> « C'est un jeu
> c'est un jeu
> ce n'est qu'un jeu un jeu
> un jeu euheueueu ! »

Après l'avoir répétée une vingtaine de fois, il fit entendre un autre battement d'ailes et s'envolant, disparut. Alors, Bella, satisfaite, s'allongea plus confortablement dans l'herbe, sa tête reposant sur ses pattes de devant, et elle se mit à somnoler. Le silence, une fois terminé l'entracte de la chansonnette, avait grandi, atteignant une dimension fantastique et telle que non seulement les oreilles mais aussi le corps tout entier l'écoutaient. Et Useppe, en l'écoutant, eut une surprise qui eût peut-être épouvanté un homme adulte, esclave d'un code mental de la nature. Mais son petit organisme l'accueillit par contre comme un phénomène naturel, encore que jamais découvert avant cet instant.

Le silence, en réalité, était parlant ! et, même, il était fait de voix, qui, au début, parvinrent plutôt confuses, se mélangeant au tremblement des couleurs et des ombres, jusqu'au moment où cette double sensation devint une seule : et alors, on comprit que ces lumières tremblantes, elles aussi, étaient toutes, en réalité, des voix du silence. C'était vraiment le silence, et pas autre chose, qui faisait trembler l'espace, serpentant comme une racine plus profondément que le centre embrasé de la terre et montant dans une tempête énorme plus loin que le bleu du ciel. Le bleu du ciel restait bleu ou plutôt il était plus éblouissant, et la tempête était une multitude qui chantait une seule note (ou peut-être un seul accord de trois notes) semblable à un hurlement ! Mais dedans on distinguait, Dieu sait comment, une par une, toutes les voix, toutes les phrases et toutes les conversations, par milliers et par milliers de milliers : et les chansonnettes, et les bêlements, et la mer, et les sirènes d'alerte, et les coups de feu, et les toux, et les moteurs, et les convois pour Auschwitz, et les grillons,

et les bombes, et le tout petit grognement du petit
animal sans queue... et « tu me donnes un petit bécot,
Usè ?... ».

Cette multiple sensation d'Useppe, ni facile ni brève
à décrire, fut, en réalité, simple et aussi rapide qu'une
figure de tarentelle. Et l'effet qu'elle eut sur lui, fut de
le faire rire. A la vérité, il s'agissait là aussi, à en croire
les médecins, de l'un des nombreux symptômes de sa
maladie : certaines sensations hallucinatoires sont
« toujours possibles chez des sujets épileptiques ».
Mais quelqu'un qui se serait trouvé à passer, à ce
moment-là, dans la tente d'arbres, n'aurait vu qu'un
insouciant petit garçon brun aux yeux bleus, qui,
regardant en l'air, riait de rien, comme si une plume
invisible lui titillait la nuque.

4

« Carloo !... ?... Vàvid... Ddàvid ! »

Le jeune homme qui les précédait, à quelques pas de
distance, dans la Via Marmorata, se retourna à peine.
Depuis qu'il était passé en coup de vent Via Bodoni,
l'été précédent, Useppe n'avait pas revu David Segré
(ex-Carlo Vivaldi et Piotr) ; mais Bella, par contre,
avait eu de nouvelles occasions de le rencontrer, vers la
fin de l'été et au cours de l'automne suivant, les fois où
Ninnuzzu était venu à Rome sans trouver le temps
d'aller voir sa famille. Le reconnaissant immédiatement, elle s'élança vers lui avec une telle joie impé-

225

tueuse qu'Useppe lâcha sa laisse. (Le bruit courait, depuis quelque temps, que les employés de la Fourrière municipale faisaient la chasse aux chiens non tenus en laisse, et Ida, épouvantée, avait fait l'acquisition d'une laisse et même d'une muselière, en recommandant l'utilisation à la fois à Bella et à Useppe. Et depuis lors, convaincus, les deux amis, jusqu'au moment où ils quittaient les quartiers habités, étaient toujours liés ainsi l'un à l'autre : avec naturellement comme effet qu'Useppe, étant plus petit, était tenu en laisse par Bella.)

La petite voix qui avait fait se retourner ce jeune homme en criant ses prénoms l'avait pourtant laissé aussi indifférent que si elle avait appelé quelqu'un d'autre ; et il mit un certain temps à reconnaître dans cet énorme cabot malodorant et joyeux qui l'assaillait en pleine rue la Bella de Ninnuzzu : « Va-t'en ! », telle fut sa première réponse à ce chien inconnu. Mais, sur ces entrefaites, quelqu'un d'autre survenait en courant : « C'est moi Useppe ! » lui annonça cet autre d'un air crâne ; et David se baissant vit deux yeux bleus qui lui souriaient dans un frémissement de salut.

Les reconnaissant, David fut sur le point de prendre peur. A ce moment-là, son unique désir était d'être seul. « Ciao, ciao, je rentre chez moi », coupa-t-il court. Et tournant le dos, il reprit de son pas zigzagant la direction du Ponte Sublicio. Mais, comme il franchissait le pont, il fut pris de remords et se retourna. Il vit ces deux êtres qui, après l'avoir suivi pendant quelques pas, s'étaient arrêtés, interdits, à l'entrée du pont, la chienne remuant la queue et l'enfant qui, se cramponnant des deux mains à la laisse, se dandinait, l'air indécis. David leur fit de la main un geste hâtif de

salut et esquissa un sourire gêné, vaguement allusif.
Cela suffit pour que, tels deux poussins, ils volent de
nouveau à sa rencontre : « Où tu vas ? » l'affronta
Useppe en rougissant. « Chez moi, chez moi, ciao »,
répondit David. Et surtout pour se libérer de ce
couple, il ajouta, en fuyant presque vers la Porta
Portese :

« On se reverra, hein ? plus tard ! »

Alors, résigné, Useppe lui fit avec son poing fermé
son familier signe d'adieu. Mais Bella, elle, grava dans
sa mémoire ces mots « on se reverra plus tard »,
comme s'ils avaient eu la valeur d'un véritable rendez-
vous. En attendant (il était presque une heure de
l'après-midi), tirant Useppe par la laisse, elle l'entraîna vers la Via Bodoni pour aller déjeuner ; cependant que David, tournant les talons, disparaissait de
l'autre côté de la Porta Portese.

En réalité, il courait vers un autre rendez-vous, qui
l'attendait chez lui et, tel un appel de femme, le faisait
frémir d'impatience. En réalité, il ne s'agissait que
d'un médicament auquel, comme jadis à l'alcool,
il recourait à certaines heures difficiles. Mais alors
que l'alcool le réchauffait et parfois l'excitait jusqu'à la colère, cet autre remède avait pour lui la
qualité opposée, car il lui promettait un état de
calme.

Les premiers temps après la mort de Ninnuzzu, il
était tombé dans un état d'agitation fébrile, qui, de
temps en temps, le chassait de son petit domicile
romain vers ces lieux de son bref passé qui pouvaient
encore représenter pour lui une sorte de famille. Il était
d'abord allé au village de sa nourrice, pour en repartir
aussitôt en toute hâte pour Rome. Puis, un jour plus
tard, il était retourné à Mantoue, mais il n'avait pas

tardé à reprendre de là le train vers le sud. Quelques-uns de ses anciens camarades anarchistes l'avaient vu faire sa réapparition dans un café de Pise ou de Livourne, un de ceux où ils se retrouvaient jadis quand il était adolescent. Il avait répondu de mauvaise grâce à leurs questions, par monosyllabes ou avec des sourires forcés ; et puis il s'était assis, maussade, taciturne, et bougeant sans arrêt ses jambes, comme si sa chaise avait provoqué chez lui une sensation de démangeaison ou d'ankylose. Au bout d'environ trente minutes, en plein milieu de leur conversation, il s'était brusquement levé, avec la précipitation de quelqu'un qui aurait un besoin pressant ; mais au lieu de cela, après leur avoir dit au revoir à tous, il leur murmura qu'il devait se dépêcher s'il ne voulait pas rater la correspondance de Rome à la gare. Et de même que sans préavis il avait fait sa réapparition, il avait disparu.

Un jour, à Rome, il avait pris le petit train des Castelli Romani ; mais il en était descendu au premier arrêt pour rentrer précipitamment à Rome. Et plus d'une fois il était retourné à Naples... Mais dans tous les endroits où il allait, il retrouvait toujours et seulement la conviction définitive que, de même qu'à Rome, dans n'importe quelle ville ou n'importe quel village il n'avait pas un seul ami. Et alors, il ne lui était finalement resté qu'à réintégrer son trou : ce rez-de-chaussée du Portuense où, du moins, il retrouvait un lit familier sur lequel jeter son corps.

Pourtant, quand il y repensait, ces voyages et ces déplacements désordonnés n'avaient pas tous été inutiles. Il en avait du moins tiré un bénéfice qui, dorénavant, pourrait lui servir dans sa solitude. Et quand il en faisait le bilan, bien que ç'ait été une amitié non humaine, artificielle et, à son avis, répugnante, il y voyait pour lui-même, sans la moindre nuance d'ironie, comme une amitié.

Cela avait commencé par hasard quelques mois plus tôt, au cours de l'une de ses incursions à Naples. Un soir, sur le tard, un petit docteur en médecine fraîchement diplômé (qu'il avait connu étudiant à l'époque où il avait franchi le front avec Ninnuzzu) l'avait vu arriver chez lui à l'improviste. « Piotr ! » avait-il crié en le reconnaissant (David s'était jadis présenté à lui sous ce nom), et avant même de l'écouter, il avait compris que ce garçon venait demander du secours. Plus tard, il eut à se rappeler que son impression immédiate, rien qu'en regardant son visage, avait été de recevoir la visite d'un suicidaire. Dans ses yeux en amande, enfoncés, il y avait une obscurité indicible, déchirante mais, aussi, timide ; et les muscles non seulement de son visage mais de son corps tout entier tressautaient sous l'effet d'une charge d'énergie sauvage qui ne parvenait à se consumer que sous forme de douleur. Dès son entrée, sans même saluer son hôte (qu'il n'avait pourtant pas revu depuis peut-être deux ans), il dit, avec la véhémence brutale d'un cambrioleur vous menaçant de son arme, qu'il avait besoin d'un médicament quelconque mais puissant, un remède agissant rapidement, immédiatement, sinon il allait devenir fou. Qu'il n'y tenait plus, que depuis plusieurs jours il ne dormait plus, qu'il voyait partout des flammes, et qu'il était à la recherche d'un médicament *très froid* qui l'empêche de penser. Parce qu'il ne faisait que penser... Il voulait que les pensées se détachent de lui... que la vie se détache de lui ! Tout en clamant cela, il s'était jeté sur un petit divan, ne s'asseyant pas mais se recroquevillant, à demi age-

229

nouillé contre le dossier, et il donnait contre le mur des coups de poing terribles, au risque de se fracasser les jointures des doigts. Et il sanglotait, ou, plus exactement, des sanglots se formaient dans sa poitrine, lui secouant violemment de l'intérieur le corps, mais sans parvenir à trouver une issue, et de sa bouche sortaient tout au plus des râles informes et pénibles. L'appartement du petit docteur, où ils étaient, était non pas le cabinet médical de celui-ci mais encore son habitation d'étudiant, une garçonnière plus qu'autre chose. Il y avait, fixés au mur avec des punaises, des dessins humoristiques découpés dans des hebdomadaires... Et David se mit à lacérer ces dessins, en hurlant des insultes et des blasphèmes. Son hôte qui l'avait toujours respecté et admiré pour ses exploits de partisan s'efforçait de l'apaiser et de se rendre utile. Là, chez lui, il n'avait pas une pharmacie très fournie ; mais dans la sacoche, qu'il avait ramenée de l'hôpital où il exerçait, il avait une ampoule de Pantopon. Il lui en injecta le contenu, et quelques instants plus tard, il le vit se calmer et même se rasséréner, comme un enfant à jeun qui tète le lait de sa mère. Tout en se détendant, il commenta doucement, dans son dialecte du Nord : « C'est bon... c'est bon... c'est rafraîchissant... » et tout en disant cela il adressait au jeune docteur des petits sourires de gratitude, cependant que ses yeux, que baignait une brume radieuse, se fermaient déjà. « Excuse-moi si je te dérange, hein, excuse-moi si je te dérange », ne cessait-il de répéter, cependant que son hôte, le voyant somnoler, l'aidait à s'étendre sur le lit de la petite pièce contiguë. Là, il dormit pesamment toute la nuit, pendant environ dix heures ; et le matin, il se leva calmé et grave ; il se lava, se peigna et, même, se rasa. Il voulut savoir comment il avait été soigné, et son hôte lui expliqua loyalement qu'il lui avait fait une piqûre de Pantopon, médicament à base de morphine. « De morphine... c'est une drogue ! » remarqua Piotr, pensif. Et il commenta, fronçant les sourcils : « Alors, c'est une saloperie. » « De fait », lui répondit avec une sévérité et un scrupule professionnels le petit docteur, « d'habitude, elle n'est pas à conseiller. Mais, dans certains cas exceptionnels, on peut la conseiller ». Néanmoins, Piotr avait pris un air attristé, tel un petit garçon qui aurait commis une mauvaise action, et il continuait de frapper tout doucement l'un contre l'autre ses poings dont les jointures étaient toutes meurtries : « Ne dis à personne, hein, que je me suis mis cette cochonnerie dans le corps », telle fut la dernière phrase qu'il murmura, honteux, à son hôte avant de repartir.

Depuis l'enfance, David avait conçu du dégoût et du mépris pour les narcotiques et les drogues en général. Il y avait au nombre des souvenirs de la famille Segré, celui d'une grand-tante, passée à la postérité sous le simple nom de *tante Tildina,* qui, disait-on, était morte à l'hôpital pour avoir abusé du chloral. Elle était morte vierge, âgée d'environ cinquante ans, et dans l'album des portraits de famille, il y avait une photo d'elle prise à cette époque. On y voyait une petite personne rabougrie et à demi percluse, presque chauve — mais ses rares cheveux retenus par un ruban noir garni de petites perles —, serrée dans une jaquette rayée et avec une étole de fourrure sur les épaules. Pour lui enfant, cette créature sénile, avec ses lèvres pincées, son nez décharné et ses yeux saillants, tristes et un peu exaltés de vieille fille, avait constitué le modèle de la laideur et de la tristesse bourgeoises. Et la drogue que, par tradition, il avait toujours identifiée avec la tante

Tildina, lui apparaissait comme un vice propre à la bourgeoisie dégradée et refoulée, quand elle cherche à s'évader de sa culpabilité et de son ennui. Le vin est un exutoire naturel, viril et plébéien ; alors que la drogue est un succédané artificiel et pervers bon pour les vieilles filles. La honte avilissante qu'il avait déjà éprouvée lors de sa première et quasi involontaire expérience à Naples l'humiliait de nouveau, plus douloureusement, dans la suite, à chacune de ses nouvelles rechutes volontaires. Et ce sentiment de honte lui donnait la force de résister, jusqu'à un certain point, à son envie, l'empêchant de tomber dans une totale dépendance de ce médicament magique. Mais il y avait des jours où l'étrange excès d'énergie qui le déchirait, tout entière déviée vers une douleur sans solution, l'amenait à un point d'angoisse et d'horreur insupportables. C'était le point de rupture de sa résistance. De ce point extrême, la promesse de son médicament s'ouvrait à lui comme, du fond d'un tunnel en ruine, une grande fente spacieuse d'où prendre son essor !

Durant ces mois (bien que s'accusant, selon son code personnel, de richesse abusive), David vivait de ses rentes. Lors de son dernier passage à Mantoue, il avait donné à cet oncle qui avait survécu à la guerre et qui lui était peu sympathique, une pleine procuration pour la liquidation de son héritage personnel : lequel, du reste, se réduisait en tout à cet appartement de cinq pièces où, depuis son enfance, il avait habité avec ses parents. Et en acompte sur la vente de l'appartement, son oncle lui expédiait un mandat-poste à chaque fin de mois.

C'était une somme presque dérisoire, mais elle lui suffisait tout de même pour survivre, étant donné l'existence bohème qu'il menait. Dans sa vie, maintenant, il n'y avait plus personne ressemblant à une maîtresse, et seulement ces quelques pauvres aventures tarifiées qu'il avait au cours de ses nocturnes chasses de brigand et qu'il consommait sur place (à l'ombre d'une ruine ou sur les marches de l'escalier d'un pont) sans même regarder en face sa partenaire. De fait, il avait l'impression de reconnaître dans chacune de ces filles perdues sa G. de Mantoue, que d'autres (les patrons d'alors) avaient utilisée de la même manière que lui, présentement, utilisait celle-ci ! Et une telle utilisation équivalait à une sorte de proxénétisme, et il ne se sentait pas moins ignoble que ces autres et indigne d'ouvrir les yeux ! Alors il assouvissait son désir avec la hâte rageuse de quelqu'un commettant un acte déshonorant ; et comme s'il avait été un Américain cousu d'or, il surpayait son aventure, se retrouvant ensuite, parfois, sans une lire, sans même de quoi s'acheter des cigarettes.

Parfois, il se saoulait, mais plus rarement que dans le passé. Pour se nourrir, quand il y pensait, il mangeait debout, sans assiette ni couverts, à la pizzeria. Et c'étaient là, outre le loyer de son rez-de-chaussée, ses plus grandes dépenses habituelles, auxquelles s'ajoutait à présent le seul luxe des nouveaux médicaments. Mais, à cette époque, l'usage de certaines drogues n'était pas très répandu en Italie, et il n'était pas difficile de s'en procurer, même à bas prix.

Après les premières semaines, la peur d'une fatale accoutumance physique (qui pour lui représentait le déshonneur définitif) l'avait incité à remplacer dans certains cas les médicaments opiacés par des produits de composition et d'effet différents. Il s'agissait, pour la plupart, de somnifères vendus librement en pharma-

cie, que David absorbait non seulement contre les
insomnies nocturnes, mais le matin et l'après-midi et à
n'importe quel moment, lorsque sa propre présence lui
devenait intolérable. Grâce à eux, il tombait rapidement dans une sorte de léthargie dans laquelle il
pouvait rester plongé des journées entières. Mais
quand il en émergeait, c'était pour lui la même chose
que si un seul instant s'était écoulé depuis le moment
où il s'était endormi. L'entracte se réduisait à zéro. Et
le poids du temps indestructible l'attendait sur le seuil
de son rez-de-chaussée, semblable à une énorme pierre
qu'il devait traîner après lui. Alors, bravement,
essayant de réagir, il chargeait ce poids sur ses épaules.
Il sortait, il rentrait chez lui, il recommençait à battre
le pavé, il faisait des apparitions dans les cinémas et
dans les bistros, il feuilletait des livres... Que faire de
son corps ?

Son unique réconfort, ces jours-là, c'était de savoir
que, comme ultime ressource, il lui restait toujours son
premier médicament, celui de Naples, dont il avait
toujours un stock disponible. Aucun autre des divers
médicaments dont il avait fait l'essai n'était capable de
lui procurer, surtout les premiers temps, un tel réconfort, comme celui d'une main qui l'aurait caressé :
« Ce n'est rien, ce n'est rien », débarrassant pour lui
les choses de leur poids et faisant aussi le vide dans sa
mémoire. Même sa solitude lui apparaissait, à ces
moments-là, comme un épisode sans importance,
fortuit et provisoire : à la vérité, il existait sur la terre
des êtres extraordinaires, ses futurs amis qui déjà
venaient à sa rencontre... « Rien ne presse, absolument rien ne presse. En sortant, demain peut-être, je
les rencontrerai. »

Et de temps en temps, passant de l'un à l'autre des

remèdes qu'il utilisait à titre d'alibi ou d'alternative, il revenait à ce remède unique, fasciné comme un libertin qui revient à son premier amour. Ces journées-là, il les appelait ses journées *de gala*. Elles étaient sa nourriture, mais hélas, une nourriture éphémère. Les réconforts chimiques se comportent comme ces petites ampoules électriques en usage dans les hôtels modestes : lesquelles sont réglées pour rester allumées juste le temps de monter du rez-de-chaussée à l'étage au-dessus. Mais il arrive parfois qu'elles s'éteignent au milieu de l'escalier et l'on se retrouve en train de tâtonner dans le noir, comme un idiot.

Le jour de leur rencontre avec lui, Bella et Useppe, après avoir mangé à toute vitesse, s'esquivèrent de nouveau aussitôt, ainsi qu'ils le faisaient régulièrement quand il faisait beau. Et effectivement, c'était une journée de mai estivale, de celles où, à Rome, tous les quartiers semblent aériens et où l'on dirait que, terrasses, fenêtres et balcons, la ville entière est pavoisée. Par un tel temps et vu la longue durée de la lumière, la direction naturelle prise par le couple aurait dû être celle du Viale Ostiense, et de là, après avoir beaucoup marché, le fameux lieu récemment découvert par eux (la tente d'arbres au bord de l'eau). Mais ce jour-là, Bella, au lieu de cela, s'engagea dans la direction opposée, celle du Ponte Sublicio; et Useppe ne fut pas long à deviner que, ayant pris au mot David, elle se précipitait sur les traces de celui-ci afin d'être exacte au rendez-vous avec lui. A dire la vérité, Useppe ne s'était pas laissé leurrer par la phrase de David, manifestement proférée au hasard, tout juste pour dire « ciao » et plutôt dans le but évident de leur fausser au plus vite compagnie. Et à présent, la crainte qu'il en soit ainsi l'angoissait un peu. Mais, comme Bella, joyeuse et résolue, l'entraînait par la laisse, il la suivit sans discuter et même avec enthousiasme à ce rendez-vous hypothétique.

Il n'avait jamais connu l'adresse de David; mais Bella, elle, la connaissait, car elle y était déjà venue en compagnie de Ninnuzzu. Et la perspective de cette visite imminente la faisait galoper avec enthousiasme. Il faut rappeler ici que David, malgré ses manières peu sociables à cause desquelles tout le monde, plus ou moins, le prenait en antipathie, avait souvent du succès auprès des animaux et des petits enfants. Peut-être émanait-il de lui une odeur mystérieuse, particulièrement sympathique aux tout petits, chats, chiens et individus du même genre? C'est un fait que certaines filles, après avoir couché avec lui, disaient que, la nuit, sa poitrine plutôt poilue sentait l'herbe.

Quand ils arrivèrent sur la Piazza di Porta Portese, Bella leva la tête et aboya en direction des fenêtres du Riformatorio Gabelli (la Maison de Correction Gabelli), qui soudain évoquèrent pour elle Poggioreale, où était enfermé son premier Antonio. Puis, de l'autre côté de la Porta Portese, elle baissa la queue et les oreilles, tournant furtivement vers la droite : cela parce qu'à gauche se dressaient les murs de la Fourrière municipale, d'où l'on pouvait même entendre retentir quelques cris éperdus; mais elle préféra ne pas en parler à Useppe.

Voici le bistro, d'où sort l'habituel charivari de la radio; et les baraques et l'informe terrain à bâtir parsemé d'ordures et de détritus. A cette heure-là, on ne rencontrait pas beaucoup de monde dans les parages. On y voyait, par contre, plusieurs chiens qui fouillaient dans les détritus ou qui faisaient la sieste allongés dans la poussière; et Bella, malgré sa hâte d'arriver au rendez-vous, s'attarda néanmoins avec ceux-ci pour l'échange des habituelles politesses. L'un de ces chiens était un minuscule petit boiteux, ressemblant à un singe nain, un autre, gros et plutôt boursouflé, avait l'air d'un veau. Mais Bella qui, quant à elle, ressemblait à un ours, ne reconnaissait pas moins en eux des parents à elle; et elle faisait fête à leur identité canine, les saluant, paisible et satisfaite. Avec un seul d'entre eux, un type robuste mais svelte, de couleur pie et les oreilles droites, la rencontre ne fut pas cordiale; aussi bien lui que Bella grondèrent et se montrèrent les dents, prêts à se sauter dessus. « Bella! Bellaaa! » appela Useppe, inquiet. Et à son cri, par chance, d'une baraque un jeune homme appela d'une voix sans réplique : « Lupo! Lupo! », réussissant par son autorité à éviter un affrontement. Obéissant, le dénommé Lupo rentra dans la baraque, et Bella, oubliant en un instant et lui et tous ces autres chiens, se dirigea gaiement vers la petite porte du rez-de-chaussée, qu'elle avait tout de suite reconnue, et comme quelqu'un de la famille, elle gratta à ladite porte.

« Entrez! » cria, de l'intérieur, la voix de David. C'était sans le moindre doute sa voix, mais accueillante, timbrée de légèreté et contente, telle qu'on ne l'avait jamais entendue. « La porte est fermée! » l'informa en réponse Useppe, en proie à une grande anxiété. Et alors, David ne se préoccupant même pas de demander qui était là, et se levant du lit sur lequel il était étendu, se dirigea vers la porte; mais, avant d'ouvrir, il poussa du pied sous le lit une ampoule cassée et un tampon d'ouate, taché de quelques gouttelettes de sang, qui étaient restés par terre sur le petit tapis.

« Qui est là ? Ah, c'est toi ! » dit-il de cette voix extraordinaire, claire et détendue, comme si la visite d'Useppe avait été un phénomène tout à fait naturel. « C'est curieux : je pensais justement à toi ! » ajouta-t-il, une tendresse divinatrice à peine teintée d'étonnement illuminant son visage, « je ne le savais pas que je pensais à toi, mais, à présent, je le comprends : c'est à toi que je pensais. »

Et il s'allongea de nouveau sur le lit qui n'avait pas été fait depuis Dieu sait quand. Sur le matelas à rayures, il n'y avait, à la tête, qu'un oreiller gris de crasse et, aux pieds, un drap tout chiffonné, grisâtre lui aussi. La couverture était en tas sur le sol, près du fauteuil, et le pantalon de David et des journaux étaient jetés dessus. Son maillot de corps était par terre, plus loin, d'un autre côté de la pièce.

« Y a aussi Bella ! » annonça Useppe, comme si l'évidence ne suffisait pas, car Bella, toujours liée à lui par la laisse, l'avait précédé dans la pièce. Elle fêtait cette rencontre en remuant la queue, mais, certainement par respect des lois de l'hospitalité, elle s'abstint pourtant de certaines de ses démonstrations excessives. Sur-le-champ, avisant le tas formé par la couverture et présumant que c'était là une couche préparée exprès pour elle, remuant toujours la queue, elle s'installa dessus telle une bayadère.

Allongé sur le dos sur le lit et avec rien d'autre sur lui qu'un slip, le corps de David laissait voir son terrible amaigrissement, tel que tous les os de ses côtes saillaient ; mais son visage avait une animation enfantine, pleine de surprise mais aussi de confiance, comme à une rencontre de gens du même âge se retrouvant ensemble.

« J'ai reconnu tes pas », déclara-t-il, toujours avec, comme précédemment, cette simplicité qui traitait l'invraisemblable comme une chose normale, « des tout petits pas... tout petits... Et je me disais : *le voici qui arrive; mais qui est-ce ?* Je ne reconnaissais pas ton nom, et pourtant je le connais bien : Useppe ! et qui ne le connaît pas ? Et aujourd'hui n'était pas la première fois où je pensais à toi : j'y ai pensé beaucoup d'autres fois... »

Useppe, convaincu, bredouilla quelque chose, cependant que son visage s'illuminait. De temps en temps, le regardant, David avait un petit rire.

« Toi et ton frère », observa-t-il avec un soupir, en changeant de position, « vous êtes si différents que vous n'avez même pas l'air d'être frères. Mais vous vous ressemblez pour une chose : le bonheur. Ce sont deux bonheurs différents : le sien, c'est le bonheur d'exister. Et le tien c'est le bonheur... de... de tout. Toi, tu es l'être le plus heureux du monde. Toujours, toutes les fois que je t'ai vu, j'ai pensé cela, dès les premiers jours où j'ai fait ta connaissance, là-bas, dans la grande salle... Moi, tant tu me faisais pitié, j'évitais toujours de te regarder ! Et depuis lors, le croiras-tu ? je me suis toujours souvenu de toi. »

« Moi aussi !! »

« ... Oh, toi, alors, tu étais un petit gosse, et à présent aussi tu es encore un petit gosse. Ne fais pas attention à ce que je dis : aujourd'hui, c'est ma journée de grand gala, je donne un bal ! Mais toi, quand tu me rencontres, tu devrais t'enfuir : particulièrement quand je danse ! Toi, tu es trop gentil pour ce monde, tu n'es pas d'ici. Comme on dit : *le bonheur n'est pas de ce monde.* »

Obéissant à un comique sentiment de pudeur, mais aussi à une sensation de froid (entre autres choses, il était à jeun), il dégagea de ses pieds le drap sale et le remonta jusque sur sa poitrine. A la différence de son crâne, sur lequel ses cheveux poussaient durs et presque droits, il avait sur la poitrine et aux aisselles des boucles laineuses ressemblant à de l'astrakan. Et leur noirceur exubérante contrastait avec l'actuelle et extrême pâleur de son corps brun qui, par sa maigreur, semblait revenu à une première adolescence. Il avait rejeté la tête en arrière, et ses yeux erraient vers le plafond, tout à une méditation ingénue, grave et rêveuse. Dans son visage, pourtant décharné et non rasé, on retrouvait ce jour-là le petit étudiant de la photo d'identité sur laquelle les femmes des Mille s'étaient penchées en cercle avec curiosité le soir où il était arrivé.

« Le bonheur, moi, je l'ai toujours aimé ! » avoua-t-il, « certains jours, quand j'étais enfant, j'en étais envahi à un tel point que je me mettais à courir les bras ouverts, avec l'envie de hurler : C'est trop, c'est trop ! Je ne peux pas le garder tout entier pour moi. Il faut que je le donne à quelqu'un d'autre. »

Mais Useppe, pendant ce temps, était là qui brûlait d'impatience de lui expliquer un point fondamental de leur dialogue de tout à l'heure : « ... Moi aussi », reprit-il à partir de ce point, dans une sorte de battement d'ailes, « faudrait pas que tu croies que j'ai oublié quand tu étais là-bas avec nous et que tu dormais dans le coin ! T'avais des lunettes de soleil et une sacoche... ».

Le regardant, David rit avec ses yeux :

« Dorénavant », lui proposa-t-il, « nous serons amis ? Nous serons TOUJOURS amis ? »

« Vi-vi... Ouiii ! »

« Tu as toujours ton habituelle petite mèche droite au milieu du crâne ! » remarqua David, la regardant avec un petit rire.

Dans le rez-de-chaussée, une fois la porte refermée, la lumière méridienne filtrait à peine à travers le rideau de la petite fenêtre ; et il y stagnait une pénombre presque froide. Visiblement personne ne balayait ni ne rangeait jamais dans cette pièce : par terre, il y avait, épars, des mégots, quelques paquets vides et chiffonnés de Nazionali et, çà et là, des noyaux de cerises. Sur une chaise qui faisait office de guéridon, était restée une seringue vide, à côté d'une flûte de pain garnie de mortadelle et à peine entamée à un bout. En ce qui concerne l'ameublement, tout était plus au moins resté comme du temps de Santina. Sauf que sur la petite table il y avait quelques livres, cependant que le poupon en avait été éliminé ou rangé ailleurs ; et les deux images saintes, sur le mur, étaient masquées par des pages de journal.

D'une manière quelconque, cette pièce rappelait à Useppe la grande salle des Mille et elle lui plaisait sans contredit. Il promenait autour de lui le regard de ses petits yeux contents et fit même quelques petits pas explorateurs.

« Et où vas-tu comme ça, tout seul à travers Rome ? » demanda David en se soulevant sur un coude.

« On va *à la mer !* » intervint Bella. Mais Useppe conscient que David ne comprenait peut-être pas ce que disait la chienne rectifia et traduisit pour lui :

« On va *au fleuve !* Pas celui d'ici », ajouta-t-il

vivement, « mais celui qui est plus loin, une fois qu'on a dépassé San Paolo! encore après! encore plus loin!! » Il fut sur le point de faire part à David de leur rencontre avec ce genre de chanteur ailé qui connaissait la chanson : « C'est un jeu... etc. », mais il se ravisa et au lieu de cela lui demanda après un temps bref :

« Est-ce que t'as jamais vu un tout petit animal » (avec ses deux mains il en indiqua à peu près la taille) « sans queue, marron avec des taches jaunes... les pattes courtes?... »

« Ressemblant à quel autre animal, par exemple?... »

« A un rat... mais sans queue... et puis avec des oreilles plus petites! » dit Useppe, s'efforçant de le décrire.

« Ça pourrait être... un petit mulot... un cochon d'Inde... un hamster... » Useppe aurait voulu donner et demander d'autres renseignements; mais David, suivant une pensée qui lui était propre, observa, avec un léger sourire :

« Moi, quand j'étais un petit garçon comme toi, je voulais être explorateur, je voulais faire des tas de choses... Mais à présent », ajouta-t-il avec une expression de faiblesse et d'inappétence confinant au dégoût, « je n'ai plus envie ni de faire un geste ni d'aller nulle part... Pourtant, un de ces jours, il va falloir que je me mette à travailler! Je veux faire un travail manuel, fatigant : comme ça, le soir, quand je rentrerai à la maison, je serai si las que je serai incapable de penser!... Tu penses souvent, toi? »

« Moi... oui, je pense. »

« A quoi penses-tu? »

Pour encourager Useppe, Bella fit alors entendre sa

voix. Celui-ci s'agita sur ses petites jambes, la regarda et puis regarda David :

« Moi, je fais des poésies ! » lui apprit-il rougissant de secret et de confiance.

« Ah ! Je l'avais déjà entendu dire que tu étais poète ! »

« Par qui ?! » Useppe regarda du coin de l'œil Bella, la seule qui fût au courant... (Mais, en réalité, c'était Nino qui, parlant avec fierté à son ami de son fameux petit frère illégitime, lui avait dit entre autres choses : « Ce gosse-là, selon moi, il sera poète ou champion ! Faudrait que tu voies les bonds qu'il fait ! et comment il parle ! »)

« Et tu les écris, tes poésies ? » reprit David, négligeant de répondre à la question d'Useppe.

« Nnnoon... Moi ze veux pas les écrire... moi... non... » (comme d'habitude, quand il était ému et troublé, Useppe retrouvait pour certains mots la prononciation fautive et le zézaiement des petits enfants) « ... les poésies, moi, ze les pense... et ze les dis... »

« Et à qui les dis-tu ? »

« A elle ! » Et Useppe montra Bella, laquelle remua la queue.

« Dis-les-moi à moi aussi, si tu t'en souviens. »

« Non, ze m'en souviens pas... Moi, ze les pense, et tout de suite ze les oublie. Y en a beaucoup... mais elles sont petites ! Mais y en a TANT ET TANT !! Moi, je les pense quand je suis seul, et aussi quand je suis pas seul, y a des fois où je les pense ! »

« Penses-en une à présent ! »

« Vi. »

Sur-le-champ Useppe fronça les sourcils, se mettant à penser. « ... Mais une seule, elle est trop petite... »

observa-t-il en hochant la tête, « ...maintenant je vais en penser plusieurs différentes, et je te les dirai ! » Pour mieux se concentrer, il ferma les yeux si fort que ses paupières se ridèrent. Et quand, un instant plus tard, il les rouvrit, on eût dit que son regard, comme celui des oiseaux chanteurs, continuait encore de suivre un invisible point mobile et lumineux. En même temps, accompagnée d'un dandinement de ses jambes, sa petite voix mélodieuse et timide se mit à psalmodier :

« Les étoiles comme les arbres et qui froufroutent comme les arbres.
« Le soleil par terre comme une poignée de chaînettes et d'anneaux.
« Le soleil tout entier comme des tas de plumes cent plumes mille plumes.
« Le soleil là-haut dans le ciel comme des tas d'escaliers de palais.
« La lune comme un escalier et au sommet se penche Bella qui se cache.
« Dormez canaris refermés comme deux roses.
« Les 'ttoiles comme des tas d'hirondelles qui se disent bonjour. Et dans les arbres.
« Le fleuve comme les beaux cheveux. Et les beaux cheveux.
« Les poissons comme des canaris. Et ils s'envolent.
« Et les feuilles comme des ailes. Et elles s'envolent.
« Et le cheval comme un drapeau.
« Et il s'envole. »

Comme chacune de ces phrases représentait pour lui une poésie entière, il avait marqué les pauses entre l'une et l'autre par une respiration ; finalement, quand il eut dit la dernière, il fit entendre une respiration plus forte et, cessant de se dandiner, il se précipita vers son public. Bella l'accueillit par un petit bond joyeux ; et

David, qui l'avait écouté avec beaucoup de gravité et de respect, lui déclara, convaincu : « Tes poésies parlent toutes de DIEU ! »

Puis, renversant la tête en arrière sur l'oreiller, il se mit à expliquer consciencieusement son jugement : « Toutes tes poésies », dit-il pensif, raisonnant, « sont centrées sur un COMME... Et ces COMME, unis en chœur, veulent dire DIEU ! Le seul Dieu réel se reconnaît à travers les ressemblances de toutes les choses. Où que l'on regarde, on découvre une unique empreinte commune. Et ainsi, de ressemblance en ressemblance, tout au long de la gamme on remonte à un seul. Pour un esprit religieux, l'univers constitue un processus où, de témoignage en témoignage, tous concordants, on arrive au point de la vérité... Et les témoins les plus sûrs, bien entendu, sont non pas les clercs, mais les athées. Ce n'est ni par les institutions ni par la métaphysique que l'on témoigne. *Dieu, c'est-à-dire la nature...* Pour un esprit religieux », conclut-il avec gravité, « il n'y a pas d'objet, fût-ce même un ver ou un fétu de paille, qui ne rende semblablement témoignage de DIEU » !

Useppe s'était assis familièrement dans le fauteuil, d'où pendaient ses maigres petites jambes et ses pieds nus dans ses sandales ; cependant que Bella, couchée confortablement entre le lit et le fauteuil, contemplait béatement tantôt Useppe et tantôt David. Et celui-ci, pendant ce temps, comme s'il avait discuté en rêve avec de grands docteurs, sans plus se rendre compte qu'il parlait à deux pauvres analphabètes, poursuivait à haute voix ses méditations. Ou plutôt comme s'il ne se rappelait plus qui d'eux trois était l'étudiant cultivé, qui le petit gamin et qui le chien... Néanmoins, tout à coup, ses yeux se fixèrent avec attention sur un point de son bras nu, où une veine, légèrement tuméfiée, avait à sa surface un caillot de sang, semblable à la morsure d'un insecte. Toutes les fois qu'il recourait à son médicament, David recommençait toujours à se l'injecter au même point précis de cette veine, toujours la même, obéissant en cela à une mystérieuse idée fixe qui peut-être cachait pour lui l'intention d'avoir exprès une marque visible de sa lâcheté récidiviste. Mais l'ivresse qui présentement le berçait comme une mère le détourna aussitôt de cette marque infamante. Il était lui-même pris par le plaisir musical de sa propre voix, cependant que ses yeux, bien que noirs, étaient devenus aussi limpides qu'une eau pure et fraîche réfléchissant l'obscurité.

« Moi aussi, avant », dit-il en souriant, le front à demi masqué par son bras, « il y a des années, j'écrivais des poésies : toutes des poésies politiques ou bien des poésies d'amour. Je n'avais pas encore de fiancée, je n'avais même pas de barbe, mais tous les jours je rencontrais une moyenne d'au moins cinq ou six filles, la plupart inconnues, avec qui j'aurais voulu me fiancer, les trouvant l'une plus belle que l'autre. Mes poésies, pourtant, je les dédiais à une seule, que j'appelais *Aimée*, laquelle n'existait pas, c'était une invention de ma part, et qui était sans comparaison la plus belle de toutes. Je ne parvenais même pas à me l'imaginer : je savais seulement qu'elle devait être vierge et, de préférence, blonde...

« Et mes poésies politiques, par contre, je les adressais à toutes sortes de destinataires, présents, passés et futurs. J'écrivais à Brutus Premier et à Brutus Second, au Tsar, à Karl Marx : toujours en vers. Certaines de ces poésies, en particulier les premières, me reviennent de temps en temps à la mémoire et, surtout les jours de gala, elles se répètent dans ma tête... Ce sont des choses scolaires, des vers de débutant... je m'en rappelle une intitulée :

AUX CAMARADES

La Révolution, camarades, ne s'apprend pas dans les textes
des philosophes en train de banqueter, servis par des esclaves,
ni dans ceux des professeurs qui traitent dans leur bureau
des luttes et de la sueur des autres.
La grande Révolution est enseignée par l'air
qui se donne à toutes les respirations et les reçoit toutes.
Elle est chantée par la mer, notre sang infini,
qui dans chacune de ses gouttes réfléchit le soleil tout entier !
De même toute pupille humaine réfléchit la lumière tout entière.
Camarades, hommes de toute la terre !
Lisons le mot de révolution
dans mes-tes-nos yeux, tous nés à la lumière
de la pensée et des étoiles !
Il est écrit :
Homme : conscient et libre ! »...

... « Encore ! » dit Useppe, quand la récitation de cette poésie fut terminée.

David sourit, obligeant : « A présent », annonça-t-il, « je vais en dire une d'amour. Il y a dix ans, je crois, que je l'ai écrite ! elle a pour titre :

PRINTEMPS

Tu es comme les primevères encore fermées qui s'ouvrent
au premier soleil de mars...
... Ouvre-toi, mon aimée !
C'est l'heure ! Je suis Mars !

Je suis Avril !! Je suis Mai !!!
Ô coquillage de la prairie, petite primevère de la mer,
.Le printemps est là, et toi
tu es mienne... »

« ... Encore ! » réclama Useppe cette fois aussi.
« Quoi, encore ? » répliqua David en riant, « cette
poésie finit là. Je dois en avoir écrit peut-être cinq
cents, peut-être mille, des poésies, mais ma mémoire
est vide... » Tout en disant cela, il réfléchissait. « Peut-
être », dit-il, fronçant les sourcils, « y en a-t-il une que
je pourrais me rappeler, la dernière que j'ai composée !
Je ne l'ai même pas écrite, il y a très longtemps que je
n'en écris plus. Je l'ai seulement pensée, elle est très
récente. Elle s'est présentée d'elle-même à mon esprit
il y a quelques jours ; et ce jour-là aussi était un jour *de
gala* et il me semble que c'était un dimanche comme
aujourd'hui. Je dis que *je l'ai pensée,* mais cela non plus
n'est pas tout à fait exact. J'avais l'impression de la lire
écrite je ne sais où, comme en idéogrammes, en images
colorées... Et je ne comprends même pas ce qu'elle
signifie, je serais même tenté de dire qu'elle ne signifie
rien. Elle est intitulée OMBRES LUMINEUSES. »
Les petits pieds d'Useppe s'agitèrent, dans l'impatience d'écouter cette poésie. Bella dressa légèrement
une oreille. Et David se laissa aller à sa récitation
d'une voix passive et presque distraite, comme si ces
vers irréguliers, brefs et longs, se représentaient à sa
mémoire d'une scène réfléchie en mouvement, celle-là
même où il les avait déjà inventés la première fois :

OMBRES LUMINEUSES

« Mais comment le reconnaître ? » ai-je demandé,
et ils m'ont répondu : « Son signe

est l'OMBRE LUMINEUSE.
On peut encore rencontrer celui qui porte ce signe
qui rayonne de son corps mais en même temps l'emprisonne
et c'est pourquoi on dit LUMINEUSE
mais aussi OMBRE.
Pour le voir le sens commun ne suffit pas.
Mais comment expliquer un sens ? Il n'existe pas de code.
On pourrait le comparer au désir
qui appelle les amoureux autour d'une fille
revêche, laideronne, négligée, mais revêtue
de leurs propres et inexpertes visions érotiques.
Peut-être pourrait-on en trouver un exemple
dans la faveur tribale qui consacre
ceux qui sont nés différents des autres, visités par les rêves.
Mais les exemples sont inutiles.
Peut-être le voit-on peut-être l'entend-on peut-être le devine-
    t-on
ce signe.
Il y a ceux qui l'attendent ceux qui le précèdent ceux qui le
    refusent
quelqu'un croit le voir au moment de mourir.
Et c'est certainement à cause de ce signe qu'au bord du
    Jourdain
au milieu de toute cette foule anonyme et confuse
le Baptiste a dit à *quelqu'un* : « C'est toi
qui dois me baptiser et tu me demandes à moi le baptême ! »
Ombres ombres ombres lumineuses
lumineuses lu-mi-neu-ses... »

... « Encore ! » dit Useppe.

« Oh quoi, *encore !* » protesta David qui commençait
déjà à s'engourdir : « Mais toi », demanda-t-il ensuite,
vaguement curieux, à Useppe, « tu les comprends, ces
poésies ? »

« Non », répondit Useppe sincèrement.

« Et alors, ça te plaît tout de même de les écouter ? »

« Oui », s'écria Useppe avec simplicité, du fond du cœur.

David eut un drôle de petit rire : « Encore une autre, et puis ça sera tout », décida-t-il, « mais celle-ci d'un autre Auteur... Réfléchissons : peut-être une poésie du genre des tiennes : avec des COMME... » « Comme !... Comme !... COMME... » se mit-il à déclamer, de l'air de quelqu'un qui cherche l'inspiration, et sur un ton de plaisanterie, mais maintenant d'une voix presque sans force et devenue lasse.

« *Comme*... Voilà, je sais ! Cette poésie-ci s'appelle COMÉDIE et elle parle du Paradis !! »

Useppe tendit l'oreille, bouche bée. Comme ne croyant pas que soit permis de traiter un sujet pareil !

> « ... COMME mes yeux que recouvrait l'ombre
> virent jadis sous un pur rayon de soleil
> qui fendait un nuage une prairie en fleurs,
> je vis des foules de splendeurs
> illuminées d'en haut par des rayons ardents
> sans voir le principe de leur éclat !
> .... »

« ... encore ! » risqua Useppe.

> « ... Et je vis une lumière en forme de rivière,
> éblouissante entre deux rives
> que colorait un merveilleux printemps.
> De ce fleuve sortaient des étincelles vives ! »

« ... encore... »

David eut un grand bâillement de fatigue : « Non », protesta-t-il sur un ton sans réplique, « à présent, ça suffit !... Mais toi », s'informa-t-il, tournant la tête vers Useppe, « tu y crois, au Paradis ? »

« ... A... qui ? »

« Au PARADIS ! »

« ... moi... je sais pas... »

« Pour moi », déclara soudain David, « paradis ou enfer, c'est du pareil au même. Moi, je désire que Dieu N'existe PAS. Je désire qu'*au-delà* il n'y ait plus rien, un point c'est tout. S'il y avait n'importe quoi, cela me ferait souffrir. Toutes les choses qu'il y a, que ce soit ici-bas ou au-delà, me font souffrir : tout ce que je suis, tout ce que sont les autres... Moi, je désire n'être plus. »

« Mais qu'est-ce que t'as, t'es malade ? » lui demanda alors Useppe, préoccupé. De fait, la pâleur de David s'était faite terreuse, et son regard était devenu trouble, comme celui de quelqu'un qui va avoir un malaise ou qui vient tout juste de s'en remettre.

« Non non, j'ai seulement sommeil... c'est normal ! » Useppe était descendu du fauteuil et David entrevit ses petits yeux bleus qui le scrutaient, soucieux, et de chaque côté les mèches en désordre de son petit crâne, si lisses et si noires qu'elles semblaient humides.

« Tu veux pas qu'on reste pour te tenir compagnie... ? »

« Non non... j'ai besoin d'être seul », répondit David d'une voix impatiente, « on se reverra bientôt... une autre fois ! » Imitant Useppe, Bella s'était dressée sur ses quatre pattes, déjà prête à le suivre ou, plutôt, à l'entraîner à sa suite. Au bout d'un silence indécis, David entendit le grincement de la serrure qu'Useppe s'ingéniait à ouvrir avec ses menottes, puis la porte qui se refermait avec très peu de bruit par égard pour son sommeil ; et quelques petits commentaires murmurés en même temps qu'un bruissement de petites sandales qui s'éloignaient. Déjà David s'assoupissait.

Cependant, à l'étage au-dessus, on venait d'allumer une radio, à laquelle faisaient écho d'autres radios fonctionnant autre part. On entendait aussi crier des noms, aboyer des chiens, et, à distance, le fracas étouffé d'un tram... Plus qu'un sommeil, celui de David était une extrême fatigue se prolongeant, en un mélange hybride, dans la veille. Il rêvait qu'il était là où il se trouvait effectivement, sur son petit lit du rez-de-chaussée, et qu'il était en même temps dans la rue. Mais la rue de son demi-sommeil se présentait à lui comme une zone vaste et méconnaissable, battue par un éblouissant soleil de midi, qui semblait, malgré son éclat excessif, plus aveugle et plus lugubre qu'un soleil de minuit. Ce lieu était peut-être une gare, et un fracas d'arrivées et de départs l'envahissait, mais on ne voyait personne. David y était accouru comme le faisaient les autres qui attendaient le retour de quelqu'un ou qui, au moins, avaient quelqu'un à qui dire au revoir... Mais lui, il savait déjà que, ceci, dans son cas, était un délire à vide. Tout à coup il lui semble que, de la fenêtre d'un wagon, une main agite pour lui un mouchoir... et cela suffit à lui procurer une émotion infinie. Il s'agite pour répondre, mais il s'aperçoit que ce mouchoir là-bas est un affreux chiffon ensanglanté, et il comprend qu'à demi caché derrière lui il y a un horrible sourire d'accusation et d'ironie. « C'est un rêve », se rappelle-t-il pour se réconforter ; mais pourtant peu lui importe de hâter son réveil, car il sait que, de toute manière, celui-ci ne sera pas autre chose que l'interminable continuation de ce rêve.

Le lendemain, à la même heure de l'après-midi, comme si le *rendez-vous* avec David valait pour tous les jours de la semaine, le couple bien connu Useppe-Bella parcourut de nouveau avec impatience le chemin menant au rez-de-chaussée; mais, ce jour-là, David n'était pas chez lui. Les grattements de Bella à la porte et les coups frappés à celle-ci par lui-même n'obtenant pas de réponse, Useppe, dans la crainte que David ne soit malade, se hissa, s'aidant de certaines saillies du mur, jusqu'à la petite fenêtre grillagée. Et après avoir vainement appelé de là « Vàvid!... Vàvid!... », comme les vitres de la petite fenêtre étaient ouvertes, il en écarta de l'extérieur le rideau et jeta un coup d'œil dans la pièce. Tout était comme la veille : le matelas découvert, le drap en boule, les mégots épars sur le sol, etc.; mais le maître de maison était absent. A ce même moment, de la petite porte donnant sur la cour sortit la boiteuse, propriétaire du rez-de-chaussée, laquelle, sur le moment, prit peut-être Useppe pour un voleur?! mais sur-le-champ, constatant sa petitesse, elle dut changer d'avis :

« Qu'est-ce que tu fais là, gamin ? » lui demanda-t-elle.

« ... Vv... Dàvid ! » expliqua Useppe, le visage tout rouge, en descendant.

« David ? je l'ai vu sortir il y a deux heures. Il ne doit pas encore être rentré. »

« Quand il rentrera ?... »

« Est-ce que je sais, moi ? il entre, il sort; c'est pas à moi de savoir quand il sera de retour. »

Bella et Useppe firent de nouveau le tour de la maison et restèrent là quelque temps, au cas où David finirait par arriver. De divers côtés débouchèrent les habituels chiens de races variées, tous désireux de saluer Bella, mais, heureusement, ce jour-là Lupo n'était pas du nombre. Finalement, résignés, les deux revinrent sur leurs pas.

Le lendemain, à la même heure, Bella aussi sage que prévoyante tira sur la laisse en direction du Viale Ostiense ; mais Useppe tira dessus dans le sens contraire, disant : « Vàvid ! », et elle, docile, se transporta avec lui vers le rez-de-chaussée. Cette fois-ci, David était chez lui, mais manifestement il n'était pas seul, car à travers la porte on l'entendait parler à mi-voix. Useppe, néanmoins, prit son courage à deux mains et frappa.

« Qui est là ? » demanda de l'intérieur la voix de David, comme épouvantée, après un silence.

« C'est moi... Useppe ! »

Un nouveau silence.

« C'est nous... Useppe !... et Bella ! »

« Ciao... » fit alors la voix de David, « mais aujourd'hui je ne peux pas vous ouvrir... J'ai à faire. Revenez une autre fois. »

« Quand ça ? demain ? »

« Non... pas demain... une autre fois... »

« Alors, quand ça ? »

« Moi, je te dirai quand... Je viendrai te chercher, quand... Je viendrai te chercher chez toi... Tu as compris ? ne revenez plus ici, jusqu'à ce que je sois venu vous chercher chez vous. »

« Tu viendras nous chercher ? »

« Oui !... oui !... oui !... »

La voix de David était rauque, hachée et lasse, mais amicale et tendre.

254

« Tu te rappelles notre *adresse ?* » s'informa Useppe pour plus de sûreté.

« Oui, je me la rappelle... Je me la rappelle. »

Toutes les fois que l'on entendait la voix de David, Bella faisait des bonds et puis gémissait, ses deux pattes de devant appuyées contre le bois de la porte, protestant contre cette interdiction d'entrer. Et Useppe lui aussi, de son côté, debout en train de se dandiner, ne se décidait pas à terminer ce dialogue. Il y manquait encore quelque chose... A un beau moment, une idée aussi nouvelle que séduisante l'anima, et après avoir frappé à la porte un dernier petit coup, il se mit à dire :

« ... Vàvid ! Pouquoi tu viendrais pas manger chez nous quand tu viendras nous chercher ?! On a des tomates... et un fourneau... et des pâtes... et des tomates... et... et... du vin ! »

« ... oui, merci. Je viendrai. D'accord. Merci. »

« Quand c'est que tu viendras ?... demain ?... »

« Oui, demain... ou après... un autre jour... Merci ! »

« T'oublieras pas ?... hein ? »

« Non... Mais à présent allez-vous-en... Allez-vous-en. »

« Oui. Viens, Bella. » Et déjà Useppe courait Via Bodoni, ayant hâte d'annoncer à sa mère que le lendemain il y aurait à déjeuner cet invité ! et qu'il fallait de toute urgence acheter du vin (achat extraordinaire chez eux où le seul buveur avait été Ninnuzzu). Mais, ni le lendemain ni les jours suivants, bien qu'une entière fiasque de vin ait été tenue prête au centre de la table et qu'Useppe se soit chargé en personne de disposer assiette, couverts, etc., pour cet invité exceptionnel, celui-ci ne parut pas. Même, une fois leur repas

255

fini, Bella et Useppe différaient leur sortie quotidienne, pour le cas où il serait arrivé au début de l'après-midi. Et avant de se mettre en route, ils s'attardaient longuement près de la porte de l'immeuble, surveillant des deux côtés la Via Bodoni et interrogeant aussi les rues adjacentes... Mais David Segré ne se décidait pas à passer par là.

Plus d'une fois, à la vérité, Useppe, dans ces circonstances, fut tenté de se risquer en direction du rez-de-chaussée prohibé... Mais d'un regard et en tirant sur la laisse Bella l'admonestait : « Il ne nous a pas donné rendez-vous ! », et finalement ils se décidaient à renoncer. Et ils reprenaient au lieu de cela la longue route découverte naguère qui menait à la splendide tente d'arbres. C'était devenu là pour eux un itinéraire habituel. Et ce fut justement ces jours-là qu'après celle de David Segré ils firent là-bas la seconde rencontre extraordinaire de la saison.

5

Leurs récentes incursions dans la zone du Portuense les avaient retenus loin de là pendant trois jours. Et dès qu'ils y revinrent après cette absence, ils y trouvèrent une nouveauté mystérieuse A cette époque (la fin mai) l'endroit n'était encore fréquenté que par eux deux. Dans les prairies les plus proches de la ville, on commençait déjà à voir le long de la rive, surtout les jours fériés, des petits Romains venus se baigner. Mais cette zone boisée derrière les buttes et les cannaies

256

restait aussi lointaine et inexplorée qu'une forêt vierge. Un jour, venant de la mer, une mouette, qu'Useppe prit pour une très grande hirondelle blanche, la survola. Et aussi, souvent, après ce fameux moineau ou étourneau du premier jour, arrivèrent jusque sous la tente d'autres étourneaux ou moineaux du même genre, qui, à la vérité, ne faisaient entendre que l'habituel et banal *tit tit* et qui étaient généralement mis en fuite par les démonstrations de joie de Bella. Leur ignorance de la chanson *Rien qu'un jeu* était indubitable ; mais, à ce qu'il semblait, déjà prévue par Useppe. Il existait, en tout cas, une preuve certaine que cette très belle chanson était maintenant connue dans leur cercle ; et donc, selon lui, on pouvait sûrement présumer que, tôt ou tard, l'un d'entre eux reviendrait la chanter de nouveau.

Par ailleurs, quant à l'éphémère et joyeuse hallucination qu'Useppe avait eue là-bas le premier jour, il l'avait, on l'a vu, considérée comme si naturelle que, une fois qu'elle fut passée, il l'oublia à peu près complètement. Il lui en restait seulement, en suspens dans ce minuscule territoire, une réminiscence magique, qui était comme un arc-en-ciel où les couleurs et les sons ne faisaient qu'un et que l'on devinait très grand par-delà les branches au milieu desquelles il faisait descendre un poudroiement ou un murmure lumineux. Même en ville, il arrivait parfois qu'autour d'Useppe, pendant la durée d'un instant tous les bruits et toutes les formes se combinent, montant dans un éclair, dans un vol extraordinaire, vers l'ultime hurlement du silence. Quand on le voyait se couvrir le visage avec ses deux mains, souriant comme un petit aveugle tendant l'oreille à un son d'une grande beauté, cela signifiait que son petit organisme tout entier

257

écoutait ce chœur montant, que dans le langage de la musique (totalement ignoré de lui) on appellerait une *fugue*. C'était de nouveau cette même réminiscence qui lui revenait sous une forme différente. Peut-être, sous une autre forme imperceptible, l'accompagnait-elle partout : le ramenant toujours à la tente d'arbres comme à une maison de bonheur.

Cette maison, pourtant, restait trop solitaire pour lui. Son instinct natif et inextinguible était de partager son plaisir avec autrui et jusque-là seule Bella partageait avec lui la tente d'arbres. Il avait tenté d'y amener sa mère, une fois au moins, s'évertuant à lui décrire le site non seulement avec enthousiasme mais aussi avec une précision géographique : mais Ida avait trop de mal à se déplacer sur ses courtes jambes à demi rompues, où, actuellement, elle avait l'impression d'avoir comme os des cordes détendues... En compensation, Useppe avait finalement nourri une ambition suprême : celle de recevoir là, sous la tente, David Segré ! mais jusque-là, hélas ! il n'avait trouvé ni le courage ni l'occasion de l'inviter... Et quant aux autres — quant au reste de la population de la terre — il y avait longtemps qu'il se sentait mis au ban par eux. Et c'était même la solitude désertique de ce petit vallon au bord du fleuve qui lui avait permis de l'habiter avec Bella.

Derrière le cercle d'arbres, plus bas, il y avait un autre petit vallon où, le bois se réduisant à quelques arbustes, le sol était plus sec et ensoleillé, si bien qu'y poussaient même des coquelicots. Useppe et Bella connaissaient par cœur cet endroit (non moins que tous les autres petits vallons et escarpements environnants) et c'était précisément là que Bella avait coutume de se sécher au soleil après son bain quotidien.

De fait, à présent, Bella se baignait tous les jours dans le fleuve, contemplée avec nostalgie par Useppe qui ne savait pas nager. Un jour, à la vérité, l'envie de se baigner lui aussi le prenant, sans plus réfléchir, il s'était débarrassé rapidement de ses sandales et de sa culotte, et avait fait mine de se jeter dans l'eau pour jouer avec Bella. Mais celle-ci, avertie par son sens divinatoire de chienne de berger, était immédiatement revenue sur la rive, y arrivant à temps pour retenir Useppe et le saisir avec ses dents par son tricot. Et ensuite elle s'était retournée en aboyant furieusement contre le fleuve, comme si celui-ci avait été le loup. « Si tu fais comme ça », avait-elle dit aussitôt sur un ton déchirant à Useppe, « tu me condamneras à renoncer moi aussi pour toujours à ces bains, qui, entre autres choses, sont hygiéniques pour moi, comme le prouve mon surnom de Pelozozzo. » Et Useppe, à la suite de cela, avait dominé sa tentation de nager, attendant au soleil, sur la rive, que Bella revienne de son bain, lequel, du reste, durait à peine le temps de reprendre souffle.

Or, l'après-midi dont il était question plus haut, quand ils arrivèrent au petit vallon ensoleillé, ils y trouvèrent une cabane de branchages, très bien construite, qui n'était pas là auparavant. Présentement, comme tous les lieux d'alentour, elle était déserte ; mais, à ce qu'ils constatèrent aussitôt, après l'avoir rapidement explorée avec curiosité, elle devait sûrement être habitée. On y trouvait en effet : un matelas (ou plutôt une enveloppe de matelas, décousue d'un côté et bourrée, à ce qu'il semblait, de chiffons) sur lequel il y avait une couverture militaire ; à côté, fixée sur une pierre avec sa propre cire, une bougie déjà en partie consumée ; et sur le sol, plusieurs petits journaux, d'aventures en bandes dessinées. En outre, dans un trou qui avait été creusé à dessein, il y avait deux boîtes de sardines et une de viande Simmenthal, ainsi qu'une médaille dorée qu'on eût crue en or, de la taille environ d'une tranche de flûte de pain, ornée de deux inscriptions, l'une circulaire et l'autre centrale, et soigneusement enveloppée dans une cellophane : le tout caché sous un tas de feuilles encore fraîches. Par terre, à l'extérieur du trou, il y avait un cornet ouvert, avec un reste de graines de lupin. Et à l'extérieur de la cabane, il y avait, étendu pour sécher sur une pierre et retenu par deux cailloux, un caleçon de bain de très petite taille. Après avoir considéré tous ces éléments, Useppe remit tout en place comme c'était auparavant.

Mais alors, à la vérité, au moment où, son exploration terminée, Useppe, précédant Bella, quittait la cabane, il se produisit derrière lui un événement qu'on ne peut passer sous silence. Bref, Bella, se ravisant, revint de deux pas en arrière et en un instant mangea tous les lupins du petit cornet. Après quoi, dans son ignorance de paysanne, sans même soupçonner qu'elle était en faute, gaie et satisfaite elle trotta derrière Useppe, qui ne s'était aperçu de rien.

Pendant toute cette journée, l'habitant inconnu de la cabane demeura invisible ; et de même aussi, le lendemain, à leur arrivée, il n'y avait personne. Mais dans l'intervalle il devait y avoir eu quelqu'un, car aux objets déjà énumérés s'étaient ajoutés : un réveil en fer-blanc qui fonctionnait, une fiasque d'eau à moitié pleine et une bouteille vide de Coca Cola.

Pendant que Bella, après avoir pris son bain, se séchait au soleil, Useppe se retira dans leur tente où, quelques instants plus tard, le rejoignant, elle s'allongea sous un arbre pour faire la sieste. Et Useppe, qui n'avait pas sommeil, grimpa sur ce même arbre, jusqu'à un certain creux dans lequel il avait coutume de se jucher quand il était las de jouer, pour chantonner des poésies qu'il inventait toujours sur le moment et oubliait aussitôt. Sur certaines des branches les plus hautes, le soleil battait ; et, outre les visites hâtives de quelques petits oiseaux, il y avait là-haut une population d'êtres infinitésimaux d'aspects étranges et, si on les observait attentivement, merveilleusement colorés, qui habitaient les troncs et fréquentaient les feuilles. Celles-ci aussi, au soleil, offraient à Useppe toutes les couleurs de l'iris et également d'autres couleurs inconnues : avec des dessins d'une géométrie fabuleuse, dans lesquels les yeux d'Useppe erraient comme des voyageurs dans un quartier arabe. En outre, de ce poste de guet, sa vue embrassait une partie du fleuve et la rive ensoleillée.

Useppe était là depuis une demi-heure peut-être quand il vit dans l'eau frémissante du fleuve en dessous de lui avancer une tête de pygmée ; puis émerger deux petits bras et un gamin au complet sortir de l'eau en s'ébrouant. Croyant certainement que personne ne le voyait, ce gamin se débarrassa de son caleçon de bain dès qu'il fut à terre. Et tout nu, il courut vers le bas de la pente et disparut.

C'était sûrement l'habitant de la cabane mystérieuse ! A cette découverte, Useppe, du haut de son arbre, appela Bella ; mais celle-ci, somnolente, sans même ouvrir les yeux, remua tout juste en réponse son oreille gauche. Et Useppe décida d'attendre, se contentant de déménager vers des branches plus hautes, afin de voir si de là on ne pouvait pas découvrir d'autres signes de vie de l'inconnu. Mais de là-haut aussi la cabane était encore invisible pour lui ; alentour, tout était désert ; et l'on entendait seulement le bruissement du courant dans les bourdonnements de la lumière de l'après-midi.

Tout à coup, Bella dressa les oreilles et se mit debout d'un bond, avertie peut-être par son flair qu'il y avait du nouveau à l'horizon. Et, remuant frénétiquement la queue mais restant en arrêt, elle poussa un aboiement grandiose mais cordial.

L'effet de cet aboiement ne fut pas immédiat mais presque. Une demi-minute plus tard, un pas s'approcha. Et avec la circonspection d'un explorateur avançant dans une jungle féroce, le gamin de tout à l'heure, mais qui à présent n'était plus nu, se présenta sous la tente d'arbres. A sa vue, comme devant une apparition sensationnelle, Useppe, au comble de l'agitation, se laissa glisser à toute vitesse le long de son tronc d'arbre. De fait, maintenant qu'il le voyait de près, il venait de constater chez cet inconnu une ressemblance indiscutable avec l'inoubliable petit animal sans queue.

Il avait, en effet, des jambes et des bras maigrelets et proportionnellement très courts (bien qu'il ait été de très petite taille). Son visage, surtout si on le regardait de profil, saillait en avant comme un museau. Ses yeux étaient ronds et écartés, d'une vive couleur olive ; son nez, petit et mobile, était presque dépourvu de racine. Et sa bouche, aux lèvres si minces qu'elles semblaient absentes, s'élargissait pourtant jusqu'aux oreilles quand elle daignait sourire.

Sur son crâne, rasé récemment, poussait de nouveau un épais duvet, semblable à une petite fourrure marron ; et de toutes petites touffes de poil lui sortaient aussi des oreilles, lesquelles étaient minuscules et quelque peu décollées. Enfin, par-dessus son petit maillot blanc et sa culotte d'un gris foncé, il portait à ce moment-là un drôle de vêtement bariolé, qui n'était même pas cousu et qui avait deux trous comme manches : confectionné, à ce qu'il semblait, avec un morceau de grosse toile kaki et teint çà et là, tant bien que mal, avec du vernis marron verdâtre !

D'après sa taille, on pouvait lui donner huit ou, au maximum, neuf ans ; alors qu'en réalité il en avait douze (et il ne négligeait pas, à l'occasion, de se vanter de son grand âge, attestant un long passé de vie vécue intensément).

Arrivé en présence des deux, il les lorgna, toujours circonspect et méfiant, mais aussi avec une certaine et évidente supériorité. Et invinciblement, son regard, malgré son expression féroce, laissait voir une sorte de joyeuse approbation en se posant sùr Bella. Et même sa main (ou sa petite patte) s'étendit pour la toucher :

« Y a quelqu'un d'autre avec vous ? » s'informa-t-il ensuite, ténébreusement.

« Nooon !... Y a personne ! »

« Vous êtes seuls ? »

« Vi. »

« Qui vous êtes ? »

« Moi, c'est Useppe. Et elle, c'est Bella. »

« Et qu'est-ce que vous êtes venus faire ici ? »

« ... Jouer... »

« C'est la première fois que vous venez ici ? »

« Nooon..., On y est venus mille fois !... PLUS de mille fois ! », déclara Useppe.

Cela avait l'air d'un véritable interrogatoire. Le mystérieux personnage regarda Useppe bien en face, d'un air d'entente complice mais aussi d'autorité :

« Je te préviens qu'il faut dire à personne que vous m'avez vu. Compris? A PERSONNE au monde! »

En réponse, Useppe secoua la tête, faisant non, non et non, avec une telle ardeur que même un pacte de sang n'aurait pu garantir mieux le secret exigé par l'inconnu.

Celui-ci s'assit alors sur une pierre; et, tout en allumant d'un air blasé une cigarette qu'il venait de pêcher dans une poche de sa culotte, il expliqua :

« Je suis recherché. »

On pouvait déduire, d'après le ton sur lequel il avait dit cela, que toutes les polices d'Italie et peut-être d'Europe étaient lancées à sa recherche. Un silence suivit. Useppe avait le cœur battant. Fatalement, les poursuivants de l'inconnu se présentaient tous à son imagination, comme une foule de sosies, sous l'aspect de Professeurs Marchionni, gros, portant des lunettes, âgés et avec des moustaches tombantes.

Mais, pendant ce temps, le cœur dudit inconnu s'envolait irrésistiblement vers Bella, avec un tel élan que sur son petit visage ou, si l'on préfère, sur son museau s'irradiait un sourire à lèvres fermées mais large, allant jusqu'à ses oreilles et se multipliant en un tas de petites rides, cependant que ses yeux s'illuminaient, aussi vifs et attentifs que ceux d'un amoureux.

« Tu veux fumer, toi aussi? » lui demanda-t-il (cependant qu'elle, payant de retour les sentiments qu'il éprouvait pour elle, lui faisait fête de près, presque sous le nez). Et par plaisanterie, il lui souffla dans le nez un petit peu de fumée. Ce à quoi elle, toujours par plaisanterie, réagit par une sorte de joyeux éternuement.

« Elle s'appelle vraiment BELLA? »

« Oui, c'est son nom. Bella. »

« Elle est vieille ? »

« Nooon... » répondit Useppe. Et là-dessus, il déclara avec une certaine emphase personnelle :

« Elle est plus jeune que moi ! »

« T'as quel âge, toi ? »

Calculant, Useppe montra d'abord l'une de ses mains avec tous les doigts ouverts, puis l'autre main avec un seul doigt levé, doigt qu'à la réflexion il plia légèrement aux phalanges.

« Cinq ans, et tu vas sur tes six ans ! » comprit au vol cet autre. Et de son côté, il déclara avec beaucoup de fierté :

« Moi, je vais sur mes TREIZE ans ! » Puis, prenant une attitude calme et condescendante, il reprit :

« Chez nous, au pays, on a aussi un chien, mais pas si gros, moyen, avec une tête noire et les oreilles en pointe. Les oreilles, il en a qu'une et demie, parce que l'autre moitié, son père la lui a bouffée.

« Il est à mon oncle, le frère à ma mère, qui est chasseur. »

Il fit une pause et puis termina :

« Il s'appelle Toto. »

Là-dessus, ils se turent tous. L'inconnu, sa cigarette tirant à sa fin, en aspira les dernières bouffées avec une volupté hâtive et manifeste. Après quoi, il en enterra l'infime mégot restant d'un geste très digne, comme s'il lui avait rendu les honneurs funèbres, et il s'allongea dans l'herbe, la tête appuyée contre la pierre. Bella s'était assise près de lui, et Useppe, à son tour, s'était accroupi par terre, en face de lui. Ils gardaient le silence, s'observant discrètement l'un l'autre, sans plus rien trouver à se dire. Tout d'un coup, Bella leva brusquement la tête vers le haut, mais elle n'aboya pas et ne bougea pas de l'endroit où elle était.

Un petit oiseau venait de se poser sur une haute branche, juste au-dessus d'eux. Il se tut un instant, fit ensuite deux ou trois sauts sur ladite branche, puis quelques mouvements avec sa tête (comme pour accorder en lui-même sa voix) et puis il chanta. Une merveilleuse allégresse inonda les veines d'Useppe. Bella elle aussi avait immédiatement reconnu la chanson, car elle regardait vers le haut, heureuse, bouche bée et sa langue tremblant un peu. Le troisième auditeur, quant à lui, restait muet regardant vers le haut d'un seul œil, sans qu'on puisse comprendre s'il était distrait ou pensif.

Quand un battement d'ailes annonça le départ du petit oiseau, Useppe se mit à rire et il se précipita vers l'inconnu. « Hé ! » l'interpella-t-il impétueusement d'une petite voix exultante. Et sans hésiter il lui demanda :

« Tu la connais, toi, cette chanson ? »

« Quelle chanson ? »

« Celle qu'il chantait, lui, à présent ! »

« Qui ça, lui ? le piaf ? » demanda l'individu recherché, indécis, indiquant la direction de la branche avec l'une de ses petites pattes.

« Oui ! » Et en grand secret, mais impatient de lui faire partager la nouvelle, Useppe lui révéla dans un souffle : « Il dit comme ça :

C'est un jeu un jeu rien qu'un jeu ! »

« Qui t'a dit qu'il disait ça ?! »

Useppe ne savait que répondre à cela : néanmoins, ravi de cette petite chanson, il se mit invinciblement à la chanter, et cette fois-ci sans en oublier une seule note.

L'inconnu eut un petit sourire frivole et lumineux, bien que haussant en même temps une épaule : « Les

piafs », dit-il sentencieusement, « ont une langue à
eux. Qui peut savoir?... » Il fit une grimace sceptique,
mais un instant plus tard il dit sur un ton important :

« Dans mon patelin, y a un marchand de vin qui est
aussi coiffeur, et il a un vrai oiseau parleur, qui cause
avec la même voix exactement qu'un chrétien! Mais
c'est pas un oiseau qu'on trouve dans les arbres. Il est
pas national. Il est turc. Et il dit bonjour et il dit
Bonnes Pâques et Joyeux Noël et des gros mots et il
rigole. C'est un perroquet. Il est en couleurs. Et il a
appris une chanson de mon patelin, et il la chantait! »

« Qu'est-ce qu'elle dit, cette chanson? » demanda
Useppe.

« Elle dit comme ça :

> Je suis roi et cardinal
> je peux rire et je peux causer.
> Par amour pour la compagnie
> je peux me taire moi aussi! »

Au son de toutes ces chansons, Bella s'était mise à
gambader comme à un festival. Useppe, par contre,
s'était rassis dans l'herbe, en contemplation devant cet
être mystérieux.

« Comment il s'appelle, ton pays? » lui demanda-
t-il.

« Tiriolo. »

En prononçant ce nom, l'interrogé avait pris un air
suffisant, tel quelqu'un qui aurait cité, dans un cercle
d'illettrés, un site de renommée exceptionnelle :
« L'année dernière, pendant le Tour d'Italie, Bartali,
le champion du Tour, y est même passé! » déclara-t-il,
« ... moi, j'ai même une médaille que j'ai fauchée à une
Station Shell! Une médaille frappée en hommage à

Gino Bartali dans de grandes usines industrielles du Royaume de la Montagne, près de Milan... ».

En entendant cela, Useppe rougit, se rappelant la médaille enveloppée dans de la cellophane que Bella et lui avaient effectivement vue dans la cabane de branchages. Sûrement, l'inconnu n'aurait pas été content d'apprendre que son domicile avait été découvert... Mais ledit inconnu ne remarqua pas la rougeur d'Useppe, car à cet instant il avait baissé les yeux, masqués par deux épaisses petites franges de cils. Tout à coup, une quinte de toux, brutale vu sa petite taille, le secoua comme une série de gifles. Dès qu'il eut repris son souffle, il fit remarquer avec orgueil :

« C'est la toux des fumeurs ! »

Et fouillant dans la poche de sa culotte, il en tira un paquet encore à peu près intact de Lucky Strike : « C'est des américaines ! » dit-il fièrement en les montrant à Useppe, « on m'en a fait cadeau ! »

« Qui c'est qui t'en a fait cadeau ? »

« Un pédé. »

Useppe ignorait la signification de cette dénomination, mais pour ne pas avoir l'air trop ignorant, il s'abstint de la demander.

En même temps que le paquet, l'autre avait tiré de sa poche une coupure de journal, qu'il examina d'un air mystérieux, comme un document confidentiel. C'était un petit article de quelques lignes intitulé : *Trois jeunes détenus s'évadent du Gabelli. Deux sont rattrapés, le troisième en fuite,* et en dessous, entre autres choses, il était parlé d'un certain *Scimó Pietro,* natif de Tiriolo (province de Catanzaro). Après avoir longuement examiné ce document, comme s'il ne l'avait pas connu par cœur depuis longtemps, l'individu recherché se décida et, les soulignant, le soumettant à Useppe, avec

268

son petit ongle en deuil il lui indiqua en particulier les mot *Scimó Pietro*. Mais, pour Useppe qui ne savait pas lire, ces deux mots, non moins que le document tout entier, étaient une énigme indéchiffrable. Alors, l'autre lui révéla triomphalement : « Ça, c'est mon nom. Scimó, c'est moi ! »

(A la vérité, son nom complet, ainsi qu'il ressortait aussi du document, était Scimó Pietro. Scimó était seulement son patronyme. Mais il s'était habitué à ce qu'on l'appelle par son seul patronyme.)

« A présent, tu connais mon nom. Mais, je te préviens, personne d'autre doit le connaître. Dis à personne ni mon nom ni que tu m'as vu ici ! »

Par de nouveaux et répétés secouements de tête, plus passionnés encore, si possible, que ceux de tout à l'heure, Useppe promit le secret.

Alors, à voix basse, en totale complicité et en pleine confiance, le dénommé Scimó lui apprit qu'il s'était évadé de la Maison de correction où ses parents et plus spécialement son frère voulaient le tenir enfermé prisonnier. Mais lui, il ne voulait pas rester enfermé comme ça. Au cours d'une promenade au Gianicolo avec son groupe au complet, il s'était débiné avec deux autres. Cet exploit avait été combiné par lui avec ceux-ci dans tous ses détails. Avant tout, ils avaient profité du fait que ces jours-là le signor Patazzi, le pion de service, souffrait d'un dérangement d'entrailles qui le forçait de temps en temps à s'isoler, laissant momenta-nément la surveillance au chef de groupe. Grâce à des ruses appropriées, ils avaient réussi à distraire l'atten-tion de ce dernier et à disparaître. Et alors, tandis que ses deux autres camarades étaient restés unis dans la fuite (et cela avait certainement été leur première connerie, car, étant ainsi en couple, il avait été plus facile de les cravater), lui, selon la vraie science de la cavale, avait commencé par leur dire au revoir et par s'en aller tout seul. Tout de suite après il s'était grouillé de se débarrasser de sa veste et de sa casquette d'uniforme ; et pendant plusieurs heures il avait séjourné dans une poubelle pleine de feuilles, d'herbes sèches, de crottin de cheval, etc., n'en sortant qu'à la faveur des ténèbres. Astucieusement, il s'était muni précédemment de certaines de ces petites images qu'on trouve dans les paquets-cadeaux de chocolat (lesquelles actuellement valaient cher à la Bourse des Échanges), les emportant cachées dans ses souliers avec sa précieuse médaille du Tour. Et le soir même, en échange de ces images, un type du Trastevere lui avait cédé le falzar civil qu'il portait maintenant. Ensuite, il s'était confectionné lui-même cette tenue camouflée (il s'agissait du vêtement tacheté sur fond kaki décrit plus haut) pour mieux se cacher dans le maquis. Et à présent, si les deux autres s'étaient laissé reprendre, lui, jamais il ne se laisserait capturer, il le garantissait, ni vivant ni mort.

Useppe (et aussi Bella) avait suivi le récit de Scimó, surtout aux endroits cruciaux, avec une attention et un intérêt frémissants. Non seulement leurs yeux, mais leur corps tout entier y avait participé. Et quant à Scimó lui-même, il avait accompagné sa narration d'une telle gesticulation des jambes, de la tête, des bras et des doigts, qu'à la fin il dut se reposer et garder le silence. Mais au bout d'un instant, comme pour sceller avec eux un triple pacte exclusif en leur révélant après son passé également son avenir, il dit, étincelant de fanfaronnerie :

« Moi, je serai cycliste. »

Un grand silence suivit. Maintenant que le soleil

allait déjà vers le ponant, cet invisible arc-en-ciel qui était toujours ouvert et penché au-dessus de la tente d'arbres, y éparpillait toutes ses lumières comme de petites ailes sans poids, changeantes et bourdonnantes, dans lesquelles, parmi cent mille couleurs, prédominaient l'orange doré, le violet et le vert d'eau. Et leur bourdonnement ressemblait à une résonance mélangée, comme de voix et de musiques innombrables qui seraient arrivées de loin ; mais, là aussi, prédominaient certaines voix spéciales : et celles-ci étaient petites, comme des voix de grillons, d'eau et de fillettes.

Useppe, réjoui, se mit à rire. Il avait envie de payer de retour les grandes confidences de Scimó en lui révélant lui aussi quelque autre secret bien à lui, unique et extraordinaire ; mais, bien que déjà tendu, impatient, vers lui, il ne savait que lui dire. De sorte que, impulsivement et sans avoir réfléchi, il lui souffla à l'oreille, tout en lui indiquant d'un geste circulaire la tente d'arbres :

« Dieu habite ici. »

Scimó fit une grimace d'homme expérimenté et sceptique, qui néanmoins ne préludait pas (comme il pouvait peut-être le sembler) à une profession d'athéisme. Au lieu de cela, il déclara avec une certaine importance :

« Dieu habite les églises. »

Considérant alors qu'il s'était fait tard, il dit que sous peu il allait falloir qu'il s'en aille : « A l'heure qu'il est, la séance de quatre heures doit être pas mal avancée ! » déclara-t-il sur le ton d'un homme d'affaires qui aurait de grosses échéances impossibles à proroger. Et il expliqua qu'il devait retrouver à la Stazione Ostiense un de ses amis de la Garbatella (lequel avait des billets de faveur) ; et, après, aller au cinéma avec lui.

« Le film », ajouta-t-il, « m'intéresse pas tellement, car je l'ai déjà vu deux fois. Mais je veux arriver à temps au moins pour la fin de la première séance, parce que c'est celle où il y a les pédés qui ensuite m'emmènent manger une pizza. »

Et voici de nouveau ces Pédés ! personnages évidemment fameux et munificents, dont Useppe n'avait pas la moindre idée ! Néanmoins, cette fois aussi, il ne voulut pas avouer son ignorance à Scimó. Il poussa seulement un bref soupir (qui passa inaperçu de tout le monde) : soupirant aussi parce que, entre autres choses, il n'avait encore jamais été au cinéma.

En se levant, Scimó exhiba avec une certaine et négligente ostentation le maillot de corps blanc qu'il portait sous sa casaque camouflée. C'était un maillot très élégant (à la différence de sa culotte qu'on eût dite sortie de la charrette d'un chiffonnier) : neuf, propre et décoré d'un côté d'une ancre de couleur bleue. Il s'agissait, dit Scimó, d'un tee-shirt australien : et on apprit finalement que c'était aussi un cadeau que lui avait fait un PÉDÉ ! Et de plus, toujours l'un de ces Pédés — on ne comprenait pas très bien si c'était le même ou bien un autre — lui avait aussi promis une paire de souliers d'été genre tennis et peut-être aussi, un de ces jours, une montre-bracelet et un coussin ! Useppe fut définitivement convaincu que ces mystérieux personnages mentionnés par Scimó devaient sûrement être des créatures spectaculaires, d'une magnificence suprême ! et il se les représenta par la pensée comme un mélange de la Befana, des Sept Nains et des Rois des jeux de cartes.

Scimó dit que maintenant, avant d'aller en ville, il

devait passer « chez lui » pour enlever sa « tenue
léopard » (c'est ainsi qu'il l'appelait), laquelle, en
ville, aurait été d'un effet « préjudiciable ». Là-dessus,
ayant prononcé correctement ce mot compliqué, il dut
s'interrompre un moment pour reprendre son souffle ;
mais tout de suite après, regardant autour de lui avec
un extrême mystère, il se mit à dire que pour
aujourd'hui il n'y avait pas le temps ; mais que
demain, s'ils venaient là, il leur ferait voir « sa
maison » : une cabane fabriquée par lui-même, complète, où il se réfugiait et habitait clandestinement : et
qui se trouvait dans un coin caché de ces parages.

A ces mots, comme déjà quand il avait été question
de la médaille, le visage d'Useppe fut de nouveau
envahi sur-le-champ par une rougeur qui, cette fois-ci,
ne put échapper à Scimó. Celui-ci le regarda, perplexe
et soupçonneux : jusqu'au moment où, comme ses
yeux rencontraient les yeux parlants d'Useppe, au
milieu du silence général il eut une sorte d'illumina-
tion ; et sans plus hésiter, il proféra sur un ton
terriblement accusateur :

« Qui c'est qu'a mangé mes *fusaie* ?! »

Cette question laissa Useppe plus déconcerté que
jamais : car il ne savait rien de l'affaire des *fusaie*. Et
Bella elle aussi, de son côté, ne comprit absolument
rien à cette question. Entre autres choses, le mot *fusaie*
était absent du vocabulaire humain connu d'elle : ces
fameuses *fusaie* y étaient connues sous le nom de
graines de lupin. Et l'acte illicite qu'elle avait commis
dans la cabane n'avait même pas laissé le moindre
souvenir dans sa grosse tête de chienne de berger. Bref,
la seule chose qu'elle comprit, ce fut qu'actuellement
Scimó, pour un motif obscur, était en train de se fâcher
contre Useppe ; et alors, désireuse de l'apaiser, en

pleine innocence, elle se jeta à son cou, lui donnant un coup de langue affectueux sur tout le visage, avec, en plus, quelques petites morsures indolores à l'une et l'autre oreilles.

Et il se fit que ce geste de paix fut interprété par Scimó comme une autodénonciation de Bella ! De sorte que personnellement et bien que par un malentendu, il comprit comment la chose s'était vraiment passée. Devant l'aveu de la chienne il ne lui restait qu'à pardonner sans plus. Même, il fit aussitôt un sourire, mettant en lumière, cette fois-ci, aussi ses dents, qu'il avait toutes petites, clairsemées et déjà en mauvais état et noircies. Et Useppe, en retour, sourit, rassuré (montrant, à son tour, ses propres petites dents qui étaient encore de lait). Alors, Scimó décida de jouer les grands seigneurs :

« Bah, qu'est-ce que ça fait ! pour quatre *fusaie* ! » dit-il avec une moue de grand seigneur, « je l'avais déjà pensé que c'était un animal quelconque qui les avait bouffées en passant par là... L'essentiel », ajouta-t-il en baissant la voix, « c'est que ce soient pas les Pirates qui sont passés par là !! ». Et il entreprit d'expliquer que, sur la rive opposée du fleuve, existait notoirement une bande de pirates, commandée par un certain Agusto, lequel avait plus de seize ans et pendant un certain temps avait même été le rival du très fameux Gobbo (Bossu) du Quarticciolo ! Lesdits Pirates disposaient d'une barque et ils parcouraient en tous sens les rives du fleuve, chapardant, incendiant les cabanes ! et tuant les animaux ! et attaquant les gens ! Cette année, on ne les avait pas encore vus dans les parages ; mais l'année dernière, en juillet et en août, on savait qu'ils avaient été là. Et ils avaient jeté dans le fleuve une auto avec des gens dedans ! détruit des

cabanes! tabassé un sourd-muet! et fait l'amour avec
une génisse!

Là-dessus, Scimó prit congé. Mais en s'en allant il
dit à Useppe et à Bella que s'ils revenaient le
lendemain après déjeuner, ils pourraient venir le
trouver directement dans sa cabane, vu qu'ils connaissaient déjà l'endroit : mais personne d'autre ne devait
le connaître! Il leur recommanda ensuite d'être là à
l'heure, car le lendemain il devait partir plus tôt, étant
donné qu'au cinéma le programme changeait, et que
ce nouveau film, il tenait à le voir depuis le début.

« Demain », annonça-t-il, « quand vous viendrez, je
vous ferai voir un endroit, près de chez moi, où les
cigales font leur nid. »

Le lendemain, ils se retrouvèrent tous les trois des
plus ponctuels au rendez-vous. Et en plus, Bella et
Useppe, en venant, firent une autre rencontre inattendue. Évidemment, c'était là l'époque des rencontres
pour eux. Ils parcouraient la dernière partie du Viale
Ostiense et ils étaient déjà en vue de la basilique,
quand une fraîche voix de femme appela derrière eux :
« Useppe! Useppe! » Attendant à l'arrêt de l'autobus,
il y avait une fille avec, dans les bras, un petit enfant et
avec, en bandoulière, un sac en paille. « Useppe! tu
me reconnais pas? » continua-t-elle en souriant affec-
tueusement. Bella la flairait déjà avec une certaine
familiarité, mais Useppe, par contre, ne réussit pas sur
le moment à la reconnaître : c'était plutôt le petit
enfant qui, bien qu'inconnu de lui, avait un visage qui
semblait lui rappeler quelqu'un d'autre... C'était un
bébé encore à la mamelle, évidemment du sexe féminin
car il avait des boucles d'oreilles. Ses joues étaient

275

rondes et vermeilles et ses yeux noirs étaient déjà rieurs et vifs. Quant à ses cheveux foncés, humides et fins, ils étaient tous soigneusement lissés, à l'exception d'une unique boucle, enroulée avec grand soin, qui lui traversait dans le sens de la longueur le sommet du crâne.

« Tu me reconnais pas ? Je suis Patrizia ! Tu te souviens pas de moi ? »

« ... »

« Tu te rappelles plus ?... hein ?... quand on est allés ensemble sur la moto !... tu t'en rappelles pas ? »

« ... si... »

« Et elle, c'est pas Bella ?... mais je me trompe peut-être ? T'es Bella, pas vrai ? Tu m'as reconnue, pas, Bella ! ?... »

A la vérité, Patrizia avait engraissé, et en même temps, elle avait dans le visage quelque chose de souffreteux et de las. A présent, ses cheveux noirs étaient noués avec un ruban au sommet de sa tête et pendaient en arrière en une grande queue ondulante. Au lieu de tous les divers bijoux qui autrefois tintinna-bulaient sur elle, elle ne portait actuellement qu'un bracelet de cuivre et d'autres métaux, qui néanmoins tintinnabulait lui aussi fréquemment, parce qu'il était fait de plusieurs fils qui se heurtaient entre eux chaque fois qu'elle faisait un geste. Et chaque fois que se produisait ce bruit, la nourrissonne mise en joie agitait ses pieds et ses mains. Elle portait une petite blouse blanche bordée d'un rang de dentelle, et le reste de son corps était enveloppé dans une toile imprimée en couleurs, avec des motifs de dessins animés, de laquelle sortaient ses bras et une partie de ses petites jambes en grand mouvement. Aux pieds elle avait des petits chaussons tricotés, blancs et fermés par un ruban de teinte rose vif. Ses minuscules boucles d'oreilles, semblables à des petits boutons, étaient en or.

Patrizia hochait la tête en regardant Useppe, lequel se tournait vers le haut avec un petit sourire. « Moi, je t'ai reconnu tout de suite, Useppe ! » lui dit-elle. « Et elle », ajouta-t-elle, « c'est ta nièce ! ».

Useppe parut perplexe : « Oui, c'est ta nièce ! et toi, t'es son oncle ! », confirma Patrizia en riant, le visage frémissant. Et prenant le poignet de la fillette et le faisant remuer comme pour dire bonjour, elle se mit à lui dire : « Ninuccia, dis bonjour à Useppe ! Fais-lui bonjour à Useppe... » Tout à coup son rire se mua en un pleur convulsif. Elle essayait d'essuyer de son mieux ses larmes avec le petit poing de sa fille, interrompu dans son geste de salut, en le portant à ses yeux.

« Ah, je peux pas encore y croire !... Tant de mois sont passés et ça me semble pas encore vrai ! Je m'étais attendue à tout, mais ça, je ne m'y étais pas attendue ! Qu'il me plaque quand j'ai été enceinte, qu'il se soit débiné, ça, je m'y attendais ! Mais pas à ça ! pas à ça ! »

Puis, son visage gonflé de larmes, elle sourit de nouveau à Useppe, et hochant la tête, elle lui dit d'une voix un peu maternelle et un peu enfantine :

« Oh, Useppe, ce qu'il pouvait t'aimer ! Moi, j'en étais même jalouse, parce qu'il t'aimait plus que moi ! Un jour, il m'a même battue parce que j'y avais dit du mal de toi !

« ... Voilà mon autobus », observa-t-elle en hâte, essuyant ses larmes avec un mouchoir qu'elle avait non sans mal extirpé de son sac ; « ... faut qu'on s'en aille... Au revoir, Useppe. »

On vit, de derrière, ses hanches épaissies onduler sur ses talons hauts, puis apparurent ses jambes nues pendant qu'elle montait dans l'autobus, aidée par le receveur qui s'était penché en la voyant chargée d'un bébé. A cette heure-là, il y avait peu de voyageurs dans l'autobus. Elle trouva aussitôt une place assise près de la petite fenêtre ouverte, et de là, elle fit encore de la main un vague geste d'adieu, qui semblait amer et déjà lointain. Useppe continuait de faire au revoir en ouvrant et en refermant lentement son poing, cependant que l'autobus repartait, et Bella, assise sur le trottoir, suivait son démarrage d'un halètement des narines et de la langue. L'ultime vision qu'ils eurent de ces parentes, ce fut celle de l'immense mèche d'un noir luisant de Patrizia et, en dessous du visage penché de celle-ci, la bouche coquette de Ninuccia au centre de sa lisse petite chevelure brune.

Quand ils arrivèrent au lieu du rendez-vous, ils trouvèrent Scimó devant le seuil de sa cabane. Avant même de lui dire bonjour, Useppe, presque haletant, lui annonça qu'il venait de rencontrer un instant plus tôt, quelqu'un qui était sa nièce et dont lui-même était l'oncle ! Mais Scimó accueillit cette nouvelle extraordinaire sans manifester grand étonnement. Lui-même, dit-il, était l'oncle de plusieurs neveux et nièces (enfants de ses frères plus âgés), au nombre desquelles il y en avait une qui avait 14 ans ! « Et ma mère », fit-il aussi savoir, « là-bas, au pays, elle a une nièce qui est aussi sa tante ! ».

Et alors, son effort mental lui faisant froncer les sourcils et non sans s'aider pour son calcul de ses dix doigts au complet, il se mit à expliquer que son grand-père Serafino, père de sa mère, avait une dizaine de frères plus jeunes que lui, les uns morts et les autres vivants : et le plus jeune de ces derniers était un Américain (c'est-à-dire qu'il avait émigré en Amérique). Au bout d'un certain temps, ledit Américain se retrouva veuf.

Or, le grand-père Serafino, toujours lui, avait personnellement neuf enfants : six filles et trois garçons, ce qui faisait que sa mère à lui, Scimó, avait cinq sœurs et trois frères. Et ils étaient tous mariés et avaient des enfants (tous moins trois : une sœur religieuse, une autre sœur qui était morte quand elle était petite et un frère qui avait été tué d'un coup de fusil). Et tous ils avaient, l'un quatre, l'autre sept, trois ou six fils et filles, les uns grands et les autres petits, qui étaient tous les neveux ou les nièces de sa mère : et au nombre de ceux-ci, il y en avait une, déjà grande et pas mariée, qui s'appelait Crucifera.

Du temps passe et cet Américain veuf (prénommé Ignazio), entre deux âges, s'en revient au pays pour y ouvrir un magasin. Et un beau jour, il dit : « Qu'est-ce que je fous sans femme ? » et il épouse cette jeune Crucifera : laquelle, de la sorte, étant déjà la nièce de la mère de Scimó et ayant épousé l'oncle de celle-ci, est du même coup devenue sa tante ! La même, du reste, entre autres choses, déjà cousine de Scimó, finit aussi par être pour lui une demi-grand-mère, car elle est devenue la belle-sœur de son grand-père Serafino, lequel, du reste, serait le grand-père d'elle aussi et de tous !

« Et où il est maintenant ? » s'informa Useppe.

« Mon grand-père, il est à Tiriolo. »

« Et qu'est-ce qu'il fait ? »

« Il foule le raisin. »

Useppe ne demanda pas d'autres précisions : d'autant plus que Scimó brûlait maintenant de montrer à ses invités la chose principale : c'est-à-dire la fameuse médaille du Tour. Il ne la rangeait plus dans le trou où elle était menacée par l'humidité, mais au fond de cette enveloppe de matelas qui, comme on le vit, lui servait aussi de vestiaire et d'entrepôt pour divers objets ; et il l'avait enveloppée, en plus de la cellophane, également dans une seconde protection de papier d'argent.

Il s'agissait, à ce qu'il me semble, d'un jeton-réclame pour une marque de pneus, en métal très léger couleur jaune d'or et de forme circulaire : portant au centre la déclaration : *BARTALI le ROI DE LA MONTAGNE* utilise les boyaux untel, etc., etc., et, tout autour, l'inscription décorée *Tour d'Italie 1946* — avec d'autres détails concernant cet événement (inscriptions, évidemment, toutes hiéroglyphiques pour Useppe). Aussitôt que, extraite de son double emballage, la médaille apparut, Bella chanta, lui faisant fête : « Cette médaille, je la connais déjà ! », cependant qu'Useppe, forcément, rougissait ; mais, par chance, Scimó ne comprenait pas le langage de Bella, et à ce moment il n'observait pas Useppe, trop occupé qu'il était à examiner à l'endroit et à l'envers sa médaille, pour vérifier si l'humidité ne l'avait pas trop endommagée. Il n'en détacha même pas les yeux quand il la montra à Useppe (juste le temps d'une rapide vision) ; et tout de suite il se hâta de l'emballer de nouveau et de la ranger là où il l'avait prise. Il continua néanmoins de fourrager dans les vieux journaux et les chiffons qui rembourraient son matelas, ayant certainement à faire voir encore d'autres choses intéressantes. Et de fait, il en tira d'abord un petit peigne bariolé de plusieurs couleurs, de ceux que l'on trouve sur les étalages de surplus américains ; puis une boucle de soulier, ornée de petits brillants en verre, ramassée dans la rue ; et puis la moitié d'un essuie-glace d'automobile. Il montra ensuite le réveil qui marchait vraiment, et qui même, à la vérité, avançait considérablement (mais pour savoir l'heure Scimó savait se régler sur le soleil) ; et en outre, nouveauté dernière arrivée, une torche électrique à piles, semblable à celles qu'Useppe avait vues dans les mains des partisans. Scimó dit que cette torche pouvait éclairer pendant 200 heures ! et qu'hélas ! elle n'avait actuellement pas de pile, mais que celui qui lui en avait fait cadeau lui avait promis de lui en procurer une dans les plus brefs délais.

« Qui c'est qui t'en a fait cadeau ? » demanda Useppe.

« Un PÉDÉ. »

Le nid de cigales s'avéra une chose intéressante mais mystérieuse. A une soixantaine de mètres de la cabane, derrière la petite butte, poussait un arbre au tronc plutôt court par rapport à la hauteur grandiose de sa crinière. L'une de ses branches était marquée par une longue entaille, et Scimó dit que c'était un dépôt d'œufs de cigale. Après quoi, montrant, à la racine de l'arbre, un petit trou dans la terre meuble, il expliqua que là-dessous il y avait un nid où les œufs étaient couvés. Il affirma même avoir surpris, la veille, une jeune petite cigale tout juste remontée du nid, au moment précis où, cramponnée à l'écorce de l'arbre, elle s'efforçait péniblement de sortir de sa coquille. Comme il devait aller en ville, il l'avait laissée là qui, encore abrutie et à demi idiote, attendait le moment où elle saurait voler. Mais maintenant, de même que la cigale, la coquille elle aussi avait disparu : sans doute un animal quelconque avait-il fait sa proie de celle-ci, à moins que le vent ne l'ait emportée. Quant à la cigale, ayant à l'heure qu'il était appris à voler, elle habitait sans doute là-haut, dans l'arbre même ou dans un arbre voisin ; et bientôt, si c'était une cigale mâle, on allait l'entendre chanter. Car seuls les mâles chantent : les femelles ne chantent pas.

Dans le passé, Useppe avait entendu chanter les cigales, mais il n'en avait jamais vu une seule. Aussi bien lui que Scimó furent, pourtant, d'accord pour ne pas remuer la terre du nid, afin de ne pas interrompre la couvée de nouvelles petites cigales. De fait, à en croire Scimó, la cigale qu'il avait vue était une cigale estafette venue en avant-garde et qu'allait certainement suivre une nombreuse parenté de femelles muettes et de mâles chanteurs.

Là-dessus ils gagnèrent les rives du fleuve, dans lequel Scimó voulait se baigner avant d'aller au cinéma. Useppe dut alors avouer, plein de regret, qu'il ne savait pas encore nager. Et pendant que Scimó et Bella évoluaient dans l'eau, il resta tristement sur la rive.

Quand il sortit de l'eau, Scimó, qui était tout nu, fit remarquer à Useppe ses organes génitaux, se vantant d'être déjà un vrai mâle : viril au complet, si bien que, lorsqu'il pensait à certaines choses, par exemple aux baisers dans les films ou bien à sa demi-cousine-demi-grand-mère Crucifera, il était même capable de bander. Et Useppe, sa curiosité éveillée, tint à lui faire voir à son tour son propre petit oiseau, pour savoir à quel point il en était. Scimó lui dit que sans contredit il était lui aussi un mâle au complet, mais qu'il fallait encore qu'il grandisse. Et Useppe pensa alors que, dès qu'il aurait grandi, il serait, entre autres choses, peut-être capable de chanter à pleine voix, comme c'est le cas pour les cigales mâles.

Plusieurs cicatrices, dont il donna aussitôt l'explication à Useppe, marquaient le corps maigrelet et scrofuleux de Scimó. L'une, la plus récente, qu'il avait à la jambe, c'était un instituteur de la maison de correction qui la lui avait faite d'un coup de bâton. Une autre, plus ancienne, sur le bras, presque à la hauteur de l'épaule, c'était l'un de ses grands frères, âgé de vingt et un ans, qui la lui avait faite en le battant avec un harnais de mulet. Ce méchant frère, au dire de Scimó, était de toute la famille le plus acharné à vouloir qu'il reste enfermé avec les jeunes détenus.

La troisième cicatrice, laquelle lui marquait le haut du front, près de la racine des cheveux, il se l'était faite lui-même en se cognant la tête contre la porte et contre les murs quand, à la maison de correction, on l'avait enfermé dans la cellule de punition. Au souvenir de cette cellule, Scimó poussa une sorte de gémissement ; son petit visage sembla devenir plus petit encore et ses yeux devinrent fixes et hagards. Et on le vit soudain qui, envahi par un brusque désespoir, se jetait à plat ventre par terre et se cognait furieusement trois fois de suite la tête contre le sol.

Useppe se précipita vers lui, le visage non moins livide que si ç'avait été lui-même qui venait d'encaisser ces coups sur le front. Mais Scimó, comme déjà réconforté par cette manifestation de violence, se releva vivement avec un petit sourire qui semblait dire : « Ça ne fait rien ! » Et au bout d'un moment, il parut avoir tout oublié, tout sauf le film nouveau qu'il allait voir et la pizza qu'il mangerait après.

L'heure était venue pour lui de s'en aller. Et

Useppe, avec un profond regret dans l'âme, le voyait déjà arriver au fastueux palais du Cinéma et y faire la rencontre de ces êtres d'une très mystérieuse splendeur qui distribuaient les cadeaux à pleines mains, et dont personnellement il ignorait l'aspect, le genre et, en somme, tout. Finalement, bien que sans admettre l'ignorance qui était la sienne, il se planta devant Scimó et, se dandinant, il hasarda d'une voix timide :

« Pourquoi tu m'emmènerais pas au Cinéma avec toi voir *les Pédés* ? »

Et il lui fit voir que, dans une poche de sa culotte retenue par des bretelles, poche fermée par un bouton, il disposait même de quelques sous (qu'Ida lui avait donnés avant qu'il sorte pour s'acheter une glace).

Mais Scimó secoua la tête d'un air protecteur ; et le regardant d'un œil paternel, il lui dit :

« Non. T'es encore trop petit. » Et puis, peut-être pour rendre plus acceptable son refus, il ajouta :

« Et puis, au ciné, on laisse pas entrer les chiens. »

Après quoi, voyant l'expression déçue d'Useppe, il s'attarda quelques instants encore avec lui. Mais finalement il lui dit : « Faut que je me grouille ! », et, pour le consoler, il lui promit solennellement :

« Aujourd'hui, on a pas le temps ; mais la prochaine fois que vous viendrez ici, je t'apprendrai à nager. »

« On reviendra demain ! » s'empressa de répondre Useppe.

« Demain, c'est dimanche : la première séance commence à trois heures. Mais si vous venez assez tôt je commencerai à t'apprendre les mouvements de la brasse et à faire la planche. »

Pendant qu'il courait vers la cabane, laissant les deux autres sur la rive, on entendit de loin sa fréquente « toux des fumeurs » qui le faisait tituber sur ses courtes petites pattes. Son départ plongea Useppe dans une sombre tristesse, qui grandissait au fur et à mesure que les minutes passaient. Même la compagnie de Bella, qui lui faisait d'affables clins d'œil avec ses yeux pleins de sympathie, ne parvenait pas à le consoler. Il pensait de nouveau à David que, malgré sa nouvelle amitié pour Scimó, il n'avait nullement oublié : et comme maintenant il n'avait plus envie de rester jusqu'au soir au bord du fleuve, il tira un peu sur le collier de Bella et lui proposa, tentateur : « Vvà-vid... » Mais Bella secoua négativement la tête, pour lui faire remarquer que David ne leur avait pas donné rendez-vous ; et que s'ils allaient le voir chez lui sans avoir rendez-vous, ils seraient chassés comme l'autre fois.

S'ajoutant au départ de Scimó, la promesse non tenue de David revenait elle aussi attrister la solitude d'Useppe. Un nuage de passage masqua le soleil et il eut l'impression que c'était un énorme nuage d'orage. Tout à coup, on vit appareiller de la rive en face une barque dans laquelle on distinguait plusieurs silhouettes de garçons. Useppe, sursautant, se dit : « LES PIRATES ! », et il se mit debout, en position de bataille. Il était décidé à défendre à tout prix contre eux la tente d'arbres et la cabane de Scimó. Mais la barque, longeant la rive d'où elle était partie, s'éloigna au lieu de cela dans la direction du sud ; et quelques instants plus tard elle avait disparu de la vue.

Useppe se rassit dans l'herbe, le cœur battant. Sa tristesse de tout à l'heure se fondait en une sorte de pressentiment informe qui, bien que lui revenant méconnaissable chaque fois, n'était pas nouveau pour lui. Chacun des retours de son *haut mal* était un moment de violence qu'il subissait sans en être témoin.

Il en percevait seulement d'avance un signal ambigu, comme l'arrivée, dans son dos, d'un masque sans traits, derrière lequel il y avait pour lui un trou vide. Et alors, une nébuleuse terreur s'emparant de lui, il était surpris par une horrible nuit, où, déjà à moitié aveugle, il tentait un départ sans direction précise, pour être abattu au bout de deux ou trois pas. Mais cette exécution obscure le trouvait déjà inconscient. Et même de ce premier signal il ne lui restait ensuite qu'une trace indéfinie, semblable à un thème musical fragmentaire entendu on ne sait plus quand ni où. Les notes de ce thème affleurent de *quelque chose* qui ressemble à un déchirement... mais elles ne disent pas ce qu'est ce *quelque chose*.

Assis dans l'herbe au bord du fleuve, le cœur battant encore, Useppe eut le sentiment d'avoir déjà vécu dans le passé un autre moment identique à celui-ci. On ne sait quand, peut-être dans une autre existence, il s'était déjà trouvé sur une petite plage radieuse, le long de prairies parsemées de joyeuses tentes, dans l'attente d'une horreur imminente qui voulait l'engloutir. Son visage se crispa dans une expression d'immense répulsion ; « Je veux pas ! je veux pas ! » s'écria-t-il. Et il se mit debout, dans la même attitude que précédemment, quand il s'était préparé à affronter les pirates. Contre cette autre *chose*, à la vérité, il n'y avait nulle autre issue qu'une absurde fuite. Et l'unique et extrême voie s'offrant à lui pour fuir, là, à cet instant, ce fut l'eau du fleuve qui coulait à ses pieds. La vue déjà brouillée, Useppe s'y précipita. A cet endroit, le courant était plutôt faible, mais l'eau était de beaucoup plus haute que lui.

Un aboiement désespéré retentit de la rive ; et en un clin d'œil Bella fut sur lui qui se débattait dans un désordre incohérent, ballotté par l'eau comme une pauvre bestiole de l'air ou de la terre, blessée dans le dos. « Agrippe-toi, agrippe-toi à cheval sur mes épaules », le supplia Bella, en se glissant rapidement sous son ventre et le soutenant ainsi à fleur d'eau tout en nageant vers la terre. Le temps de deux respirations, le sauvetage était accompli : de nouveau, ses petits vêtements ruisselants, Useppe était en sécurité à la lisière de la prairie.

Il se peut que le choc froid et brusque de l'eau ait interrompu la crise à son début. Cette fois-ci, il n'y eut ni hurlement, ni perte de connaissance, ni cette horrible cyanose qui le défigurait. L'unique manifestation de cette crise (partielle ou non aboutie), ce fut un tremblement de tous ses muscles qui l'agita convulsivement, aussitôt qu'il fut par terre, mêlé à un pleur déchirant : « Non ! non ! je veux pas ! je veux pas ! » continuait-il de répéter, cependant que Bella le léchait en toute hâte, comme si elle avait eu là une couvée de petits chiens. Useppe transforma ses pleurs en un petit rire apeuré ; et il se serra étroitement contre Bella, comme s'il avait été dans son lit, à la maison, près d'Ida. Ils s'endormirent ensemble, cependant que le soleil les séchait.

Ce n'était pas toujours que ces sommeils d'épuisement succédant aux crises comportaient des rêves ; ou il s'agissait, plutôt, de rêves qu'Useppe oubliait tout à fait au réveil. Cette fois-ci, par contre, il fit un rêve dont dans la suite il conserva durablement dans sa mémoire non point exactement le souvenir mais une ombre palpitante et colorée. Il rêvait qu'il se trouvait précisément là où il était en réalité : mais le fleuve avait pris la forme d'un grand lac circulaire et les petites buttes d'alentour étaient beaucoup plus hautes que la réalité, et toutes englouties par une chute de neige. J'ai omis de dire en son temps que pendant l'hiver de 1945 la neige était tombée à Rome, ce qui avait constitué un spectacle insolite pour Rome et extraordinaire pour Useppe.

Useppe avait alors un peu plus de trois ans; et depuis lors jusqu'à maintenant, ce spectacle de la neige s'était retiré en arrière dans sa mémoire, au point de disparaître dans une sorte de brouillard; quand voici qu'aujourd'hui dans ce rêve il revenait au premier plan. Mais cette neige romaine avait été une vision paisible, de calme incroyable et de blancheur; et au lieu de cela celle du rêve était une tourmente comme, à la vérité, Useppe n'en avait jamais vu de sa vie. Le ciel était noirâtre, un vent tordait en sifflant les arbres du petit vallon et de toutes les rives d'alentour, et la neige tourbillonnait, semblable à une mitraille de glaçons pointus et meurtriers. Des cimes d'alentour les arbres se tendaient aussi nus et noirs que des corps décharnés, peut-être déjà morts. Et sur toute la chaîne des collines le seul son était le sifflement des rafales : on n'entendait aucune voix, on ne voyait personne

Useppe, dans son rêve, ne se trouvait pas sur la rive mais dans l'eau du fleuve-lac. Et cette eau, bien qu'encerclée par les collines, paraissait d'une grandeur infinie. Elle était tout entière d'une couleur irisée, calme et lumineuse, et d'une douce et merveilleuse tiédeur, comme si elle avait été traversée continuellement par des sources invisibles réchauffées par le soleil. Useppe nageait dans cette eau aussi naturellement qu'un petit poisson ; et autour de lui à la surface de ce tiède lac, émergeaient les innombrables petites têtes d'autres nageurs comme lui. Ceux-ci lui étaient tous inconnus ; mais il les reconnaissait tout de même.

288

Et à la vérité, il ne semblait pas difficile de comprendre que c'étaient là tous les très nombreux neveux et nièces de Scimó, tout de suite reconnaissables à leurs petits museaux pointus, à l'imitation du fameux petit animal sans queue ; comme, en outre, il y avait une grande foule de petites têtes rondes aux joues colorées et aux petits yeux vifs et noirs : toutes jumelles ou proches parentes de sa nièce Ninuccia.

Mais la chose la plus extraordinaire de ce lac en grande liesse, c'était que le cercle des collines, massacré par la sinistre tempête, se réfléchissait, par contre, dans ses eaux, intact et paisible, dans la pleine sérénité d'un été à son début. Les arbres torturés s'y doublaient indemnes, avec la santé vivante de leurs feuilles : si bien que leurs images se ramifiant par tout le lac y dessinaient sous l'eau bleue une sorte de pergola verte, qui avait l'air d'un jardin suspendu dans le ciel. Et le mouvement de l'eau les accompagnait comme un souffle de vent, avec un son de chansonnette et de murmure.

Et sans le moindre doute, ce lac était vrai et authentique ; tandis que le panorama qui le surplombait était faux, quelque chose comme des ombres chinoises sur un écran. Cela dans le rêve était évident et, même, dans l'ensemble, finalement drôle. Et le dormeur en éprouvait un plaisir délicieux et tel que, dans son sommeil, il poussait des petites exclamations joyeuses. A côté de lui, par contre, Bella émettait pendant ce temps des grognements continuels, revivant peut-être en rêve les émotions de son héroïque après-midi.

Il est probable qu'Useppe, abandonné à lui-même, aurait dormi ainsi pendant au moins douze heures sans interruption. Mais au bout d'environ trois heures, quand le soleil déclinait, Bella se réveilla en secouant vigoureusement sa fourrure, et le réveillant, elle lui dit :

« C'est l'heure de rentrer à la maison. Maman nous attend pour dîner. »

Le voyage d'Useppe vers la maison fut étrange, car, bien qu'entraîné par la laisse de Bella il ait bougé ses pieds, il n'était pas complètement sorti de son rêve. Ils passèrent sous la tente d'arbres, et ce que disent les oiseaux quand ils se réunissent vers le couchant, lui semblait encore les ondulations de ce lac où les sons et les reflets jouaient ensemble. Il leva les yeux, et dans le toit de branches il crut revoir la merveilleuse pergola verte réfléchie dans le lac, cette pergola dans laquelle ses camarades nageurs jouaient en tendant leurs petites têtes. Même le charivari citadin du samedi soir lui arrivait amorti, comme un immense chuchotement au fond de l'eau, et cette rumeur sous-marine se confondait pour lui avec la pulsation des premières étoiles.

Il était si ensommeillé qu'à dîner il dodelinait de la tête. Et le lendemain, résistant aux appels d'Ida, il continua de dormir jusqu'après l'heure du déjeuner. Quand finalement il se leva il lui fallut quelques minutes pour retrouver la notion du temps. Tout à coup il se rappela que Bella et lui devaient retrouver Scimó à la cabane.

Ils y arrivèrent vers les quatre heures : trop tard pour leur rendez-vous avec Scimó. Et de fait, celui-ci n'était pas là. Comme on était dimanche et la température déjà estivale, des baigneurs devaient avoir stationné pendant la matinée sur la petite plage. Sur le sol il y avait des capsules de bière Peroni et des peaux de banane ; mais, heureusement, pas la moindre trace des pirates, ni là ni alentour. La cabane était comme ils l'avaient laissée la veille. Jeté sur le matelas, il y avait le caleçon de bain de Scimó, encore humide ; et la lampe à pile était par terre, à côté de la pierre, comme la veille. Useppe ne s'aperçut pas que la bougie n'avait pas diminué de hauteur depuis la veille. Seul fait nouveau : le réveil était arrêté. Useppe supposa que Scimó, pressé, avait négligé de le remonter. Et comme il avait appris à lire l'heure sur les montres, il vit que celle-ci marquait deux heures.

Pour lui ce *deux* signifiait sans conteste deux heures de l'après-midi ; alors qu'en réalité le réveil, au moment où il s'était arrêté, marquait deux heures du matin. Useppe ne savait pas et il ne sut jamais que Scimó, depuis qu'il leur avait dit au revoir la veille, n'était pas revenu dormir dans sa cabane et avait passé la nuit à la maison de correction. L'une de ses connaissances romaines, obéissant sans doute à des scrupules légaux, l'avait dénoncé et fait tomber dans un guet-apens. La veille même, à Rome, Scimó avait été repris ; et maintenant, sans doute, il passait son dimanche en cellule, pour le punir de sa fugue.

L'idée qu'un tel événement avait pu se produire n'effleura même pas Useppe. Il se dit, attristé, que certainement Scimó, après les avoir vainement attendus, Bella et lui, était parti, pour être à l'heure à la première séance dominicale. Et que sûrement, maintenant, il était déjà au cinéma et ne reviendrait pas à la cabane avant la nuit. Donc, pas question qu'ils se revoient aujourd'hui.

Cette pensée suffisait déjà à le faire souffrir. Respectant dûment le domicile de Scimó, il sortit de la cabane et s'assit par terre, à un pas de son entrée. Bella, le voyant triste, s'assit à côté de lui, sans le déranger, très tranquille, s'amusant seulement de temps en temps à donner un coup de tête dans l'air pour faire peur à un moucheron de passage. Malgré son âge et même dans les circonstances les plus graves, elle se laissait toujours entraîner par son passé de jeune chienne.

Quant à son bain quotidien, après ce qui s'était passé la veille, elle avait décidé d'y renoncer, n'osant pas laisser Useppe sur la rive, ne fût-ce que quelques instants. Et même elle s'efforçait de maintenir une certaine distance entre lui et la petite plage, comme si l'eau avait vraiment représenté pour elle le loup.

Ce jour-là, le soleil était aussi brûlant qu'en plein été ; mais ils étaient assis au frais, dans le carré d'ombre de la cabane. Par-delà le petit vallon, des arbres se penchaient, et, venant de l'un de ceux-ci, on entendit le chant solitaire et précoce d'une cigale mâle. Ce devait sûrement être une cigale encore petite qui se livrait à des exercices de débutante, car, en dépit de ses efforts obstinés, elle ne produisait qu'un bruit infinitésimal de violon à peine gratté avec un fil. Aussi, à ce son, Useppe reconnut-il immédiatement en elle cette même cigale tout juste sortie du nid que Scimó avait vue naître deux jours plus tôt.

Depuis la veille, une certaine fatigue persistait encore dans le corps d'Useppe, et il n'avait pas envie de se rouler par terre, de courir et de grimper comme les autres jours. Mais en même temps il fut pris d'une inquiétude qui l'incitait à bouger et à changer de place, bien que sans lui indiquer où aller. Même sous la tente d'arbres cette impatience persistait en lui. Le toit de branches ramena en lui une vague réminiscence de son rêve de la veille, lequel pourtant, aujourd'hui, s'était déjà effacé en grande partie de sa mémoire. Il ne se rappelait plus les détails du paysage, ni la tourmente, ni les petites têtes, ni les images reflétées. Ce qu'il en revoyait, c'était une étendue d'eau où bougeaient doucement des couleurs, dont le balancement avait pour accompagnement un chuchotement mélodieux. Et cela lui redonnait un désir de petit lit et de repos, que contrariait une peur de se remettre à dormir alors que tout le monde était éveillé.

Voyant qu'il avait besoin de réconfort et de distraction, Bella, assise à côté de lui, décida de lui raconter une histoire. Et clignant un peu des yeux, sur un ton rêveur et plein de mélancolie, elle commença :

« Moi, autrefois, j'avais des petits chiens... »

Elle ne lui en avait encore jamais parlé : « Je ne sais pas combien il y en avait exactement », continua-t-elle, « moi, je ne sais pas compter. Il est certain qu'à l'heure du lait, toutes mes mamelles, au grand complet, étaient occupées !!! Bref, ils étaient très nombreux, et l'un plus beau que l'autre. Il y en avait un blanc et noir, un tout noir avec une oreille blanche et l'autre noire, et un tout noir lui aussi avec une barbiche blanche... Quand j'en regardais un, le plus beau c'était lui ; mais j'en regardais un autre, et le plus beau c'était celui-là ; puis j'en léchais un autre, et sur ces entrefaites un autre encore s'interposait avec son museau, et indubitablement chacun d'eux était le plus beau. Leur beauté était infinie, voilà la vérité. Les beautés infinies ne peuvent pas se comparer. »

« Comment ils s'appelaient ? »

« Ils n'ont pas eu de nom. »

« Ils n'ont pas eu de nom ? »

« Non. »

« Et où ils sont maintenant ? »

« Où ?... en ce qui concerne ce point, je ne sais que penser. D'un instant à l'autre, quand je les ai cherchés, ils n'étaient plus là. D'habitude, quand ils s'en vont, ils reviennent plus tard, c'est du moins ce qui se passait pour mes amies... » (Bella, comme aussi ses amies, était convaincue que chaque portée successive était toujours un retour des mêmes petits chiens.) « ... mais les miens ne sont plus jamais revenus. Je les ai cherchés, je les ai attendus Dieu sait combien de temps, mais ils ne sont pas revenus. »

Useppe ne dit rien. « L'un plus beau que l'autre ! » répéta Bella avec conviction, les yeux rêveurs. Puis, y repensant, elle ajouta : « C'est normal. La même chose arrive aussi avec les autres... avec tous les nôtres, ceux qui nous sont chers. Considérons par exemple mon Antonio, celui de Naples... Sans conteste, le plus beau de tous c'est lui ! Mais mon Ninnuzzu, lui aussi, il suffit de le voir : quelqu'un de plus beau que lui, ça n'existe pas !! »

C'était la première fois que le nom de Ninnuzzu était prononcé entre eux. En l'entendant, le visage d'Useppe fut parcouru par un tremblement qui, néanmoins, se mua en un petit sourire attentif. A la vérité, les propos de Bella, aboyés avec des accents canins, le berçaient comme un air mélodieux de soprano.

« Et toi », reprit-elle alors, le regardant d'un air convaincu, « tu es toujours le plus beau de tous en ce monde. C'est positif ».

« Et maman ? » s'informa Useppe.

« Elle ! A-t-on jamais vu une fille plus belle qu'elle ? Eh, à Rome tout le monde le sait ! Elle est d'une beauté suprême. Suprême ! »

294

Useppe rit. Là-dessus il était nettement d'accord.
Ensuite, il demanda, anxieux :

« Et Scimó ? »

« Quelle question ! Tout le monde voit bien que
c'est lui le plus beau ! »

« Le plus beau de tous ? »

« De tous. »

« Et David ? »

« Aaaah ! La beauté de David est la plus grande.
Absolument. La plus grande. »

« Suprême ? »

« Suprême. »

Useppe eut un rire satisfait, car, à la vérité, sur ce
sujet des beautés l'accord entre la chienne et lui était
total. Pour lui, géants ou nains, gueux ou dandys,
décrépitude ou jeunesse, cela ne faisait aucune différence. Et pour lui, à la condition qu'ils aient tous été
des amis également souriants, les bancals, les bossus,
les obèses et les avortons n'étaient pas moins jolis que
le Prince Charmant (Useppe, s'il avait dû inventer un
ciel, aurait fabriqué un local du type « grande salle des
Mille »). Pourtant, depuis quelque temps, les gens
l'évitaient, et c'était compréhensible : c'était parce
qu'il était atteint de ce vilain mal.

« Allons-nous-en », dit-il à Bella.

La foule des après-midi dominicaux animait les
rues. Par-delà des maisons en construction, sur un
terrain vague, un grand parc d'attractions avait dressé
ses tentes. Non seulement il y avait des manèges, des
éventaires, des tirs à la cible, des petites autos, etc.,
mais il y avait même des montagnes russes, et un
carrousel volant où l'on tournait, suspendus en cercle
sur des balançoires multiples, à une vitesse vertigineuse. Useppe, qui s'était irrésistiblement avancé avec

Bella jusqu'à la limite de ce parc d'attractions, eut un involontaire petit rire de joie à la vue de ces machines fantastiques. Mais il se retira aussitôt, avec un sentiment de nostalgie mêlée de peur, comme devant une ivresse interdite. Il est de fait que, depuis le début de son mal, il avait, la nuit, des rêves effrayants (bien qu'ensuite il les ait oubliés) dans lesquels il était précipité de haut dans des gouffres sans fond, ou bien où on le faisait tournoyer sur des orbites incommensurables dans un vide rutilant et sans commencement ni fin.

La possession, dans sa poche boutonnée, des habituels sous à dépenser, l'incitait à s'avancer vers les baraques où l'on vendait des massepains, des croquants et surtout le sucre filé de couleur rose et jaune. Mais, là aussi, la foule qui se pressait, joyeuse, le repoussa dans sa solitude. Ensuite, dans la Via Marmorata en direction du Testaccio, ils rencontrèrent la voiturette isolée d'un marchand de glaces. Et alors, Useppe se décida à tendre sa menotte avec les sous pour l'achat de deux cornets : un pour lui et un pour Bella. Et même, encouragé par le visage du marchand de glaces, lequel était un petit homme qui louchait et qui avait un sourire sympathique, il lui demanda, ayant vu qu'il avait une montre : « Quelle heure tu as ? » « Cinq heures et demie », répondit le marchand de glaces.

Il était encore trop tôt pour rentrer à la maison. Et soudain Useppe prit impulsivement la décision de rendre visite à David Segré. « Vvàvid ! » annonça-t-il en plein museau à Bella, sur un ton si définitif, encore que de prière, que, cette fois-ci, Bella, sans faire la moindre objection, trottina en direction du Ponte Sublicio. Mais alors, Useppe, à la réflexion, eut l'idée d'apporter en offrande à son ami cette fiasque de vin qu'Ida avait achetée précédemment exprès pour lui. On pouvait espérer que David, en les voyant se présenter avec ce cadeau, cette fois-ci ne les chasserait pas de chez lui.

Pour revenir sur leurs pas vers la Via Bodoni, ils prirent, cette fois-ci, au lieu de la Via Marmorata, les rues intérieures du quartier. Des fenêtres, des cafés et des bars, la voix monotone des radios qui donnaient les scores des équipes de football les accompagnait ; mais, comme ils traversaient la Via Mastro Giorgio, ils entendirent, dans un bistro, quelqu'un qui criait : « guerre... histoire... » et d'autres choses couvertes par la radio. C'était la voix de David. Useppe connaissait ce bistro pour y avoir parfois accompagné Annita Marrocco qui venait y chercher du vin. Ému et surpris, il s'avança instantanément sur le seuil du local ; et ayant repéré David, il lui dit très haut : « Eh ! » en lui faisant de la main son habituel geste de salutation.

6

Il y avait une seule tablée de clients, tous des pauvres gens du quartier et tous des hommes plutôt âgés, un petit groupe de quatre d'entre eux jouant aux cartes, cependant que les autres, plus nombreux, assis en cercle autour d'eux, assistaient en spectateurs à la partie. David, bien que ne témoignant aucun intérêt pour celle-ci, était du nombre de ces derniers. A la

vérité, jusqu'à un moment auparavant, sa place avait
été à un guéridon non loin de là, auquel il était assis
buvant seul et sur lequel il y avait encore, abandon-
nées par lui, deux chopines, l'une vide et l'autre à
moitié pleine. Lui-même, tout à coup, avait tourné sa
chaise et pris place à la table voisine, sans que
personne l'y ait invité. Là, il avait fait venir encore un
double litre qu'il offrait aux autres, en versant de
temps en temps le contenu dans son verre. Néanmoins,
il n'avait pas l'air ivre, mais fanatiquement expansif. A
la vue d'Useppe et de Bella, une soudaine luminosité,
douce et enfantine, lui caressa pendant un moment le
visage : « Useppe! » s'écria-t-il sur le ton de quelqu'un qui rencontre un ami. Et Useppe ainsi que Bella
furent près de lui en un clin d'œil. « Mets-toi là »,
l'invita David, en rapprochant une chaise libre. Mais,
dès qu'Useppe, rayonnant de bonheur, s'y fut assis, il
ne s'occupa plus de lui. Après ce fugace geste de
bienvenue, son visage reprit la même expression
tendue et ardente que précédemment.

A la vérité, personne de ceux qui les entouraient ne
s'occupait d'Useppe et de Bella. Mais ils étaient tous
les deux si satisfaits de leur présente situation qu'ils
n'en demandaient pas davantage. Et même, pour ne
pas compromettre leur chance, ils évitaient n'importe
quelle action perturbatrice, si minime fût-elle. Bella
s'était allongée sur le sol entre la chaise d'Useppe et
celle de David; et (n'eût été un irrésistible petit
remuement de sa queue) elle s'obligeait à une totale
immobilité, si parfaite qu'on eût dit une statue de
chien. De temps en temps, elle lançait vers le haut un
petit coup d'œil futile et béat, pour dire : « Alors,
qu'est-ce que vous en pensez? Nous voici là tous les
trois. » Et Useppe, de la chaise sur laquelle il était

installé, regardait sans mot dire autour de lui avec de grands yeux pleins de confiance, prenant même garde de ne pas balancer ses petites jambes pendantes. Bien que lui inspirant du respect, le voisinage de David le libérait de tout malaise. Et en outre, parmi les assistants (en plus de deux autres personnages du quartier qu'il connaissait déjà de vue), il avait tout de suite repéré une vieille connaissance : Clemente, le frère de Consolata.

Il lui fit un timide signe d'entente, mais Clemente ne le reconnut pas. Il ne jouait pas aux cartes et était assis entre les joueurs, presque dans leurs dos, du côté opposé à celui de David. Son extrême maigreur le rapetissant, d'une pâleur verdâtre, avec des yeux enfoncés et troubles de mort, il était malgré la chaleur tout entier recroquevillé dans un petit manteau de demi-saison, et avait aussi sa casquette sur la tête. Sur sa main mutilée, à la place du gant noir tricoté par Filomena, il en portait actuellement un autre, très usé, un gant de peau de couleur marron rougeâtre. Mais il était toujours connu sous son surnom de Manonera. Sa situation actuelle était d'invalide et de chômeur définitif ; et le fait de dépendre définitivement de sa sœur l'avait amené à la haïr et à s'en faire haïr. En particulier les jours fériés, où elle ne s'absentait pas pour son travail, cette haine le chassait dès le matin de leur domicile ; et il passait toutes ses journées de dimanche assis dans ce bistro. De temps en temps, on le voyait tendre le bras pour prendre son verre de vin toujours intact ; mais après l'avoir regardé fixement d'un œil dégoûté, comme s'il y avait vu des vers, il le reposait sur la table sans avoir bu.

Bien qu'assis au milieu des autres, il restait confiné dans une sombre torpeur, à peu près sans réaction aux stimulations extérieures. Il ne s'intéressait ni aux cartes ni aux nouvelles transmises par la radio. Il tendait néanmoins l'oreille, encore que de manière oblique et discontinue, aux propos de David ; et alors seulement ses traits abîmés avaient un certain frémissement, qui exprimait de l'animosité, de la rancœur et presque du mépris.

Lui seul, à cette tablée, appartenait à une génération encore jeune (bien qu'à le voir il n'ait plus eu d'âge). De fait, il était d'un peu plus de dix ans l'aîné de David. Les autres (tous, d'apparence, âgés de plus ou d'un peu moins de soixante ans) traitaient David avec détachement et patience, comme un gamin bizarre, lui témoignant de la tolérance même si, c'était évident, son intrusion troublait la tranquillité de leur partie. Nombreux ceux, parmi les hommes présents dans ce local, qui avaient l'air de le connaître déjà, du moins de vue, mais il n'y en avait plus un seul pour saluer en lui un héros, comme le jour où il s'était présenté chez les Marrocco. A cause de sa classe sociale différente, ils semblaient plutôt le considérer comme le descendant d'une sorte de noblesse déchue, sinon carrément comme venu d'une planète mystérieuse.

La partie se jouait par couples. Le joueur le plus proche de David était un vieux de la soixantaine, mais de taille athlétique et plein de santé. Un maillot beige laissait voir ses bras musclés et bronzés et la peau plus blanche de ses aisselles. Il avait une grande chevelure poivre et sel, et une petite médaille de baptême pendait au bout d'une chaînette argentée par-dessus son maillot. Son partenaire, assis en face de lui, était un homme chauve, au visage aplati, en uniforme de receveur d'autobus. Et des deux partenaires du second couple, l'un, qui n'était évidemment pas de Rome (comme le révélait son accent), était un type du genre paysan, robuste et très rouge de visage, peut-être un maquignon de la campagne ; et l'autre était un personnage qu'Useppe connaissait déjà de vue, car il parcourait le quartier, vendant les gâteaux de châtaignes, les croquignoles et les noix de cajou qu'il avait dans une petite caisse qu'il portait en bandoulière (il avait même déposé là-bas, sur l'appui d'une fenêtre, la petite caisse contenant ses marchandises et de temps en temps Bella jetait vers elle des coups d'œil nostalgiques). Celui-ci avait un visage rond tout ridé, le nez et les oreilles très petits, et ses camarades de jeu le taquinaient à cause de sa lenteur.

Près du grand vieux à la petite médaille, mais un peu en arrière de lui, était assis, comme spectateur, un petit homme de la soixantaine, à l'air souffreteux, et dont le cou mince et tendineux sortait d'une jaquette des dimanches raccommodée et d'une extrême pauvreté. Ses yeux maladifs, à l'iris bleu clair, étaient tout entiers veinés de sang, mais leur regard était résigné et simple et suivait avec un vif plaisir les péripéties de la partie. De fait, cette séance du dimanche après-midi était la seule occasion de mondanité de toute sa semaine solitaire de retraité qui essaie encore de s'en tirer en exerçant d'autres petits métiers. De temps en temps, ce petit homme applaudissait, presque avec jubilation, les coups du joueur à la petite médaille.

Certains des autres qui assistaient à la partie, en suivaient le déroulement avec intérêt, d'autres, par contre, semblaient simplement se reposer en somnolant, comme continuant au bistro leur sieste dominicale. De temps en temps, il y avait quelqu'un qui se levait pour aller écouter les nouvelles de la radio et qui revenait ensuite les communiquer à ses amis. Ou bien quelqu'un de passage s'attardait un instant à observer les joueurs, ou bien d'autres se retiraient, laissant leurs chaises aux nouveaux venus... Mais au milieu de ces discrètes allées et venues, David ne bougeait jamais de sa place, retenu là par une lourdeur des jambes, qui contrastait avec son impatience intérieure.

Comme si lui aussi avait célébré le dimanche, il s'était aujourd'hui lavé et soigneusement rasé. Ses cheveux, qui par incurie poussaient en désordre, il les avait pourtant peignés, les lissant avec de l'eau et les séparant d'un côté par une raie. Et ainsi, avec cet insolite aspect décent et son regard pensif et (par moments) comme ravi, il ressemblait plus que jamais, malgré ses joues creuses et sa pâleur, au petit étudiant imberbe de la vieille photo d'identité. Il était vêtu d'un pantalon qui n'était pas vraiment repassé mais qui était relativement neuf et d'un petit maillot blanc, frais et propre, à manches courtes. Sur-le-champ, Useppe qui, la plupart du temps, tournait les yeux vers lui, remarqua une petite plaie tuméfiée et suppurante sur son bras nu, au creux du coude ; et apitoyé, il eût voulu lui en demander la cause, mais il n'osait pas interrompre les propos incessants qu'il tenait.

Pourquoi ou de quoi il parlait tant, David lui-même ne le savait pas. De fait, ce qu'il mettait en avant, c'étaient non pas des arguments, mais plutôt des prétextes, capables d'entraîner les autres, mais lui-même en premier lieu, dans la discussion d'un problème général — ou peut-être personnel ? A de telles questions il n'y a pas de réponse, car lui-même, avec cette loquacité inhabituelle et maladive, avait l'air d'être en train de chercher — avant même une solution — précisément ce problème ! Et si je tente de récapituler ses propos de cet après-midi au bistro, je les revois sous la forme de nombreux chevaux se poursuivant autour d'une piste circulaire et repassant toujours aux mêmes endroits. Présentement on entendait sa voix (au timbre caractéristique de basse juvénile) insister sur une question que les assistants ne se décidaient pas à écouter, bien qu'il se soit obstiné à la réitérer : il accusait, c'est-à-dire, tout le monde — non seulement les personnes présentes mais tous les vivants en général — de réticence volontaire à propos de la dernière guerre et de ses millions de morts. Comme s'il se fût agi d'une affaire liquidée, personne ne voulait plus en parler : c'était là le point sur lequel il revenait toujours. Et il continuait de répéter, sur des tons de protestation acharnée, mais à la fois d'appel presque pathétique : « Personne... personne... » Jusqu'au moment où le vieux à la petite médaille lui dit en réponse, mais sans grande conviction et veillant à ne pas perdre de vue ses cartes :

« Alors, parles-en, toi. Nous autres, on t'écoute... » Puis, jetant avec décision une carte sur la table, il s'écria : « Atout ! » cependant que Clemente, ricanant, regardait à son tour David, de l'air de lui confirmer : « Mais oui. Qu'est-ce que t'attends pour nous exposer ta philosophie ? »

Le local, plutôt vaste, avait deux entrées. Dans l'angle près de la seconde entrée, à quelque distance de la glacière, du comptoir et de la tablée de joueurs, une petite foule se pressait, debout, autour de la radio, pour écouter les résultats des matchs de football. A la différence des clients assis, ces autres, en majorité, étaient jeunes ; et ils ne buvaient pas et n'occupaient aucune table, n'étant là que de passage, seulement pour les informations. D'autres, venus de la rue, les

relayaient; et entre ceux qui entraient et ceux qui
sortaient par cette porte, c'était un mouvement continuel et un brouhaha de discussions sportives, auxquelles le patron, de son comptoir, se joignait volontiers.
De ce côté-là, d'autres clients âgés avaient formé une
seconde tablée et jouaient aux cartes. Et d'un côté à
l'autre, on entendait crier : « Je prends ! » « Joue ! » et
semblables phrases usuelles du jeu, qui se croisaient
avec les autres voix et avec les bruits de la rue, dans
une confusion incohérente et bruyante. Mais David ne
se sentait pas gêné par ces bruits : et même, un silence
soudain aurait peut-être jeté la panique en lui. Il
jouissait d'une clarté de conscience si aiguë qu'il s'en
sentait excité comme par une stimulation physique
située dans son cerveau ; et pourtant, il avait l'impression d'avancer à tâtons, tel un gosse perdu qui n'ose
pas demander l'aide des passants. Mais par-dessus
tout, dominait en lui une sorte d'enthousiasme : tel
que peu à peu tous les sons extérieurs se fondant pour
lui dans sa propre clameur et sa ferveur intérieures, il
avait le sentiment d'affronter une suprême aventure.

Il était — c'est facile à comprendre — dans une de
ses *journées de gala*; mais aujourd'hui, à la différence de
ce qui se passait d'habitude, son gala dominical avait
rendu intolérable pour lui la solitude de son rez-de-
chaussée, le poussant dehors, par les rues, avec la
fougue, un peu anxieuse, d'un début. Il avait envie de
rencontrer les pas d'autrui, les voix d'autrui ; ses
poumons voulaient respirer l'air d'autrui.

Et il ne se laissait pas guider par un choix, mais
seulement par le hasard. Aussi, se trouvant à passer
par là, était-il entré dans ce bistro, qu'il avait naguère
fréquenté irrégulièrement et qui lui promettait, d'une
certaine manière, une atmosphère familiale.

Il n'avait pas envie de vin ; car, même, l'alcool ne se combinait pas très bien, chimiquement, avec certains de ses états *de gala*. S'il s'était forcé à boire un peu, il l'avait fait seulement pour se donner une contenance, ou pour justifier ainsi sa présence comme client et non comme intrus. Or, avec le vin, une sorte d'inquiétude s'était emparée de lui, analogue à celle qu'on éprouve lorsque, entrant dans un dancing, on a envie de danser ; mais la danse ne s'accordait pas avec cette lourde fatigue de ses jambes qui lui était venue en même temps. Et ce lieu, du reste, n'était pas un dancing... C'était un endroit... quelconque... du monde... Précisément ! Précisément ! Un endroit quelconque du monde !

Il ne savait même pas ce qui l'avait incité soudain à tourner sa chaise vers la table voisine (la seule du bistro occupée à ce moment encore), mettant dans cette initiative aussi normale que simple un élan si excessif qu'il faisait penser à une agression. Sans doute, partout où il aurait pu se trouver et avec n'importe qui (dans un tribunal, dans un hospice ou, même, à la cour d'Angleterre), son geste eût été identique. Il avait obéi à l'une de ces impulsions incongrues à cause desquelles tout à coup quelqu'un qui se promène sur une place se met soudain à poil.

Sur-le-champ, il avait eu l'impression en tournant ainsi sa chaise de prendre Dieu sait quelle décision importante, bien qu'imprévisible pour lui-même et on ne peut plus confuse. Et ce fut seulement au moment où il ouvrait la bouche qu'il se rendit compte qu'aujourd'hui sa seule véritable envie était de *parler*. Lui-même — c'est ce qui lui sembla — était une sorte de nœud terrible, et les autres, tous sans exception, s'empêtraient et butaient contre ce nœud. Ce n'était

305

qu'en dialoguant avec les autres que ce nœud pouvait peut-être être dénoué. C'était une bataille à livrer aujourd'hui, sans retard ; et alors, après la victoire, il se reposerait. Si, du reste, il devait dialoguer ou plutôt faire une conférence, peu lui importait de le savoir avant. Il était sûr d'une seule chose : qu'il s'agissait de *communications urgentes !*

À la vérité, les sujets allaient être trop nombreux : si nombreux qu'il en était bouleversé. Et bien que tout à fait maître de soi, il se rendait pourtant compte aussi que ce n'était pas la santé qui enflammait son esprit, mais une sorte de fièvre lucide qu'il voulait s'efforcer de refréner, encore que, d'une certaine manière, il ait eu l'intention d'en profiter. *Parler,* oui : mais en commençant par où ? à partir de quand ? Il avait commencé avec ses phrases sur la guerre, comme si ce point avait été une étoile polaire ou une comète errante qui devait lui indiquer la direction ; mais en attendant (même après l'invitation du vieux à la petite médaille) il ne faisait que débiter ses affirmations oiseuses, avec une prétention arrogante qui lui valait des ricanements de la part de Manonera.

« La guerre est finie », intervint, en lui jetant un bref coup d'œil, le joueur qui avait l'air d'un maquignon ; « et à présent, faut penser à la paix... » Puis abandonnant aussitôt ce sujet, il regarda fixement son partenaire, le lent marchand ambulant de sucreries, et l'exhorta :

« Qu'est-ce que t'attends pour jouer ! »

« Ah oui, la guerre est finie ! » répéta David sur un ton de polémique, « et on est en temps de paix, oui... » Et ayant dit cela, il eut un rire grossier. Rire qui eut un certain effet de surprise sur Bella, laquelle dressa ses deux oreilles ; mais sur ces entrefaites, David, cédant

306

— en dépit de lui-même — à un mouvement de mauvaise humeur, s'agitait sur sa chaise, l'air farouche : « Ce genre de paix-là », invectiva-t-il à l'adresse du maquignon, lequel, à la vérité, ne s'occupait plus de lui, « on en a fait cent mille ! Et on en fera cent mille autres, et la guerre n'est jamais finie ! Utiliser le mot PAIX pour certaines manigances, c'est... c'est de la pornographie ! C'est cracher sur les morts ! Mais oui, les morts, on en fait approximativement le compte et puis on les met aux archives : affaire terminée ! Pour les anniversaires, des messieurs en habit portent une couronne au soldat inconnu... »

« Les morts sont au cimetière et les vivants se consolent », railla le petit retraité, clignant de ses petits yeux sanguinolents d'une manière qui voulait être non pas ironique mais plutôt sympathique vers David. « Dossiers classés ! » renchérit David se contorsionnant, révolté. Mais alors la pensée le retint que s'il commençait ainsi à se mettre en colère, il allait s'égarer dès le début. Et dans un grand effort de volonté, il fit une sorte de saut mental, qui l'amena à un état de dédoublement raisonnant. Il y avait un David Sur-Moi qui indiquait la marche à suivre, et un autre David qui obéissait, bien que perplexe, éventuellement, quant aux moyens et quant aux fins. Ce David Sur-Moi devait, du reste, se présenter de nouveau à lui dans la suite de ses propos de ce jour-là, sous des formes variables : parfois comme une épée flamboyante et parfois comme une parodie... Cette fois-ci, pour lui donner le départ, il prit la forme d'un Professeur d'Histoire. Et David, fronçant les sourcils, se contraignit à rassembler mentalement ses connaissances principales sur ce sujet, jusqu'à celles, élémentaires, jadis tirées de ses études au lycée : s'efforçant au calme, à la clarté et, avant tout, à un ordre méthodique s'il voulait préparer le champ en vue de la prochaine bataille. Il décida donc de procéder par thèses successives, établissant, en premier lieu, des points-bases de certitude évidente et même déjà archiconnue, comme dans les théorèmes. Et se mettant à cette tâche avec le même sérieux que quand, écolier, il était appelé au tableau noir, il commença, s'exprimant dans un langage si appliqué et si précis qu'on eût dit qu'il lisait les phrases d'un bréviaire :

1° Le mot *fascisme* est de frappe récente, mais il correspond à un système social de décrépitude préhistorique, absolument rudimentaire et, même, moins évolué que celui en usage chez les anthropoïdes (comme peut le confirmer quiconque a des notions de zoologie) ; 2° Ce système est fondé, en effet, sur la domination par la violence de ceux qui sont sans défense (peuples, classes ou individus) par ceux qui disposent des moyens d'exercer la violence ; 3° En réalité, depuis les origines primitives, universellement et tout au long de l'Histoire de l'humanité, il ne subsiste pas d'autre système que celui-ci. Récemment, on a donné le nom de *fascisme* ou de *nazisme* à certaines de ses manifestations extrêmes d'ignominie, de démence et d'imbécillité, propres à la dégénérescence bourgeoise : mais le système en tant que tel est en activité toujours et partout (sous des apparences et des noms différents, voire contradictoires...), toujours et partout depuis le début de l'Histoire de l'humanité...

Pendant cette phase préparatoire de son entreprise problématique, David tournait alternativement la tête d'un côté et de l'autre, comme prenant à témoin de ses postulats tous les assistants. Et bien que, en réalité, il n'ait émergé de son discours (prononcé, entre autres

choses, d'une voix assez mesurée) que des fragments,
qui ne tardaient pas à être couverts par le chahut
général, il continua néanmoins encore, pendant assez
longtemps, de parler avec une sorte de sourde
confiance selon l'ordre prévu : « ... car, en somme,
l'Histoire tout entière est celle de fascismes plus ou
moins larvés... dans la Grèce de Périclès... et dans la
Rome des Césars et des Papes... et dans la steppe des
Huns... et dans l'Empire aztèque... et dans l'Amérique
des pionniers... et dans l'Italie du Risorgimento... et
dans la Russie des Tsars et des Soviets... toujours et
partout ceux qui sont libres et les esclaves... les riches
et les pauvres... les acheteurs et ceux qui sont vendus...
les supérieurs et les inférieurs... les chefs et le trou-
peau... Le système ne change jamais... il s'appelait
religion, droit divin, gloire, honneur, esprit, avenir...
rien que des pseudonymes... rien que des masques...
Mais avec l'ère industrielle, certains masques ne
tiennent plus... le système montre les dents, et tous les
jours il imprime dans la chair des masses son vrai nom
et son vrai titre... et ce n'est pas pour rien que, dans
son vocabulaire, l'humanité est appelée MASSE, ce qui
veut dire *matière inerte*... Et ainsi, nous y voilà maintenant... cette pauvre matière de servitude et de travail
devient une masse à exterminer et à désintégrer...
Camps d'extermination... ils ont déjà trouvé le nouveau
nom de la terre... *Industrie d'extermination,* tel est aujour-
d'hui le véritable nom du système ! Et il faudrait le
mettre comme enseigne au-dessus de l'entrée des
usines... et au-dessus de la porte des écoles, des églises,
des ministères, des bureaux, et au néon au sommet des
gratte-ciel... et sur les manchettes des journaux... et
sur les frontispices des livres... et aussi des SOI-

DISANT textes révolutionnaires... *Quieren carne de hombres!!* »

Il ne savait plus où il avait lu cette dernière phrase ; mais à l'instant même où il la citait, il se le reprocha comme une erreur, car, certainement, personne autour de lui ne connaissait l'espagnol ! A la vérité, il aurait aussi bien pu parler en grec ancien ou en sanscrit, étant donné que ses phrases étaient accueillies tout au plus comme un phénomène acoustique. Actuellement, il n'était conscient que partiellement de cette circonstance ; mais déjà le calme voulu par son Sur-Moi avait disparu ; et il se mit à bouger avec impatience les pieds et les mains, éclatant d'un rire inconvenant : « Il y en a qui ont cru », s'écria-t-il en élevant avec violence la voix, « que cette dernière guerre était une guerre... de révolution mondiale ! »

Les informations sportives de la radio se terminaient ; certains des auditeurs s'attardaient à discuter, cependant que d'autres s'en allaient par petits groupes. « Eh bien, alors, fais-la, toi, la révolution, puisque tu es si malin ! » intervint un jeune gars en bras de chemise, qui s'était approché de la table quand David avait dit cela. David se tourna vers lui, l'air hargneux : « Moi, je ne suis pas de ceux qui l'ont cru ! » lui expliqua-t-il avec animation, « moi, à ces révolutions je n'y crois pas !... il n'y a jamais eu de vraie révolution ! moi, je n'ai plus d'espoir en la vraie révolution !... »

Mais le jeune gars en bras de chemise, haussant les épaules, retournait déjà vers le groupe des passionnés de sport. « Et quelle serait exactement cette vraie révolution ? » s'informa de son comptoir le patron du bistro, jetant à David un coup d'œil paresseux. Mais sans attendre la réponse, repris par la discussion déjà entamée avec les sportifs, il s'écria avec une certaine chaleur, s'adressant à ceux-ci :

« Selon moi, les conneries, c'est l'arbitre qui les a faites. »

A présent, la radio transmettait des musiques variées et le patron en baissa le volume pour mieux suivre les discussions sur les matchs. Des divers scores de la journée, la conversation était remontée aux victoires les plus récentes de la Nazionale sur des équipes étrangères. Certains portaient aux nues tel champion et certains tel autre. Le jeune homme en bras de chemise de tout à l'heure soutenait en vociférant la suprématie de Mazzola. Et alors, irrésistiblement, le petit homme aux yeux malades se leva de sa chaise pour le contester : « En attendant, la victoire de Turin », lui cria-t-il, fier de sa compétence, « ç'a été grâce à Gabetto, et c'est autre chose que Mazzola ! Il a marqué deux buts, Gabetto ! DEUX ! » répéta-t-il, en agitant triomphalement deux doigts sous le nez du jeune homme.

Comme la radio était en train de diffuser une chanson nouvelle à succès (je ne me rappelle plus laquelle), l'un des jeunes gens, de sa propre initiative, remonta le volume ; et pour accompagner le rythme de la chanson il se mit à faire certains mouvements avec ses hanches et avec ses pieds. Un autre, se vantant d'être plus au courant de cette danse, s'interposa pour lui enseigner les figures justes ; et ce nouveau sujet détourna du sport une partie du petit groupe environnant. Un bruit de pas animés et juvéniles se joignit ainsi à la musique et aux diverses voix. Mais, comme d'habitude, la confusion générale n'atteignait pas David ou, du moins, ne l'effleurait que superficiellement. Le centre de ses énergies restait fixé à ce devoir présumé qui aujourd'hui, inopinément, s'était imposé à lui avec une urgence tragique : et sous la vague pression d'un tel aiguillon, tout le reste, autour de lui, volait en pièces. Persuadé que la question du patron exigeait une réponse convenable, avec une patience hautaine il se reporta à sa leçon schématique de tout à l'heure. Et se concentrant de nouveau sur le point où il l'avait interrompue, reprenant son ton précédent de bonne volonté, presque un ton de catéchiste, il s'employa à démontrer : que ce fameux système institué éternellement et universellement de la domination, etc., reste toujours collé par définition à la fortune, qu'elle soit de propriété privée ou d'État... Et que par définition il est raciste... Et que par définition il doit se produire, s'user et se reproduire à travers les oppressions, les agressions, les invasions et les guerres variées... il ne peut pas sortir de ce cycle... Et que ses prétendues « révolutions » ne peuvent être entendues qu'au sens astronomique de ce mot qui signifie : mouvement des corps autour d'un centre de gravité. Lequel centre de gravité, toujours le même, est ici : le Pouvoir. Toujours un seul : le POUVOIR...

Mais arrivé là, le parleur fut forcé de se rendre compte que ses belles paroles n'étaient écoutées par personne, sinon involontairement, comme si elles avaient été des morceaux de vieux papier tourbillonnant dans le vent... Et de fait, pendant un instant il se tut, l'air troublé et perplexe d'un enfant au centre d'un rêve assourdissant... Mais aussitôt il fronça les sourcils, serrant les mâchoires ; et brusquement, se levant, il cria d'un air de défi :

« Moi, je suis juif ! »

Dérangés par cette sortie, les joueurs d'alentour détachèrent un instant leurs yeux de leurs cartes, cependant que Clemente le regardait en faisant la grimace. « Quel mal y a-t-il à être juif ? » dit avec douceur le petit homme aux yeux injectés de sang, qui entre-temps s'était rassis à sa place. « Les Juifs », déclara avec une gravité quasi officielle l'homme en tenue de receveur, « sont des hommes comme les autres. Les Juifs sont des citoyens italiens comme les autres. »

« Ce n'est pas cela que je voulais dire », protesta David en rougissant. De fait, il se sentait en faute, comme sous l'accusation d'avoir mis en avant des questions qui lui étaient personnelles, mais, au fond, il était content, simplement, que quelqu'un au moins lui ait répondu. « Pour qui m'avez-vous pris ?! », protesta-t-il encore, avec un certain embarras, essayant de retrouver le fil qui lui échappait, « les races, les classes, les citoyennetés sont des blagues : des spectacles d'illusionnisme montés par le Pouvoir. C'est le Pouvoir qui a besoin de la Colonne infâme du Pilori : « celui-là est juif, il est nègre, il est ouvrier, il est esclave... il est différent... c'est lui l'Ennemi ! », tout ça, c'est des trucs pour masquer le véritable ennemi qui est lui, le Pouvoir ! C'est lui, la pestilence qui plonge le monde dans le délire... On naît juif par hasard, et nègre et blanc par hasard... » (arrivé là il lui sembla soudain avoir retrouvé le fil) « *mais on ne naît pas par hasard créature humaine !* » proclama-t-il avec un petit sourire inspiré et presque de gratitude.

Cette dernière phrase était, de fait, l'exorde d'un poème composé par lui plusieurs années auparavant, sous le titre de *La conscience totale,* et qui à présent lui revenait à propos. Pourtant, son Sur-Moi lui déconseillant de se mettre maintenant à déclamer des vers, il lui sembla préférable de mettre pour l'occasion ces vers en prose ; mais ce fut tout de même d'une voix chantante, emphatique et à la fois timide, une vraie voix de poète récitant un de ses poèmes, qu'il dit :

« De l'algue à l'amibe, à travers toutes les formes successives de la vie, tout au long d'époques incalculables, le mouvement multiple et continu de la nature a tendu vers cette manifestation de l'unique volonté universelle : la créature humaine ! La créature humaine signifie : la conscience. C'est là la Genèse. La conscience est le miracle de Dieu. Elle est Dieu ! Ce jour-là Dieu dit : *Voici l'homme !* Et puis il dit : *Je suis le fils de l'homme !* Et ainsi finalement il se repose et se réjouit...

« Mais la conscience, dans sa propre fête, est une et totale : dans la conscience, il n'existe pas d'individus séparés. Et dans la réalité, il n'existe aucune différence entre une créature humaine et l'autre. Que l'on soit blanc, noir, rouge ou jaune, naître créature humaine signifie avoir atteint le plus haut degré de l'évolution terrestre ! C'est là la marque de Dieu, le seul titre de noblesse réel de l'homme : tous les autres titres, tous les honneurs et tous les galons sont de mauvaises plaisanteries, un délire de pestilence : des bavardages et des faux-semblants... »

« Mais toi, est-ce que tu crois en Dieu ? » l'interrompit Clemente, avec un demi-rictus qui dénotait déjà dans cette question un jugement péjoratif sur celui qu'il interrogeait. « Ah, bienheureux ceux qui croient en lui ! » soupira gravement le petit homme aux yeux injectés de sang... « Qu'est-ce que c'est que cette question ? ! et pourtant, je croyais m'être bien expliqué », grommela David, « ...si JE CROIS EN DIEU ? ! ... c'est là une question absurde en soi, l'un des habituels trucs verbaux. Un truc comme tant d'autres. »

314

« Ah ! Un truc ? »

« Un truc, un truc ! Du boniment de curés et de fascistes. Ils parlent de foi en Dieu, en la patrie, en la liberté, en le peuple et en la révolution, et toutes ces fois ne sont que des faux, truqués parce que ça les arrange, comme les médailles et les monnaies. De toute manière, moi, je suis ATHÉE, si c'est ça que tu voulais savoir. »

« Alors, pourquoi vous causez autant de Dieu, si vous y croyez même pas ! » grommela le maquignon, gonflant un peu ses joues d'un air agacé. Sur ces entrefaites, comme son petit partenaire, le marchand ambulant, se grattant une oreille de la manière convenue, le consultait à distance sur ce qu'il devait jouer, il l'autorisa par le terme de : « Coupe ! », et le marchand ambulant jeta aussitôt sa carte sur la table.

« Croire en Dieu... Mais quel Dieu serait-ce qu'un Dieu en qui on peut croire ou ne pas croire ?! Moi aussi, quand j'étais gosse, j'entendais cela plus ou moins ainsi... Mais Dieu ce n'est pas ça !... Attendez ! je me rappelle une fois, il y a peu de temps, où un ami à moi m'a demandé : " Est-ce que tu crois que Dieu existe ? " " Moi ", lui ai-je répondu à la réflexion, " je crois que seul Dieu existe. " " Et moi, par contre ", a-t-il dit sans réfléchir, " je crois que toutes les choses existent, toutes, sauf Dieu !! " " Alors ", avons-nous conclu, " il est évident que nous ne sommes pas d'accord... ". Et au contraire j'ai découvert ensuite que lui et moi nous disions la même chose... »

Cette explication dut paraître pour ses auditeurs (si tant est que quelques-uns d'entre eux l'aient vraiment écoutée) un indéchiffrable rébus. Sans doute ont-ils supposé qu'il s'agissait d'une théologie hébraïque... De toute manière, le seul commentaire dont elle fut suivie, ce fut une quinte de toux de Manonera, laquelle était comme des notes de sarcasme émises contre lui par ses poumons en mauvais état ; outre un « Eh, David ! » discret, mais assez hardi, de la part d'Useppe. C'était déjà à la vérité la troisième ou quatrième fois au cours de la réunion qu'Useppe signalait sa présence par cet appel à son ami ; mais c'était seulement pour lui faire remarquer fièrement : « Nous aussi, on est là ! », sans la moindre exigence de réponse. Et de fait, David, comme d'habitude, et comme déjà les autres fois, ne parut même pas l'avoir entendu.

Il était retombé sur sa chaise presque sans s'en rendre compte, et poursuivait obstinément le cours de ses arguments, avec l'expression de quelqu'un qui, réveillé, tenterait de reconstruire une aventure vécue en rêve : « De fait, on dit : *Dieu est immortel*, précisément parce que l'existence est une, la même, chez toutes les créatures vivantes. Et le jour où la conscience sait cela, que reste-t-il alors à la mort ? Pour ce tous qui est un seul la mort n'est rien : est-ce que la lumière pâtit si toi ou moi fermons les paupières ?! Unité de la conscience : c'est là la victoire que la révolution remporte sur la mort, la fin de l'Histoire et la naissance de Dieu ! Que Dieu ait créé l'homme, c'est une autre des si nombreuses fables, parce que, au contraire, c'est de l'homme que Dieu doit naître. Et on attend encore sa naissance ; mais peut-être Dieu ne naîtra-t-il jamais. Il n'y a plus d'espoir en la vraie révolution... »

« Mais toi, est-ce que tu serais révolutionnaire ? » demanda de nouveau Clemente, toujours de cette manière sournoise et sans entrain qui dépréciait la réponse de l'autre déjà avant de l'avoir entendue. « C'est là », dit David avec un petit rire amer, « une autre question piège. Des gens comme Bonaparte, Hitler ou Staline répondraient *oui*... De toute manière, moi, je suis ANARCHISTE, si c'est ça que vous voulez savoir ! ».

A présent, il parlait sur un ton agressif, mais ce n'était pas contre Manonera : plutôt contre un quelconque interlocuteur invisible. Par moments, il confondait la voix rauque et aigre de Manonera avec celle de son Sur-Moi !

« Et la seule révolution authentique, c'est l'ANARCHIE ! A-NAR-CHIE, ce qui veut dire : AUCUN pouvoir, de PERSONNE, d'AUCUN genre, à PERSONNE, sur PERSONNE ! Quiconque parle de révolution et, en même temps, de Pouvoir est un tricheur ! et un faussaire ! Et quiconque désire le Pouvoir, pour lui-même ou pour n'importe qui d'autre, est un réactionnaire ; et même s'il est né prolétaire, c'est un bourgeois ! Oui, un bourgeois, parce que, désormais, *Pouvoir* et *Bourgeoisie* sont inséparables ! La symbiose a eu lieu ! En quelque endroit que se trouvent les Pouvoirs, la bourgeoisie pousse, comme les parasites dans les égouts... »

« Eh, c'est eux qui ont le fric », fit le patron, dans un bâillement, en se frottant le pouce contre l'index de sa main droite. « Avec l'argent », intervint une voix nonchalante, de côté de ceux qui écoutaient la radio, « on peut même s'acheter la Madone... » « ...et même le Père Éternel », renchérit une seconde voix, plus sournoise, venue du même côté.

« L'argent... » dit David en riant. Et dans une vague intention théâtrale, de l'air d'un terroriste qui lance une bombe, tirant de sa poche les deux petits billets de banque qu'il y avait, il les jeta de côté avec mépris. Mais, malgré son élan, ces bouts de papier

sans poids tombèrent à un pas de lui, un peu plus loin
que la queue de Bella : et Useppe se hâta gentiment de
les ramasser, les rendant avec empressement à son
ami, non sans profiter de l'occasion pour lui dire :
« Eh, David ! » Après quoi, discipliné, il retourna sur
sa chaise encore chaude, accueilli par Bella par une
spectaculaire bourrade de bienvenue, comme s'il rentrait pour le moins d'une grande expédition.

David s'était docilement laissé restituer son bien, le
fourrant de nouveau dans sa poche sans plus y faire
attention : peut-être déjà oublieux de son geste impul-
sif, par lequel, néanmoins, il ne s'était pas débarrassé
de son envahisseur : « L'argent », cria-t-il, « a été la
première escroquerie de l'Histoire ! » Mais maintenant
l'interlocuteur à la voix nonchalante ne l'écoutait plus.
C'était un jeune gars vif, aux dents lumineuses, qui,
une oreille collée à la radio, s'abritait l'autre avec la
paume de sa main, pour écouter sans trop d'interféren-
ces les nouveautés du programme de musique.

« Ç'a été l'un des premiers trucs de *ceux-là* ! »
poursuivait néanmoins David, « et *eux*, grâce à ce truc
de l'argent, ils ont acheté notre vie ! Toutes les
monnaies sont fausses ! Est-ce que l'argent est comesti-
ble ? Eux autres vendent très cher des mystifications
dignes d'un tas d'ordures. Si on le vend au poids, un
million vaut moins qu'un kilo de merde... »

« Et pourtant, à moi, un petit million ferait bien
mon affaire », retentit alors, inattendue, avec un
soupir, la voix du marchand ambulant. Et dans ses
yeux pâles et aussi petits qu'une pièce de deux
centimes, plana une grande vision de légende : peut-
être un magnifique supermarché, sa propriété à lui,
débordant de quintaux de croquignoles et de noisettes... Cette vision lui fit oublier momentanément la

partie en cours ; et il fut vite rappelé à l'ordre par son partenaire qui, jetant un coup d'œil de travers à David, l'apostropha : « Réveille-toi ! »

David, par contre, à l'intervention du marchand ambulant, changea d'humeur ; et il eut un sourire apaisé de gosse. Puis, avec au visage cette expression nouvelle, rassérénée et prometteuse (comme si, tout à coup, un héraut fabuleux venait de lui toucher le front), il annonça :

« Dans la Commune Anarchiste, l'argent n'existe pas. »

Et alors, sur-le-champ, il entreprit de décrire la Commune Anarchiste : où la terre est à tous et où tous la travaillent ensemble, s'en partageant les produits sur un pied d'égalité selon la loi de la nature. De fait, le gain, la propriété, les hiérarchies sont tous des dépravations contre nature, qui de là sont exclues. Et le travail est une fête de l'amitié comme le repos. Et l'amour est un abandon innocent, libre de tout égoïsme possessif. Les enfants — tous nés de l'amour — y sont les enfants de tous. Les familles n'y existent pas, qui, en réalité, sont le premier nœud de la duperie, c'est-à-dire de la société instituée, laquelle est toujours une association de malfaiteurs... Là on ignore l'usage des patronymes, on s'appelle par son prénom ; et quant aux titres et aux grades, ils feraient là un effet aussi comique que celui de s'affubler d'un faux nez ou d'une queue en papier. Là les sentiments sont spontanés, parce que le mouvement naturel réciproque est la sympathie. Et les sens, guéris du délire pestilentiel du Pouvoir, reviennent à la communion avec la nature, dans une santé enivrante ! Là le palais, la vue, l'ouïe, l'intellect sont tous des degrés vers le vrai bonheur unitaire...

À la façon dont il en parlait, heureux et convaincu, avec un sourire limpide dans ses yeux de bédouin, on eût dit que la Commune Anarchiste était effectivement une station qu'on pouvait trouver sur les cartes géographiques (latitude telle, longitude telle) et qu'il suffisait de prendre le train pour y aller. Cette hypothèse chimérique provoqua seulement quelques petits rires (plutôt d'indifférence que de scepticisme) dans le groupe des vieux inactifs assis là à faire tapisserie ; cependant que, par-delà la tablée, la radio transmettait, sur le finale d'une musique de petit orchestre, un fracas enregistré d'applaudissements qui parut moqueur à David. Mais la pire moquerie vint, en réalité, de lui-même, c'est-à-dire de son habituel Sur-Moi : « Là, il me semble que nous marchons à reculons », lui insinua celui-ci, lui donnant un pincement à l'estomac, « tu t'élances en prophète de l'Avenir, et en attendant, c'est du passé antérieur que tu fais l'éloge : c'est-à-dire du jardin de l'Éden d'où nous avions émigré, tu ne t'en souviens pas ? pour *croître et multiplier*, vers la Cité de la Conscience ! » « Oui », reprit David, avalant et riant, mal à l'aise, « on raconte que l'homme, au début, renonça à l'innocence de l'Éden pour la conscience. Et ce choix exigeait l'épreuve de l'Histoire, c'est-à-dire de la lutte entre la Révolution et le fantoche du Pouvoir... jusqu'à ce que, finalement, le fantoche a été vainqueur ! repoussant l'homme plus loin encore que les animaux inférieurs !! C'est à cela, maintenant, qu'on assiste ! de fait, toutes les autres espèces vivantes n'ont, du moins, pas régressé ! alors que l'humanité seule a régressé ! et elle a rétrogradé non seulement de son niveau historique de conscience, mais aussi du niveau de la nature animale. Il suffit de récapituler la biologie, et l'Histoire... Jamais, auparavant, aucune espèce vivante n'avait produit un monstre aussi en dessous de la nature que celui qu'a enfanté à l'époque moderne la société humaine... »

« ...et quel est ce monstre ? » s'informa, entraîné par une curiosité spontanée, le petit homme aux yeux injectés de sang.

David dut faire violence à ses lèvres et à sa mâchoire pour donner sa réponse, tant celle-ci lui paraissait évidente : « C'est la bourgeoisie ! » prononça-t-il avec la répugnance de quelqu'un qui mastiquerait une bouchée déjà mâchée par un autre. Et le petit homme se retira de toute discussion à ce sujet avec un sourire doux et incompréhensif, empreint d'une certaine déception : évidemment, il s'attendait à une réponse plus sensationnelle.

Cependant, David, tout à sa loquacité compulsive, avait l'impression de courir un gymkhana gratuit, imposé et inéluctable, à travers des obstacles disposés à l'avance. La polémique contre l'ennemi de classe, de fait, avait grandi avec lui depuis sa puberté (« comme la fleur de la virilité et de la raison », avait-il écrit lui-même dans un poème), et à présent, il éprouvait un sentiment de malaise à la pensée de devoir encore affronter cet ennemi désuet et sinistre ! Mais aussi, au seul fait de le mentionner, montait déjà en lui un ferment de révolte ; et son Sur-Moi lui ordonnait de ne pas reculer !

« Du moins, les Pouvoirs pré-bourgeois », attaqua-t-il, s'élançant, avec une grimace, « en toges ou en perruques, sur le trône, sur les autels ou à cheval, bien que corrompus, conservaient peut-être encore une nostalgie posthume, disons, de la *conscience totale*. Et pour se racheter (en partie du moins) de leur infamie,

321

ils laissaient quelques œuvres vitales, pouvant leur servir (en partie du moins) de rançon ou d'espérance de salut... Bref, avant de se putréfier, ils laissaient quelques traces lumineuses... Mais le Pouvoir bourgeois, sur son passage ne laisse qu'une trace répugnante, un pus d'infection. Là où il s'attaque, il réduit toute substance vitale — et même, toute substance inanimée — à la nécrose et à la pourriture, comme le fait la lèpre... et il n'en a pas honte ! De fait, la honte est encore une manifestation de la conscience — et la conscience, qui est l'honneur de l'homme, les bourgeois l'ont amputée. Ils se croient des êtres entiers, alors qu'ils ne sont que des moignons. Et leur plus grand malheur, c'est cette ignorance obtuse, impénétrable... »

Il avait maintenant un ton irascible, un ton de Ministère public ! et ce n'était certainement pas là la première fois qu'il tenait le rôle de l'accusation dans un tel procès ; même, ses propos d'aujourd'hui étaient tous des échos et des refrains d'un hymne chanté et chanté encore par lui on ne sait combien de fois, tout seul ou avec ses compagnons de lutte, quand, occasionnellement, il se sentait en veine... Mais aujourd'hui son habituelle contestation de classe se doublait pour lui d'une passion viscérale et désordonnée qui risquait de l'engouffrer ; et quand il tenta d'en épancher l'excès grâce à l'un de ses habituels rires sauvages, ce rire sembla lui retomber dessus comme une dégelée de coups de poing, redonnant de la vigueur à ses muscles pour la revanche.

Les termes du réquisitoire qu'il était en train de prononcer ne lui semblaient pas suffisants pour clouer définitivement l'accusé : ils avaient été utilisés trop souvent, ressassés... Et il fouillait dans son imagination

322

pour en trouver de nouveaux, résolutoires, pour cette suprême rencontre ; quand l'étrange envahissement de sa passion fut plus fort que lui ; et ne trouvant rien de mieux, sa langue se déchaîna en une série d'obscénités atroces (de celles communément dites *de corps de garde*) plutôt inhabituelles dans son langage. Lui-même, en les proférant, en éprouvait de la stupeur en même temps que le plaisir furieux de se violenter. Et il avait la sensation extravagante de célébrer une sorte de messe noire.

« Oh, ça va, on t'a compris ! » intervint l'habituelle voix nonchalante du côté des auditeurs de la radio, « toi, les bourgeois te les cassent. » Et David, en réponse, chargea d'une plus grande emphase la série ininterrompue de ses *gros mots,* lesquels, d'ailleurs, éclataient aussi inoffensifs que des pétards au milieu de son présent auditoire. De fait, Useppe lui-même, depuis son plus jeune âge, avait fréquenté de véritables maîtres en ce qui concernait ce langage (et sur ceux-ci les dames Marrocco n'avaient certainement pas été en reste).

Mais David avait l'impression, dans son exacerbation, d'être le centre exact d'un scandale universel, ni plus ni moins que si on l'avait lapidé. Il chancelait et une sueur de fièvre lui coulait du front. Alors, serrant les poings, il reprit le fil de sa harangue : « La nature appartient à tous les vivants », tâcha-t-il de nouveau d'expliquer d'une voix enrouée, « elle était née libre, ouverte, et EUX, ils l'ont comprimée et ankylosée pour la faire entrer dans leurs poches. Ils ont transformé le travail des autres en titres de bourse, et les champs de la terre en rentes, et toutes les vraies valeurs de la vie humaine, l'art, l'amour, l'amitié en marchandises à acheter et à empocher. Leurs États sont des banques d'usure, qui investissent le prix du travail et de la conscience d'autrui dans leurs sales affaires : fabriques d'armes et d'immondices, louches manigances, vols, guerres homicides ! Leurs fabriques de *biens de consommation* sont d'affreux Lager d'esclaves, au service de leurs profits... Et les Autres... Mais peut-on encore croire en d'*autres* à opposer à EUX ? Peut-être LEURS falsifications resteront-elles l'unique matériau de l'Histoire future. C'est peut-être là le point crucial d'irrémédiable non-retour, où les calculateurs scientifiques de l'Histoire, même les meilleurs, hélas ! se sont trompés dans leurs comptes (le pronostic funeste du Pouvoir, bien sûr, est éludé par ceux qui, dans le poing fermé de la Révolution, cachent la même plaie infectée que le Pouvoir, et en nient la gravité !) ! On diagnostiquait le mal bourgeois comme étant symptomatique d'une classe (et donc, une fois cette classe supprimée, le mal était guéri !), alors qu'en réalité le mal bourgeois est la dégénération cruciale, éruptive, de l'éternelle plaie maligne qui infecte l'Histoire... c'est une épidémie de peste... Et la bourgeoisie suit la tactique de la terre brûlée. Avant de céder le pouvoir, elle aura empoisonné toute la terre, corrompu la conscience totale jusqu'à la moelle. Et ainsi, pour le bonheur, il n'y a plus d'espoir. Toute révolution est déjà perdue ! »

Dès le début de son invective, il s'était remis debout (et même, il avait d'un coup de pied repoussé sa chaise). Et il s'obstinait, intrépide, à rester debout, bien que la fatigue écrasante de cette *journée de gala*, repoussée par son cerveau en ébullition, se fût accumulée de plus en plus dans ses muscles, le mettant au défi par son poids. Inutilement, du reste, sa voix rauque tentait de se faire entendre dans le vacarme. Et de plus, en écoutant sa propre voix, il reconnaissait à chaque pas dans ses présumées *communications urgentes*, comme dans un radio-drame enregistré, rien d'autre que des plagiats de lui-même.

Ou, plutôt, c'étaient plusieurs lui-mêmes : David Segré écolier en culotte courte et lycéen en veste de sport et cravate rouge, et chômeur errant en chandail de cycliste, et apprenti ouvrier en salopette, et Vivaldi Carlo avec sa sacoche en bandoulière et Piotr partisan en armes et barbu (dans le maquis, pendant l'hiver 43-44, il s'était laissé pousser une belle barbe noire)... Lesquels tendaient tous au présent orateur les fameuses productions de leurs idéaux, accourant vers lui de toutes parts et s'enfuyant en même temps comme des fantômes... De l'air de déchaîner de là et à partir de cet instant même l'ultime révolution encore possible, David se remit à invectiver, forçant au maximum sa voix lasse :

« Il faut démasquer l'ennemi ! lui faire honte ! reconnaître ses maudits faux-semblants et les dévaluer sans retard ! Le salut dépend des AUTRES ! Le jour où sur la place les fausses valeurs ne seraient plus que de la merde, eh bien, je m'explique... » Cependant, le vacarme avait augmenté dans le local. Un petit orchestre très populaire à cette époque se produisait à la radio, et le petit groupe des amateurs, d'accord, avait réglé l'appareil à un volume très élevé. Cet orchestre exécutait une petite musique syncopée, dont je me rappelle seulement que les musiciens l'accompagnaient, par intervalles, avec des paroles bégayées sur le même rythme (Rega-rega-regarde-moi, embra-embra-embrasse-moi, etc.), doublant ainsi l'effet comico-brillant qui excitait les plus jeunes auditeurs à un tapage imitateur. Tout à coup, David s'assombrit,

325

et interrompant sa harangue, il se tut et rapprocha sa chaise. Mais avant de se laisser choir dessus, obéissant à une soudaine décision, il se pencha en avant avec le buste vers les hommes assis autour de lui. Et sur un ton d'auto-accusation (mais avec une brutalité provocatrice qui équivalait à un grand coup de poing frappé sur la table), il s'écria :

« Moi, je suis né bourgeois ! »

« Et moi », lui répliqua le vieux à la petite médaille, sans le regarder mais avec un rire franc et bienveillant, « je suis né débardeur aux Mercati Generali. »

« Tous les bourgeois sont pas des salauds », observa à son tour, sur un ton conciliant et très judicieux, le petit homme aux yeux malades, « y a des bourgeois qui sont mauvais, et des bourgeois qui sont bons, et des bourgeois qui sont comme si comme ça... Ça dépend. » Tout en disant cela, il ne perdait pas de vue les cartes, visiblement anxieux de suivre la partie : « Prends ! » souffla-t-il vivement, en connaisseur, à son voisin (le vieux à la petite médaille) ; cependant que déjà celui-ci, presque simultanément, avait tendu sa grosse main au-dessus des cartes au centre de la table, annonçant, avec une indifférence victorieuse :

« Je prends. »

Le petit homme aux yeux injectés de sang, tout réjoui, se serra dans sa petite veste. On vérifiait le total des points, mais la victoire du vieux à la petite médaille et de son partenaire était prévue. A présent, le vainqueur rassemblait les cartes pour continuer la partie.

Retombé comme une masse sur sa chaise, David esquissait maintenant le sourire hésitant de quelqu'un qui veut se faire pardonner. Avec son geste du « coup de poing frappé sur la table », tout reste de virulence l'avait abandonné. Et même, au regard arrogant de tout à l'heure, succédait, dans ses yeux changeants, un autre de ses regards spéciaux, tout à fait opposé : un regard qui faisait penser qu'en lui cohabitaient un loup, un faon et Dieu sait quelles autres dissemblables créatures du désert, domestiques ou forestières. Par moments, il avait l'air d'un gamin heureux d'être laissé en la compagnie des grands au lieu d'être envoyé au lit comme les jours ouvrables.

Il s'était penché sur la table, extrêmement fatigué mais, néanmoins, toujours désireux de parler, comme si aujourd'hui, ayant rompu le long enchantement du silence, il avait dû profiter à tout prix de cette occasion. Il lui revint à l'esprit une phrase lue quand il était enfant dans un conte de fées, à propos d'une princesse délivrée par un prince : *cela faisait sept heures qu'ils conversaient, et ils ne s'étaient même pas dit la septième partie des choses qu'ils avaient à se dire.*

Les parties de cartes, à cette table et à l'autre, continuaient. Les phrases habituelles du jeu volaient et volaient encore à travers les tablées : « donne-moi une carte » « moi, je passe » « je coupe » « prends » « je joue carreau », etc. Le patron, quant à lui, écoutait, d'un air ravi et à demi transporté, le programme nourri de la radio qui offrait à présent je ne sais plus quelle autre chanson à la mode. Et les quelques jeunes gens qui étaient encore là chantonnaient cette même chanson, que répétaient, par les fenêtres ouvertes au soleil couchant, d'autres radios. Mais David semblait content parce que, même sans trop l'écouter, on le laissait néanmoins parler encore. Il promenait alentour un regard affectueux, qui quêtait de la sympathie, et dans lequel filtrait de l'intérieur (son Sur-Moi s'était détaché de ses côtes et était tapi Dieu sait où) quelque chose de terriblement vulnérable, une sorte de liberté provisoire que son opiniâtreté rendait pleine de risques : « Moi », remâcha-t-il à voix basse, « je suis né de famille bourgeoise... Mon père était ingénieur, il travaillait pour une société de constructions... haut salaire... En temps *normal,* en plus de l'appartement où l'on habitait, on avait une villa à la campagne, propriété de famille, avec une ferme exploitée par un paysan — deux appartements qu'on louait (et qui rapportaient) — une auto, bien entendu (une Lancia) — plus, en banque, je ne sais quelles *actions...* » Une fois terminé ainsi son rapport financier, il se tut, comme après un effort physique. Et puis, reprenant, il dit que c'était précisément là, dans sa famille, que lui, dès son plus jeune âge, avait commencé à découvrir les symptômes du mal bourgeois : lequel le révoltait de plus en plus, au point que parfois, quand il fut plus grand, au spectacle de ses parents, il avait des accès de haine : « Et je n'avais pas tort ! » précisa-t-il, reprenant, l'espace d'un instant, son air mauvais de dur.

Là-dessus, penché en avant et d'une voix qui n'était guère plus qu'un murmure, au point de sembler un bavardage futile adressé au bois de la table, il se livra à diverses nouvelles exhumations concernant sa famille. Disant, par exemple, que son père avait toute une gamme de manières différentes et même de voix différentes selon qu'il parlait à ses patrons, à ses collègues ou aux ouvriers... Que son père et sa mère, sans penser le moins du monde qu'ils étaient blessants, appelaient inférieurs les employés ; et qu'aussi leur habituelle cordialité envers ceux-ci semblait toujours être accordée de haut comme une largesse... Leurs occasionnels actes de bienfaisance ou aumônes, finalement toujours insultants, ils les appelaient *charité...* Et ils parlaient de *devoirs* à propos de toutes sortes de bagatelles mondaines : telles que rendre une invitation à un dîner, ou une visite ennuyeuse, ou se mettre en telle occasion tel costume, ou *être vu* à telle exposition ou telle cérémonie insipide... Les sujets de leurs conversations et de leurs discussions étaient plus ou moins toujours les mêmes : cancans concernant la ville ou la famille, espoirs de carrières pleines de succès pour leurs enfants, achats opportuns ou indispensables, dépenses, revenus, baisses ou hausses... Mais si, par hasard, ils abordaient des sujets ÉLEVÉS comme la Neuvième de Beethoven, *Tristan et Iseult* ou la Chapelle Sixtine, ils prenaient une attitude de sublimité spéciale, comme si ces SUJETS ÉLEVÉS avaient été des privilèges de classe... Leur auto, leurs vêtements, les meubles, ils ne les considéraient pas comme des objets utiles, mais comme les drapeaux d'un ordre social...

L'un de ses premiers chocs — ou peut-être le premier ? — il n'a jamais pu l'oublier... « Je devais avoir dix ou onze ans... Mon père m'accompagne en auto probablement à l'école (c'est le matin de bonne heure), quand, dans la rue, il est forcé de donner un brusque coup de frein. Un type vient de nous barrer la route, non pas avec insolence, mais plutôt avec l'air de s'excuser. A ce qu'on a compris, il s'agit d'un ouvrier licencié la veille d'un chantier, sur l'intervention directe — semble-t-il — de mon père. Les raisons de ce licenciement, je ne les ai jamais sues... C'est un homme encore jeune (de la quarantaine), mais avec quelques fils gris dans les sourcils ; de taille moyenne, pas gros, mais robuste, si bien qu'il a l'air plus grand... Il a un visage large et des traits solides mais restés un peu enfantins comme cela arrive chez certains types de nos régions... Il porte une veste en toile cirée et un béret

329

basque, qui ont quelques taches de plâtre : visiblement c'est un maçon. A chacun des mots qu'il dit, son souffle sort de sa bouche en vapeur (donc, la chose a dû se passer en plein hiver)... Et il est là qui s'escrime à vouloir dire ses raisons ; essayant même de sourire pour se gagner les bonnes grâces de mon père. Mais au lieu de cela mon père, ne le laissant même pas parler, lui hurle, bouffi de colère : « Comment te permets-tu ! Pas un mot ! Écarte-toi ! Allons ! allons ! » Sur le moment, il me semble voir un tressaillement sur le visage de cet homme ; cependant que déjà, en moi, tout mon sang s'est mis à me marteler dans le désir ou plutôt dans une volonté effrénée : que cet homme réagisse avec ses poings, voire avec un couteau, contre mon père ! Mais au lieu de cela il s'écarte vers le côté de la rue, et, même, il porte la main à son béret pour un salut, cependant que déjà mon père furieux, au risque de le prendre en écharpe, a appuyé sur l'accélérateur... « Il devrait se cacher ! Canaille ! Bandit ! » invective encore mon père ; et moi je remarque que, de rage, la peau entre son menton et son col fait des plis rougeâtres, vulgaires... Par contre, chez cet homme qui est resté dans la rue, je n'ai vu aucun signe, aucune trace de vulgarité. Alors j'ai été pris de dégoût à la pensée que j'étais dans cette Lancia avec mon père, et j'ai eu plus honte que si j'avais été sur la charrette du pilori ; et j'ai eu le sentiment qu'en réalité nous deux et tous les bourgeois comme nous, étions la pègre de ce monde et que cet homme resté là-bas dans la rue et ceux comme lui en étaient l'aristocratie. Et qui donc, en fait, sinon un être noble, d'une réelle dignité et exempt de toute bassesse et de toute malhonnêteté, aurait pu se trouver encore, à l'âge de cet homme, obligé de supplier humblement un homme de son âge

330

de lui permettre de lui offrir sa peine en échange de... Je me rappelle que vers la fin du parcours, je souhaitais ardemment être déjà devenu un champion poids lourd pour venger personnellement ce maçon surhumain contre mon père... Et de toute la journée je n'ai adressé la parole ni à celui-ci ni à ma mère ni à ma sœur, tant je les haïssais... C'est alors, me semble-t-il, que cela a commencé... Je ne les voyais plus avec les mêmes yeux : c'était maintenant comme si je les avais toujours regardés avec une loupe... fixe... précise... »

« Et où est-ce qu'ils sont à présent, tes parents ? » demanda alors, intéressé, le petit homme aux yeux injectés de sang. Mais David ne répondit pas à sa question et ne parut réagir à cette interruption que par un regard vide, recommençant ensuite aussitôt et comme en courant, à égrener son chapelet d'accusations. Qu'il n'y avait rien, dans l'existence de sa famille, rien qui ne fût falsifié et corrompu : rien, ni leurs gestes, ni leur vocabulaire, ni leurs pensées. Et tous leurs choix de chaque jour, y compris les plus infimes, étaient déjà préétablis, sur la base de certains Credos conformistes qu'ils respectaient comme des maximes d'une éthique supérieure : on invite un tel parce qu'il est Comte ; on n'entre pas dans tel café parce qu'il est de basse catégorie... Mais en ce qui concernait les lois réelles de l'éthique, leur confusion était telle qu'on pouvait croire vraiment qu'ils étaient les jouets inconscients d'une farce. D'après son père, un employé du chantier qui s'appropriait un rouleau de fil de cuivre était sans conteste un voleur ; mais si quelqu'un avait dit à son père que ses fameuses *actions* étaient volées à la paie des travailleurs, il aurait pris cela pour une absurdité. Si un voleur armé avait pénétré de force chez eux, dévastant et tuant, son père et sa mère auraient naturellement jugé que c'était un criminel infâme, digne des travaux forcés à perpétuité ; mais quand les voleurs fascistes agirent de la même manière contre le territoire éthiopien, ils offrirent leur or pour les aider. Ils ne voyaient pas de raison de douter d'un régime dans lequel ils étaient à l'aise. Par paresse ils évitaient la politique et le gouvernement les dispensait de s'en occuper, comme de toute responsabilité. C'étaient des aveugles, guidés par des aveugles et guidant d'autres aveugles, et ils ne s'en apercevaient pas... Ils se considéraient comme des justes — en parfaite bonne foi ! — et personne n'apportait un démenti à leur méprise. Son père était estimé par tous un honnête homme, sa mère une femme impeccable, et sa sœur une petite fille bien élevée... Oui, et, de fait, elle a été élevée conformément au code de ses parents et elle le recopie avec tant de naturel que parfois on dirait que c'est un rôle inné, transmis par eux, dans le gène héréditaire... On voit reproduits chez elle — fût-ce même à l'état d'embryons — les mêmes principes de justice que les leurs ! Elle trouve naturel, par exemple, de se faire servir (et même de se faire lacer ses souliers), elle, une petite fille, par une femme de chambre qui est dans la maison depuis un demi-siècle et qui, par son âge, pourrait être son arrière-grand-mère... Et il ne lui semble pas illogique d'insister auprès de ses parents pour qu'ils lui achètent un certain petit manteau écossais qu'elle a vu dans une devanture (elle qui a déjà deux manteaux neufs dans son armoire), donnant comme raison que l'écossais est vraiment la nouveauté à la mode et que des camarades à elle en ont un ! Si, par hasard, du reste, il y a certaines de celles-ci qui peut-être n'ont même pas de manteau et même pas de souliers d'hiver, elles ne comptent pas pour elle : comme si elles étaient d'une autre planète...

« C'est une jolie fille, ta sœur ? » l'interpella alors directement le vieux à la petite médaille.

« ... Oui... » répondit David, interdit, au bout d'un instant, « elle est jolie... » Et dans cette réponse, malgré le ton boudeur de sa voix, émergea involontairement une complaisance fraternelle dans laquelle se dissolvaient toutes ses duretés précédentes ; cependant qu'une vapeur colorée inondait ses iris pour aussitôt en refluer irrémédiablement. Il se trouvait suspendu, tout à coup, dans un état de rêveuse enfance divagante qui le leurrait par la promesse d'une consolation aussi impossible que la poursuite d'un nuage : « ... mais elle est idiote... » ajouta-t-il sur le ton de certains frères âgés de quinze ans, qui, par pudeur, affectent de railler une sœur plus jeune. Et il confirma, comique et mécontent : « On peut lui raconter n'importe quel bobard, et elle y croit. Quelqu'un, le matin de bonne heure, lui crie : " Qu'est-ce qui t'arrive, mon Dieu ?! Cette nuit, ton nez s'est allongé de cinquante centimètres ! " et elle, mourant de peur, se précipite se regarder dans la glace. Pour la faire rire, n'importe quelle stupidité est bonne : il suffit de lui chuchoter à l'oreille, comme si c'était un grand secret, un mot inventé sur le moment et qui ne signifie rien, comme *pérépè* ou *bomborombo,* et elle éclate sur-le-champ d'un rire phénoménal... Et de la même manière, pour une autre bêtise de ce genre, elle est capable de se mettre à pleurer. " Quand David était petit ", rappelle quelqu'un de la famille, " le Cirque français est passé dans notre ville, et lui, il voulait retourner tous les soirs à toutes les séances ! " " Et moi ", demande-t-elle aussitôt, " moi, non ? " " Toi, tu n'étais pas là ", lui explique-t-on, " tu n'étais pas encore née. " Et à cette nouvelle, elle éclate en sanglots énormes !... Elle croit que si l'on sème une petite perle, il poussera un collier, ou même que l'âne a été enfanté par la charrette ; et si ses amies contestent cela, elle les traite d'ignorantes... Elle caresse ses poupées comme si c'étaient des chats qui ronronnent, et elle attife son petit chien avec des nœuds de ruban, convaincue de lui faire plaisir... Mais elle a peur des gros chiens... Elle a aussi une peur bleue du tonnerre... »

Ces renseignements sur cette sœur sans nom furent accueillis en ce qui concerne Useppe par une série de rires, dans lesquels on pouvait distinguer, outre de l'amusement, une nuance de fierté. De fait, parmi les matières traitées aujourd'hui par David, pour lui toutes plus ou moins abstruses ou incompréhensibles, c'était pour lui un motif de satisfaction personnelle que d'en rencontrer une qui soit enfin aussi de sa compétence.

Hélas, une sirène de pompiers ou d'un autre service qui passait à ce moment dans la rue couvrit en partie pour l'oreille que tendait avidement le petit les dernières phrases de son ami : « ... quand elle a reçu un cadeau qui lui plaît, le soir, elle l'emporte dans son lit... si, à l'école, elle a eu de bons points, elle dort avec son carnet de notes près d'elle... Quand c'est l'heure de dormir, elle ne parvient jamais à se décider à éteindre la lumière dans sa chambre... elle est assommante... sous prétexte de dire bonsoir à celui-ci ou à celui-là... elle vous casse... »

« Et où est-ce qu'elle est maintenant, ta sœur ? » lui demanda de nouveau avec intérêt le petit homme aux yeux injectés de sang.

Cette fois, David ne laissa pas sa question sans

réponse. Sur-le-champ, il se raidit, hagard, comme sous une injure ou une menace. Puis il eut un pauvre sourire et répondit brusquement : « Elle est dans le tas. »

Le petit homme, ne comprenant pas, demeura sans expression. « Et mon père et ma mère aussi », reprit David sur un ton bizarre, neutre et aussi machinal que s'il avait récité une litanie, « et... et les autres. Tous dans le tas. Dans le tas ! Dans le tas ! » De nouveau, dans ses pupilles dilatées reparaissait l'âme du faon ; mais, cette fois, c'était un petit animal au comble de la terreur, pourchassé et cerné de toutes parts dans on ne sait quelle lande, et qui ne sait où s'enfuir et qui tente de s'expliquer : *il doit y avoir une erreur... tous ces gens qui me poursuivent, tous ces canons braqués... ce doit être pour un fauve dangereux qu'ils recherchent dans les parages... mais moi, je ne suis pas ce fauve... moi je suis un animal différent... je ne suis pas carnivore...* Tout d'un coup, à ce tumulte visible le vide succéda en lui, et son regard devint fixe. Et se tournant vers ses voisins, il demanda avec un petit rire froid : « Est-ce que vous avez entendu parler, vous autres, du ZYKLON B[7] ? »

Aucun de ses voisins n'avait entendu mentionner un tel objet ; mais à la façon dont il en parlait en riant, ils déduisirent qu'il devait s'agir de quelque chose de grotesque.

« Eh, Vvàvid ! » retentit alors la voix d'Useppe. Mais, cette fois, elle avait un son brisé, inutile et lointain, comme l'agitation d'une menotte invisible derrière une épaisse palissade. Du reste, David semblait moins que jamais en veine de lui répondre : peut-être ne l'entendit-il même pas.

Son visage s'était muré dans une fixité sans direction, dans une sorte d'extase vide et blanche semblable

335

à celle d'un individu suspect et qui n'a pas avoué, quand on le met en présence des appareils de torture. Il paraissait vieilli brusquement; et son ardeur sexuelle elle aussi toujours latente (cette ardeur d'où lui venait la grâce tragique d'un stigmate brûlant continuellement) semblait s'être desséchée et fanée sous le moule de vieillesse qui l'écrasait : « Ces dernières années », dit-il d'une voix sourde, en ricanant, « ont été la pire obscénité de l'Histoire tout entière. L'Histoire, bien entendu, n'est depuis le début qu'une longue obscénité, mais des années aussi obscènes que celles-ci il n'y en a jamais eu. *Le scandale — comme le dit la proclamation — est nécessaire, mais malheur à celui qui en est la cause!* Oui, effectivement : c'est seulement quand la faute est évidente que l'on accuse le coupable... Et donc la proclamation signifie : que devant cette obscénité décisive de l'Histoire, deux choix s'ouvraient aux témoins : ou la maladie définitive, c'est-à-dire se faire définitivement complices du scandale, ou bien la santé définitive — car précisément du spectacle de cette extrême obscénité on pouvait encore apprendre l'amour pur... Et le choix a été : la complicité! »

En tirant cette conclusion, il prit l'air quasi triomphant de quelqu'un qui dénonce un méfait tout juste découvert et irréparable : « Et alors », dit-il sur un ton plus âpre, avec un rire de mépris, « comment peux-tu prétendre, toi, mettre le feu au lazaret, quand tu es toi-même porteur de la contagion et que tu en répands la puanteur alentour?! » Ce *tu* anonyme, qu'il marquait d'infamie, ne semblait s'adresser à personne des assistants, mais plutôt à un espion invisible, tapi derrière lui.

Par un effet assez fréquent dans certains états *de*

gala, actuellement dans son acoustique interne, chacune de ses paroles quand il la prononçait dilatait pour lui sa durée, si bien que, pendant ces deux dernières minutes, il avait eu l'impression d'exposer un long théorème que, de toute façon, il estimait éblouissant. En outre, alors que sa voix se faisait de plus en plus basse (au point de n'être plus, dans ce chahut, qu'un bruit indistinct), il avait au contraire maintenant, bizarrement, le sentiment de parler à voix très haute, si bien que la petite foule du bistro lui faisait l'effet d'une multitude. Mais c'était une multitude quelque peu distraite (de cela il se rendait compte) ou carrément indifférente à ce qu'il disait : les uns jouaient aux cartes, d'autres écoutaient les chansons de la radio ; et bien que quelques-uns des vieux des seconds rangs aient hoché la tête à certaines de ses phrases, il pouvait voir (avec une curieuse lucidité) que c'étaient là des gestes quasi machinaux, plutôt d'ébahissement incompréhensif que de participation. « Mais que diable suis-je en train de raconter ? » se demanda-t-il brusquement.

Au plus beau moment, devant ce total insuccès qui était le sien, des doutes grandissants sur son éloquence venaient le troubler ; et plus terrible que tous ces doutes, il lui revint à l'esprit à ce propos un certain rêve qu'il avait fait dans le passé, plus précisément à l'époque où il s'appelait Piotr et où il s'était engagé comme partisan dans les Castelli. Il avait fait ce rêve pendant la dernière période, quand les vivres se faisaient le plus rares, une nuit où il faisait son tour de garde à la base, devant la masure. Entre la fatigue de la veille et la faiblesse causée par une nourriture insuffisante, à une certaine heure de cette nuit il avait été pris d'une terrible somnolence. Et pour lutter contre elle, il ne faisait que marcher de long en large, évitant de s'arrêter et encore plus de s'asseoir; mais pourtant, à un certain moment, il avait invinciblement fini par s'assoupir adossé au mur, debout comme les chevaux. Bien que, certainement, de très brève durée, ce sommeil avait comporté un rêve. Et ce rêve était le suivant :

Il se trouve dans une cellule toute blanche, à peine assez grande pour contenir un homme, mais dont le plafond est à une hauteur si vertigineuse qu'il échappe à la vue. Et il a les yeux tendus vers le haut, attendant, car il sait avec certitude que sous peu, de ce plafond invisible, un Être supra-terrestre va descendre jusqu'à lui pour une Révélation. Il s'agira (ceci est déjà prévu) d'une seule et brève phrase : laquelle, pourtant, contiendra en elle la somme des vérités universelles, unique solution définitive qui libérera l'intelligence humaine de toute recherche... L'attente du rêveur n'est pas longue. L'Être ne tarde pas à descendre presque jusqu'à sa hauteur. C'est une figure surhumaine, vêtue d'une tunique et avec une barbe blanche, qui a l'aspect majestueux des prophètes de Jérusalem ou des sages d'Athènes. Il s'immobilise, suspendu dans l'air face au rêveur, et lui dit d'une voix de tonnerre : *Pour une soupe chaude, il est bon aussi de faire bouillir les morceaux de vieilles semelles !* Et puis il disparaît.

Maintenant, précisément, le souvenir d'un tel rêve s'accompagna pour lui d'un doute soudain : *peut-être est-ce que je crois tenir Dieu sait quels discours importants et, en réalité, depuis que j'ai ouvert la bouche, je ne fais que brailler des inepties ridicules, dépourvues de logique et de tout lien...* Ce ne fut là, néanmoins, pour lui qu'une obnubilation passagère, après laquelle il retrouva, lucide, son idée fixe de ce jour, celle d'avoir à dérouler un certain écheveau, comme dans les légendes, pour arriver — à la vérité, il ne savait où : peut-être à sauver quelqu'un ou, du moins, quelque chose... Mais sauver qui ? les clients du bistro ? Ou quoi ? un document ? une bague ? une lettre ? Ou bien à moins qu'il ne se soit agi, au contraire, de... trancher... de faire justice... Il n'en avait pas la moindre idée. Il savait seulement qu'aujourd'hui était le jour. Comme s'il avait eu à traverser un pont dont, ensuite, allait être interdit le franchissement.

Il s'élança, alors, à la reprise, avec un nouveau souffle, après le saut de ce dernier obstacle : « Je voulais dire, en somme », proféra-t-il d'une voix encore plus haute que précédemment (du moins c'est ce qui lui sembla) : « que seul un homme pur peut chasser les marchands et leur dire : *la terre est le temple de la conscience totale, et vous, vous en avez fait une caverne de voleurs !* »

Il avait énoncé cette idée avec une ferme assurance, et même en en articulant chacun des mots, comme s'il avait lu une inscription sur le mur. Mais une intervention ironique de son Sur-Moi l'incita à la traduire en termes plus simples, pour en garantir la clarté. « Oui », précisa-t-il vivement, « c'est seulement un bouffon qui dit à un autre : bourreau, quand lui aussi, son tour venu, est prêt à actionner la même machine... de lynchage... Voilà. C'est là une définition claire ! » La lassitude de ses muscles était telle qu'elle se voyait même dans le mouvement pénible de ses lèvres.

Si claire fût-elle, sa définition ne rencontra pourtant pas un écho sensible dans son public. « Le fait est », se reprocha-t-il en lui-même, « que je suis un très mauvais tribun. A la foule il faut parler de partis.. de drapeaux... Moi, je les ennuie. Il faudrait avoir l'art de les intéresser... de les amuser... » Il lui vint alors à l'esprit très à propos une trouvaille brillante, et il se mit à en rire d'avance, avec une douceur désarmée et confiante : « Je ne me rappelle plus », raconta-t-il, « dans quel livre j'ai lu l'anecdote d'un écrivain qui visite un asile d'aliénés. Un malade s'approche de lui et, lui indiquant un autre malade, lui chuchote : *Il faut se méfier de celui-là : il est fou, il croit qu'il est un bouton. Mais croyez-moi, s'il en était vraiment un, le premier à le savoir, ce serait moi qui suis une boutonnière !* »

Ce gag de David n'eut pas non plus l'effet espéré, d'autant plus, je crois, qu'il ne parvint que très confus aux oreilles de son auditoire. De fait, le seul à en rire, ce fut Useppe, lequel, du reste, était l'unique auditeur attentif de David ; et peu importe, à la vérité, s'il ne comprenait à peu près rien de ce qu'il disait, car précisément à cause de cela, ces discours étaient pour lui aussi vénérables que des oracles. Il constatait, néanmoins, depuis le début, dans le comportement de son ami quelque chose d'inquiétant, pire qu'une tristesse ou une maladie, si bien que souvent il était tenté de lui dire : « On s'en va, David ? » mais il n'osait pas. Sur ces entrefaites, venait d'entrer dans le bistro une autre de ses vieilles connaissances, le crieur de journaux ami des Marrocco, qu'il reconnut aussitôt bien que le trouvant très changé. Mais, encore que dans le passé ce personnage se fût montré cordial avec lui, cette fois-ci il répondit à son salut joyeux par un geste vague et quelque peu distant. Quelques mois plus tôt, il avait été atteint d'une thrombose qui l'avait tenu longtemps à l'hôpital, le laissant à demi paralysé. Tout déséquilibré, il s'appuyait sur une canne, et sur son visage avachi et bouffi on lisait une perpétuelle peur de mourir. Et il ne pouvait plus ni crier les journaux ni boire du vin. En quittant l'hôpital, il s'était transféré chez l'une de ses brus, un logement situé au premier étage, bruyant et exigu, bondé de gosses, ses petits-enfants. Et présentement il considérait tous les gosses vivants comme une catastrophe. Il est très probable, en outre, qu'il n'a même pas reconnu ce gamin qui gesticulait dans sa direction de l'autre côté de la table. Et quant à David, il ne semblait pas l'avoir revu depuis leur première rencontre chez les Marrocco. En tout cas, ils ne se saluèrent pas, pas plus qu'ils n'eurent l'air de se connaître ; et David, de son côté, n'aurait pas pu se prêter à des salutations ou à des politesses de ce genre, car il était maintenant emporté par son flux verbal comme certains malades oubliés dans les salles d'hôpital.

De temps en temps, il est vrai, ses yeux faisaient le tour de la tablée, interrogatifs et éperdus, s'arrêtant un peu tantôt sur tel visage tantôt sur tel autre ; mais son seul interlocuteur (si l'on pouvait le qualifier ainsi) encore disponible était Clemente Manonera. Dernièrement même, celui-ci ne cessait de le regarder, un peu de biais et avec seulement la partie inférieure de l'œil, toujours avec cette même expression hargneuse d'ennui et de sarcasme. On eût dit qu'il avait déjà condamné par avance, comme des bavardages absurdes et dépassés, tout ce qui pouvait être dit par lui.

Au moment de raconter sa petite histoire, David avait fait une nouvelle tentative de se mettre debout, mais aussitôt il était retombé sur son siège, brisé par cette sensation d'épuisement qui confinait presque à l'évanouissement, en même temps qu'elle l'excitait à discourir, comme dans certaines insomnies morbides. Sa voix était de plus en plus basse et rauque ; cependant que revenait en lui, fréquente mais discontinue, la sensation de crier comme à une réunion publique. Ces éclats de voix exagérés et involontaires l'embarrassaient actuellement : cela aussi parce que le fil laborieux qu'il tentait de démêler, maintenant qu'il le mettait à découvert, lui saignait dans les mains, comme si ç'avait été un nerf dénudé :

« Moi », grommela-t-il, en sueur, « je suis un assassin ! A la guerre, il y en a qui tuent avec insouciance, comme à la chasse. Mais moi, par contre, chaque fois j'assassinais ! Un jour, j'ai assassiné un Allemand : un individu odieux, répugnant ! Et tandis qu'il agonisait, je me suis passé la fantaisie de l'achever à coups de pied, lui piétinant à mort le visage avec mes gros souliers. Alors, précisément quand je faisais cela, la pensée suivante m'a envahi : *Me voici devenu tel que lui : un S.S. en train de massacrer un autre S.S...* Et cependant, je continuais de le piétiner... »

Du côté opposé de la table, les poumons de Manonera firent entendre leurs habituelles notes caverneuses que David interpréta comme un rire de raillerie. Et aussitôt, il eut le sentiment d'être montré du doigt comme un objet d'une écrasante indécence. Tel quelqu'un qui, étant au confessionnal, s'apercevrait tout à coup qu'il vient d'élever la voix, et que ses secrets se répercutaient sous les voûtes et à travers les nefs bondées de fidèles. De fait, il lui semblait par suite de son habituel phénomène illusoire, qu'il avait crié les dernières phrases d'une voix excessivement haute : « Tous autant que nous sommes », proféra-t-il alors, désespéré, pour sa défense ou son rachat, « nous avons un S.S. caché en nous ! et un bourgeois ! et un capitaliste ! et peut-être aussi un monsignore ! et... et... un Généralissime, aussi orné de chamarrures et de crachats qu'un Mardi gras ! Tous autant que nous sommes ! bourgeois et prolétaires et... anarchistes et communistes ! Tous sans exception... Voilà pourquoi notre lutte est toujours une action avortée... un malentendu... un alibi... de fausses révolutions pour échapper à la vraie révolution, et conserver le réactionnaire qui est en nous ! *Ne nous induisez pas en tentation* signifie : *aidez-nous à éliminer le fasciste qui est en nous !* »

Il se tenait tourné vers Manonera, comme attendant de celui-ci l'indulgence plénière ou, du moins, une absolution partielle. Mais Clemente Manonera était de nouveau en train de tousser dans le col de son pauvre petit manteau, dans l'attitude délibérée de quelqu'un qui tourne le dos à son interlocuteur. C'est là, du moins, ce qui sembla à David. Lequel, néanmoins, le regardant fixement, eut la certitude de lire en lui, comme à travers une radiographie, la réponse inexprimée suivante : « Tes maximes de morale, garde-les pour toi. Si tu as en toi un généralissime, c'est ton affaire. Qu'est-ce que ça peut foutre ? Moi, quant à moi, comme ça se voit à l'œil nu, tout ce que j'ai en moi c'est un simple soldat de l'ex-ARMIR, définitivement à la retraite, chômeur, les poumons pourris et diminué. » Cela suffit à faire rougir David comme un petit garçon en faute. Alors, inopinément, le vieux à la petite médaille leva à son tour un œil de ses cartes et, le regardant :

« Somme toute », lui demanda-t-il, « est-ce que t'es chrétien ? »

« ... moi ?!... de quel christ parles-tu ? de celui de Galilée, crucifié... »

« ... mort et enterré le troisième jour... » récita le vieux à la petite médaille, sur un ton de raillerie débonnaire. Ses voisins rirent, eux aussi de façon débonnaire.

« Celui-là, si c'est précisément de lui que vous voulez parler, ce fut indiscutablement un vrai christ », affirma David, toujours rouge de confusion. S'adressant au vieux à la petite médaille, il lui disait *vous* par un sentiment de respect. Et tout en parlant, il approchait de lui son visage (car son interlocuteur ne quittait toujours pas des yeux ses cartes) avec la hâte anxieuse d'un gosse faisant valoir ses raisons à un adulte : « Parce que là il faut s'entendre », poursuivit-il, plein d'anxiété, « *celui-là* ne doit pas être confondu avec le spectre homonyme que l'Histoire met sur les autels, en chaire ou sur le trône... et... et qu'elle colle sur les enseignes publicitaires de ses habituels bordels... et... et de ses abattoirs... et de ses banques de voleurs... cela toujours pour cacher derrière lui sa seule et véritable idole : le fantoche du Pouvoir ! Le Christ n'est pas un spectre ; il est l'unique substance réelle en mouvement... Et ce christ-là, historiquement, fut un vrai Christ : c'est-à-dire un homme (ANARCHISTE !) qui n'a jamais renié la conscience totale, à aucun prix ! On comprend donc, et cela ne se discute pas : que ceux qui le regardaient, lui, voyaient le ciel ! et que ceux qui l'écoutaient entendaient Dieu ! DIEU n'est pas une parole ! c'est LA parole ! » D'autres gens arrivaient dans le bistro. C'était l'heure, vers le couchant, où de nombreux habitants du quartier, rentrant du cinéma ou de banlieue, passaient par là un moment, avant de rentrer chez eux où leurs femmes les précédaient pour préparer le dîner. Je me rappelle avec une précision particulière la chanson que transmettait alors la radio (de fait, c'était une chanson que j'avais déjà dans l'oreille, peut-être parce qu'elle datait de l'immédiat après-guerre ou, en tout cas, qu'elle était sortie encore à temps pour être chantée par Ninnuzzu : c'est de lui, je crois, que je l'avais apprise). L'un des couplets en est resté dans ma mémoire :

> Vive le boogie-woogie
> et l'on chante et l'on rit !
> sept whiskies par-ci, vingt sherries par-là
> et vive le boogie-woogie !

On vit les mains et les genoux de David osciller un moment, distraitement, paresseusement et involontairement au rythme de la chansonnette. Mais sans nul doute, tendu comme il l'était à avancer péniblement le long de la piste tournoyante de son gymkhana, il n'en percevait les notes qu'inconsciemment, à travers une ouïe subliminale. « Ce terme de *christ* », fit-il savoir aux assistants d'une voix plus forte, « n'est ni un prénom ni un nom personnel : c'est un titre commun pour désigner l'homme qui transmet aux autres la parole de Dieu ou de la conscience totale, ce qui signifie exactement la même chose. *Ce Christ-là* se nommait, d'après les documents, Jésus de Nazareth, mais d'autres fois, à travers les temps, le christ s'est présenté sous divers noms d'homme ou de femme — le sexe lui importe peu — et de peau claire ou sombre — il adopte la première couleur venue —, et en Orient et en Occident et sous toutes les latitudes — et il s'est exprimé dans toutes les langues de Babel — recommençant toujours à répéter la même parole ! De fait, c'est seulement à celle-ci qu'on reconnaît le christ : à cette parole ! qui est seulement une et toujours la même : *celle-là !* Et il l'a dite, redite et redite encore, oralement et par écrit, et du haut de la montagne, et de l'intérieur des prisons et... et des asiles d'aliénés... et de partout... Le lieu est indifférent pour le christ, de même que l'heure historique, de même que les techniques du massacre... Oui. Comme le scandale était nécessaire, il s'est fait massacrer de manière monstrueuse, par tous les moyens disponibles — quand il s'agit de massacrer les christs on ne lésine pas sur les moyens... Mais l'offense suprême qu'on lui a faite a été la parodie des larmes ! Des générations de *chrétiens* et de *révolutionnaires* — tous complices ! — ont continué de pleurnicher sur son corps — et pendant ce temps, de sa parole ils faisaient de la merde ! »

L'ennui crucial de David, à cette phase tardive de son gymkhana, était l'usure de ses forces physiques, telle que le souffle lui manquait presque. Mais il se tendait néanmoins le long de son périmètre, comme si entre cette piste douloureuse et ses membres rompus et drogués — affalés là sur la chaise — il n'y avait plus eu qu'un rapport fantomatique : « Et ainsi, dorénavant », continua-t-il, butant et toussotant à chaque phrase, et faisant des grimaces, « s'il revient, il ne prononcera plus de paroles, parce que, de toute manière, celles qu'il avait à dire, il les a criées aux quatre vents. Quand il est apparu en Judée, le peuple n'a pas cru que c'était le vrai Dieu qui parlait, parce qu'il se présentait sous l'aspect d'un pauvre gars et non sous l'uniforme des autorités. Mais s'il revient, il se présentera sous un aspect encore plus misérable, en la personne d'un lépreux, d'une petite mendiante difforme, d'un sourd-muet, d'un gosse idiot. Il se cache dans une vieille putain : *trouvez-moi !* et toi, après t'être servi de cette vieille putain pour tirer un coup, tu la laisses là ; et une fois en plein air, tu cherches dans le ciel : " *Ah, Christ, ça fait deux mille ans que nous attendons ton retour !* " " *Moi* ", répond-il du fond de ses tanières, " *je ne vous ai JAMAIS quittés. C'est vous qui me lynchez ou,*

pis encore, qui passez sans me voir, comme si j'étais l'ombre
d'un cadavre en train de se putréfier sous terre. Moi, je passe
tous les jours mille fois près de vous, je me multiplie pour vous
tous autant que vous êtes, mes signes emplissent chaque
millimètre de l'univers, et vous autres, vous ne les reconnaissez
pas et prétendez attendre Dieu sait quels autres signes
vulgaires... " On raconte qu'un christ (peu importe
lequel, c'était un christ), parcourant un jour une route
de campagne, eut faim et voulut cueillir un fruit sur un
figuier. Mais comme ce n'était pas la saison, l'arbre
n'avait pas de fruits : rien que des feuilles non
comestibles... Et alors Christ le maudit, le condam-
nant à la stérilité perpétuelle... Le sens est clair : pour
celui qui reconnaît Christ à son passage, c'est toujours
la bonne saison. Et celui qui, ne le reconnaissant pas,
lui refuse son fruit en prétextant le temps et la saison,
est maudit. Cela ne se discute pas. Il n'y a pas de
prétexte pour remettre à plus tard, car Christ ne doit
pas descendre Dieu sait où des étoiles ou d'un passé et
d'un avenir, mais parce qu'il est là déjà, à présent, en
nous. Cela aussi, ce n'est pas une nouveauté, c'est une
chose que tout le monde sait et qui a été criée aux
quatre vents : qu'en chacun de nous il y a un Christ.
Et donc, qu'est-ce qu'il nous faudrait pour la Révolution totale ? rien, un mouvement élémentaire de deux
secondes, comme rire ou s'étirer quand on vient de
s'éveiller ! il suffirait de reconnaître le Christ en tous :
en moi, en toi, en les autres... Oui, il s'agit de choses si
élémentaires qu'il vous répugne même d'avoir à les
répéter. Il suffirait... Et alors le fruit de la révolution
naîtrait, beau et spontané, sur tous les arbres, et tous,
nous l'échangerions joyeusement, et il n'existerait plus
ni faim, ni richesse, ni pouvoir, ni différences... l'Histoire passée tout entière se révélerait ce qu'elle était :

un mélo grotesque, démentiel, un dépôt d'ordures où pendant des siècles nous nous sommes obstinés à fouiller avec nos ongles sales... Et on verrait la folie de certaines questions : *es-tu révolutionnaire ? est-ce que tu crois en Dieu ?* qui sont comme de demander à quel-qu'un s'il est né !! Es-tu révolutionnaire... crois-tu en Dieu ? es-tu révolutionnaire... crois-tu... »

Sur un ton de litanie, David, ricanant, continua de répéter plusieurs fois ces deux questions, au point d'en faire une sorte d'exercice de prononciation dépourvu de sens. Mais maintenant son discours s'était forcé-ment terminé en monologue, car sa voix était devenue si basse que ses voisins les plus proches n'auraient pu, même s'ils l'avaient voulu, distinguer ce qu'il disait. Il avait pris un air maussade, comme s'il avait menacé ou accusé Dieu sait qui, et de la même manière que Clemente, il regardait dans son verre et, comme au comble du dégoût, ne buvait plus une seule goutte : « Je vous dois encore », grommelait-il, « une rectifica-tion à propos de cet Allemand, là-haut à ce carrefour des Castelli : moi, qui le massacrais, oui, j'étais devenu un S.S. Mais lui, qui était en train de crever, il n'était plus ni un S.S. ni un soldat d'aucune arme ! Ses yeux avaient l'air de dire : *où suis-je ? que m'arrive-t-il ? pourquoi ?* des yeux très clairs et stupides, comme si, au lieu de mourir, ils venaient de s'ouvrir en naissant. Moi, un S.S. ; mais lui était redevenu un enfant... »

« Disons plutôt : un mioche », dit alors le Sur-Moi de David, reprenant vie pour lui souffler cela à l'oreille, comme un petit coup de fouet railleur. Et David rit :

« Oui ! plutôt : un mioche », rectifia-t-il docilement. Et ce fut là, que je sache, le dernier point marqué dans leur match par son Sur-Moi : lequel sur-le-champ, dès ce même instant, s'éloigna de lui dans un envol victorieux vers une fuite définitive, l'abandonnant à sa désastreuse faiblesse.

« C'était un enfant ! » lui cria David. Il avait à présent au visage cette expression de garçonnet capricieux qui lui venait parfois quand il était vraiment épuisé. Mais il se tendait néanmoins avec une incroyable obstination pour un ultime élan... même si le but qu'il visait se révélait maintenant à lui, irrémédiablement, ce qu'il pouvait être : rien d'autre, au maximum, qu'un petit étendard de papier, très usé et, de plus, en lambeaux... « Quand on tue un autre, c'est toujours un enfant qu'on tue ! » insista-t-il, hors d'haleine, en se tordant les mains : « Et à présent », confia-t-il, plein de perplexité, à son verre, « je le revois, lui, jeté là-bas dans le tas. Dans le tas ! » répéta-t-il, épouvanté, « dans le même tas que mes parents et la petite... Ensemble : ni Allemands, ni Italiens, ni païens ni juifs, ni bourgeois ni prolétaires : tous égaux, tous des christs nus, sans différence... ni culpabilité, comme quand on naît... Moi », proféra-t-il, respirant péniblement et de façon saccadée comme les gamins en train de faire un caprice, « moi, je ne peux plus diviser le monde en Blancs et en Noirs, en Fascistes et en Communistes, en riches et en pauvres, en Allemands et en Américains... Cette affreuse farce porno... porno... sinistre, il y a trop longtemps qu'elle dure... assez !... moi... j'en ai... marre... »

Même Clemente Manonera, maintenant, ne prenait plus la peine d'écouter David Segré, lequel, à présent, semblait fatalement lancé dans un radotage d'ivrogne. Il se laissa aller encore pendant je ne sais combien de temps à sa loquacité obsessionnelle, d'une voix empâtée et balbutiante, faisant allusion à des choses et à des événements divers, sans relation entre eux. Il disait qu'avant Galilée, les gens croyaient que le soleil tournait autour de la terre ; qu'après on croyait que la terre tournait, et qu'ensuite il était apparu que ces mouvements sont relatifs l'un à l'autre, ce qui fait qu'on peut dire indifféremment que terre et soleil tournent tous les deux ou qu'ils sont tous les deux immobiles. Puis il répétait que c'était lui qui était l'arbre maudit, et qu'il avait insulté le Christ après l'avoir assassiné. Et si ses parents étaient morts, c'était sa faute à lui, qui n'avait pas éprouvé de charité pour eux, lesquels n'étaient au fond que des enfants inexpérimentés et leurrés. Et si son amie avait fini de cette manière, c'était sa faute à lui, qui pour courir après sa politique-fiction avait négligé son seul amour. Et si son ami le plus cher était mort, c'était aussi sa faute à lui, car, en fait, ce garçon était un enfant en quête d'un père — sans le savoir, il était orphelin — et sans le savoir, il lui demandait à lui, David, de lui servir de père. Et si la vieille putain était morte, c'était toujours sa faute à lui, car elle était une enfant au cœur pur, née pour l'amour pur... Et tous ces morts, c'était sa faute à lui... Et en réalité, le bourgeois, c'était lui... et la putain, c'était lui... et la canaille, c'était lui... et l'origine de toute cette monstruosité, c'était lui... Il faut dire qu'actuellement David n'était certainement pas le seul dans ce bistro en train de parler à tort et à travers... A cette heure-là, on ne comptait plus sur les tables les bouteilles de vin vides. On touchait à la fin de l'entracte férié. Et de tous côtés, on entendait des voix de vieux gueuler des insanités, se vanter de cochonneries, tousser et cracher. Entre-temps la radio avait diffusé du Vatican je ne sais quel message du pape... et maintenant, elle reprenait, en résumé, les

350

informations sportives de la journée. De nouveau quelques jeunes gars s'attroupaient autour de l'appareil, cependant que le patron qui, à présent, connaissait déjà les résultats des matchs du jour, bâillait ou donnait des ordres à sa femme qui était là maintenant pour servir les consommations. Au milieu de tout cela, David avait l'air d'un cas de sœulographie normale, alors que, en réalité, il se sentait même trop lucide. Une lucidité qui battait dans son cerveau comme autant de scintillants éclats. Tout d'un coup, il dit en souriant et d'une voix plus sonore :

« Je ne sais plus où j'ai lu l'histoire de quelqu'un qui, visitant un Lager, vit quelque chose de vivant bouger dans un amoncellement de morts. Et il vit une fillette sortir de celui-ci : " Pourquoi restes-tu là, au milieu des morts ? " Et elle lui a répondu : " Avec les vivants je ne peux plus rester. " »

« C'est un authentique fait divers ! » affirma-t-il en conclusion, avec une étrange gravité professorale, très appuyée ; et en disant cela il s'abattit, les bras étendus, sur la table, en sanglots. A la vérité, on ne comprenait pas si c'étaient des sanglots ou des rires. « Ça y est, va, t'as une belle cuite ! » lui dit le vieux à la petite médaille en lui tapant paternellement sur l'épaule. Ce fut alors qu'Useppe, timidement, épouvanté, s'approcha de lui et lui dit en le tirant par son maillot :

« Allons-nous-en, Vàvid... Allez, allez, viens... »

Depuis un bon moment et, plus précisément, depuis celui où David, se rasseyant, s'était mis à parler avec de plus en plus d'animation et d'une voix de plus en plus basse, Useppe s'était laissé glisser en bas de sa chaise et s'était blotti par terre tout près de Bella. Craignant de le mettre en colère, il n'osait pas interrompre son grand ami ; mais en lui grandissait la peur d'il ne savait quel danger qui se préparait contre celui-ci. Jusqu'à ce mot de Dieu qui revenait continuellement sur les lèvres de David, qui était en train de devenir pour Useppe un sujet de peur : comme si ce fameux Dieu avait pu se présenter soudain pour affronter David corps à corps. Seul de tous, Useppe ne pensait pas que David était ivre : par contre, il le croyait malade, et cela sans doute par manque de nourriture. Et il se demandait si, après, il n'allait pas pouvoir le convaincre de venir dîner avec eux Via Bodoni... Entre-temps, pour tenter de repousser sa peur, il s'amusait avec Bella. Sans bruit ils jouaient à la main chaude, ou bien elle le chatouillait en lui léchant les oreilles et le cou, ce qui provoquait chez lui des petits rires qu'il étouffait aussitôt par égard pour le lieu où il se trouvait.

« ... Viens ! Viens !! Vàvid ! Allons-nous-en ! »

Useppe était pâle et tremblait, apeuré ; mais il avait pourtant un comique air indomptable, comme s'il entendait, lui, protéger David contre une quelconque et nombreuse agression. « Le petit a raison », dit encore, exhortant David, le vieux à la petite médaille, « rentre chez toi, et ça ira mieux ». David se leva : il ne pleurait pas et il ne riait pas, mais il avait les yeux vitreux et son visage avait une sombre fixité. Au lieu d'aller vers la sortie, il prit en titubant la direction des toilettes. Useppe le suivait des yeux, craignant de le voir tomber ; et il ne s'aperçut pas que sur ces entrefaites Annita Marrocco venait d'apparaître sur le seuil de la porte. Elle non plus ne vit pas Useppe dont les adultes masquaient par leurs tailles la petitesse. Souriant mélancoliquement, sa petite tête noire penchée languissamment sur une épaule, comme entraînée par le poids de sa chevelure, elle salua de loin la patronne, et voyant qu'il y avait là trop de monde, elle se retira. « Celle-là », commenta en ricanant Clemente, « elle attend encore que son fiancé revienne de Russie... » Et il continua de ricaner, comme s'il venait de raconter une de ces histoires de fantômes qui empêchent ensuite de dormir les hôtes du château. Mais, à la vérité, le seul qui l'ait entendu, c'était l'ex-marchand de journaux, lequel grommela, en réponse, quelque chose d'incompréhensible.

Quand il revint des toilettes David ne paraissait plus le même; ou, plutôt, il était passé à une nouvelle phase de son exaltation. Useppe fut le seul à remarquer une petite tache de sang sur son maillot; et, dans son ignorance, il supposa simplement que la plaie que David avait au bras s'était remise à saigner. Quant à moi, je ne sais quel autre *médicament* il s'était injecté durant sa brève absence; je sais seulement qu'en dernier il avait recours non plus uniquement à ceux qu'il préférait les mois précédents, mais qu'il essayait toutes sortes de substances, souvent d'effets opposés, mélangeant ou alternant en une succession effrénée excitants et narcotiques. En particulier durant cette dernière semaine, cela était devenu, si l'on peut dire, sa principale nourriture : peut-être aussi parce que les premières chaleurs de la saison réveillaient dans son sang ses instincts natifs de vie et de santé, c'est-à-dire ces énergies qui chez lui se convertissaient toujours, inexorablement, en des formes douloureuses. Maintenant, rien ne lui faisait autant peur que le retour de certains de ses états de présence absolue ou de totale misère, qu'accompagnaient pour lui tantôt des rêves et tantôt une veille trop lucide. Et pour ne pas être pris à l'improviste par eux, il avait soin, en sortant de chez lui, de se munir d'une provision de ses remèdes... A

353

cette époque, de tels cas passaient inobservés, surtout dans les quartiers pauvres.

Il traversa de nouveau le bruyant local, hilare mais marchant d'un pas désaxé comme certains animaux bizarres que l'on fait avancer à coups de fouet dans les cirques. Sa pâleur anormale le trahissait. Mais ce qui était pire que sa pâleur, c'était l'étrangeté de ses yeux, dans lesquels affleurait de nouveau cette espèce de dépravation qui jadis le défigurait, après sa capture par les Allemands et son évasion, lors de son arrivée à Pietralata ; et qui semblait l'avoir depuis longtemps abandonné. Pourtant, pendant son bref parcours de la radio à la tablée, il trouva le moyen de s'exhiber dans un numéro de spectacle de variétés : cela, bien que dans cette surprenante manifestation de liberté ne l'ait pas abandonné cette gaucherie particulière de garçon timide et sauvage, qui faisait incurablement partie de sa nature. De plus, n'importe qui pouvait s'apercevoir que sous cette excitation artificielle, il était physiquement épuisé par Dieu sait quels excès et par la dénutrition. Mais Useppe n'était pas mécontent de voir son ami ressuscité et gai.

Bien que la radio n'ait pas transmis à ce moment-là un programme musical, mais une conversation très sérieuse, de saveur officielle ou peut-être ecclésiastique, il se mit à esquisser, dans l'espace autour de l'appareil, une parodie de danse. Puis il entonna l'hymne anarchiste :

> La Révolution se fera
> le drapeau noir flottera...

l'interrompant par un bruit de pet : un bruit, celui-ci, si peu naturel sur ses lèvres que le petit Useppe (qui, seul entre tous, riait par sympathie enfantine au

354

spectacle donné par son ami) en éprouva instinctivement de la peine. Parvenu à sa table, il se mit à taper sur l'épaule des divers commensaux, les appelant tous camarades; à la suite de quoi l'homme en tenue de receveur, qui était un anticommuniste déclaré, se fâcha tout rouge. Les joueurs, maintenant, abandonnant les cartes, se préparaient à quitter le local; le vieux à la petite médaille était déjà parti, et le marchand ambulant reprenait en bandoulière sa petite caisse. Mais David s'était mis dans la tête de les retenir de force; et avec des gestes de millionnaire il fit l'acquisition de toutes les marchandises du colporteur, lançant à tous des gimblettes, des craquelins et des cornets de noisettes, et offrant avec insistance à boire à tout le monde. Il emplit lui-même son verre, après quoi, se plantant devant Clemente, il lui fit le salut militaire et l'invita, entre autres blasphèmes : « Buvons à la santé de ce salaud de Dieu! » et de fait, il but quant à lui une gorgée, mais écœuré il la recracha aussitôt. Il se déplaçait en cercle, donnant des bourrades, à petits pas, comme un marin sur un pont en plein roulis : s'amusant à divulguer (si toutefois quelqu'un l'écoutait) certains faits personnels, tantôt à haute voix tantôt en confidence, mais toujours sur un ton de cancan grossier. Il faisait savoir, par exemple, qu'il était un client assidu des bordels (et, de fait, ces premières semaines de juin — plutôt que de chercher fortune le long de ces tristes ponts — il y était retourné deux fois : en ramenant chez lui un sentiment furieux d'indécence et de remords, car il considérait les bordels comme une abjection sociale, à peine inférieure aux Lager)... Ou bien il exhumait sur un ton railleur sa fameuse expérience volontaire d'ouvrier, qui se terminait par des crises de vomissement à la fin de chaque journée... Et il s'obstinait à révéler à tout le monde, comme un secret très important, que le principal assassin c'était lui, que l'exploiteur c'était lui, que le fasciste c'était lui... Il parlait de cadavres et de concours de beauté, de Nuremberg et du pape, de Betty Grable et de Portella della Ginestra [8], de guerre froide et de guerre chaude, de banquets et de bombes, etc. ; mêlant dans ses bavardages des allusions tragiques, comiques ou indécentes, mais toujours avec des rires vulgaires, comme si tout ce qu'il disait était comique. Et les petits rires frais et inquiets d'Useppe accompagnaient de temps à autre les divers numéros de David ; il ne comprenait rien de tout ce que disait celui-ci ; mais il se sentait encouragé à la gaieté par ses bouffonneries. Ne parlons pas, du reste, de Bella qui, finalement, se laissait aller à gambader, à se démener et à remuer la queue, comme en carnaval. Au comble de la fête, David avait entonné une chansonnette vulgaire datant de sa grand-mère, invitant les assistants à se joindre à lui dans une sorte de chœur. Mais, à la vérité, lesdits assistants ne l'écoutaient pas, peu et vaguement amusés par lui et par ses prouesses, et même plutôt à demi ennuyés, comme à l'habituel spectacle donné par un ivrogne. Le local, d'ailleurs, était en train de se vider. Clemente lui aussi était parti, tout seul, traînant son corps mutilé qui frissonnait au petit vent tiède, vêtu de son manteau trop léger. David sortit sans dire au revoir à personne. Useppe et Bella se hâtèrent à sa suite.

C'étaient les journées les plus longues de l'année. Bien que ce fût déjà l'heure du Journal Radio, le soleil ne se couchait pas encore. Tout le long de la rue, les dernières nouvelles arrivaient par bribes de chaque fenêtre :

... une circulaire de police ordonne à tous les commissaires, au nom du ministre de l'Intérieur, d'interdire meetings et rassemblements dans les usines...

... l'Armée Rouge avance vers le Sin Kiang...

... le gouvernement grec décide une vaste opération de ratissage...

... aux U.S.A. la Chambre des Représentants...

... le ministre Pella annonce que le Gouvernement... les contributions extraordinaires... les impôts indirects...

« Si on faisait une course pour voir celui qui arrivera le premier au bout du pont ? » proposa David quand ils arrivèrent à l'entrée du Ponte Sublicio.

Le défi fut accepté. Bella gagna. David, bien qu'essoufflé, arriva deuxième grâce à ses longues jambes ; et Useppe, quoique bon coureur, resta en arrière à cause de sa petitesse. Au but, néanmoins, l'un et l'autre furent pareillement fêtés par Bella. Useppe, enivré par ce jeu, bien que perdant, arriva en riant comme un fou ; et David, qui s'appuyait, haletant, contre le parapet, riait lui aussi, dans une insouciance totale. La vérité, c'est qu'après s'être élancé par jeu sur le pont, il s'était tout d'un coup, sans le vouloir, trouvé engagé sérieusement dans cette course (surtout en compétition avec Bella), tel un gamin qui, dans une épreuve de vitesse, oublie ses devoirs scolaires et toute autre chose de cette terre. Et le souffle de ce coup de vent illogique lui dilata encore les poumons pendant peut-être dix secondes. Il continua longtemps de rire, mais déjà une sorte d'incrédulité déchirante se mêlait, en même

357

temps que certains ébranlements nerveux, à son rire oublieux.

« On joue à la mourre chinoise ? » proposa-t-il à Useppe.

« Viiii ! »

A la vérité, Useppe ne connaissait pas ce jeu, et David entreprit de le lui expliquer. Mais Useppe, quand il s'agit de passer à la pratique, ne faisait que se tromper confondant avec ses menottes joyeuses la figure du *papier* avec celle du *caillou*, ou tendant trois doigts au lieu de deux pour faire les *ciseaux*... D'être aussi empoté, cela déchaînait chez lui des cascades de rire qui découvraient ses vingt petites dents semblables à des grains de riz... David lui aussi riait, et son visage, quand il regardait Useppe, retrouvait cette expression de soulagement, lumineuse et pleine d'amitié, avec laquelle il avait salué son entrée dans le bistro. Tout à coup, il lui prit une main et, la contemplant, il y déposa un petit baiser, avec la simplicité et la candeur enfantine de quelqu'un baisant une image sainte. Et sur-le-champ Useppe l'embrassa lui aussi ; mais son petit baiser, à la suite d'un mouvement que fit David, atterrit sur le nez de celui-ci. Cet incident futile suffit à déchaîner leur hilarité à tous, Bella comprise. Le premier qui reprit son sérieux, ce fut David : « Toi », dit-il à Useppe avec une gravité presque amère, « tu es si gentil que le seul fait que tu existes me rend heureux à certains moments. Tu me ferais croire à... à tout ! à TOUT ! Tu es trop gentil pour ce monde. »

Mais Useppe, de son côté, plutôt que d'apprécier le compliment de David, avait remarqué le changement d'humeur de celui-ci, laquelle, d'enjouée était soudain redevenue sombre. « Et maintenant, à quoi on joue ? » le pressa-t-il.

358

« A présent, ça suffit. »

« ... Non... Encore ! » protesta Useppe sur un ton à la fois suppliant et boudeur. Cependant David s'éloignait du parapet : « C'est ici qu'on se sépare », déclara-t-il. « Moi, je vais d'un côté et vous de l'autre. »

Useppe se dandinait : « *Pouquoi* », proposa-t-il avec audace, « tu viens pas dîner avec nous à la maison ? Pour dîner, maman a fait des croquettes... et... on a aussi du vin ! »

« Non non, une autre fois. Ce soir, je n'ai pas faim. »

« Et où tu vas maintenant ? dormir ? »

« Dormir, oui. » David se mit en marche de son pas saccadé et maintenant las. Une opacité inexpressive avait envahi ses yeux.

« On va t'accompagner jusqu'à la porte de chez toi », décida Useppe. Bien que perplexe, la chienne ne s'y opposa pas. Et David, plus par un sentiment de paresse que pour autre chose, les laissa faire. A la vérité, l'heure du dîner sonnait maintenant pour les deux vagabonds et même, il se déroulait maintenant entre eux, derrière David, une sorte de débat qui ne lui parvint que sous la forme d'un jappement animé. De fait, Bella, également par respect des horaires, continuait encore avec insistance de l'inviter à dîner ; et entre autres arguments, elle voulait lui faire savoir que chez eux en plus du plat de viande promis, des légumes, etc., il y avait aussi de la soupe. En fait, elle se référait à sa propre soupe du soir (composée de restes de spaghetti, de croûtes de fromage, d'eau, de morceaux de tomates et d'autres ingrédients). Mais finalement Useppe, par des signaux éloquents bien que muets, la découragea d'insister. Quel genre de charme pouvait représenter pour un grand invité tel que David la promesse d'une soupe pour chiens ?

Une telle lassitude s'était abattue sur David que son logement, distant peut-être encore de cinq cents mètres, lui apparaissait comme un but lointain et quasi hors de portée. Mais, en même temps, une sorte de nostalgie le rongeait : comme s'il avait été un gamin (le même que celui qui tout à l'heure se donnait tout entier à la compétition sur le pont ?!) contraint de rentrer à la maison quand, dehors, la journée de lumière n'est pas encore finie. Mais qui est-ce qui le contraignait à cela ? A de telles questions il ne trouvait pas d'autre réponse qu'une négation menaçante, iné-luctable.

Comme d'habitude, la voix de la radio sortait aussi de ce bistro dont on a déjà parlé, par-delà les baraques. A présent elle transmettait des noms de villes et des chiffres : je suppose que c'étaient les résultats de la loterie. La plupart des habitants des baraques n'étaient pas encore de retour et il y avait seulement un petit groupe de femmes avec trois ou quatre enfants en bas âge ; et deux chiens accoururent de quelque part, ensemble, pour saluer Bella. L'un, déjà rencontré précédemment, était celui qui ressem-blait à un petit singe ; et l'autre, un nouveau, semblait un composé de divers animaux, ce qui donnait finale-ment un ensemble assez sympathique. (Pour le plus grand soulagement d'Useppe, cette fois aussi, le fameux Lupo était absent : certainement parti se promener avec son maître.) Bella rendit leurs saluta-tions aux deux chiens, encore qu'à toute vitesse, car elle parcourait les alentours pour étudier les odeurs vespérales ; mais bientôt, l'air empressé, elle revint

360

près d'Useppe, traînant sa laisse derrière elle dans la poussière.

L'inquiétude intérieure de David, s'opposant à l'épuisement de son corps, le maintenait dans cet état d'énervement qui survient dans certaines intoxications ou parfois chez les gens à jeun : une sorte de basse terre déserte, située entre les périphéries de la raison et celles du rêve, où l'on se débat dans une affreuse angoisse. Quand il fut en vue des premières baraques, il ferma les yeux, n'ayant envie de voir que du noir ; après quoi, les rouvrant, il ne reconnut pas tout de suite le paysage habituel et il se demandait : « Où suis-je arrivé ? » Il était harcelé par certains thèmes idiots de chansonnettes, alternant avec une poésie sentimentale écrite par lui quand il était au lycée et qui commençait par ce vers : « Je t'ai aimé, bonheur ! » Et à ces harcèlements s'entremêlaient des titres de films ou d'autres phrases fortuites, actuellement aussi dépourvues de sens pour lui que des petits ballons éclatés : *la ligne Maginot, Gilda, la chute des prix, simoun vent du désert, avant-garde squadriste...* Quand il ne fut plus qu'à quelques mètres de son rez-de-chaussée, il hâta machinalement le pas, et cela bien que présentement l'idée de s'enfermer dans sa chambrette lui ait répugné. Useppe, les yeux levés vers lui, se hâtait à sa suite.

« *Pourquoi* tu vas dormir si tôt ? »

« Parce que je suis malade », expliqua David en riant. Et fatigué, au moment de chercher sa clé dans sa poche, il s'assit par terre, le dos contre la porte fermée.

« Tu es malade... » dit Useppe, pensif mais sans demander la moindre explication. Il fut sur le point, plutôt, de lui dire (comme pour se vanter d'être son collègue) que lui aussi était *malade;* mais il se retint à temps. En fait, il eut soudain peur que même David,

361

s'il apprenait son vilain mal, l'éviterait peut-être, lui aussi, comme les autres gens.

Il se décida, par contre, à lui demander :

« Qu'est-ce que tu t'es fait au bras ? »

« J'ai été piqué par un moustique. »

David avait extrait avec difficulté sa clé de la poche de son pantalon ; mais une extrême pesanteur de ses muscles le maintenait, pourtant, affalé là par terre, s'attardant devant sa porte comme un mendiant. Et ne se décidant pas encore à se lever, il se mit à cogner avec son poing sur la porte fermée. Puis, prenant une caverneuse voix de basse, il demanda comme si quelqu'un avait parlé de l'intérieur : — *Qui est là ?* — pour se répondre aussitôt, reprenant sa voix normale : — C'est moi ! — *Qui ça, moi ?* — David Segré. Et toi, qui es-tu ? — *Moi ! ! Segré David !* — Et qu'est-ce que tu fais dans cette chambre ? — *Je dors...*

Bien qu'assistant avec une certaine émotion à l'ouverture de la porte, Useppe rit à ce nouveau jeu. Dans la chambrette déserte, même les vitres de la petite fenêtre étaient fermées : si bien qu'un relent de sommeil y stagnait, comme si vraiment quelqu'un y était endormi depuis plusieurs heures. Quant au reste, la saleté et le désordre y apparaissaient encore plus épouvantables que la fois précédente : comme après une invasion. David se laissa choir sur le petit lit défait : « A présent », annonça-t-il à Useppe, « le moment est venu de nous souhaiter bonne nuit. »

« Il fait encore jour... » observa Useppe hésitant sur le seuil de la pièce. Il avait ramassé par terre la laisse de Bella, cependant que celle-ci s'était assise dehors, près de la porte ouverte, attendant patiemment. Mais, de temps en temps, elle tirait légèrement sur la laisse, pour dire : *Il est tard. Il faut qu'on s'en aille*, et en réponse, Useppe mécontent tirait à son tour sur la laisse. Il ne parvenait pas à se décider à laisser David seul, malade et sans dîner ; mais il ne savait que lui dire et il se dandinait.

David entre-temps s'était allongé sur le lit, tout habillé et sans même se déchausser. Il entendait des bruits sourds et des bourdonnements, lesquels néanmoins ne l'ennuyaient pas et qui même semblaient le bercer comme un récit fabuleux. Mais pourtant dans son cerveau persistait un point de veille fixe et presque terrifiante qui lui faisait présager une nuit difficile. Depuis quelque temps, en effet, se produisait dans son corps une chimie imprévisible, à cause de laquelle les médicaments n'agissaient pas toujours sur lui selon leur vraie nature, mais plutôt capricieusement, en une sorte de pari avec ses nerfs : si bien que, parfois, les somnifères eux-mêmes, au lieu de le calmer, l'excitaient davantage. Et ce soir, un tel pari ambigu lui faisait aussi peur qu'un acte illégal. Sur le moment, il avait même oublié la présence de l'enfant et de la chienne ; mais une senteur de fraîcheur sauvage et caressante, venue comme en jouant de ce coin de la petite chambre, lui rappela qu'ils étaient encore là tous les deux.

« Qu'est-ce que vous faites là ? il est tard ! » s'écriat-il, levant un peu la tête, mais sans tourner les yeux. « On s'en va, on s'en va », grommela Useppe. « Il fait pas encore nuit. »

« Dans les pays des nuits blanches », se mit à dire David d'une voix musicale et lointaine, « à certaines saisons il fait tout le temps jour. Et ailleurs il fait tout le temps nuit. Au choix. Trop de formes, trop de couleurs. Et tant de méridiens et de parallèles ! Sur un parallèle il y a des maisons construites en neige, et des tours et des palais de glace très grands qui marchent sur les fleuves et qui fondent. Sur un autre, du béton, du verre, du marbre, des cathédrales, des mosquées, des pagodes... Et combien de forêts ! Des forêts pluviales, *nébuleuses*, non, nébulaires... et à demi submergées, avec des racines aériennes... A l'école, j'aimais beaucoup la géographie, car je pensais à des itinéraires pour l'avenir. Et maintenant que l'avenir est là, je me dis de temps en temps : pourquoi pas ? Mais là-dessus, quand je m'imagine MOI en train de marcher à la découverte, n'importe quelle route ou n'importe quel pays de la terre me font l'effet d'être des chiottes, ni mieux ni pis que cette chambre. Rien d'autre partout qu'une vilaine piaule dégoûtante, où il fait tout le temps jour et tout le temps nuit, aussitôt que je me vois en train d'y passer... »

Un murmure indistinct se fit entendre : il venait de l'endroit où était Useppe. La vraie réponse de celui-ci (s'il avait pu la formuler) eût été de dire que pour lui c'était l'effet opposé qui se produisait : à savoir que n'importe quel lieu, fût-ce même le plus infâme taudis, devenait pour lui quelque chose de magnifique si David s'y trouvait, David ou un de ses amis à lui, Useppe. « Cette chambre est pas laide... » marmonna-t-il, presque indigné.

« Oui, elle est enchantée ! » dit David en riant, « dans certains cas des visions s'y produisent... Non, pas vraiment des visions ! seulement des transformations, des exagérations... Toi, par exemple », et il se contorsionna un peu pour regarder Useppe, « toi, maintenant, je te vois comme avec un télescope : grand, grand, si grand que tu ne vas plus pouvoir passer par la porte. Et à présent, par contre, je te vois devenu petit, petit, tout petit, comme avec une lunette inversée. Et avec des tas de petits yeux bleus qui se penchent de tous les coins de cette chambre. »

« Et maintenant, comment tu me vois ? » demanda Useppe en s'avançant timidement.

David rit : « Je te vois petit. Tout petit... »

Le commentaire des docteurs revint à la mémoire d'Useppe :

« Moi », avoua-t-il, « je *grandis* pas beaucoup. »

« Allons, à présent, on va se dire au revoir. Bonne nuit », décréta David en riant. Mais il ajouta :

« Tu veux que je te raconte une histoire ? »

Il lui était revenu soudain un souvenir d'enfance concernant sa sœur, laquelle, souvent, comme cela arrive aux enfants, ne parvenait pas, le soir, à se décider à dormir. En dessous de la porte elle voyait la lumière encore allumée dans la chambre contiguë, celle de son frère (lequel lisait au lit jusque tard dans la nuit) et alors, elle tournait tout doucement la poignée de la porte et, lui apparaissant sur le seuil, en chemise de nuit, elle lui demandait de lui raconter une histoire ou un conte de fées avant qu'elle s'endorme. Tout le monde dans la famille savait effectivement que David avait une grande imagination et, même, qu'il était à peu près décidé à devenir, quand il serait grand, un écrivain ; et sa sœur, qui, encore petite, ne savait pas lire, profitait de ses inventions. En règle générale, David accueillait en se fâchant ces intrusions vespérales ; mais comme sa sœur insistait, pour se débarrasser d'elle, il finissait par lui jeter au hasard et pour se moquer d'elle un début quelconque d'histoire : « Il était une fois un chou... » « Il était une fois une marmite percée... » « Il était une fois un tambour... », mais là-dessus, immédiatement et irrésistiblement, il était amené à improviser la suite. Si bien que, en conclusion, presque sans le vouloir et par une sorte de fatalité, il finissait par satisfaire sa sœur en lui racontant une histoire née par hasard, mais complète en soi et qui la contentait. Un soir, par exemple, ayant décidé de ne pas se laisser faire, il avait, pour mettre un point final, crié à la postulante, sur un ton carrément grossier : « Il y avait une fois une merde de poule !! » Mais aussitôt il ne put s'empêcher d'ajouter que cette poule pondait des œufs en or. Et il s'ensuivit naturellement que ces œufs, étant en or, étaient incassables ; jusqu'au jour où un valeureux coq les cassa d'un coup de bec. Il en sortit alors des poussins en or, lesquels s'avérèrent être tous des petits princes métamorphosés, tous enfants du coq et de la poule et en possession de la formule magique pour détruire le maléfice. De fait, la poule et le coq étaient en réalité les souverains de l'Inde, victimes d'un enchantement de leur ennemi, le roi de je ne sais où... Rien d'exceptionnel, comme on le voit, dans les histoires du petit David ; mais ce n'en étaient pas moins de vraies histoires, comportant selon la règle ordinaire un commencement, une intrigue et une fin.

De la même manière, ce soir-là, David, en promettant une histoire à Useppe, n'avait pas la moindre idée en tête, mais seulement une sorte de vide confus. Pour commencer, il prononça au hasard les premiers mots qui lui vinrent aux lèvres : « *Il était une fois un S.S....* » et de ce préambule découla pour lui, presque automatiquement, une petite histoire. Dans ce cas-là aussi, ce n'était certes pas une création d'importance ; mais c'était sans conteste une véritable petite histoire, et même une sorte de petite fable ou de parabole, qui avait sa logique interne et une signification définitive.

« ... C'était un S.S. qui, un jour, à l'aube, à cause de

ses crimes horribles, était conduit à l'échafaud. Il lui restait encore une cinquantaine de pas à faire avant d'arriver à l'endroit de l'exécution, laquelle avait lieu dans la cour même de la prison. Et pendant ce parcours, son regard se posa par hasard sur le mur ébréché de la cour, où avait poussé l'une de ces fleurs semées par le vent, qui naissent n'importe où et qui se nourrissent, pourrait-on le croire, d'air et de plâtras. C'était une pauvre fleurette, composée de quatre pétales violacés et de deux pâles petites feuilles ; mais, aux premières lueurs du jour, le S.S. vit en elle, à sa grande stupeur, toute la beauté et tout le bonheur de l'univers. Et il se dit : *Si je pouvais revenir en arrière et arrêter le temps, je serais prêt à passer ma vie tout entière dans l'adoration de cette fleurette.* Alors, comme se dédoublant, il entendit au fond de lui-même sa propre voix, mais joyeuse, claire et pourtant lointaine, qui, venue de Dieu sait où, lui criait : *En vérité, je te le dis : à cause de cette ultime pensée que tu as eue au moment de mourir, tu seras sauvé de l'enfer !* Te raconter tout cela m'a pris un certain temps ; mais la chose, en réalité, ne dura qu'une demi-seconde. Entre le S.S. qui passait encadré par les gardes et la fleur qui était sur le mur, il y avait encore, plus ou moins, la même distance qu'au début : à peine un pas. " Non ! " cria en lui-même le S.S., et il se retourna, furieux, " non, je ne me laisserai pas prendre de nouveau à certains pièges ! " Et comme ses deux mains n'étaient pas libres, il coupa cette fleurette avec ses dents. Et puis, la jetant par terre, il la piétina rageusement. Et il cracha dessus. Voilà, mon histoire est finie. »

« Mais l'enfer, ça existe pas ! » commenta résolument Useppe lorsque David se tut. Celui-ci, comme amusé, promena ses yeux sur ce minuscule personnage qui, à ce moment, avait pris une comique expression de bravade.

« L'enfer n'existe pas ? » lui dit-il en retour.

Useppe confirma son opinion déclarée, non point, cette fois-ci, à haute voix, mais en faisant *non* à la manière sicilienne, c'est-à-dire en levant le menton vers le haut et en avançant les lèvres : un geste hérité de son frère Ninnuzzu, lequel, à son tour, l'avait hérité de son père, Alfio le Messinois.

« Et *pourquoi* est-ce qu'il n'existerait pas ? »

« *Paceque...* » fit Useppe ne sachant que répondre. Un petit aboiement d'encouragement lui vint de Bella. Et finalement il répondit comme suit :

« *Parce que* les gens s'envolent... »

A la vérité, il donna cette explication sur un ton quelque peu dubitatif et tout juste chuchoté. Mais, cette fois-ci, en compensation, son *parce que* fut irréprochable : prononcé avec un *r* magistral. « Et les chevaux aussi », se hâta-t-il d'ajouter, « ils s'envolent... et les chiens... et les chattes... et les cigales... bref, les gens ! »

« Mais, toi, est-ce que tu sais ce que veut dire S.S. ? »

Cela, Useppe le savait depuis longtemps : depuis, au moins, l'époque des Mille. Et, même, il utilisa pour sa prompte réponse les termes qu'il avait sans doute appris jadis de Carulina en personne ou, en tout cas, de quelque autre membre de cette nombreuse tribu :

« *C'est un flic boche !* »

« Bravo », lui dit David en riant, « et, à présent, bonne nuit. Va-t'en, allez-vous-en, moi je veux dormir... » De fait, ses yeux se fermaient tout seuls, et sa voix avait déjà un son empâté et bas.

368

« Bonne nuit... » répondit docilement Useppe.
Mais, néanmoins, une hésitation le retenait :

« Quand c'est qu'on se verra ? » demanda-t-il.

« Bientôt... »

« Mais quand ?! »

« Bientôt, bientôt... »

« Demain ? »

« Oui, oui, demain. »

« Demain, on viendra te voir ici, comme l'autre fois ? Après déjeuner, comme l'autre fois ! »

« Oui... »

« C'est un vrai rendez-vous, hein ! On a rendez-vous ! »

« ... oui... »

« Je t'apporterai le vin ! » annonça Useppe en se tournant pour partir. Mais alors, lâchant un instant la laisse de Bella, il revint en courant sur ses pas. Et comme obéissant à un rite fraternel désormais permis et même consacré, il donna à David un petit baiser d'adieu, qui, cette fois-ci, lui atterrit près de l'oreille. Dans l'état où il était, hésitant entre la veille et le sommeil, David se retrouva avec le doute que ce petit baiser n'était pas réel, mais plutôt le fragment d'un rêve. Et il n'entendit même pas le petit bruit que fit la porte en se refermant avec beaucoup de précaution derrière ses deux visiteurs.

Maintenant, le crépuscule descendait et le couple retardataire se dirigeait en toute hâte vers la Via Bodoni, mais concertant, néanmoins, tout en marchant, un plan complet pour la journée du lendemain. De fait, le rendez-vous avec David ne pouvait toutefois pas faire oublier par Useppe son autre ami : Scimó. Il fut donc décidé, d'accord entre Bella et lui, qu'ils iraient le matin retrouver Scimó au bord du fleuve (cela en se levant demain plus tôt que d'habitude), et qu'ils consacreraient, par contre, l'après-midi à David. Dans le petit crâne d'Useppe régnait actuellement une atmosphère si joyeuse qu'elle excluait toute crainte de déception ; et pourtant à ce moment précis il longeait avec Bella la place de Porta Portese que domine au fond le bâtiment de la Maison de correction. Ni l'un ni l'autre, ils ne savaient que Scimó, à présent, se trouvait précisément là, enfermé derrière ces murs ; mais Bella, Dieu sait pourquoi, baissa les oreilles à la vue de cette place et s'esquiva presque furtivement vers le pont.

7

Durant toute cette nuit, le sommeil qui semblait promis à David depuis le crépuscule se déroba au contraire. A la vérité, il dormait déjà quand Useppe quitta la pièce ; et tout habillé et ses souliers aux pieds, tel qu'Useppe l'avait laissé, il continua de dormir sur son lit jusqu'au matin. Mais son sommeil fut une sorte de faux sommeil, morbide et interrompu, et plus épuisant qu'une insomnie. Il semblait que ce point de veille qui, depuis hier déjà, s'était fixé dans son cerveau, réfractaire maintenant aux hypnotiques et indépendant de l'inertie léthargique de son corps, se tînt prêt à le frapper tel le fouet d'un geôlier, pour lui interdire toute évasion. A peine commençait-il à sombrer dans l'inconscience, que tout à coup, au cœur de la nuit, des éclairs ou des sonneries imaginaires le réveillaient. Et continuellement, qu'il fût éveillé ou assoupi, il se trouvait impliqué dans une sorte de ridicule petit spectacle qui était comme un succédané dérisoire des visions que récemment encore il avait attendues de ses drogues et que dernièrement il n'espérait plus. Il avait, en effet, dit adieu maintenant pour toujours à l'espoir de revoir ses parents guéris de la lèpre des Lager ou Ninnuzzu indemne, tout au moins sous la forme d'hallucinations évidentes ; ou bien d'assister à un déploiement d'apparitions célestes qui le leurreraient, provisoirement, par des promesses de Dieu sait quelle révélation ou de Dieu sait quelle grâce spéciale. Ce qu'il obtenait, au lieu de cela, c'étaient des produits de qualité inférieure, dont la fausseté évidente et la stupidité l'agaçaient. Mais, cette nuit-là, ces falsifications ne se bornèrent pas aux habituelles distorsions accessoires des meubles ou des ombres, que le simple fait d'éteindre la lampe suffisait à chasser ; elles ne se bornèrent pas non plus aux habituelles couleurs de savonnette qui lui apparaissaient brusquement, assez inoffensives, dans la pièce plongée dans l'obscurité et qui s'évanouissaient dès qu'il s'endormait. A la lumière ou dans le noir, la machine qui, depuis le soir, s'était implantée dans son cerveau, ne cessait jamais de fonctionner, tantôt à vide, tantôt obéissant, eût-on dit, à une intention précise, encore qu'obscure. Pendant une longue partie de la nuit, elle s'acharna à lui faire des farces en séries, si grossières que lui-même né s'expliquait pas pourquoi elles pouvaient le faire autant souffrir. Aussitôt, par exemple, qu'il éteignait la lampe, une invasion unidimensionnelle de banales abstractions géométriques l'attendait dans le vide : losanges, triangles et carrés, qui se multipliaient par myriades, dans un tumulte de couleurs absurdes. Et quand il rallumait la

lampe, il retrouvait son habituelle petite chambre
bouleversée, au contraire, par des réalités anormales :
son sol était une substance mollasse et agitée, et ses
murs se gonflaient, se couvrant de croûtes et de
pustules, ou bien ils se fendaient en une multitude de
lézardes. Or il lui arrivait (et c'était là ce qu'il y avait
de bizarre) de tomber sous l'empire de ces jeux de son
imagination, en même temps qu'il en reconnaissait la
vanité. Il voyait qu'ils n'étaient que des petits effets
gratuits et insignifiants, mais il les regardait cependant
comme des horreurs sans nom : à tel point que même
les plus affreux monstres de l'apocalypse n'auraient pu
le répugner davantage. Dans sa panique, ne sachant
vers qui se tourner, il murmurait : « Mon Dieu mon
Dieu » comme un enfant, en se couvrant les yeux avec
les mains... Et Dieu se montrait à lui, conforme aux
chromos du Sacré-Cœur et du Saint Évêque, que, pour
ne pas offenser Santina, il avait laissés accrochés au
mur au-dessus du lit, se contentant de les masquer
avec des journaux. A son appel, les deux chromos
sautaient en bas de leurs cadres. Et c'était là Dieu : un
petit jeune homme à l'air niais, tout rose, qui avait une
barbiche blonde et un morceau de mou dans les
mains ; et un vieillard balourd, revêtu de tous les
harnachements du pouvoir institué et de l'autorité.
« Si tu étais vraiment un saint », dit David, s'adressant à ce dernier, « tu ne t'habillerais pas en grand
prêtre et tu n'aurais ni grade ni crosse... » Et alors,
pour la vingtième fois cette nuit, il se rendort. Et il
rêve : mais, comme d'habitude, même en rêve, il reste
pourtant conscient d'être étendu sur son lit, dans sa
chambre. Sur ces entrefaites, pour satisfaire l'un de ses
désirs d'écolier, il s'est mis en route vers une ville
merveilleuse, dont il a appris l'existence dans ses livres

de géographie, d'histoire et d'art. Dans son rêve, cette ville a un nom qui n'est pas précisé et il semblerait qu'elle constitue pour lui un emblème : une sorte de synthèse sociale et égalitaire du travail, de la fraternité et de la poésie... Il en connaît déjà l'image, qu'il a contemplée dans les livres... Mais, après avoir long-temps marché, il ne trouve au lieu de ces fameuses architectures que d'énormes et sordides bâtisses entas-sées jusqu'à l'horizon, qui ne sont pas encore achevées de construire et que défigurent pourtant déjà des lézardes en zigzag comme des décharges électriques... Au milieu de cette masse désordonnée, les rues sont un réseau encombré de ferrailles et de pierres, et parcouru par des files interminables de wagons dépourvus d'ouvertures et qui ressemblent à des carcasses de reptiles. Il avance péniblement à travers les rues principales, à la recherche du roi. Il lui est difficile de s'orienter, à cause aussi de l'épaisse fumée noirâtre qui sort des wagons et des bâtiments et qu'accompagnent de continuels hululements de sirènes. Il est évident que les bâtiments de cette ville sont tous utilisés comme usines et comme bordels. De fait, de la rue, on en voit l'intérieur illuminé par des projecteurs ; mais le spectacle est monotone, et partout le même. D'un côté, il y a de longues files d'hommes en uniformes blanchâ-tres, enchaînés les uns aux autres et occupés à souder ensemble, avec leurs mains ensanglantées, de gros anneaux de fer ; et de l'autre, il y a des femmes à moitié nues, qui font des gestes obscènes et qui, toutes, ont les jambes maculées de sang : « Seule la vue du sang réussit à exciter les clients », lui explique quelqu'un en riant. Et il reconnaît sur-le-champ le roi, lequel, comme il lui semble maintenant l'avoir déjà su, n'est autre que l'arbre maudit. David le trouve devant lui :

un petit type en uniforme d'officier, qui se démène sur une plate-forme en ciment (une sorte de piste de danse) et qui rit sans arrêt. David aurait divers renseignements à lui demander : « Qu'avez-vous fait de la révolution ? pourquoi avez-vous dégradé le travail ? pourquoi avez-vous choisi la laideur ? », etc., etc., mais, honteux, il se rend compte qu'il est redevenu un petit écolier en culotte courte, ce qui fait que ses questions restent en plan et qu'il réussit seulement à dire « Pourquoi ?... » d'une voix excessivement criarde. « Parce que », lui répond néanmoins l'autre en riant, « la beauté était un truc pour nous faire croire au paradis, alors qu'on sait que nous sommes tous damnés dès notre naissance. On ne nous reprendra plus à certains trucs. La connaissance est l'honneur de l'homme. » Et, se démenant toujours hystériquement, il continue de rire au nez de David : « Cette danse », lui explique-t-il, « c'est la Houpa-houpa, la danse plate. » Et, de fait, en disant cela, il s'aplatit et finalement disparaît. David se retrouve aussi grand qu'il l'est en réalité, avec son pantalon long et son maillot estival ; et autour de lui, il y a une colonnade d'une superbe architecture. Sous ses pieds, au lieu de la piste, il y a une prairie très fraîche, et juste au centre de celle-ci, devant lui, se dresse un arbre humide de rosée, plein de fruits et de feuilles. Non loin on entend un bruit d'eau et des voix d'oiseaux. « Mais oui », se dit David, « tout le reste, je l'avais rêvé. Ceci, par contre, est vrai. » Et il décide, comme preuve, de laisser un de ses souliers au pied de l'arbre : de la sorte, quand, à son réveil, il se retrouvera avec un pied nu, il aura la certitude que maintenant il ne rêvait pas. A ce moment, il a entendu, de l'autre côté de la merveilleuse colonnade, des voix joyeuses et familières de petits garçons ou de petites filles appeler en chœur : David ! David ! et il s'est réveillé en sursaut. Ces voix étaient imaginaires : en réalité, personne ne l'appelait. La lampe était restée allumée et il se retrouvait étendu sur son lit défait, comme précédemment. Aux pieds il avait ses deux souliers. Il faisait toujours nuit noire, mais il était incapable de savoir quelle heure il était exactement, car, le soir, il avait oublié de remonter sa montre. En réalité, alors que, dans son souvenir, son aventure onirique lui semblait avoir été plutôt longue et vaste, cet intervalle de sommeil n'avait pas duré plus de trois minutes.

Une nouvelle phase de son interminable nuit commence à partir de là. Il ne voyait plus ni abstractions ni réalités, et ses sens étaient inactifs ; mais son cerveau travaillait sans interruption et fiévreusement à certaines élucubrations ou à des discussions compliquées. Il ne comprenait pas si son état était de veille ou de sommeil, ou si, plutôt, les deux états alternaient. Il avait l'impression de raisonner à propos de problèmes universels de haute philosophie, et soudain il s'apercevait qu'au lieu de cela il s'agissait de comptes, de listes de blanchisserie, de calculs de dates ou de distances, etc. Il se reprochait de ne pas avoir répondu au roi de la ville, et sa réponse se présentait clairement à lui, trop tard : « Ce que tu dis est faux, et même la vérité est précisément le contraire. Dieu est ce que toutes les choses existantes ont de plus intrinsèque, et elles nous en confient le secret à travers la beauté. La beauté est la pudeur de Dieu... » quand voici que, pour démontrer ce principe, son cerveau se lançait dans une fatigante dissertation sur les octanes de l'essence et sur les degrés des boissons alcooliques... La question qui, à présent, se posait à lui, c'était la *supériorité* humaine, constituée par l'intellect ; et il devait exposer à son camarade Ninnuzzu les diverses espèces de violence, et lui démontrer que la pire violence contre l'homme était la *dégradation* de l'intellect. De là on passait à la distinction entre intellect et substance, c'est-à-dire entre Dieu et nature, distinction que le cerveau de David, cette nuit-là, attribuait à Hegel et à Marx, déclarant que c'était une distinction manichéenne, c'est-à-dire impie, comme, du reste, la science elle aussi le confirme maintenant. Et alors, Dieu sait pourquoi, intervenait Bakounine, selon lequel (c'est ce qu'affirmait le cerveau de David) l'arme atomique allait aussi désintégrer l'intellect... La discussion reprenait à partir de là avec Ninnuzzu, mais maintenant elle concernait les divers types de mitraillettes et de revolvers, et des questions de calibre et d'angles de tir. Tout à coup, David reprochait à Ninnuzzu d'avoir hâté sa propre mort : *De toute manière,* semblait lui répliquer Ninnuzzu, *si on ne crève pas fast, on crève slow. Pour moi, le slow est une couillonnade.* Et cela amenait une discussion confuse sur les danses, avec une quantité de termes américains, espagnols, portugais, afro-cubains... mêlés à des cancans sur le sexe des femmes créoles... De tels sujets et d'autres de toutes sortes se pressaient en foule et se heurtaient sans trêve dans le cerveau de David avec une activité compliquée et incohérente : tantôt tournant comme des roues et tantôt éclatant comme des bulles. Et cette agitation stupide, à laquelle il ne parvenait pas à se soustraire, lui semblait une humiliation scandaleuse. Il se rappelait avoir lu quelque part que dans l'avenir les savants réussiraient à faire survivre éternellement un cerveau humain séparé du reste du corps... Et il se figurait que l'activité continuelle de cette masse nerveuse isolée et privée de toute possibilité de relation avec l'extérieur devait en fait ressembler à la chose suivante : un fébrile broyage de résidus et d'ordures, traversé de temps en temps par des réminiscences illuminantes, lesquelles étaient d'une splendeur d'autant plus douloureuse parce qu'aussitôt broyées avec le reste. La pire angoisse d'une telle condamnation se faisait sentir comme une humiliation. Et alors il se rappelait avoir entendu dire que dans un institut de Turin on conservait en vie une *créature* du sexe féminin, dont tous les organes et tous les membres étaient à l'état d'embryons, à l'exception de la partie inférieure du tronc et des parties sexuelles... Ce mot d'*humiliation* lui rappelait tout à coup le son le plus horrible d'entre tous ceux qu'il avait entendus : celui des pleurs du jeune Allemand pendant qu'il lui piétinait le visage avec son soulier. Ce son revenait souvent le persécuter, aussi bien de jour que de nuit : celui d'une pauvre voix féminine, quelque chose comme la supplication angoissée de la matière qui se dissout. *La pire violence contre l'homme, c'est la dégradation de l'intellect*... A présent, dans son cerveau, son amie G. vient d'apparaître au milieu d'un faisceau de lumière, le crâne rasé, sa blouse de petite ouvrière retroussée jusqu'aux cuisses, et elle se débat par terre, les jambes écartées. Puis, nouveau tableau, on voit passer une brouette cahotante, dans laquelle sont chargés des bras et des jambes en plâtre semblables à des ex-voto et d'une blancheur répugnante ; et à cette brouette succède le vieux à la petite médaille, avec deux cornes sur la tête comme Moïse, qui dit en jetant un papier : *Ici il n'y a rien à faire, jeune homme. Il n'est pas d'acte que tu puisses commettre sans révolter ta conscience.* Maintenant, voici que le camarade Ninnuzzu fait sa réapparition, en train de rire et de tirer de tous les côtés... Mais, quelques instants plus tard, c'est la photo de la tante Tildina qui apparaît inopinément, de la tante Tildina qui ensuite, se contorsionnant, prend la physionomie de Clemente... *Je veux dormir, je veux dormir*, dit David. L'impossibilité d'un véritable sommeil, vide de rêves et réparateur, le hante comme une nouvelle loi, promulguée aujourd'hui contre lui par décret spécial. Des enseignes et des affiches publicitaires lui traversent l'esprit : *Coca Cola — La pause qui rafraîchit* ou encore : *Dormez Piuma — vous dormirez comme un ange*. Il s'aperçoit qu'il est en train d'invoquer toutes les divinités connues : le Christ, Brahma, Bouddha et, même, Jéhovah, qui pourtant lui est antipathique. Et dans son agitation s'immisce continuellement l'habituel assortiment de phrases et de mots pêle-mêle : *je ne veux pas penser, je veux dormir, l'arbre maudit, bonne nuit, la seringue, l'urinal, le couvre-feu, intraveineuse ou par la voie buccale,* et de plus en plus souvent le mot ORDALIE. Cela semble impossible, mais durant ces radotages de son cerveau David a parcouru au moins le quart de la rotation terrestre. Et finalement il est retombé dans un autre de ses rêves sans issue, qui l'englue comme dans un piège, aussitôt qu'est dépassé le premier seuil de l'inconscience. Dans ce rêve, l'arbre maudit (qui cette fois-ci est nettement lui-même, David) n'est pas seulement un traître à la vraie révolution, un violent inné et un assassin, mais aussi un violateur. Dans son lit, il y a une adolescente vierge, très maigre, telle une phtisique, avec des seins presque encore impubères, de longs cheveux déjà blanchis, des petites jambes enfantines et de gros pieds plébéiens, et un gros derrière : et il la viole. Puis, au moment de la payer, il s'aperçoit qu'il n'a que des petits sous sans valeur, probablement de la monnaie marocaine. Elle ne lui fait pas de reproches et se contente de lui faire observer avec un petit sourire indulgent : « Ces sous-là, on peut rien acheter avec... » et alors lui, il la dupe, lui disant que ce sont des pièces de collection, qui ont une grande valeur sur le marché. Et il les lui jette, et ces petites pièces de monnaie font comme un bruit de mitrailleuse.

A leur fracas irréel il s'est réveillé (déjà pointe la lumière du jour) et il s'est masturbé plusieurs fois, jusqu'au sang. Il espère que cela au moins va l'aider à dormir ; mais, au lieu de cela, bien que dans un état extrême d'épuisement, il reste encore à demi éveillé, dans un état de stupeur et de honte cuisante. Dans son cerveau, recommence à battre, Dieu sait pourquoi, comme le balancier d'une horloge, ce seul mot d'OR-DALIE. Il s'efforce de s'en rappeler la signification : et il s'agit, à ce qu'il lui semble, d'une sorte de jugement de Dieu, révélé par une épreuve. Il croit alors comprendre que son *ordalie* serait de renoncer aux drogues de tout genre, y compris aussi l'alcool, en acceptant la primauté terrible de la raison. Faire n'importe quel métier : être ouvrier, journalier, écrivain, explorateur... assumant dans sa chair l'expérience que matière et intellect sont une seule chose, laquelle est Dieu... Alors il se revoit lui-même en train de marcher de nouveau sur la terre : sans plus avoir ni camarade Ninnuzzu, ni G., ni parents, ni amis. Et la terre tout entière, des Caraïbes à la Sibérie, à l'Inde et à l'Amérique, se présente à lui semblable au paysage de son premier rêve de cette nuit : des chaînes ensanglantées, et lui qui pose des questions sur la révolution, et les gens qui lui rient au nez (« Ici, il n'y a plus d'acte, parmi tous ceux que tu pourrais commettre, qui ne doive révolter ta conscience »). Il décide, en tout cas, qu'à partir d'aujourd'hui commence son ORDALIE définitive *(Ne pas remettre au lendemain !)*, mais pourtant il se lève en chancelant et va à la petite valise où il conserve une certaine provision de drogues. Il y a là les capsules de somnifère rouges et noires qui depuis longtemps maintenant le trahissent (le faisant au maximum tomber dans un sommeil anormal semblable à un évanouissement et lui laissant dans la bouche une affreuse saveur indécente). Il y a des poudres ou des comprimés excitants à s'injecter dans la veine après les avoir réduits en poussière (c'est probablement à une telle opération qu'il s'est livré pour se redonner du ressort dans les toilettes du bistro). Il y a un reste de kif acheté à un Marocain, lequel lui a aussi fourni une pipette spéciale. Il y a, de la même origine, un échantillon d'opium brut, d'une couleur d'ambre foncé et de la grosseur d'une noix, etc. Les derniers temps, à la vérité, il lui était venu le caprice de se transformer en une sorte de cobaye humain ; et à présent il rit, penché sur la petite valise, car il pense que, pour se donner une quelconque justification, il avait peut-être même supposé que précisément ces expériences *in corpore vili* étaient son ORDALIE.

Dans la valise il y a aussi un petit cahier contenant quelques-unes de ses poésies relativement récentes, qu'il a récupérées dans son appartement de Mantoue. Il essaie de les relire, mais les lettres dansent devant ses yeux, les phrases se tordent, s'allongent et se contractent, se triturant dans son cerveau et ne voulant plus rien dire. « C'est ça », se dit-il, « la *dégradation de l'intellect*. Peut-être suis-je déjà devenu fou ; peut-être est-ce que je me réduis de moi-même à la condition démentielle... COMPRENDRE, par contre !

Il faut COMPRENDRE ! La fin vitale de l'homme, c'est : comprendre. La voie directe de la révolution, c'est : comprendre. » David se dispose à accomplir une prouesse suprême. Il va préparer sur la chaise habituelle près de son lit tout le fourniment familier de sa *Médecine* préférée (sa véritable amie, celle de son initiation à Naples : le calme, la nuit fantastique) et il va commencer une épreuve de résistance : elle est là, toute prête, et lui il n'y touchera pas. Rien que de la voir, à la vérité, il éprouve pour elle une faim impatiente : comme celle d'un chiot devant la mamelle de sa mère chienne. Mais c'est précisément là l'ORDALIE.

Sur la chaise, avec des mains tremblantes il a tout disposé : la médecine, l'ouate, les allumettes, la seringue, le garrot. Et il n'y touchera pas. L'épreuve est commencée. « Nous écrirons des poèmes, nous écrirons encore des poèmes, nous les imprimerons, nous les publierons. A présent, il y a la liberté de la presse (même si c'est une " liberté bourgeoise "...) et même les Juifs sont des *citoyens comme les autres* »... Soudain il a décidé que plus tard il sortira pour aller manger ; mais, à cette seule pensée, il éprouve immédiatement une sensation de nausée, qui de l'estomac lui monte à la gorge. Il s'est de nouveau étendu et il a l'impression que le matelas grouille d'insectes. En réalité, malgré le désordre et la saleté qui y règnent, il n'y a pas d'insectes dans la pièce : il se défend, en effet, contre eux par une profusion quotidienne et carrément folle de D.D.T., le très puissant insecticide que les troupes alliées ont amené avec la fin de la guerre... Mais on dirait que ses sens et son cerveau inventent toutes sortes de farces pour lui interdire le repos. Le soleil est déjà très haut dans le ciel, la journée est très chaude, et, de fait, il s'est tout entier couvert de sueur, mais sur sa peau la sueur se glace lui donnant des frissons qui, mêlés à ce fourmillement d'insectes imaginaires, l'emplissent de dégoût. La folle activité de son cerveau s'est ralentie, mais, dès qu'il entrevoit les seuils ouverts de la conscience, il recule, plein de crainte et d'angoisse ; et il ne fait que se tourner et se retourner et bâiller, terrorisé par cette nouvelle journée qui envahit le monde. Dans sa chambre, la lampe électrique est encore allumée ; et à la vérité, elle n'est pas très grande la lumière diurne qui pénètre par les vitres sales de la petite fenêtre et que masque le rideau. Mais pourtant ce peu de lumière venu du dehors, signal qu'il fait grand jour, est de trop pour lui et l'exaspère. A présent, il regrette la nuit qui, au moins, suspend le trafic et vide les rues ; n'importe quelle nuit. Et venant de l'extérieur, les voix familières de chaque matin retentissent à ses tempes comme une menace anonyme. « Maman, maman... » se met-il à dire ; mais même ces deux syllabes primordiales *ma-man*, le destin les a dévastées pour lui, par un arrachement si aberrant que nul oracle n'aurait jamais pu en présager de semblable, à la naissance d'aucun homme. Tout à coup une nouvelle tumultueuse et délirante parcourt la chambre, comme si désormais toute l'enfance du monde avait été massacrée pour l'éternité, et toutes les créatures violées dans leurs nids, à cause de ce qui a été fait à la mère de David. Et lui, tel un orphelin, voudrait au moins un fantôme qui le berce pour le faire dormir : alors que son agitation, puérilement, s'est fixée sur un souvenir précis, vieux de plus de dix ans.

A treize ans, David était déjà grand, plus grand que les garçons de son âge, au point de mériter déjà de s'habiller *en homme*. Et à cette occasion, sa mère, qui en était très fière, revint de faire des courses en lui apportant en cadeau une cravate qu'elle avait achetée personnellement! Elle l'avait choisie elle-même dans la boutique la plus élégante de Mantoue, celle où se servaient les jeunes gens de la meilleure société... Et à cette époque, David, quant à lui, n'avait pas encore répudié le port bourgeois de la cravate (il en eut même dans la suite plusieurs, achetées par lui-même, et qu'il arborait comme un symbole arrogant...) Mais cette cravate-là, en particulier, ne fut pas du tout de son goût : aussi la regarda-t-il de travers ; et la repoussant, il dit sans cérémonies à sa mère : « Fais-en cadeau à quelqu'un d'autre! à qui tu voudras! » Elle eut les cils qui tremblèrent, fit un petit sourire forcé et reprit la cravate.

C'est tout! Mais aujourd'hui, de Dieu sait quelle anfractuosité de sa mémoire, cette insipide petite cravate vient de ressusciter devant lui. Il la reconnaît : elle est bleu ciel avec des dessins capricieux, genre cachemire... Et il la voit flotter par tout le globe au milieu des Faisceaux et des Croix gammées! De tous les coins de la terre des lignes en forme de flèches convergent vers un point : l'assassinat de sa mère. Et l'une de ces innombrables lignes provient de l'infortunée petite cravate. Dieu sait où elle a pu finir? et comment l'effacer de l'espace et du temps? S'il pouvait dormir, faire un vrai somme, long d'au moins dix heures, il lui semble que lui aussi cet hostile petit drapeau disparaîtrait, ainsi que les autres cauchemars : et qu'il se sentirait capable d'affronter une nouvelle journée.

Mais maintenant le sommeil ne lui vient plus sous la moindre forme. Il en inculpe la lumière du jour et les voix d'autrui, et il se soulage en proférant des blasphèmes et des obscénités qui retombent sourdement dans la chambre, ou en frappant le bord du lit avec ses poings affaiblis. La population du monde tout entière est fasciste, ils ont tous assassiné sa mère et lui-même est l'un d'eux. Finalement, dans lui-même David hait tout le monde, et c'est là un mal nouveau, qu'il n'a jamais éprouvé auparavant. Son sentiment le plus profond envers les autres a toujours été la pitié (c'était elle qui, à la vérité, le rendait par pudeur aussi hargneux), mais, aujourd'hui, une aversion vindicative grandit soudain en lui contre tous. Les voix du dehors sont celles de fascistes et d'ennemis, et lui, ils l'ont enfermé dans un bunker : d'un instant à l'autre, ils pourraient ouvrir toute grande la porte d'un coup de pied et faire irruption dans sa tanière pour le charger sur leur camion. Il sait parfaitement que tout cela c'est son délire, que les voix et le chahut que l'on entend dehors ne sont que les habituels gosses en train de jouer au ballon, les pas traînants de la propriétaire, le battement des persiennes et le bruit des poubelles... Mais c'est comme s'il ne le savait pas, il ne voudrait ni fenêtre ni porte, il veut interrompre toute communication... Il y aurait peut-être encore, tout prêt, là, sur le plateau de la chaise, un moyen possible d'y arriver : rien que cette fois-ci, au moins... David jetait un regard dans cette direction et aussitôt il le détournait, se refusant à cette lâche reddition. Mais évidemment elle était trop difficile l'ORDALIE que le jeune homme avait voulu s'imposer à lui-même.

De la sorte, depuis l'explosion du nouveau jour solaire, un autre quart de la rotation terrestre s'est écoulé. Il était deux heures de l'après-midi de ce lundi et l'état de David empirait. Quant au rendez-vous avec Useppe, il n'en conservait plus la moindre trace dans sa mémoire, si même il en avait jamais eu la moindre idée (de fait, il était déjà à peu près absent au moment où il avait dit : demain, oui, demain). Il se peut aussi qu'au cours de la nuit deux petits yeux bleus aient brillé parfois çà et là dans sa chambre ; mais ils étaient trop petits pour compter si peu que ce soit.

Ce lundi fut, dès le matin, une journée d'intense activité pour Useppe et Bella. Selon le programme établi déjà la veille, ils se levèrent plus tôt que d'habitude et aussitôt, ayant hâte d'aller retrouver Scimó, ils reprirent la route bien connue menant au fleuve. Entre autres choses, Useppe voulait soumettre à Scimó l'idée qu'il avait d'inviter un de ses amis (David) à la petite plage, le faisant ainsi participer, lui seul, à leur secret commun : étant garanti que David ne les trahirait sûrement pas !

Quand ils entrèrent dans la cabane, ils la trouvèrent exactement dans le même état que la veille. Le réveil était toujours arrêté à deux heures. Et le caleçon de bain jeté à la même place sur le matelas excluait l'hypothèse que Scimó fût dans les parages en train de se baigner. Même, il était à peu près évident maintenant qu'il n'était revenu dormir dans sa cabane ni la nuit dernière ni celle d'avant. Mais Useppe, obéissant à un instinct de défense, repoussait aussi l'idée qu'il avait peut-être été capturé ; et il préférait croire que le fugitif s'était attardé le soir dans un quelconque cinéma mirobolant ou dans une fantasmagorique pizzeria, se réfugiant pour la nuit dans d'autres quartiers cachés... et que sûrement, aujourd'hui même ou demain, il allait revenir à sa cabane.

Bella se déclara du même avis que lui : après avoir

385

un peu flairé les alentours immédiats, elle s'assit par terre, avec un air grave et résigné qui disait clairement : « Toutes les recherches sont inutiles. Il n'est pas dans les parages. » Ce jour-là aussi, pour ne pas laisser Useppe seul, elle renonça à se baigner. La journée était étouffante et les prairies commençaient déjà à jaunir ; mais sous la tente d'arbres l'herbe était encore aussi fraîche qu'au printemps. De nombreux petits oiseaux passèrent, mais Bella, que la chaleur ensommeillait, ne fit pas attention à eux. Vers la fin de la matinée, un craquètement commença dans les arbres : de nouvelles cigales tenaient déjà compagnie à la première cigale de la veille et donnaient avec elle un petit concert. L'arrivée prochaine d'un grand orchestre était prévisible.

Après avoir attendu près de deux heures, ils renoncèrent à voir Scimó ce jour-là, décidant de revenir pour cela le lendemain. Et quand sonnèrent les cloches de midi, ils reprirent la direction de la Via Bodoni. Le long des rives calmes, spacieuses et sans un souffle d'air, on n'entendait que de très rares voix isolées : le lundi (et les écoles n'étant pas encore fermées), les clients du Tibre étaient rares et presque tous de tout petits gosses.

A deux heures de l'après-midi, cependant que, comme d'habitude, Ida s'étendait sur son lit pour se reposer, Useppe partit de nouveau avec Bella, pour aller à son *rendez-vous* avec David. Il s'était muni de la fameuse fiasque de vin (que de temps en temps, le long du parcours, il posait un instant sur le sol, parce qu'elle pesait lourd). Et de plus, en chemin, comme il disposait des quelques sous qu'Ida lui donnait chaque jour, il eut l'idée d'apporter aussi à son ami quelque chose à manger avec le vin. Et il acheta de ces gros biscuits de couleur foncée, qu'aujourd'hui encore, si je ne me trompe, on vend sous le nom de *brutti-buoni* (c'est-à-dire : vilains mais bons). Hélas, ces biscuits, d'un genre économique et enveloppés tant bien que mal par le marchand, tombèrent par terre en chemin, et non contents d'être *vilains* ils se brisèrent aussi en miettes : « mais ils sont toujours *bons* », aboya vivement Bella pour consoler Useppe, qui, plutôt préoccupé, était en train de les ramasser.

On était à la veille du solstice; mais l'été, assez tempéré la veille encore, semblait tout à coup aujourd'hui avoir atteint sa pleine maturité : et cette heure était la plus torride du jour. Les vapeurs léthargiques de la sieste avaient vidé les rues, toutes les fenêtres avaient leurs persiennes fermées et leurs stores baissés, et les radios elles-mêmes se taisaient. Et le petit groupe de baraques, à proximité de la maison de David, faisait penser à un village d'Afrique dépeuplé. Les rares herbes qui, au printemps, poussaient là parmi les cailloux et les détritus, étaient maintenant brûlées et mangées par la poussière; et l'odeur douceâtre de la décomposition montait des ordures. L'unique son que l'on entendait déjà d'une certaine distance, c'étaient les aboiements féroces et solitaires du fameux *Lupo* qui, aujourd'hui, sans doute en l'absence de ses maîtres, était attaché à l'enceinte de sa baraque, sans autre confort que l'ombre maigre des poteaux.

Useppe était tout en sueur et hors d'haleine; mais il était en proie à une telle impatience que cette fois-ci, malgré son chargement, il précéda Bella vers le rez-de-chaussée. Sur-le-champ, dès les premiers coups qu'il frappa à la porte, on entendit David qui, à l'intérieur, criait : « Qui est là?! » d'une voix rauque, menaçante et comme apeurée. « C'est nous! » lui répondit immédiatement Useppe. Mais cette annonce n'amena aucune réponse, sinon peut-être une sorte de grognement fiévreux ; mais si sourd et si vague qu'Useppe douta de l'avoir vraiment entendu.

« C'est moi ! Useppe ! Useppe et Bella ! » Pas de réponse. Useppe se risqua à frapper de nouveau légèrement :

« Vvavid...? quoi, tu dors ? On est venus... à notre rendez-vous... »

« Qui est là ?! qui est là ?! qui est là ?!!! »

« C'est nous, Vàvid... On t'a apporté du vin... »

Cette fois-ci, on entendit dans la pièce une sorte d'exclamation confuse, qu'interrompit une toux spasmodique. Peut-être David était-il très malade... Laissant la fiasque de vin par terre devant la porte, Useppe, suivi de Bella qui, tête basse, haletait de chaleur, gagna le côté de la petite fenêtre.

« Vvàvid !... Vvàvid !... hé ! Vvàvid !... »

Dans la pièce il y eut un mouvement et un fracas d'objets renversés au passage. La petite fenêtre s'ouvrit toute grande. Derrière les barreaux, David venait d'apparaître, telle une vision méconnaissable. Il était sombre, hagard, ses cheveux sur les yeux, d'une pâleur livide avec des taches sur les pommettes. Il jeta à Useppe un coup d'œil terne, que la fureur rendait aveugle, et il lui cria d'une voix brutale, inconnue, carrément différente :

« Fous le camp, affreux idiot, avec ton sale cabot ! »

Useppe n'entendit pas autre chose. La petite fenêtre s'était refermée. Certainement à ce moment-là la terre n'a pas tremblé ; mais Useppe eut exactement la même sensation que si un séisme venait d'éclater du centre de l'univers. Les *brutti-buoni* lui tombèrent des mains et se mirent à voltiger autour de lui, dans un tourbillon de

388

poussière noire, en même temps que les immondices, les enclos écroulés et les murs, dans un tonnerre d'aboiements qui se poursuivaient sans fin. Un instant plus tard, il se mit à courir, cherchant un refuge sur la voie de la maison. « Attention ! » le suppliait Bella qui galopait près de lui, traînant derrière elle la laisse, « attends avant de traverser ! Tu ne vois pas le tram ? ! voilà un camion ! ! fais attention ! là il y a des poutres ! tu vas te cogner contre le mur... » Quand ils arrivèrent en haut de l'escalier de la maison, l'enfant était ruisselant de la tête aux pieds, comme s'il émergeait de la crue d'un torrent ; et comme il ne réussissait pas à se hausser jusqu'à la sonnette, il se mit à gémir en appelant : « M'man... m'man... m'man... » d'une voix si faible qu'on eût dit un vagissement. Bella vint à son secours, poussant de bruyants appels ; et quand Ida, alarmée, accourut ouvrir, Useppe se pressa contre sa poitrine en continuant de gémir : « m'man... m'man... », mais sans lui donner d'explication et incapable de trouver une réponse à ses questions anxieuses. Il évitait de se retourner et ses yeux inquiets et stupéfaits ne regardaient rien. Les caresses de sa mère le rassérénèrent néanmoins un peu, et Ida préféra ne pas trop insister avec ses questions. Une bonne partie de l'après-midi, l'enfant resta accroché à ses jupes, sursautant chaque fois qu'un bruit plus fort venait de la rue ou des cours. Finalement Ida, avec une extrême douceur, le questionna encore une fois sur la cause de sa terreur, et il marmonna d'abord quelques phrases saccadées et comme d'excuse à propos d'un certain camion « gros très gros » qui avait écrasé un enfant et qui « prend feu » et sur une certaine eau « grosse, sombre » ; mais ensuite, tout à coup, il proféra rageusement : « Toi, tu le sais, m'man ! toi, tu

le sais !... » et lui donnant un coup de poing, il éclata
en sanglots déchirants.

Vers cinq heures, un petit vent d'ouest apporta
un peu d'air. Useppe s'était blotti sur le sol de la
cuisine contre Bella, et Ida l'entendit qui riait parce
que celle-ci, lui léchant les oreilles et le cou, le
chatouillait. Le son de ses habituels petits rires dimi-
nua un peu l'angoisse d'Ida ; mais ensuite la soirée ne
ressembla pas aux autres soirées de cette belle saison,
quand Useppe rentrait de ses grandes randonnées avec
Bella, affamé et bavard, parlant avec enthousiasme de
la fameuse *forêt* là-bas au bord du fleuve et de certains
amis à lui... Ce soir-ci, comme absent ou abruti, il ne
disait rien et de temps en temps il détournait les yeux
de sa mère pour regarder Bella, comme cherchant du
secours ou ayant à se faire pardonner on ne sait quelle
chose honteuse... Avec peine et en lui donnant la
béquée comme à un bébé, Ida réussit à lui faire avaler
quelques biscuits trempés dans du lait. Mais soudain,
d'un geste furieux, il renversa la tasse de nourriture sur
la table.

Avec la nuit la touffeur était revenue. Et durant
cette nuit, Useppe eut une crise. Réveillée par un léger
bruit dans la chambre, Ida trouva à côté d'elle le lit
vide, et à la lumière de la lampe elle vit l'enfant qui
marchait, fasciné et apeuré, dans la direction du mur.
Un instant avant qu'il pousse son hurlement, Bella
(que parfois Ida, à cause de ses vieux préjugés
domestiques, bannissait la nuit de leur chambre) fit
irruption dans celle-ci, défonçant presque la porte avec
le poids de son corps. Et comme devenue folle, elle se
mit à lécher les petites jambes nues d'Useppe, qui
étaient étendues immobiles après la convulsion. Cette
fois, la durée de la crise fut beaucoup plus longue que

390

d'habitude. Il s'écoula quelques minutes (et l'on sait que, dans certains cas, chaque fraction de temps atteint des dimensions si énormes qu'on ne peut plus les mesurer) avant que le petit et céleste sourire du retour apparaisse sur le visage d'Useppe. De même aussi, le sommeil qui succédait toujours à ses crises, se prolongea cette fois-ci au-delà de la normale. A part de brefs intervalles, Useppe passa en dormant tout le reste de la nuit de cet affreux lundi et aussi la journée et la nuit du lendemain, jusqu'au mercredi matin. Pendant ce temps, là-bas, au Portuense, le destin de David Segré s'était accompli.

En réalité, quand, le lundi après-midi, Useppe l'avait vu apparaître à la petite fenêtre, on pourrait dire que David était déjà entré en agonie. Maintenant, de fait, sa présumée *ordalie* était sur le point de s'achever par une ultime et honteuse reddition. Vers le soir, quelqu'un entendit des plaintes dans la petite pièce, mais sans y faire grande attention, car ce n'était pas la première fois qu'on entendait ce garçon peu sociable parler tout seul dans sa chambre, proférer des obscénités ou même rire, même quand il n'y avait personne avec lui. Les premiers soupçons naquirent le matin suivant, quand on remarqua que sa petite lampe était restée allumée et qu'il ne répondait pas aux appels, cependant qu'une fiasque de vin, lui appartenant sans aucun doute, était toujours dehors par terre, devant la porte fermée, là où on l'avait vue la veille (et même, quelques gosses de la bande locale avaient proposé de s'en emparer, mais ils avaient été retenus par la frousse, car David, dans le voisinage, était considéré comme un *dur*). Vers une certaine heure, le fils de la propriétaire se décida, entreprise très facile, à forcer de l'extérieur avec un outil la fermeture de la fenêtre. Et alors, quand on écarta le rideau, on aperçut David endormi sur son lit, tenant un oreiller dans ses bras et à demi renversé dans une pose passive, qui bizarrement le faisait paraître plus frêle et aussi moins grand. On ne voyait pas son visage. Et comme il ne répondait pas à des appels répétés, on se décida à enfoncer la porte.

Ils le trouvèrent respirant encore, bien qu'imperceptiblement. Mais à peine eut-on fait mine de le soulever, il poussa un petit soupir enfantin, presque tendre, et il cessa de respirer.

Ce qui l'avait tué, c'était évidemment une *dose trop forte*; mais peut-être sa volonté en se l'injectant n'avait-elle pas été vraiment de mourir. Il avait eu trop peur et trop froid, et il avait seulement envie d'un sommeil réparateur. Un sommeil profond, très profond, beaucoup plus bas que le seuil du froid, de la peur, de tout remords et de toute honte : semblable à la léthargie d'un hérisson ou au dodo prénatal d'un enfant dans l'utérus de sa mère... A côté d'une telle envie de dormir, il peut aussi y avoir encore une envie de se réveiller peut-être, plus tard. Mais, dans ces cas-là, on abandonne ce réveil au risque et à la chance : un point hypothétique stellaire qui, en attendant, dans la perspective, s'éloigne de la terre à une distance de siècles-lumière...

Personnellement, je pense que, de nature, David Segré aimait trop la vie pour s'en défaire consciemment d'un jour à l'autre. De toute manière, « il n'a laissé de son geste aucune explication ».

Ni Useppe, ni Ida, ni Bella ne surent jamais rien de ce geste final de David. Quand il se fut réveillé de sa crise de la nuit du lundi, Useppe, comme depuis longtemps déjà il avait coutume de le faire dans certains cas, ne prononça plus le nom de David (sauf peut-être une fois avec Bella ?) et Ida, bien que sans en connaître les raisons, respecta ce silence. Elle ne s'aperçut même pas que la fameuse fiasque de vin, naguère tenue en réserve pour le grand David, avait disparu ces jours-là de sa cachette.

Après la canicule des jours précédents, le ciel s'était couvert, et du mercredi jusqu'au dimanche le temps resta sombre et pluvieux ; mais Useppe, quant à lui, ne manifesta aucun désir de sortir. A la suite de cette dernière crise, il ne semblait plus le même qu'avant. Ses yeux aussi s'étaient voilés, derrière une sorte de brume qui semblait l'envelopper tout entier, confondant pour lui le temps et l'espace : si bien qu'il appelait *hier* le lendemain et vice versa, et qu'il parcourait les petites pièces de l'appartement comme s'il avait parcouru une grande plaine sans murs ou marché sur l'eau. C'était là, peut-être, du moins en partie, les effets du gardénal qu'Ida, ces jours derniers, avait recommencé à lui faire prendre sans le lui dire. Depuis quelques mois, en fait, Useppe qui, en d'autres temps, s'était laissé soigner si docilement, s'était mis à repousser avec fureur les médicaments, de sorte qu'Ida avait dû les lui faire avaler par traîtrise, camouflés et mélangés à des entremets ou à des boissons sucrées.

Mais chaque fois elle avait l'impression d'offenser son fils par cette ruse et de le diminuer, ni plus ni moins que lorsqu'elle l'incarcérait à la maison. Et comme Useppe, presque toujours après ses vagabondages avec Bella, jouissait le soir d'un bon sommeil naturel et se réveillait frais et dispos, elle, se leurrant de nouveau, avait raréfié et quasiment interrompu son traitement : aussi, actuellement, s'accusait-elle d'avoir provoqué sa rechute en ne suivant pas les prescriptions du Professeur.

Retourner voir celui-ci à la policlinique lui faisait trop peur : et même, à cette seule pensée, une superstitieuse répugnance s'emparait d'elle. Mais ce même jeudi, dès qu'Useppe lui parut en état de sortir, ils allèrent tous les deux chez la Doctoresse. Celle-ci, comme on devait s'y attendre, gronda Ida de ne pas avoir obéi ponctuellement aux instructions du Professeur Marchionni. Mais remarquant qu'Useppe, les autres fois si remuant, restait aujourd'hui immobile et répondait à tort et à travers à ses questions, comme sous l'effet d'un philtre stupéfiant, elle fronça encore plus les sourcils. Et elle conseilla à Ida de lui faire prendre, certes, régulièrement le gardénal, mais en en diminuant les doses, pour lui éviter les risques d'asthénie et de dépression : dans la suite, du reste, il serait opportun de le soumettre de nouveau à l'E.E.G... Ce sigle, prononcé par la Doctoresse, fit tressaillir simultanément la mère et l'enfant; et la Doctoresse les regardant l'une et l'autre, secoua la tête d'un air presque mènaçant : « Du reste », observa-t-elle sur un ton sceptique, « l'E.E.G., pendant la " période intercritique " n'apprend vraiment rien ou pas grand-chose... » Elle pensait en réalité que sans doute nulle science ne pouvait être utilisée contre le mal d'Useppe et elle avait presque le sentiment de flouer la mère et l'enfant avec ses suggestions thérapeutiques. Ce qui l'inquiétait surtout chez cet enfant c'était l'expression de ses yeux.

A ce moment-là, voyant que, malgré sa pâleur, il était un peu bronzé, elle demanda à sa mère si elle l'avait envoyé à la mer ; et alors Ida, devenant toute rouge, lui confia en secret qu'elle lui préparait une surprise pour cette année : à savoir, depuis pas mal de temps déjà, elle mettait de côté de l'argent pour l'emmener à la mer ou à la campagne, les prochains mois de juillet et d'août. La Doctoresse lui conseilla plutôt la campagne et même la colline, car la mer, étant donné l'état de l'enfant, pouvait rendre celui-ci plus nerveux. Là-dessus, tout à coup, elle aussi, comme Ida, devint Dieu sait pourquoi toute rouge, et elle se mit à dire que les troubles actuels d'Useppe étaient peut-être dus au commencement probable de sa seconde dentition... une fois cette période passée, l'enfant redeviendrait naturellement normal... etc.

En conclusion, malgré les habituelles manières bourrues et quinteuses de la Doctoresse, Ida avait le cœur qui s'ouvrait à l'espoir quand elle sortit de son cabinet. Déjà tandis qu'ils descendaient en ascenseur, s'animant, elle ne put s'empêcher de révéler enfin à Useppe la surprise qu'elle lui préparait pour le plein été ; mais Useppe qui, pourtant, avait toujours rêvé de « villégiatures » comme d'un mythe fantastique réservé aux autres, la regarda avec ses yeux immenses sans rien dire, comme s'il n'avait pas compris ce qu'elle disait. Ida crut, néanmoins, sentir palpiter sa menotte dans la sienne ; et cela suffit à la rassurer.

Pendant ce temps, la Doctoresse, qui s'était mise à la fenêtre de son cabinet, vit le petit couple déboucher de la porte de l'immeuble. Et la vue de cette petite femme tremblante et quasi sautillante, qui avait l'air d'avoir vingt ans de plus que son âge, et de ce petit enfant qui, par contre, âgé d'environ six ans, en paraissait moins de quatre, l'amena à se dire soudain avec une sorte de certitude cruelle : « Voici deux êtres à qui il reste peu de temps à vivre... » Mais, en réalité, concernant l'un de ces deux êtres, elle se trompait.

Le samedi, notre doctoresse reçut encore un coup de téléphone d'Ida. De sa petite voix déjà de vieille femme, timide et qui semblait toujours avoir peur de déranger, la mère d'Useppe l'informait que, depuis la veille, la dose même réduite de l'habituel médicament, au lieu de calmer l'enfant, semblait bizarrement l'agiter. Peu de temps après l'avoir avalée, il commençait à devenir nerveux et, la nuit aussi, son sommeil avait été plutôt agité, souvent interrompu et sensible au moindre bruit. Il sembla à Ida que la voix de la Doctoresse, quand elle lui répondit, était troublée et plutôt indécise. Elle lui conseillait de fractionner encore plus la dose quotidienne nécessaire, réduisant même celle-ci au minimum ; et de lui donner de toute manière d'autres nouvelles d'ici à lundi. Et aussi, alors, la Doctoresse proposa brusquement à Ida, si les circonstances le conseillaient, d'aller consulter avec elle le Professeur : elle les accompagnerait elle-même tous les deux à la policlinique dès que le Professeur pourrait les recevoir... mais cela au plus tôt, les premiers jours de la semaine suivante... Ida accueillit cette proposition avec une gratitude incroyable. Dieu sait pourquoi il lui semblait que la présence de cette vieille jeune femme suffirait à dépouiller le Professeur de la froideur officielle et sournoise qui le revêtait pour elle comme un uniforme et qui lui faisait tellement peur... Mais, au moment même où la Doctoresse lui proposait cette visite urgente, elle eut soudain la sensation vraiment physique de la voir, à l'autre bout du fil : avec sa blouse blanche incomplètement boutonnée, ses cheveux lisses au chignon défait et de travers, et ses gros yeux cernés, francs et vifs, qui actuellement semblaient couver on ne sait quel diagnostic obscur... Elle n'osa lui demander aucune explication sur ce point, mais il lui sembla néanmoins que la Doctoresse, de son côté, se taisait par pitié. Et plus curieusement encore, il lui parut alors, Dieu sait pourquoi, découvrir chez elle une parenté avec sa mère Nora et en même temps avec la chatte Rossella. Elle eût voulu se serrer dans les bras de cette vieille fille comme dans ceux d'une mère ou d'une grand-mère et lui dire : « Au secours ! je suis seule ! » Au lieu de cela, elle balbutia : « Merci... merci... » « Je vous en prie ! je vous en prie ! D'accord, alors ! » dit rudement la Doctoresse, prenant congé. Et la brève communication se termina là.

Or, la Doctoresse aurait elle-même, en réalité, été incapable de s'expliquer ce qu'elle avait lu, ce jeudi-là, dans le regard d'Useppe. Ç'avait été comme la lecture d'un mot mystérieux et qui néanmoins avait pour elle la signification de quelque chose d'irrémédiable et de déjà dépassé. La vérité, c'est que ces petits yeux (conscients sans le savoir) disaient simplement *adieu* à tout le monde.

Et alors, maintenant, il semblera peut-être inutile à certains que je narre le reste de la vie d'Useppe, laquelle a duré encore un peu plus de deux jours, et cela quand on en connaît déjà la fin. Mais à moi cela ne semble pas inutile. A la vérité, toutes les vies ont la même fin : et deux jours du petit calvaire d'un tout petit comme Useppe ne valent pas moins que des années. Qu'on me permette donc de rester encore un peu en la compagnie de mon tout-petit, avant que je m'en retourne seule au siècle des autres.

L'année scolaire se terminait, mais même après la fermeture des classes il restait pour les professeurs diverses tâches à accomplir. Et ces jours-là aussi, Ida, toujours hantée par la crainte de perdre son poste pour incapacité, se rendait ponctuellement à son école chaque matin, après avoir fait son marché dès l'ouverture des magasins. La plupart du temps, la diminution saisonnière de son travail la laissait libre plus tôt que d'habitude (de sorte qu'à son retour Useppe n'était réveillé que depuis peu) ; autrement, elle se précipitait au téléphone du secrétariat, pour entendre au moins sa voix lui dire : « Allô, qui est à l'appareil ? »

Ces matins-là, elle était presque reconnaissante au mauvais temps qui, joint à l'indolence d'Useppe, lui évitait le geste odieux de fermer la porte à double tour. Bien entendu, vu l'état présent d'Useppe, il ne lui était pas permis de sortir seul comme d'habitude ; mais elle n'osait pas lui formuler tout haut cette interdiction qui certainement lui serait apparue comme une condamnation. De sorte que, ces jours-là, il existait entre eux une entente tacite ; et, du reste, Useppe, de son côté, semblait même avoir peur de mettre le nez dehors : aussi pendant le bref parcours jusqu'au cabinet de la Doctoresse, avait-elle dû le tenir serré étroitement contre elle, et elle l'avait senti qui tremblait.

Environ trois fois par jour, Bella sortait seule, pour

faire ses besoins dans la rue. Et Useppe, anxieux, se mettait de garde à la fenêtre de la cuisine pour l'attendre. Mais son attente ne durait pas longtemps, car la chienne se dépêchait gentiment, résistant aux diverses tentations de la rue ; et à l'instant même où il la voyait reparaître en bas dans la cour, il se précipitait à la porte d'entrée, aussi pâle d'émotion que si elle revenait de Dieu sait quelle gigantesque expédition.

Depuis le vendredi déjà, après qu'Ida eut réduit les doses de son sédatif, le petit corps d'Useppe avait repris un peu de couleur et de mobilité, se dégageant du brouillard qui l'oppressait la veille encore. Et même, maintenant, dans ses traits et dans sa peau palpitait une sensibilité incessante, telle qu'on la voyait presque autour de lui comme une minuscule zone d'air remué. Les traits et les couleurs de son visage en étaient doucement estompés et sa voix en avait un son plus fragile mais plus argentin. De temps en temps il faisait des petits sourires réjouis et pleins d'émerveillement, tel un convalescent après une très longue maladie. Et il était devenu plus avide de caresses que d'habitude, restant tout le temps près d'Ida, avec des manières de petit chat ou carrément de séducteur amoureux. Il lui prenait une main et puis se la passait sur la figure, ou bien il couvrait sa robe de baisers, lui répétant : « Tu m'aimes, m'man ? » Ida se remit à lui parler de leur prochain départ pour la campagne. Elle avait demandé des renseignements à l'une de ses collègues, et celle-ci lui avait recommandé le séjour de Vico, un pays qui n'était pas trop loin de Rome, où il faisait frais et où il y avait de très beaux bois. On y trouvait des chambres à louer à un prix raisonnable, et, à peu de distance, il y avait un lac et des élevages de chevaux. « Mais Bella va venir elle

aussi ! » dit Useppe préoccupé. « Bien sûr », se hâta
de le rassurer Ida, « on partira tous les trois avec le car
des chasseurs ! » Il s'illumina. Puis, confondant les
dates comme cela lui arrivait ces jours-là, il se mit
quelques instants plus tard à parler de Vico au passé,
comme d'un séjour déjà terminé : « Quand on était à
Vico », dit-il avec une certaine animation senten-
cieuse, « Bella jouait avec les moutons, et elle courait
après les chevaux et après la mer ! » (Il ne réussissait
pas à se convaincre qu'à Vico il n'y avait pas aussi,
entre autres choses, la mer : une telle « villégiature »
sans la mer ne lui paraissait pas une chose possible.)
« Là-bas, y avait pas de loups ! » précisa-t-il. Et il rit,
content, mais dans son contentement il y avait déjà
une saveur de légende. Il sembla tout à coup que dans
ses pressentiments confus Vico fût devenu un port
inaccessible, par-delà les sept océans et les sept
montagnes.

Que pouvait être à ces moments-là ce que voyait sa
mémoire, il est difficile de le dire. Peut-être des divers
événements précédant sa crise, de David, de Scimó et
de leurs destins se présentait tout au plus à lui un
sentiment imprécis, protégé par la pénombre. Le
dimanche matin (c'était le dernier dimanche de juin),
il prit ses feuilles de papier et ses crayons et se mit à
dessiner. Il déclara qu'il voulait dessiner la neige et il
s'énerva parce que les couleurs de ses crayons ne lui
suffisaient pas. « Tu te rappelles quand il y a eu la
neige ? » lui dit Ida, « tout était blanc... » Mais
l'ignorance de sa mère l'indignant vraiment : « La
neige », dit-il, « est de toutes les couleurs ! de toutes
toutes les couleurs... » continua-t-il de répéter plusieurs fois, sur un ton de litanie. Puis, abandonnant le
sujet de la neige, il se mit à dessiner avec ardeur une

scène qui, évidemment, se présentait à ses yeux très mouvementée et très variée, car les expressions les plus diverses accompagnaient sur son visage son travail : tantôt il souriait, tantôt il fronçait les sourcils d'un air menaçant, tantôt il se mordait la langue. Ce dessin est resté ensuite dans la cuisine, mais un œil de profane n'y verrait qu'un enchevêtrement de silhouettes méconnaissables.

A ce moment, les douze coups de midi, suivis de l'habituel et grand carillonnement de cloches, troublèrent excessivement et incompréhensiblement Useppe. Sans plus s'occuper de son dessin, il se précipita vers sa mère et se cramponnant à elle, il lui demanda sur un ton hésitant : « ... aujourd'hui, c'est dimanche ? » « Oui, c'est dimanche », lui répondit Ida, heureuse de voir qu'il reconnaissait de nouveau les jours, « tu vois bien que je ne suis pas allée à l'école, et pour déjeuner je t'ai aussi acheté des choux à la crème... » « Mais moi, je vais pas sortir, je vais pas sortir, dis, m'man ! » cria-t-il presque, alarmé. « Non », le rassura Ida, « je te garde ici avec moi, n'aie pas peur... »

Ce fut tout de suite après le déjeuner que le ciel, couvert depuis déjà plusieurs jours, se rasséréna avec une joyeuse turbulence. Ida, selon son habitude, était allée un instant s'étendre sur son lit et, comme elle commençait à s'assoupir, elle entendit du bruit dans l'entrée : « Qui est là ? » demanda-t-elle presque en rêve. « C'est Bella qui veut sortir », répondit Useppe. De fait, Bella, comme elle en avait plus ou moins coutume à cette heure-là, avait donné le signal de sa seconde sortie obligatoire en grattant à la porte d'entrée tout en poussant quelques jappements expressifs. Cette scène, ces derniers jours, était devenue habituelle, et Useppe semblait se faire une gloire d'accompagner jusqu'à la porte Bella quand elle partait et d'attendre son retour... Alors, Ida sombra sans inquiétude dans son pesant sommeil de l'après-midi ; cependant qu'Useppe, dans l'entrée, restait indécis près de la porte entrouverte, sans se décider à la refermer derrière Bella. Il avait, de fait, la sensation d'avoir oublié quelque chose ou d'attendre quelque chose, il ne savait quoi. Alors, comme fasciné, il sortit sur le palier et referma la porte derrière lui. Il tenait à la main la laisse de Bella, que, d'un geste inconscient, en franchissant le seuil, il avait détachée du portemanteau où selon la règle elle était accrochée.

Par le vasistas de l'escalier au-dessus du palier faisait irruption le frais vent du ciel, qui, tel un petit cheval faisant le fou, poursuivait les nuages. Le cœur d'Useppe se mit soudain à battre : non point à cause de l'infraction qu'il commettait (et dont il ne se rendit nullement compte) mais à cause du plaisir de vivre ! Sur-le-champ sa mémoire endormie se réveilla pour le saluer dans le ciel, mais tournée à l'envers, comme un petit drapeau contre le vent. Sûrement on était dimanche : mais pas précisément ce dimanche-ci, un autre d'avant, peut-être celui d'il y a huit jours... L'après-midi, comme il faisait soleil, c'était bien l'heure d'aller avec Bella à la tente d'arbres... Bella l'avait précédé en courant, et lui, murmurant des petits mots confus, gagna à son tour le bas de l'escalier. Et voici donc Useppe parti pour sa pénultième expédition (ce que fut le départ de la dernière, qui eut lieu le jour suivant, je n'ose pas l'imaginer).

La vieille concierge, assise la tête dans ses bras, faisait la sieste dans son cagibi. Bella et Useppe se rencontrèrent à la porte de l'immeuble, et Useppe, selon leurs conventions, attacha aussitôt la laisse à son collier. On sait que Bella redevenait souvent un bébé chien : et que, d'autre part, si elle avait une horloge dans la tête, elle n'y avait, à la vérité, aucun calendrier. Elle accueillit Useppe par une danse aussi joyeuse que naturelle : se trouvant immédiatement d'accord avec lui pour penser que c'était l'heure d'aller à la tente d'arbres ; et que là-bas, peut-être depuis la veille ou depuis l'avant-veille, ils avaient rendez-vous avec leur ami Scimó. On eût dit que Bella elle aussi, toute à son bonheur enthousiaste, comptait sûrement sur la présence aujourd'hui de Scimó à l'endroit habituel ! mais il est bien connu par ailleurs que chez elle l'ignorance campagnarde alternait souvent avec une grande sagesse : et qui sait si ce jour-là sa sagesse ne lui suggérait pas de seconder Useppe dans les jeux défensifs de sa mémoire ?... Il sembla en tout cas que pour l'un et l'autre la sinistre semaine qui venait de se terminer se fût provisoirement effacée du calendrier.

Les nuages mis en pièces et pourchassés fuyaient à la dérive devant l'avance d'un vent rafraîchissant qui semblait ouvrir toutes grandes les rues et les avenues. C'était comme si à son passage des portes immenses s'étaient ouvertes en claquant par tout l'espace et jusque plus loin que le ciel. Les nuages n'assombrissent pas toujours le ciel : parfois ils l'illuminent, cela dépend de leur mouvement et de leur épaisseur. La zone du soleil était libre tout entière, et sa réverbération creusait dans les nuages les plus proches des précipices et des grottes de lumière, qui ensuite se brisaient, frappées par de nouvelles ondées, dont Useppe entendait le fracas resplendissant. Alors les rayons se dédoublaient ou se rompaient en une infinité d'éclats ; et à leur rencontre, en s'allumant, les masses erratiques laissaient apparaître des tunnels sombres ou pavoisés de luminaires, des petites chambres intérieures flamboyantes de petites bougies, ou des fenêtres bleues qui s'ouvraient et se fermaient. Comme toujours à cette heure-là, les rues étaient à moitié vides, et les rares véhicules qui passaient et les pas des gens semblaient des souffles de vent. Il n'est pas rare que les sédatifs, surtout à doses réduites, produisent chez certaines personnes affaiblies et épuisées nerveusement un effet excitant, analogue à celui de l'alcool. Et le petit Useppe était dans un état d'ivresse folle et désaltérante, telle une petite branche arrachée de l'arbre et qui recevrait un bain d'eau. Sa conscience et ses souvenirs, le long de la route, se rallumaient, mais seulement en partie. La nature semblait disposer pour lui son orientation dans le temps et dans l'espace, non point au hasard mais selon une intention précise. Ainsi la dernière semaine restait encore protégée pour lui par un écran d'ombre ; et le souvenir de David, qui revenait furtivement le visiter, remontait à un David *d'avant* le dernier lundi. Ce souvenir, néanmoins, provoquait en lui une obscure sensation de déchirement ; mais immédiatement la nature s'employait à cicatriser cette blessure. Bavardant tout en marchant avec Bella, deux fois au moins, il fit timidement allusion à un certain rendez-vous qu'ils avaient avec David... Mais Bella, en accord avec la nature, lui dit vivement : « Non ! non ! on n'a pas rendez-vous avec lui ! » Il semble qu'une fois, fronçant les sourcils et la regardant d'un air soupçonneux, il ait insisté avec obstination : « Mais si ! tu le sais pas ? on a rendez-vous ! » Mais alors, Bella s'est mise à danser et à lui chanter sur tous les tons : « A présent, on va voir Scimó ! on va voir Scimó ! », comme le font les nourrices quand elles disent aux bébés pour les

distraire : « Regarde ! regarde le petit chat qui vole ! »
et en profitent pour leur faire avaler une cuillerée
nourrissante de plus.

Quand ils arrivèrent au bord du fleuve, les nuages se
rassemblaient au fond de l'horizon, telle une longue
chaîne de montagnes autour du ciel limpide et radieux.
Le sol n'avait pas encore eu le temps de sécher après
les pluies des jours derniers, et l'eau du fleuve elle aussi
était encore troublée par celles-ci, et la rive tout entière
était déserte. A la vue de l'eau, Useppe recula
instinctivement vers la butte ; puis tout en marchant il
entendit de nouveau dans sa mémoire la promesse de
Scimó de lui apprendre à nager, et en même temps
l'avertissement que, le dimanche, la première séance
de cinéma commençait à trois heures. Peut-être était-il
déjà trop tard pour rencontrer Scimó : Bella elle aussi
lui confirma cette prévision, car sûrement trois heures
avaient déjà sonné... Quand ils s'approchèrent de la
cabane, Useppe avait déjà perdu l'espoir d'y trouver
ce jour-là son ami.

Dès le premier coup d'œil qu'ils jetèrent dans la
cabane, ils virent que quelqu'un, en l'absence de
Scimó, devait l'avoir visitée, la saccageant et la
laissant en désordre. « Les pirates ! » s'écria Useppe
au comble de l'agitation. Le contenu du matelas, y
compris la tenue léopard, était épars sur le sol, près de
l'enveloppe dégonflée ; et aussi bien le réveil que la
lampe à pile avaient disparu. Le tronçon de bougie,
par contre, était toujours à sa place sur la pierre ; et en
outre on constata que, par chance, les principaux
trésors conservés dans le matelas étaient saufs eux
aussi ! Avant tout, la fameuse médaille du Tour, en
bon état bien que sans sa double enveloppe, que,
d'ailleurs, Useppe retrouva aussitôt au milieu des

chiffons. Et aussi la boucle ornée de brillants, et même
le petit peigne multicolore ! Useppe conservait dans sa
mémoire une liste précise de ces biens. La seule chose
qui manquait, c'était, Dieu sait pourquoi, le (demi)
essuie-glace. Il manquait aussi les petites boîtes de
Simmenthal, etc., mais vraisemblablement Scimó lui-
même pouvait les avoir mangées depuis la dernière
fois.

Reniflant dans les parages avec son excellent flair de
détective, Bella exclut résolument l'hypothèse des
pirates. D'après l'odeur, il s'agissait ici d'un seul
individu, qui était entré là sans doute pour s'abriter de
la pluie, car, entre autres choses, il puait l'humidité.
L'individu en question avait laissé d'autres odeurs
reconnaissables : celles de moutons et de vieillesse. Il
devait donc s'agir d'un vieux berger : et de quelqu'un
manifestement chauve, étant donné qu'il avait négligé
de s'emparer du petit peigne.

Bien que maussade, Useppe eut un léger sourire de
soulagement : un vieillard comme ça n'était pas trop
dangereux. Et du reste, la fameuse bande des pirates
au cours de ses terribles incursions, ne se serait
certainement pas contentée de quelques larcins !
Useppe n'avait jamais oublié la liste de leurs méfaits
que lui avait énumérés Scimó ! Il se mit à ranger
soigneusement les biens de celui-ci épars pêle-mêle sur
le sol : il enveloppa de nouveau dans sa double
enveloppe la médaille du Tour, après l'avoir lustrée de
son mieux avec un pan de son maillot de corps, et il la
rangea, ainsi que la tenue léopard et les autres choses,
dans la housse du matelas. Entre autres choses le slip,
mal séché et durci par l'humidité, lui vint aussi sous les
mains. Et alors, soudain, une crainte (que jusque-là
ses pensées avaient repoussée) le traversa, telle une

saveur amère : cette cabane était désormais une cabane inhabitée. Scimó ne venait plus y dormir... Mais à cet instant Bella qui, l'air affairé, était en train de flairer le matelas, décréta sur le ton plein d'importance d'un Inspecteur principal :

« Odeur de Scimó très récente ! Elle remonte à pas plus de trois heures ! Notre ami a dormi là-dessus jusqu'à midi !! »

La réalité, hélas ! était autre : donc, ou bien, cette fois-ci, le flair de Bella la trompait (comme cela peut arriver à tout détective, si éminent soit-il), ou bien elle bluffait ou, même, mentait effrontément, ayant deviné les craintes d'Useppe. Cette fois aussi, la chose n'est pas impossible : un génie quasi divin inspire parfois les animaux, comme tous les parias... De toute manière, son affirmation suffit à rassurer Useppe, qui aussitôt se mit à rire, consolé.

Il fut décidé qu'aujourd'hui Bella se tiendrait aux aguets, comme une gardienne anti-vol, pour prévenir toute possibilité d'attentat contre la propriété de Scimó. Cependant, après avoir remis de l'ordre dans la cabane, ils gagnèrent ensemble la tente d'arbres. A présent, la voûte du ciel, jusqu'au plus lointain horizon, était devenue tout entière radieuse et limpide ; et Useppe, après s'être hissé sans effort sur sa branche habituelle, eut la surprise d'entendre de nombreuses voix d'oiseaux qui chantaient la chansonnette bien connue : « C'est un jeu un jeu rien qu'un jeu », etc... Le bizarre, c'était que le corps des chanteurs demeurait invisible ; et leurs voix aussi, bien qu'en chœur, étaient presque imperceptibles, si bien qu'on eût dit qu'elles lui sifflaient la chanson à l'oreille, ne voulant être entendues que par lui. Étonné, Useppe explorait du regard le pré à ses pieds et le long des troncs ; et puis il tournait les yeux vers le haut. Mais en bas il n'y avait que Bella qui reniflait l'air et en haut on ne voyait que des bandes d'hirondelles qui fuyaient en silence. Finalement, comme cela arrive parfois quand on a les yeux fixés longuement sur une image, son regard vit le ciel refléter la terre : quelque chose de semblable à son rêve du samedi précédent, mais à l'envers. Et comme actuellement il avait oublié ce rêve, ce spectacle provoquait en lui une double stupeur : celle de la présence actuelle et celle de sa réminiscence inconsciente. Je crois que dans ceci jouaient aussi certains termes scientifiques mystérieux pour lui, qu'il avait entendu prononcer par David le dimanche précédent : « forêts pluviales, et... *nébuleuses,* non, nébulaires, et à demi submergées... » car, reflétée dans le ciel, la terre lui apparaissait à présent tout entière comme une merveilleuse végétation aquatique, peuplée d'animaux sauvages qui y faisaient les fous, nageant ou bondissant dans les branches. Dans le lointain, ces animaux avaient l'air si petits qu'on eût dit de ces poissons et de ces oiseaux quasi microscopiques que l'on vend dans les foires dans des petites cages ou dans des petits bocaux en verre ; mais au fur et à mesure que ses yeux s'y habituaient, Useppe reconnaissait en eux autant d'exemplaires de Ninucce et de neveux et de nièces de Scimó, plus ou moins comme dans son rêve oublié. Et tous ces petits êtres, à la vérité, n'émettaient aucun son ou du moins la distance ne permettait pas d'entendre leurs voix ; mais, comme certains mimes orientaux, ils parlaient avec les mouvements de leurs corps, et leur langage n'était pas difficile à comprendre. Qu'ils aient dit vraiment : « C'est un jeu un jeu rien qu'un jeu », ce n'est pas sûr. Mais sans nul doute l'idée était la même.

Ce spectacle réjouissait Useppe comme si un dieu l'avait chatouillé ; et au moment même où il s'évanouissait, Useppe inventa la poésie suivante :

« Le soleil est comme un grand arbre
avec dedans des nids.
Et il joue de la musique comme une cigale mâle et comme la mer
et il joue avec l'ombre comme une petite chatte. »

A ce mot de *chatte,* Bella dressa l'oreille et poussant un aboiement humoristique, interrompit la poésie. Laquelle, que je sache, a été la dernière poésie composée par Useppe.

Après une vision ou un mirage, les dimensions réelles des phénomènes peuvent tarder à se normaliser. Il arrive, pendant un certain temps, que les sens, et surtout la vue et l'ouïe, dilatent les effets extérieurs et leur donnent une taille anormale. Tout à coup, un fracas terrible de voix, venu du fleuve, retentit aux oreilles d'Useppe : et ses yeux virent une bande de géants descendre d'une énorme barque sur la rive.

« Les pirates ! » s'écria-t-il, en descendant rapidement de sa branche, cependant que Bella, alertée, le précédant, sortait déjà au vol de la tente d'arbres en direction de la cabane. Arrivés là, ils s'arrêtèrent tous les deux et se postèrent derrière la lisière de la petite vallée, comme en dessous du bord d'une tranchée. Bella, impatiente de partir à l'assaut, poussait déjà des grondements bas et menaçants ; mais d'un sifflement Useppe la fit taire, car il se rappelait qu'entre autres choses ces pirates, à ce qu'avait affirmé Scimó, « tuaient les animaux ».

Que, du reste, il se soit vraiment agi de la fameuse

bande du fleuve, c'est plutôt improbable. De la barque
(une sorte de vieux rafiot à deux rames) actuellement à
l'accostage dans les roseaux, venaient de descendre
sept ou huit garçons, tous en dessous de quatorze ans,
du moins d'apparence ; et deux d'entre eux (qui
étaient même les plus excités) carrément des gosses de
classe enfantine. Aucun d'eux ne semblait correspon-
dre au type du terrible chef de bande Agusto ; et ce
nom n'était pas de ceux très nombreux avec lesquels ils
se hélaient en hurlant. S'il y avait un chef parmi eux,
on pouvait peut-être le reconnaître en la personne d'un
demi-adolescent chétif, à l'air maussade, dénommé
Raf : lequel pourtant semblait se faire une gloire de les
tenir tous en main plutôt que de les exciter, car il les
traitait de haut, comme estimant qu'ils n'étaient que
de la marmaille. Bref, ils n'avaient pas l'air d'une vraie
bande ; mais plutôt d'une batelée dominicale de mini-
gros-bras tout juste débutants : capables, la plupart
d'entre eux, de se mettre encore à pleurer si leur mère
les battait !

Mais pour Useppe et Bella leur identité était
évidente : c'étaient les fameux Pirates, assassins et
pillards, ennemis de Scimó ! En garde, les oreilles à
demi dressées et la queue tendue dans le prolongement
du dos, Bella se sentait revenue à ses origines paternel-
les : quand du fond de la steppe, vers le crépuscule, on
attendait les hordes de loups !

Le soleil, à présent, était brûlant ; et la première
chose que firent ces types, aussitôt débarqués, ce fut de
se déshabiller et de se baigner. Le fracas de leurs
rencontres, de leurs plongeons et de leurs vociférations
parvenait du fleuve jusqu'à la tranchée, et tout cela
dans les oreilles d'Useppe prenait des dimensions
gigantesques. « Reste là ! » enjoignait-il continuelle-

ment à Bella, tremblant de tout son corps mais se tenant néanmoins debout, attendant, tel un révolutionnaire sur sa barricade, que le signal de l'assaut soit donné. Il devait être environ quatre heures et demie, quand ce signal retentit, et pour lui ce fut comme si une grande fumée noire envahissait les petits vallons et la broussaille. Les voix des pirates se rapprochaient : « Hé, Piero ! hé, Mariuccio ! » s'appelaient-ils en gravissant la butte, « allez, quoi, amène ta viande ! Raf ! Raaf !! » Quelles pouvaient être maintenant leurs intentions véritables, il n'est pas possible de le savoir : peut-être était-ce la première fois qu'ils se baignaient à cet endroit et voulaient-ils simplement en explorer l'intérieur, vagabondant çà et là... Tout à coup Useppe vit leurs silhouettes GIGANTESQUES avancer vers la tranchée.

« Reste là ! » répéta-t-il, frémissant, à Bella. Et en même temps, il se précipita vers un tas de cailloux que Scimó utilisait pour caler la porte de la cabane. « Je veux pas ! je veux pas ! » grommelait-il en s'armant, le visage congestionné par un afflux de terrible colère. Et gagnant en courant la cime du petit vallon, il cria avec fureur à ceux qui avançaient :

« Allez-vous-en ! Allez-vous-en ! » Et puis, imitant leur propre langage (que, du reste, il avait depuis longtemps déjà appris dans les divers quartiers où il avait résidé), il renforça sa menace en ajoutant avec la même féroce emphase :

« Bande de fumiers ! Fils de putains ! Enculés ! »

En réalité, il devait être plutôt comique l'effet produit par ce tout petit pygmée, rouge comme un coq et furibond, qui prétendait chasser de là une bande de brigands avec les deux petits cailloux qu'il tenait dans ses poings. Et de fait, lesdits brigands ne le prirent pas au sérieux ; seul le plus jeune de tous (lequel était à peu près de son âge) lui dit en ricanant d'un air supérieur : « Non mais, qu'est-ce que tu te crois, le môme ! ? », cependant que l'autre gosse, qui faisait la paire avec lui, l'appuyait en ricanant. Mais à ce même moment Raf intervint, les arrêtant à la moitié du pré :

« Eh ! attention au chien ! »

Bella, faisant le tour, venait à l'instant de surgir du fond de la petite vallée, en renfort d'Useppe ; mais, à la vérité, il eût été difficile de la reconnaître dans ce monstre terrifiant qui maintenant affrontait la bande et la faisait reculer. Ses mâchoires ouvertes et ses dents de fauve à nu, ses gros yeux ressemblant à deux boules d'obsidienne, ses oreilles qui, tendues en triangle, lui élargissaient le front, elle émettait un grondement sourd plus effrayant qu'un hurlement. Et, hissée à côté d'Useppe au-dessus de la tranchée, elle semblait une masse colossale, telle était la violence qui, de sa poitrine à sa croupe et à ses jarrets prêts à bondir, dans la fièvre de l'assaut, enflait ses muscles. « Mais il va mordre, il est enragé ! » entendit-on s'écrier des voix dans la troupe des mini-gros-bras ; et l'un d'eux ramassant une pierre sur le sol, ou du moins c'est ce qui sembla à Useppe, s'avança d'un air menaçant vers Bella. Useppe eut un visage bouleversé : « Je veux pas ! Je veux pas ! » clama-t-il. Et furieusement il lança ses cailloux dans la direction de la masse de ses ennemis, sans réussir, je crois, à en atteindre un seul.

Il est difficile de décrire la mêlée qui suivit immédiatement, tant sa durée fut brève : tout au plus quelques secondes. Il faut supposer que Bella s'est élancée en avant et qu'Useppe l'a suivie pour la défendre ; et que les pirates, s'emparant de ce téméraire petit gosse, l'ont un peu bousculé pour le punir, lui assenant peut-être même quelques coups. Mais l'expression étrange qui sur ces entrefaites venait d'apparaître sur son visage, fit dire à l'un d'eux : « Oh, quoi, foutez-lui la paix ! Vous voyez pas qu'il est idiot ?! » Et alors, soudain, au milieu de ce tumulte, se produisit un incident tel qu'il bouleversa la petite bande, laquelle était incapable d'en comprendre la nature. Au moment où Useppe, ballotté par la cohue, prenait un air hagard et desserrait ses mâchoires comme un idiot, la chienne se calmait miraculeusement. Elle avait l'air de se recommander à eux tous ; et elle accourait vers le petiot, comme une brebis vers son agneau, transformant son grondement précédent en un très doux jappement. Elle seule de tous ceux qui étaient là sut, à ce que l'on peut comprendre, reconnaître le hurlement qui sortit de la gorge contractée de l'enfant, cependant que le corps de celui-ci, tombant à la renverse, s'abattait le long de la pente de la tranchée. Pour les autres qui n'avaient pas l'expérience pratique de ce genre de crises, cet obscur événement prit l'apparence d'une catastrophe. Ils restèrent un instant à se regarder l'un l'autre, ahuris, sans avoir le courage de se pencher sur le petit vallon d'où montait une sorte de râle pénible. Lorsque, quelques secondes plus tard, Raf et un autre des siens se décidèrent à regarder, Useppe, la phase des convulsions terminée, gisait étendu immobile, et son visage était celui d'un mort. La chienne tournait autour de lui, essayant de le faire revenir à lui au moyen de sa petite plainte animale. Un filet de sang écumeux sortait d'entre les dents d'Useppe.

Ils durent certainement croire qu'ils l'avaient tué. « Foutons-le camp ! » dit Raf, se tournant vers les autres, son visage devenu tout pâle, « maintenant, il s'agit de se débiner en vitesse. Grouillez, faites pas les cons. Allez ! » On entendit le bruit de leurs pas fuyant vers l'embarcadère et le brouhaha de leurs conversations (moi, qu'est-ce que j'y ai fait ? ! C'est toi qui y as flanqué un coup... chut... faisons semblant de rien... pas un mot à personne...) cependant qu'ils s'embarquaient et que les rames commençaient à clapoter. Cette fois-ci, seule Bella était présente au moment où Useppe rouvrit des yeux qui ne se rappelaient rien, en faisant son habituel petit sourire ravi. Peu à peu, à de petits changèments de son visage, on pouvait assister à ses passages successifs à travers les divers *seuils de la vigilance*, comme disent les docteurs. Soudain, il tourna à peine la tête, regardant craintivement de chaque côté.

« Il n'y a plus personne ! » lui annonça sans délai Bella, « ils sont partis... »

« Partis... » répéta Useppe, se rassérénant. Mais le temps d'une respiration, une toute autre expression apparut sur son visage. Il fit un sourire forcé qui s'acheva plutôt en une pauvre grimace et il dit, détournant les yeux, sans regarder Bella :

« Je... suis... *tombé !*... pas ? »

En réponse, Bella tâcha de le distraire par quelques petits coups de langue hâtifs. Mais il la repoussa et, se retirant en lui-même, se cacha le visage derrière son bras :

« Et comme ça, maintenant », gémit-il dans un sanglot, « ils m'ont vu... eux aussi... comme ça, maintenant... ils savent... »

Il bougea avec peine. Entre autres choses, il se rendait compte qu'il était tout mouillé sous lui (conséquence habituelle de ces crises de convulsions). Et l'idée honteuse que les pirates s'en soient aperçus le préoccupait.

Mais déjà ses petits yeux clignaient, vaincus par la somnolence qui succédait toujours à ses crises. Un léger vent d'ouest, aussi doux que le battement d'un petit éventail, soufflait dans le petit vallon, et l'après-midi était si limpide que même l'ombre allongée de la cabane réfléchissait la couleur du ciel. Sur le fleuve, le clapotis des rames des pirates s'était éloigné vers le néant ; et ce fut alors que Bella, se laissant aller à un défoulement exhibitionniste, célébra par un grand aboiement l'exploit de la tranchée, en donnant sa version personnelle. Ce solitaire hymne canin parvenait confus à Useppe qui, sur ces entrefaites, s'endormait, de même que le bleu violacé du ciel franchissant confusément le filet de ses cils. Et peut-être avait-il l'impression qu'une sonnerie de trompette de légende parcourait le champ au milieu d'un déploiement de drapeaux.

La simplicité des chiens va souvent, à la vérité, jusqu'à la folie ; et Bella, vu sa psychologie visionnaire, donnait des événements de la journée l'interprétation suivante :

LES LOUPS MIS EN DÉROUTE SE SONT RETIRÉS EN DÉSORDRE RENONÇANT À ASSIÉGER LA CABANE ET LA RENCONTRE S'EST TERMINÉE PAR LA VICTOIRE RETENTISSANTE D'USEPPE ET DE BELLA.

Après avoir aboyé cette nouvelle aux quatre vents, Bella, satisfaite et épuisée par tant d'émotions, s'endormit à son tour près d'Useppe. Quand, avertie par son habituelle horloge naturelle, elle se réveilla, le soleil s'était quelque peu abaissé vers l'ouest. Useppe dormait profondément, comme en pleine nuit, respirant avec régularité par sa bouche entrouverte, et son

pâle petit visage se colorait de rose vers les pommettes.
« Réveille-toi ! c'est l'heure de partir ! » lui dit Bella ;
mais Useppe souleva à peine ses paupières, décou-
vrant un œil que voilaient la somnolence et le refus, et
aussitôt il les referma.

Bella, bien qu'avec un certain remords, le pressa de
nouveau de se réveiller. Et elle insista, essayant même
de le secouer avec sa patte et de le tirer avec ses dents
par son maillot. Mais lui, après s'être retourné deux ou
trois fois avec une expression de répugnance, finit par
la repousser en ruant presque frénétiquement. « Je
veux pas ! je veux pas ! » cria-t-il. Et il sombra de
nouveau dans le sommeil.

Bella resta un instant assise, et puis elle se dressa sur
ses quatre pattes, agitée par un dilemme. D'un côté,
une volonté péremptoire lui ordonnait de rester là,
près d'Useppe ; cependant que, de l'autre, une volonté
non moins inflexible l'obligeait à rentrer chez Ida à
l'heure, comme tous les autres soirs. Ce fut pendant ce
même intervalle de temps que là-haut, Via Bodoni,
Ida se réveilla finalement de son sommeil prolongé.

C'était une chose anormale et inusitée que ce qui lui
arrivait aujourd'hui : de faire l'après-midi une sieste
aussi longue. Sans doute était-ce le manque de sommeil accumulé au cours de ces dernières nuits qui
l'avait trahie. Elle dormit d'un sommeil très profond et
surprenant, un sommeil paisible, aussi ininterrompu
que celui d'une enfant. Ce ne fut que pendant la
dernière phase de celui-ci qu'elle eut un bref rêve.

Elle se trouve en compagnie d'un tout-petit devant
les grilles d'un grand port. Un navire solitaire est en
partance, par-delà lequel s'étend un océan ouvert,

absolument calme et frais, de la couleur bleu foncé du matin. Un homme en uniforme, très autoritaire et qui a des allures de geôlier, monte la garde devant ces grilles. Le petiot pourrait être Useppe et aussi ne pas être celui-ci : mais c'est certainement quelqu'un qui ressemble à Useppe. Elle le tient par la main, hésitant devant la grille. Ils sont deux pauvres, en habits de mendiants, et le gardien les repousse parce qu'ils n'ont pas de billet. Mais alors le petiot plonge dans sa poche une main sale et maladroite et il en tire un minuscule objet en or, dont elle serait incapable de dire ce qu'il peut être : peut-être une petite clé, un caillou ou un coquillage. En tout cas, ce doit être un authentique laissez-passer, car, sur-le-champ, le gardien, après avoir jeté à peine un coup d'œil dans la main du tout-petit, ouvre, encore que de mauvais gré, le battant de la grille. Et alors, elle et le petiot montent, heureux, à bord du navire.

Ce fut là la fin de son rêve et alors Ida se réveilla. Elle remarqua aussitôt le silence anormal qui régnait dans l'appartement ; et prise d'une panique incohérente en trouvant désertes les pièces, elle se précipita en bas vêtue comme elle l'était. Selon son habitude, elle s'était étendue tout habillée sur son lit pour son repos de l'après-midi. Elle avait sur le dos sa petite robe de travail, usée et tachée de graisse, avec des auréoles de sueur aux aisselles, et elle ne s'était même pas recoiffée. Aux pieds elle avait rapidement enfilé ses savates de maison, qui rendaient sa marche encore plus pénible que d'ordinaire, et dans sa poche elle avait la petite bourse contenant ses clés.

La concierge lui dit n'avoir vu passer personne : il est vrai que, comme c'était dimanche, elle n'était pas restée tout le temps de garde dans sa niche... Mais Ida ne s'arrêta pas pour l'écouter et s'élança au hasard dehors, appelant Useppe à haute voix, comme une sauvage, dans les rues environnantes. A ceux qui l'interrogeaient, elle répondait sur un ton et avec un regard fébriles qu'elle était à la recherche d'un enfant qui était sorti avec un chien : mais elle repoussait tout conseil ou toute intervention, reprenant toute seule ses recherches. Elle avait la certitude que, quelque part dans Rome, Useppe gisait, abattu par une nouvelle crise : peut-être même blessé, peut-être entouré d'étrangers... En réalité, depuis longtemps maintenant, toutes les peurs d'Ida se coagulaient en une seule, installée au centre de ses nerfs et de sa raison : la peur qu'Useppe ne *tombe*. Chaque jour, quand elle lui laissait sa cage ouverte, elle livrait une lutte épuisante contre le « Haut mal » : pour qu'au moins il reste loin des bienheureuses fugues estivales de son fils et ne l'humilie pas au milieu de ses grandes fiertés de petit garçon en liberté... Et aujourd'hui, voici que la peur suprême d'Ida se vérifiait ! le mal avait profité qu'elle dormait pour frapper traîtreusement Useppe.

En dehors des parages de la maison, le premier itinéraire qui se présenta à sa pensée, ce fut celui conduisant à la fameuse *forêt* au bord du fleuve, qu'Useppe lui avait naguère tellement vantée. D'après les explications enthousiastes de l'enfant, elle savait que, à partir de la Via Marmorata, il suivait le Viale Ostiense jusqu'à la place de la Basilique... Et elle s'engagea dans la Via Marmorata avec à la fois l'indécision et la fébrilité de quelqu'un qui entreprendrait une filature : si tendue dans sa direction impulsive que le mouvement de la ville sifflait, invisible, autour d'elle. Elle avait parcouru les deux tiers de cette rue, quand du bout de celle-ci un aboiement impétueux et enthousiaste la salua.

Torturée par son dilemme, Bella s'était soudain décidée à faire un saut jusqu'à la maison pour appeler Ida; mais en galopant vers la Via Bodoni, elle se sentait comme coupée en deux : car pendant ce temps elle avait dû laisser tout seul dans le petit vallon Useppe endormi. Aussi, la rencontre d'Ida dans cette rue lui sembla-t-elle vraiment un événement magique.

Aucune explication ne leur fut nécessaire. Ida ramassa par terre la laisse que Bella avait traînée à sa suite et elle se laissa conduire par elle, certaine qu'elle allait retrouver Useppe. Naturellement, la démarche lourde et sautillante d'Ida, que, de plus, les savates ralentissaient, était un supplice pour Bella, et de temps en temps, avec sa fougue naturelle, impatientée, comme si elle avait traîné une charrette, elle tirait par saccades sur la laisse. Finalement, quand elles furent arrivées sur le sol inégal le long du fleuve, Ida lâcha la laisse et Bella se mit à trotter en avant d'elle, s'arrêtant de temps à autre pour l'attendre. Bien qu'impatiente d'arriver, elle n'avait pas un air triste, mais plutôt guilleret et encourageant, et cela calmait un peu les appréhensions d'Ida concernant l'état d'Useppe. Trop hébétée pour distinguer les lieux d'alentour, Ida voyait tout de même partout, en les parcourant, comme sur un sillage lumineux, les traces de son petit enfant, ces traces dont il était si fier. Les heures qu'il avait passées là animaient pour elle de toutes parts ces lieux, comme une série de mirages colorés. Et ses petits rires et ses bavardages revenaient la saluer, la remerciant en chœur pour les belles journées de liberté et de confiance qu'il avait connues là...

Cependant, la question : « Que vais-je trouver tout

à l'heure ? » pressait sur ses centres nerveux, l'affaiblissant à tel point que, lorsque la chienne l'incita à faire vite par un aboiement qui disait clairement : « C'est ici ! » elle était presque sur le point de tomber. La chienne, qui avait disparu un instant de sa vue, venait de remonter du fond d'une petite dépression pour l'appeler, et à la vérité, son appel avait un son triomphal. Quand elle se pencha à son tour sur le petit vallon, Ida sentit se desserrer son cœur, car Useppe était là, debout, sur le seuil de la cabane, et il salua d'un petit sourire son apparition.

De fait, en l'absence de Bella, il s'était réveillé, et, se trouvant seul là-bas, il s'était peut-être cru abandonné de tous, car une certaine crainte anxieuse se devinait encore dans son sourire. De plus, pour se défendre éventuellement contre des envahisseurs ou des ennemis, il s'était armé d'un roseau qu'il serrait fortement dans son poing et dont il ne voulut à aucun prix se séparer. Il avait encore l'air plutôt hébété et oublieux ; mais quelques instants plus tard (selon les caprices actuels de sa mémoire) l'assaut des pirates se présenta de nouveau à lui. Il se livra alors à une petite et hésitante exploration de la cabane, et rit de contentement en voyant que tout était sauf et qu'il n'y avait eu ni incendie ni dévastations. Quand il rentrerait ce soir, après le cinéma et la pizzeria, Scimó allait retrouver son petit lit prêt à l'accueillir comme d'habitude (quant aux larcins du vieux chapardeur chauve, les mystérieux Pédés, grâce à leur munificence, pourraient y remédier dans la suite).

Useppe faisait connaître sa satisfaction à sa mère par un bavardage confus et hilare. « Dis rien à personne, pas, m'man ! », ce fut là tout ce qu'elle réussit à comprendre. Dans la lumière du couchant, l'enfant avait les joues colorées de rose et des yeux béats et transparents. Mais au moment de reprendre le chemin de la maison il manifesta une soudaine répulsion. « Dormons ici, cette nuit ! » proposa-t-il à sa mère, essayant sur elle son nouveau et spécial sourire de séducteur. Et ce ne fut qu'aux supplications effarées d'Ida qu'il céda, résigné. Mais il apparut que d'épuisement et de sommeil il ne tenait vraiment pas debout. Il était incapable de marcher tout seul, et Ida n'avait pas la force de le porter dans ses bras. Dans la petite bourse contenant ses clés qu'elle avait dans sa poche, elle avait heureusement quelques sous, de quoi payer les billets de tram de San Paolo à la Via Bodoni ; mais il fallait en attendant arriver jusqu'à San Paolo. Et là Bella vint à leur secours, leur offrant le renfort de sa croupe.

Ils avançaient tous les trois, serrés l'un contre l'autre : Useppe à califourchon sur Bella comme sur un petit cheval, la tête appuyée contre la hanche d'Ida, laquelle l'entourant avec son bras, le soutenait. A peine avaient-ils fait quelques pas, au moment où ils longeaient de l'extérieur la tente d'arbres, que déjà Useppe dodelinait de la tête, à moitié endormi ; et ce fut seulement alors qu'il desserra finalement son poing et laissa tomber le roseau. Le soleil se couchait, et une compagnie d'oiseaux s'était donné rendez-vous au-dessus de la tente, en haut des branches. Je suppose qu'ils appartenaient à la classe des étourneaux, lesquels ont coutume, précisément, de se retrouver vers le soir entre pères de famille pour donner ensemble des concerts. Useppe ne s'était jamais trouvé en cet endroit à une heure aussi tardive, et un tel grand concert était une nouveauté pour lui. Ce qu'il put en entendre dans son demi-sommeil, je l'ignore ; mais la

421

surprise dut lui plaire, car il émit un furtif rire d'amusement. Et, de fait, le concert de ce soir-là était d'un caractère bouffon : l'un des choristes sifflotait, un autre faisait des roulades, un autre des trilles, un autre encore bécotait l'air, et puis ils s'imitaient mutuellement, se contrefaisant, ou bien se moquant d'autres classes variées d'oiseaux, allant jusqu'à singer la voix des petits coqs ou des poussins. Tel est, précisément, le talent spécial des étourneaux. Et le groupe Bella-Ida-Useppe avançait si lentement que ce concert vespéral les suivit pendant un bon bout de leur parcours, accompagné par les sourdines (herbacées et fluviales) du crépuscule.

A San Paolo, Ida et Useppe, grâce à l'aide de personnes inconnues, furent chargés sur le tram, cependant que Bella courait avec une grande ardeur derrière ce véhicule. Assise au milieu de la foule du soir, Ida eut l'impression que le corps d'Useppe endormi sur ses genoux était devenu encore plus petit et menu. Et tout à coup se représenta à son esprit le premier voyage qu'elle avait fait avec lui en tram, quand elle l'avait ramené chez elle, nouveau-né, du quartier de San Giovanni où demeurait la sage-femme Ézéchiel.

Dans la suite, comme le quartier de San Lorenzo et les beaux quartiers autour de la Via Veneto, le quartier de San Giovanni lui aussi était devenu pour elle un lieu terrifiant. Depuis l'époque où son père lui chantait *Céleste Aïda,* l'univers était allé en se restreignant de plus en plus autour d'Iduzza Ramundo.

De San Paolo au Testaccio le parcours n'est pas long. A chaque arrêt du tram, Bella assurait Ida de sa présence en faisant des bonds jusqu'à la petite fenêtre et parvenant presque à l'atteindre avec son museau. A la vue de ce museau, les voyageurs du tram riaient. Bella termina, victorieuse, sa course avec le tram et Ida la trouva qui attendait déjà, en liesse, à l'arrivée.

Le voyage le plus fatigant ce fut la montée de l'escalier, car il y avait tous ces étages à gravir avant de parvenir à la porte de l'appartement. La concierge devait être en train de dîner dans son arrière-boutique. Avec son habituelle timidité sauvage, Ida ne quémanda l'aide de personne. Ils firent l'ascension tous les trois, serrés l'un contre l'autre, comme déjà le long de la rive du Tibre. Useppe, endormi, ses petites mèches lui tombant sur les yeux, se laissait porter, inconscient, et faisant seulement entendre de temps en temps un petit grognement. L'heure des informations-radio était déjà passée. Par les fenêtres ouvertes sur la cour les radios diffusaient un programme de chansonnettes.

Après son très long sommeil de l'après-midi, Ida resta éveillée une grande partie de la nuit. Le lendemain matin et aussi le jour suivant, elle devait se rendre à son école ; et puis, enfin, ce serait vraiment la fin de l'année scolaire. D'ici là, pourtant, et dès le lendemain matin, il était nécessaire de consulter de nouveau, comme convenu, la Doctoresse et d'affronter peut-être une visite au Professeur Marchionni. Ida savait qu'une telle visite ne répugnait pas moins au petit Useppe qu'à elle-même et elle en avait par avance une double peur. Elle se voyait traversant de nouveau avec Useppe les couloirs de l'hôpital, lesquels devenaient à présent pour elle une bande livide et tortueuse, au milieu d'une vocifération lunatique de fous ; puis, comme quand on inverse une jumelle, elle avait dans le lointain, aussi petite qu'une pupille, la vision verdoyante de leurs vacances à Vico ; et puis de nouveau Useppe et elle le tenant par la main, dépaysés parmi les robots souterrains de l'E.E.G... Mais quelques instants plus tard, tel un lest, ce lendemain incertain se détacha d'elle. Elle se retrouva en suspens dans le présent, comme si cette nuit tranquille et pleine de douceur ne devait jamais finir.

Useppe dormait, apparemment serein et paisible, et de même la chienne allongée sur le sol à un pas de lui. Mais Ida qui n'avait pas sommeil tardait à se coucher. Elle s'était comme figée dans la pose qu'elle avait déjà prise le premier soir : agenouillée près du sommier sur lequel elle s'appuyait, la tête dans ses bras. Et elle restait là, les yeux ouverts, à regarder respirer Useppe endormi. Il n'y avait pas de lune ; mais dans cette chambre du dernier étage, la clarté du ciel étoilé suffisait à rendre visible le dormeur qui reposait sur le dos, ses poings détendus sur l'oreiller et la bouche entrouverte. Son corps, dans cette pénombre à la fois dorée et bleuâtre semblait avoir encore rapetissé, n'ayant plus que la taille d'un tout petit enfant qui, comme jadis à l'époque de la faim Via Mastro Giorgio, ne dessinait presque aucune silhouette sous le drap. Mais cette nuit, tant que ce tout petit enfant était sien, en sécurité dans leur chambre, Ida croyait entendre dans sa respiration le battement d'un temps inépuisable.

Toutes les radios s'étant tues et le tardif trafic de minuit ayant cessé lui aussi, on entendait seulement, par intervalles, le grincement des derniers trams se dirigeant vers le dépôt ou le soliloque d'un ivrogne de passage sur le trottoir. Dans une sorte de vertige à l'envers Ida avait l'impression que ces pauvres bruits s'emmêlaient avec le réseau silencieux et serré des étoiles. A un certain moment, la nuit avait laissé notre chambrette partir pour un long vol à l'aveuglette, sans instruments de navigation. Et cette nuit pouvait être une nuit de l'été précédent, quand Useppe ne « tombait » pas encore et que dans la petite pièce voisine dormait Ninnarieddu.

L'obscurité était encore profonde quand, d'une terrasse des alentours, un petit coq citadin fit entendre son chant précoce. Quelques instants plus tard, Bella, dans son sommeil, poussa un grognement : peut-être rêvait-elle de l'attaque des pirates-loups? Dès les toutes premières lueurs de l'aube, elle se dressa soudain sur ses pattes. Et abandonnant en hâte sa place dans la chambre, elle alla s'allonger dans l'entrée devant la porte, comme si elle voulait monter la garde et protéger sa maison contre une invasion de voleurs ou d'étrangers. Sur ces entrefaites Ida s'était assoupie un instant sur le lit. Les cloches de l'église de Santa Maria Liberatrice sonnèrent les premiers coups.

La journée qui était limpide et sans vent fut très chaude dès le matin. Quand Ida se prépara à sortir vers huit heures, Useppe était encore plongé dans le sommeil. A la calme lumière filtrant des persiennes, ses joues en feu semblaient avoir retrouvé la couleur rose de la santé : et sa respiration était égale ; mais un petit halo sombre cernait ses yeux. Avec précaution Ida écarta un peu de son front ses petites mèches humides de sueur et elle murmura très bas : « Useppe... » L'enfant battit à peine des paupières, laissant brièvement voir une infime bande de ses yeux bleus, et répondit :

« M'man... »

« Je sors, mais je serai très vite de retour... toi, attends-moi à la maison, n'est-ce pas, ne bouge pas... je ne fais qu'aller et venir. »

« Vi... »

Useppe referma ses paupières et se rendormit. Ida s'éloigna sur la pointe des pieds. Bella qui, pendant ce temps, faisait la navette de la chambre à l'entrée et à la cuisine, l'accompagna en silence jusqu'à la porte. Ida hésita un instant, se demandant si elle devait fermer celle-ci à double tour de l'extérieur, mais elle y renonça, retenue par l'idée d'offenser Useppe en présence de la chienne. Au lieu de cela, pleine de confiance en celle-ci, elle lui dit à mi-voix : « Attendez-moi à la maison, hein. Ne bougez pas. Je reviens bientôt. » En passant en bas, elle recommanda à la concierge de monter vers onze heures jeter un coup d'œil à l'enfant, au cas où, à cette heure-là, elle-même ne serait pas encore de retour.

Mais il ne s'était guère écoulé plus d'une heure (il devait être environ neuf heures et demie), quand elle fut prise d'une sorte de malaise insupportable. Elle était dans le bureau de la directrice, ainsi que d'autres enseignants, et tout d'abord, comme certains phénomènes nerveux n'étaient pas nouveaux pour elle, elle s'efforça néanmoins de suivre la discussion en cours (il s'agissait de colonies de vacances, de livrets scolaires, de questions de notes et de changements de classe...) jusqu'au moment où elle eut la conviction, avec une certitude quasi aveuglante, que tout cela ne la regardait plus. Elle percevait le son des voix autour d'elle et elle entendait aussi ce qu'elles disaient, mais cela dans une perspective inversée, comme si ces voix avaient été un souvenir qui maintenant se mélangeait pour elle, pêle-mêle, à d'autres souvenirs. Il lui semblait que, dehors, sous le soleil brûlant, la ville était envahie par la panique et que les gens se précipitaient en courant vers les portes d'immeuble car retentissait avec insistance l'avis suivant : « C'est l'heure du couvre-feu ! »

et personne ne savait plus si on était le jour ou la nuit. Tout à coup, elle eut la sensation violente que, en elle, des doigts s'agrippaient en la griffant à son larynx pour l'étouffer, et dans un énorme isolement, elle entendit un lointain petit hurlement. La chose étrange, ce fut qu'elle ne reconnut pas ce hurlement. Puis le grand brouillard se dissipa, et la scène présente réapparut devant elle, normale, avec la directrice à son bureau et les enseignants assis tout autour, en pleine discussion. Ceux-ci, entre-temps, ne s'étaient aperçus de rien : de fait, Ida avait seulement pâli.

Quelques minutes plus tard, cette même sensation qu'elle venait d'éprouver lui revint identique : de nouveau ces coups d'ongle qui l'étouffaient, son absence et le hurlement. Il lui semblait que ce hurlement, en réalité, n'appartenait qu'à elle-même : comme une plainte sourde de ses bronches. En passant, il lui laissait une marque de blessure physique, semblable à une mutilation. Et dans sa conscience embrumée flottaient, ensemble, des bribes arrachées de souvenirs : le jeune soldat allemand couché sur elle, Via dei Volsci, pendant l'orgasme... elle, enfant, à la campagne chez ses grands-parents, derrière la cour où l'on égorgeait une chevrette pour la fête... Puis tout se dispersait en désordre, cependant que le brouillard se dissipait. Au cours peut-être d'un quart d'heure, à des intervalles plus ou moins égaux, la chose se répéta deux fois encore. Soudain Ida se leva de sa chaise et, balbutiant des excuses incohérentes, elle gagna en courant le petit bureau du secrétariat, qui, ce jour-là, était désert, pour téléphoner à la maison.

Ce n'était pas la première fois que, pour une raison ou l'autre, la petite voix de Via Bodoni tardait à répondre à son appel ou, même, ne répondait pas du tout. Mais aujourd'hui, ces sonneries à vide à l'autre bout du fil lui arrivèrent comme un signal d'émeute et d'invasion, qui lui ordonnait de courir d'urgence à la maison. Elle laissa tomber le récepteur, négligeant de le raccrocher. Et sans même reparaître dans le bureau de la direction, elle s'engagea dans l'escalier conduisant à la sortie. De nouveau, à la moitié de l'escalier, cet étrange spasme répété s'empara d'elle, mais, cette fois, le cri intérieur qui accompagnait celui-ci était plus semblable à un écho : et il lui apportait une obscure indication sur sa source à laquelle il se répercutait à retardement et comme dénudé. Lui aussi, le brouillard qui l'avait arrêtée à la moitié de l'escalier se dissipa cette fois immédiatement, lui dégageant le passage.

Dans le vestibule, le concierge de l'école lui cria quelque chose : de fait, selon son habitude, Ida lui avait laissé en consigne son cabas, contenant les achats qu'elle avait faits avant de venir à l'école. Elle le vit se déplacer et remuer les lèvres, mais elle n'entendit pas sa voix. Pour toute réponse, elle lui fit de la main un geste vague qui ressemblait à une sorte de salut. Elle fit le même geste à la vieille concierge de Via Bodoni qui, quand elle passa, lui souriait en hochant la tête, satisfaite de la voir si tôt de retour.

Pendant le bref parcours de l'école à la maison, Ida avait, en réalité, été exclue des sons extérieurs, car elle écoutait un autre son, tel qu'elle n'en avait plus entendu de pareil depuis sa dernière promenade au Ghetto. C'était, de nouveau, une sorte de chant funèbre rythmé qui appelait d'en bas, et qui exhumait avec sa douceur hésitante quelque chose de sanglant et de terrible, comme s'il s'était diffusé vers des points épars de misère et de fatigue, afin de rassembler dans l'enclos les troupeaux pour le soir. Puis, dès qu'elle se

428

retrouva dans la deuxième cour, les voix réelles du matin l'agressèrent de nouveau, ainsi que, par les fenêtres ouvertes, le son des radios. Elle évita de lever les yeux vers la fenêtre de sa cuisine, celle où Useppe, les jours de son emprisonnement à la maison, avait coutume de l'attendre derrière la vitre. De fait et quasi absurdement, elle espérait apercevoir aujourd'hui aussi, en regardant là-haut, cette petite silhouette familière. Et elle essayait encore d'échapper à la certitude qu'au lieu de cela la fenêtre aujourd'hui était vide.

Pendant qu'elle montait l'escalier, du dernier étage lui parvinrent les sonneries de son téléphone qui continuaient depuis qu'elle avait formé son numéro sans raccrocher quelques minutes plus tôt, au secrétariat. Ce ne fut que lorsqu'elle arriva au dernier palier que ce stupide signal se tut.

Alors, de derrière la porte d'entrée, lui parvint une petite voix anxieuse qui lui parut être la plainte d'une enfant. C'était le gémissement de Bella, qui, toute à sa plainte solitaire, ne réagit même pas en entendant son pas bien connu gravissant les dernières marches. A ce moment-là, Ida tressaillit à la vue d'une figure sinistre qui la menaçait de front ; mais, en réalité, ce n'était pas autre chose qu'une tache sur le mur de l'escalier, écaillé et humide à cause de la proximité des fontaines. Depuis qu'ils habitaient l'immeuble, cette tache avait toujours été là ; mais Ida n'avait jamais même remarqué, avant aujourd'hui, une présence aussi terrible.

Dans la sombre petite entrée, le corps d'Useppe gisait étendu, les bras en croix, comme toujours quand il tombait. Il était tout habillé, mais ses petites sandales, faute d'avoir été attachées, avaient quitté ses pieds. Peut-être, voyant cette belle matinée de soleil, avait-il voulu aujourd'hui aussi aller avec Bella à leur forêt ? Il était encore tiède et la rigidité cadavérique commençait à peine ; mais Ida se refusa absolument à admettre la vérité. Contre tous les présages que venaient de recevoir ses sens, à présent, devant l'impossible, sa volonté recula, lui faisant croire qu'il était seulement *tombé* (en réalité, durant cette ultime heure de son combat inégal contre *le Haut Mal*, là, dans l'entrée, Useppe était tombé et tombé encore, terrassé par une crise et une autre et une autre encore, à peu près sans interruption...). Et après l'avoir transporté dans ses bras sur le lit, elle resta là, penchée sur lui comme les autres fois, attendant qu'il rouvre ses paupières avec son habituel sourire particulier. Ce ne fut qu'à retardement que, rencontrant les yeux de Bella, elle comprit. De fait, la chienne était là, qui la regardait avec une mélancolie douloureuse, pleine de compassion animale et aussi de commisération surhumaine, laquelle disait à la femme : « Mais qu'est-ce que tu attends, malheureuse ? Tu ne vois donc pas que nous n'avons plus rien à attendre ? »

Ida éprouva l'envie de hurler ; mais un raisonnement immédiat la retint : « Si je crie, on m'entendra et ils viendront me le prendre... » Elle se tendit, menaçante, vers la chienne : « Chut... » lui murmura-t-elle, « tais-toi, que personne ne nous entende... » Et après avoir poussé le verrou de l'entrée, elle se mit à parcourir en silence les petites pièces de son logement, se cognant aux meubles et aux murs avec une telle violence qu'elle se fit des bleus par tout le corps. On dit que dans certaines situations cruciales toutes les scènes de leur vie repassent à une vitesse incroyable devant les hommes. Maintenant, dans l'esprit borné et insuffisamment développé de cette pauvre femme, tandis

qu'elle parcourait avec précipitation son petit logement, se déroulèrent aussi les scènes de l'histoire de
l'humanité (l'Histoire) qui lui apparurent comme les
multiples spires d'un interminable assassinat. Et
aujourd'hui, le dernier assassiné, c'était son petit
bâtard Useppe. L'Histoire tout entière et les nations
de la terre s'étaient mises d'accord pour cette fin : le
massacre du petit Useppe Ramundo. Revenant dans la
chambre, elle s'assit sur la chaise près du sommier,
pour regarder, en compagnie de Bella, le petiot.
Maintenant, sous ses paupières appesanties, ses yeux
semblaient à chaque instant s'enfoncer de plus en plus
dans son visage ; mais pourtant, au milieu de ses
petites mèches en désordre, on reconnaissait encore
cette unique petite mèche centrale qui, refusant toujours d'être coiffée avec les autres, se dressait au milieu
du crâne... Ida se mit à gémir d'une voix très basse,
d'une voix animale : elle ne voulait plus appartenir à
l'espèce humaine. Et sur ces entrefaites elle fut le jouet
d'une nouvelle hallucination auditive : tic tic tic,
entendait-on résonner sur tout le pavement de l'appartement. Tic tic tic : le pas d'Useppe, comme l'automne :
dernier, quand, chaussé de ses petites bottes, il arpen-
tait continuellement l'appartement, après la mort de
Ninnuzzu... Ida se mit à hocher en silence sa petite tête
blanchie ; et alors le miracle se produisit. Le sourire
qu'elle avait vainement attendu aujourd'hui sur le
visage d'Useppe, apparut sur son visage à elle. Il
n'était pas très différent, à le voir, de ce sourire de
calme et de merveilleuse ingénuité qu'elle avait soudain, quand elle était enfant, après ses crises hystéri-
ques. Mais aujourd'hui, il ne s'agissait pas d'hystérie :
la raison qui, depuis toujours, avait tant de mal à

résister dans son cerveau incapable et peureux, venait finalement de lâcher prise en elle.

Le lendemain dans les journaux il y eut ce fait divers : *Affreux drame au Testaccio — Une mère devenue folle en veillant le corps de son jeune fils*. Et en conclusion on lisait : *Il a été nécessaire d'abattre l'animal*. Ce dernier détail — il est facile de le comprendre — se rapportait à notre chienne de berger. De fait, comme on pouvait le prévoir, Bella manifesta une férocité décidée à tout et sanguinaire contre les inconnus qui, après avoir forcé la porte, s'étaient introduits dans le logement de la Via Bodoni pour procéder aux formalités légales. Elle ne permettait absolument pas à ces gens d'err.mener Useppe et Ida. Il est temps de noter à ce sujet que les animaux rendus stériles perdent en général, à ce qu'on dit, leur agressivité : mais Bella évidemment, du moins alors, contredisait cette loi physiologique. Sa défense de la veille contre les pirates du fleuve n'avait rien été en comparaison de la guerre qu'elle livrait maintenant à ces nouveaux intrus. Toute seule, elle réussit à faire peur à une escouade d'ennemis, deux desquels, au moins, étaient munis des armes réglementaires. Personne n'eut le courage de l'affronter directement. Et de la sorte, elle tint le serment qu'elle avait fait à Useppe le jour de son retour à la maison : « On ne pourra jamais plus nous séparer en ce monde. »

En entendant le coup de feu qui abattait la chienne, Iduzza eut un bref sursaut de la tête : et ce fut là, semble-t-il, le dernier stimulus auquel elle réagit, tant qu'elle resta en vie. Son existence devait durer encore plus de neuf ans. Dans les registres de l'hôpital où elle fut admise le jour même pour ne plus en sortir jusqu'à son dernier jour, son décès est indiqué à la date du 11 décembre 1956. Il semble qu'elle soit morte de complications pulmonaires à la suite d'un banal accès de fièvre. Elle avait cinquante-trois ans.

D'après les renseignements que j'ai pu recueillir, du premier au dernier jour, au cours de ces neuf années et plus, elle resta tout le temps figée dans une attitude invariable : la même que celle dans laquelle on l'avait trouvée quand, après avoir enfoncé la porte, on était venu la surprendre Via Bodoni, ce matin de la fin juin. Assise, les mains jointes dans son giron, de temps en temps elle bougeait celles-ci, les croisant comme pour jouer, avec au visage la stupeur lumineuse et éperdue de quelqu'un qui vient juste de se réveiller et qui ne reconnaît pas encore les choses qu'il voit. Quand on lui parlait, elle avait un sourire ingénu et paisible, plein de sérénité et presque de gratitude ; mais il était inutile d'attendre de sa part une réponse quelconque, et, même, elle semblait ne percevoir qu'à grand-peine les voix, et ne comprendre aucun langage, ni, peut-être, distinguer aucun mot. Parfois, dans un murmure rêveur, elle répétait pour elle-même de vagues syllabes, qui semblaient empruntées à un idiome onirique ou oublié. Avec les aveugles, avec les sourds-muets il est possible de communiquer ; mais avec elle qui n'était ni aveugle ni sourde ni muette il n'y avait plus de communication possible.

A la vérité, je crois, moi, que cette petite personne sénile, dont certains se rappellent encore le sourire calme dans les grandes salles délirantes de l'hôpital psychiatrique, n'a continué de vivre neuf années et plus que pour les autres, c'est-à-dire selon le temps des autres. Tel le parcours d'un reflet qui, parti de son point dérisoire, se multiplie à distance en d'autres et encore d'autres miroirs, ce qui pour nous fut une durée de neuf ans, fut pour elle à peine le temps d'une pulsation. Elle aussi, comme le fameux Panda de la légende, était en suspens au sommet d'un arbre où les cartes du temps n'avaient plus cours. En réalité, elle était morte en même temps que son petit Useppe (comme l'autre mère de celui-ci, la chienne de berger de la Maremme). La pauvre histoire d'Iduzza Ramundo avait pris fin ce lundi de juin 1947.

19**...

Muerto niño, muerto mio.
Nadie nos siente en la terra
donde haces caliente el frio.

Miguel Hernandez.

... 1948-1949-1950-1951

En Italie, la série des crimes organisés par les propriétaires terriens du Sud contre les travailleurs et ouvriers agricoles et contre leurs associations continue (en deux ans, 36 syndicalistes sont tués). — A Rome, attentat contre Togliatti. — Loi martiale et violente répression en Grèce (152 guérilleros exécutés). — Le Mahatma Gandhi est assassiné à New Delhi par un extrémiste de droite. — En Palestine, les Juifs fondent la République d'Israël et battent la Ligue Arabe. — En Afrique du Sud, le Front national accède au gouvernement et instaure la politique de ségrégation raciale contre les Noirs. — Aggravation de la *guerre froide* entre les Puissances des deux blocs. Les discussions sur le sort de l'Allemagne se poursuivent toujours. Fermeture des voies d'accès à Berlin-Ouest par l'U.R.S.S., afin d'empêcher le ravitaillement du secteur allié de la capitale. Établissement du côté allié d'un pont aérien pour ce ravitaillement. En U.R.S.S., début d'une mobilisation intensive. — La course aux armements se poursuit à un rythme incessant, de même que les activités d'espionnage autour du secret nucléaire. La technique des missiles balistiques se perfectionne.

En Chine, vingt ans environ après le début de la guerre civile, victoire définitive de l'Armée Rouge. Mao Tsé-toung et les autres dirigeants communistes entrent à Pékin. Les chefs nationalistes se réfugient à Formose. — Les Puissances occidentales signent avec les nations de leur bloc (au nombre desquelles l'Italie) une alliance militaire dite Pacte Atlantique (O.T.A.N.). — Première expérience atomique soviétique. — Avec la fin du secret atomique américain commence une nouvelle phase de la course aux armements. Les Grandes Puissances, par l'emploi total et progressif de leurs connaissances scientifiques et de leurs industries, vont se consacrer principalement à l'augmentation de leur capital de bombes (prolifération des armes nucléaires). Cette compétition prendra le nom d'*équilibre des moyens de dissuasion* ou *de la terreur*. Dans cette compétition, les deux principaux détenteurs du Pouvoir dans le monde (États-Unis et U.R.S.S.) vont dépenser une grande partie de leurs énormes ressources de richesse et de travail. — On évalue à 40 millions par an le nombre des gens morts de faim dans les pays pauvres du Globe.

Début de la guerre de Corée entre les forces populaires du Nord et celles, gouvernementales, du Sud, soutenues par les États-Unis. Le président Truman proclame l'état d'urgence nationale. — Au Vietnam, le conflit entre les Français et les partisans vietminh sous les ordres du général Giap se poursuit.

Au Vietnam mobilisation générale. — Développement de l'artillerie atomique tactique aux États-Unis...

... 1952-1953-1954-1955

Sur le front de Corée, raid aérien U.S.A. sur Pyong Yang, entraînant la mort de six mille civils. — Engagement réciproque de la France et des États-Unis contre le communisme en Indochine. — A Cuba, instauration de la dictature de Battista avec l'appui des U.S.A. — Violente campagne antisémite en U.R.S.S., avec l'élimination de nombreux Juifs, en majorité intellectuels. La population soviétique tout entière est soumise par Staline à un régime paroxystique de persécution et de terreur. — Explosion expérimentale de la première bombe atomique anglaise et de la première bombe à hydrogène américaine (bombe H).

Aux U.S.A., on discute l'éventuel emploi de la bombe atomique en Corée. — En U.R.S.S., mort du généralissime Staline. — En Égypte, heurts entre les Britanniques et les Égyptiens, lesquels demandent l'évacuation du canal de Suez. — Par un armistice qui sanctionne la division de ce pays, la guerre de Corée se termine, après avoir coûté dans l'ensemble aux deux parties environ trois millions de pertes humaines. — En U.R.S.S., condamnations à mort de hauts dirigeants de la période stalinienne. Essai de la première bombe H soviétique.

Capitulation des Français au Vietnam. — Au Guatemala, instauration avec l'appui des U.S.A. d'une dictature, avec l'assassinat de cinq mille dirigeants populaires et la restitution des terres aux propriétaires fonciers. — Aux États-Unis, production de la bombe H dernier modèle, laquelle libère une énergie égale à 15 mégatonnes (quinze millions de tonnes de T.N.T.), 750 fois plus puissance que celle lâchée sur Hiroshima. — Déchaînement de la répression des colonialistes français contre la Tunisie et l'Algérie révoltées.

État de siège en Algérie. — L'U.R.S.S. proclame la fin de l'état de guerre avec l'Allemagne, divisée maintenant en deux républiques : Fédérale allemande (bloc occidental) et Démocratique allemande (bloc oriental). La question de Berlin, situé physiquement en territoire oriental et politiquemant partagé par moitié entre les deux blocs opposés, est toujours non résolue. Fuites continuelles de Berlinois du secteur est vers le secteur ouest. — Naissance officielle de l'armée de l'Allemagne fédérale. — En réponse au pacte militaire du bloc occidental (O.T.A.N.), les pays du bloc oriental signent à leur tour une alliance militaire (Pacte de Varsovie). — Les U.S.A. expérimentent la première bombe atomique sous-marine. — L'U.R.S.S. réalise le premier lâcher expérimental d'une bombe H à partir d'un avion...

... 1956-1957-1958-1959-1960-1961

Début de la bataille d'Alger contre les Français. — En U.R.S.S., au XXᵉ Congrès du Parti, Khrouchtchev dénonce le régime de terreur du défunt Staline. Commencement de la *déstalinisation*. — Révolte en Hongrie matée par l'intervention militaire soviétique. — Crise de Suez. Boycottage égyptien du Canal, lequel bloque l'afflux vers Israël d'émigrants et de réfugiés juifs venus du monde entier. Victorieuse attaque d'Israël contre l'Égypte. Action militaire des Franco-Anglais qui tentent d'occuper le Canal et bombardent le territoire égyptien. Menace d'intervention soviétique et retrait des troupes franco-anglaises. — A Cuba, guérilla contre la dictature de Battista, dirigée par Fidel Castro.

En Indochine, finalement évacuée par les Français, début d'une lutte de libération des partisans communistes disciples d'Hô Chi Minh (président du Vietnam du Nord) contre un gouvernement dictatorial instauré au Vietnam du Sud sous la protection américaine. — Explosion expérimentale de la première bombe H anglaise. — Les U.S.A. et l'U.R.S.S. produisent des missiles balistiques intercontinentaux, capables d'atteindre n'importe quel point du Globe.

Aucun accord entre les Puissances au sujet de la ville de Berlin. — A Cuba, victoire triomphale des révolutionnaires de Fidel Castro et fuite du dictateur Battista. — Des divergences politico-idéologiques commencent à se manifester entre les deux plus grandes Puissances communistes (Union soviétique et Chine populaire). — Accrocha-

439

ges à la frontière sino-indienne. — Mouvements insurrectionnels au Congo belge sous la direction de Patrice Lumumba. Les Belges abandonnent la colonie. Accrochages et désordres dans tout le pays.

Manifestations en Italie contre la récente instauration d'un gouvernement à tendances néo-fascistes. Charges de la police contre les manifestants, avec des morts et des blessés dans tout le pays. Démission du gouvernement. — Essai de la première bombe atomique française. — Les divergences entre la Chine communiste et l'Union soviétique s'accroissent. — En Allemagne, réalisation d'un procédé (secret d'État) pour la fabrication d'armes atomiques également par des pays dépourvus de moyens. — Chaos au Congo. Assassinat de Lumumba. — En Algérie, continuation de la lutte pour l'indépendance, entraînant une féroce répression de la part des colonialistes français. — Attaque anticastriste à Cuba, avec débarquement d'un corps expéditionnaire à la baie des Cochons et bombardement de la capitale. L'attaque est repoussée. — A Moscou, les délégués chinois quittent, en signe de protestation, le Congrès du Parti de l'U.R.S.S. — A Berlin Est (secteur soviétique), construction d'un mur fortifié le long de la ligne de frontière avec Berlin Ouest. Fermeture du secteur oriental aux Berlinois occidentaux. Interdiction de travail aux travailleurs résidant à Berlin Est et naguère employés à Berlin Ouest. Défense de passer de l'Est à l'Ouest. Ordre de tirer à vue à toute tentative d'infraction. — Au Vietnam, l'opposition à la dictature continue. Inutiles les moyens de répression adoptés par le gouvernement (la population paysanne, complice habituelle des partisans, est groupée dans des villages fortifiés, etc.) — Dans les nations *avancées,* grandit le développement progressif et gigantesque des industries qui absorbent les meilleures énergies et concentrent en elles tous les pouvoirs. Au lieu de servir l'homme, les machines l'asservissent. Travailler pour les industries et en acheter les produits deviennent les fonctions essentielles de la communauté humaine. La prolifération des armes s'accompagne d'une prolifération de *biens de consommation* dérisoires et aussitôt périmés, pour les exigences du marché. Les produits artificiels (matières plastiques) étrangers au cycle biologique transforment la terre et la mer en un dépôt d'ordures indestructibles. De plus en plus s'étend sur les territoires du monde le *cancer industriel* qui empoisonne l'air, l'eau et les organismes et dévaste les centres habités, de même qu'il dénature et détruit les hommes condamnés à la chaîne à l'intérieur des usines. Pour l'élevage systématique de *masses de manœuvre* au service des pouvoirs industriels, les moyens de communication populaires (journaux, revues, radio, télévision) sont utilisés

440

pour la diffusion et la propagande d'une « culture » inférieure, servile et dégradante, qui corrompt le jugement et la créativité humaine, interrompt toute réelle motivation de l'existence et déchaîne des phénomènes morbides collectifs (violence, maladies mentales, drogues). — Avec la fièvre exclusive de la consommation et du gain, on traverse une période momentanée de *boom* économique dans diverses nations, au nombre desquelles l'Italie. — Compétition économico-industrielle entre l'Amérique et sa rivale l'U.R.S.S., où la priorité est toujours donnée aux industries lourdes. — A la suite de divergences politiques, l'U.R.S.S. retire ses techniciens de Chine, ce qui entraîne la suspension de 178 projets industriels dans ce pays. — Nouveaux essais soviétiques d'armes nucléaires : explosion d'une super-bombe d'une énergie égale à environ 100 millions de tonnes de T.N.T. (cinq mille fois plus puissante que celle lâchée sur Hiroshima). — D'après les derniers calculs, les dépenses d'armement dans le monde entier s'élèvent à environ 330 millions de dollars par jour...

... 1962-1963-1964-1965-1966-1967

Victoire des forces de libération en Algérie. — Accrochage entre catholiques et protestants en Irlande. — Installation de bases de missiles soviétiques à Cuba et, en conséquence, blocus de la flottille soviétique par les États-Unis (crise de Cuba). Démantèlement de ces bases par l'U.R.S.S. — Encyclique « Pacem in terris » du pape Jean XXIII. — Mort de Jean XXIII. — Au Vietnam, continuation des offensives des partisans et de la répression gouvernementale. Par protestation contre la dictature, des bouddhistes se donnent volontairement la mort par le feu. — Accrochages frontaliers entre Algériens et Marocains. — Assassinat à Dallas de John Kennedy, président des États-Unis. — Rupture consommée de la Chine communiste et du Parti communiste soviétique. — Coup d'État militaire au Vietnam, avec l'appui des États-Unis qui interviennent par des bombardements massifs au Vietnam du Nord. — La Chine fait l'essai de sa première bombe atomique. — Les États-Unis procèdent à leur *escalade* contre le Vietnam, employant la tactique de guerre totale des *trois touts* (tout tuer, tout brûler, tout détruire). Nouvelles techniques scientifiques appliquées à cette *escalade* : bombes à billes (capables de *libérer* chacune des millions de billes d'acier à effet mortel), herbicides et défoliants chimiques pour la destruction totale de la végétation et de la nature, etc. — Coup d'État militaire en Algérie. — Coup d'État militaire en Indonésie. Le communisme est mis hors la loi. Un demi-million de communistes massacrés. — Essais atomiques souterrains aux U.S.A. et en U.R.S.S. — L'industrialisation intensive provoquée par les Puissances occidentales et orientales continue et se développe. — D'entières populations sont tuées par la faim dans les pays du tiers monde. — L'*escalade* américaine se poursuit. Trois mille six cent vingt et un bombardements aériens sur le Vietnam en six mois, révèlent les États-Unis. — En Grèce, les militaires prennent le pouvoir et suspendent la constitution. Déportations et arrestations en masse...

... et l'Histoire continue...

« Toutes les graines n'ont rien donné sauf une : je ne sais pas ce qu'elle peut être, mais c'est probablement une fleur et non une mauvaise herbe. »

(Matricule nº 7047 de la Prison de Turi).

FIN

« Toutes les graines n'ont pas donné tout une ... je ne sais pas ce qu'elle pour ... trop mais ... probablement une fleur et alors une nouvelle hotte »

Maintenant l'an 1947 de la Prison de Theut.

T*N

NOTES

Les notes 1, 2 et 7 sont de l'auteur, les autres sont du traducteur.

1. *Macere* : c'est ainsi qu'on appelle en Ciociaria les cultures en terrasse.

2. « *Une page de gloire de notre Histoire* » : c'est ainsi qu'Himmler a défini la « solution finale » dans un discours tenu aux généraux S.S. le 4 octobre 1943, à Poznan.

3. *Si sta sempre al Carissimo amico* (on en est toujours au Très cher ami) : on en est toujours au commencement, comme lorsqu'on commence une lettre.

4. L'équivalent italien de notre baccalauréat est l'*esame di maturità* (littéralement : examen de maturité), d'où la réponse de Nino à la suggestion de sa mère.

5. *Grillo* (grillon) veut aussi dire « lubie ».

6. *Befana* : vieille bonne fée qui apporte des cadeaux aux enfants.

7. *ZYKLON B* : il s'agit, pour ceux qui l'ignoreraient, d'un composé chimique utilisé par les Nazis pour l'extermination dans les chambres à gaz.

8. *Portella della Ginestra* : localité de Sicile où, le 1er mai 1947, furent massacrés par des hommes de la mafia des dizaines de travailleurs.

NOTE DE L'AUTEUR

En ce qui concerne la bibliographie — évidemment interminable — de la Seconde Guerre mondiale, je ne peux que renvoyer les lecteurs à l'un des nombreux catalogues disponibles partout sur ce sujet. Je dois ici me borner à citer — également à titre de remerciement — les auteurs suivants dont la documentation et les témoignages m'ont fourni des points de départ (réels) pour certains épisodes (inventés) de mon roman :

Giacomo Debenedetti (*16 ottobre 1943* (16 octobre 1943), Éditeur : Il Saggiatore, Milan 1959) ; Robert Katz (*Black Sabbath* (Sabbat noir), The Macmillan Company, Toronto 1969) ; Pino Levi Cavaglione (*Guerriglia nei Castelli Romani* (Guérilla dans les Castelli Romani), Einaudi, Rome 1945) ; Bruno Piazza (*Perchè gli altri dimenticano* (Parce que les autres oublient), Feltrinelli, Milan 1956) ; Nuto Revelli (*La strada del Davai* (La route du Davai), Einaudi, Turin 1966, et *L'ultimo fronte* (Le dernier front), Einaudi, Turin 1971).

1945   7

1946   45

1947   187

19**   435

Notes   445

Impression Bussière à Saint-Amand (Cher),
le 27 mars 1987.
Dépôt légal : mars 1987.
1ᵉʳ dépôt légal dans la collection : septembre 1980.
Numéro d'imprimeur : 861.
ISBN 2-07-037215-4./Imprimé en France.

40621